타오르는 강

완결판
타오르는 강 9

초판 1쇄 발행 2012년 2월 25일
초판 2쇄 발행 2014년 3월 25일
초판 3쇄 발행 2024년 7월 31일

지은이   문순태

펴낸이   박성모
펴낸곳   소명출판
출판등록   제1998-000017호
주소   06641 서울시 서초구 사임당로14길 15 서광빌딩 2층
전화   02-585-7840
팩스   02-585-7848
이메일   somyungbooks@daum.net
홈페이지   www.somyong.co.kr

ISBN   978-89-5626-673-2 04810
ISBN   978-89-5626-664-0 (전9권)
정가   22,000원

ⓒ 문순태, 2012

문·순·태·장·편·소·설
완결판

타오르는 강

9

30년 만에 완간된 恨의 민중사

강은 저절로 길을 찾아 흐른다. 높은 곳에서 세상의 가장 낮은 곳으로, 인간의 삶과 역사와 함께 흐른다. 사람의 간섭을 거부하며 저절로 흐르는 강은 건강하게 살아있다. 생명과 역사와 문화가 공존하는 강의 세상. 강은 물속과 물 밖의 존재들과 조화롭게 어울리며 흐른다. 강과 사람, 강과 땅, 강과 생명 있는 존재들과 끊임없이 교섭하고 어울리면서 건강한 공생관계를 유지한다. 강은 본디 모습 그대로 인간이 살아가는 터전이 되고 또 다른 생명과 교섭하면서 힘의 원천이 된다.

전라도 사람들 마음속에는 영산강이 흐른다. 전라도 사람들의 핏줄과도 같은 영산강은 한과 희망을 안고 흐른다. 슬픔과 기쁨, 절망과 희망, 빛과 그림자를 안고 흘렀고 지금도 그렇게 흐른다. 그래서 영산강은 꺾일 줄 모르는 전라도의 힘이 되었다. 영산강과 함께 흘러온 전라도 사람들의 한은 좌절과 체념의 한숨이나 패자의 넋두리가 아닌, 삶의 의지력이고 생명력이며 빛나는 희망인 것이다.

영산강은 이 강을 끼고 살아온 사람들에게 소중한 삶의 터전이 되었다. 그러나 영산강을 삶의 터전으로 가꾸고 지켜온 사람들은 오랫동안 지배세력의 핍탈에 시달려왔다. 특히 일제 강점기에 영산강은 개화의 통로이자 수탈의 통로가 되었다. 1897년 목포 개항 이후 모든 개화문물이 영산강을 통해 들어왔다. 그런가 하면 일제는 호남평야에서 생산된 쌀, 면화 등 농산물을 영산강을 통해 대량으로 본토로 실어갔다. 이 과정에서 목포항에서는 부두근로자들의 쟁의가 그치지 않았다. 뿐만 아니라 일제는 영산강 유역의 기름진 농토를 무제한으로 차지하였고 농민들은 일본인들의 소작인으로 전락하였다. 일제 강점기에 일어난 궁삼면(宮三面) 농민운동 사건은 소작인으로 전락한 농민들이 자기 땅을 찾기 위해 투쟁한 대표적인 농민운동이다.

1886년부터 3년 동안에 걸친 큰 가뭄에 폐농을 한 3개면 농민들은 굶어죽지 않으려고 대처로 흘러 다니며 유랑걸식을 했다. 고향에 돌아와 보니 3년치 세금을 내지 않았다는 이유로 그들의 농토가 모두 엄상궁의 궁토가 되어버린 사실을 알게 되었다.

1886년 노비세습제가 폐지되자 종문서를 받아들고 형식상 자유의 몸이 된 수많은 노비들은 살 길이 막막했다. 이들은 홍수 때문에 버려진 땅을 찾아 영산강으로 몰려들었다. 그들은 영산강변에 집단으로 모여 살면서 물과 싸우며 삶의 터전을 일구려고 했다. 그러나 그들은 생활의 바탕이 마련되지 않은 데다가, 지방 관속들과 힘 있는 양반들의 핍탈이 그치지 않아, 실질적으로 노비의 상태는 계속된 것이나 마찬가지였다. 이들이 수마와 싸우며 일군 강변의 토지는 과거 상전들한테 다시 빼앗기거나 일제에 의해 수탈당하고 말았다.

굶주리면서도 제방을 쌓고 홍수로 버려진 땅을 일구어 비로소 삶

의 터전을 만들었으나 이 땅이 궁토에서 다시 동양척식회사 소유가
되자, 이들은 일제에 항거하여 투쟁을 계속했다.

피와 땀과 눈물로 일구어, 난생 처음 가져 본 생명과도 같은 땅을
지키기 위해 죽음을 두려워하지 않고 싸웠다. 이들은 하나하나 떼어
놓으면 무지렁이 종들에 지나지 않지만, 여럿이 모여 한덩어리가 되
었을 때 큰 힘을 발휘했다. 민중의 한은 역사를 바꾸었다. 영산강 유
역의 농민들이 식민지 수탈에 항거해온 민족정신은 의병전쟁과 광주
학생독립운동의 씨앗이 되었다.

나는 이 소설에서 강의 흐름을 통해 한의 민중사를 추적해보고 싶
었다. 노비출신인 이들은 하나하나 떼어놓으면 무력한 무지렁이에
지나지 않지만 하나로 뭉뚱그려질 때 큰 힘을 발휘했다. 이 소설은 노
비세습제가 풀린 1886년부터 동학농민전쟁, 개항, 1905년 을사늑약,
1910년 치욕적인 강제 한일병합조약, 3.1만세운동을 거쳐 1929년 광
주학생독립운동까지의 우리민족의 수난사를 중심으로 펼쳐지고 있
다. 그러면서도 역사 속에 드러난 인물을 주인공으로 내세우지 않았
다. 모든 민초가 주인공인 셈이다. 또한 나는 이 소설에서 사장되어버
린 순수 우리말을 최대한으로 살려보려고 했다. 작가는 언어의 채굴
자이고 특히 죽어있는 언어의 활용도를 높여 다시 살려내는 작업을
해야 한다고 생각한다. 특히 전라도 토박이말을 원형대로 살려보려
고 노력했다. 그리고 가급적 당시 서민들의 삶의 풍속을 그대로 되살
리려고 했다. 영산강변을 터전으로 살아온 민초들의 본디 생활사를
민속적 관점에서 보여주고 싶었다.

『타오르는 강』은 1981년 『월간중앙』에 연재를 시작하였고 1987년 '창작과비평사'에서 7권으로 발간되었었다. 7권까지는 노비세습제가 풀린 1886년부터 1911년까지의 이야기이다. 나는 당초에 1929년에 일어난 광주학생독립운동까지를 포함하여 10권 분량으로 완간하려고 했었다. 그러나 그때까지만 해도 광주학생운동의 객관적 서술이 자유롭지가 못했다. 장재성 등 광주학생독립운동 주동자가 사회주의자라는 이유로 6.25직전에 처형되어, 오랜 세월 역사의 그늘 속에 가려져 있었다. 일제 강점기 독립운동을 주도했던 대부분 사람들이 그랬던 것처럼, 광주학생독립운동 중심인물 역시 민족주의·사회주의 노선이었다. 다행히 참여정부로부터 이들의 역사적 공적을 인정받게 되어 활발한 연구가 이루어지기 시작했으며 객관적 서술이 가능해졌다.

87년 '창작과비평사'에서 7권이 발간된 지 25년, 1981년 『월간중앙』에 연재를 시작한 후 31년 만에, 『타오르는 강』이 비로소 광주학생독립운동을 포함하여 9권으로 다시 묶어져 나오게 되었다. 내 오랜 문학적 숙원이었던 『타오르는 강』이 9권으로 완간을 한 것이다. 나는 2권으로 추가된 8, 9권에서 광주학생독립운동은 한일 간 학생들 사이에 우발적으로 일어난 단순사건이 아니라는 것을 밝히고자 했다. 1920년대 초 동경유학생들에 의해 광주지역에 사회주의가 유입되면서, '광주 흥학관'의 광주청년학원과 광주고보를 비롯한 학생들이 '성진회', '독서회' 등을 조직하여 사회과학교육을 통해 오랫동안 치밀하고 조직적으로 준비해온 사건임을 밝히고 싶었다.

이번 완간하는 과정에서, 1권에서 7권까지의 소설적 흐름은 손을 대지 않았으나 잘못 표현된 부분이나 역사적 오류나 모순된 내용을 부분적으로 바로잡았다. 시대적 사건을 자연스럽게 연결시켰고 개정된 우리말 바로쓰기에 맞췄으며 새로 찾아낸 전라도 토박이말들을 추가했다. 특히 광주학생독립운동 부분에서는 자료조사에서 밝혀낸 실명을 그대로 사용했다.

30년 만에 완간이 되고 보니 참으로 오랫동안 버겁게 지고 있던 큰 짐을 땅에 내려놓은 것처럼 홀가분한 심정이다. 돌이켜보니 나는 1974년 작가가 된 후 지금까지 40년 가까이 오로지 『타오르는 강』을 붙들고 씨름하듯 낑낑대온 것 같은 기분이다. 『타오르는 강』의 완간을 계기로 영산강을 중심으로 살아왔던 우리나라 노비들의 삶에 대해 관심을 가져주었으면 싶다. 그리고 일제강점기 빼앗긴 땅을 되찾기 위해 얼마나 많은 민초들이 죽어갔는가를 상기해주었으면 한다. 역사 속에서 영산강이 되살아나기를 바란다. 진정으로 강의 세상이 오기를 기다린다. 강은 자생력이 있기 때문에 내버려두어도 스스로 살아나지만, 강과 함께 만든 삶의 역사는 누구인가 붙잡아 건져주지 않으면 그대로 흘러가버린다.

이 책을 내주신 소명출판 박성모 사장님과 책이 나올 수 있도록 애써주신 국민대 정선태 교수께 가슴 깊이 고마움을 간직한다.

2012년 정초에
문순태

별들의 행진

1

  새해가 밝은 지 나흘 째 되는, 1월 첫째 주 일요일 저녁. 청년학원 공제회의 전달 수익에 대한 결산을 하는 날이다. 이날은 청년학원 공제회 회원들이 모두 모여, 한 달 동안의 총 판매와 수익금을 따지고 각자 이익금에 대한 분배가 이루어진다. 후원회장인 양만석도 이 자리에 참석했다. 31명의 회원들이 한 명도 빠지지 않고 좁은 방에 신골 박히듯 가득 들어앉았다.

  "이제 회원이 30명을 넘게 되니 이 방에서는 결산회의도 할 수가 없겠네요. 아무튼 우리 광주청년학원 공제회가 욱일승천의 기세로 발전하고 있어 기쁩니다. 이 모든 것이 양만석 후원회장님께서 우리를 성원해주신 결과라 사료되어 거듭 감사의 말씀 올립니다. 그런 의미에서 양만석 후원회장님께 박수를 부탁합니다."

  먼저 청년학원 공제회 회장을 맡고 있는 정도환이 간단한 인사말을 했다. 정도환은 청년학원을 졸업하고 농업학교에 진학을 했지만 공제회에 계속 남아 회장을 맡고 있었다. 청년학원 출신이 상급학교에 진학한 경우에도, 본인의 희망에 따라 공제회 회원으로 남아 고학을 할 수 있도록 규약이 바뀌었다. 간단한 인사말을 끝낸 정도환이 양만석에게 격려의 말을 부탁했다. 양만석은 사양했다. 청년학원 공제회에 간여하고 싶지 않았기 때문이다. 그는 이제 청년학원 공제회가 회원들에 의해 자율적으로 운영되기를 바랐다. 이만하면 회원들만으로도 잘 꾸려갈 수 있다고 믿었기 때문이다. 그래서 실은 이날의 결산회의에도 참석하지 않으려고 했었는데 정도환 회장으로부터 꼭 참석해달라는 부탁을 받고 마지못해 얼굴을 내밀었다. 총무를 맡고 있는 문충식이 회원들 한 사람 한 사람 호명하여 일일 판매고와 월 수익금을 낱낱이 보고했다.

문충식 역시 청년학원을 졸업하고 사범학교에 진학한 후에도 청년학원 공제회에 남아서 스스로 학비를 벌어 학교에 다니고 있다. 문충식은 두 살 터울의 동생도 공제회 회원으로 받아들여서 청년학원에 다니게 했다. 얼마 전에 그는 청주 한 병을 사들고 양만석을 찾아와서, 그동안 공제회에서 저축한 돈으로 다리를 못 쓰는 아버지를 병원에 모시고 가서 치료를 받아 이제 조금씩 걸을 수 있게 되었노라고 했다.

문충식은 이 모든 것이 양만석의 은혜라면서 진심어린 감사를 표하고 돌아갔다. 양만석은 문충식과 정도환을 보면서 청년회 공제회를 만들기를 참으로 잘했구나 싶었다. 문충식의 결산보고에 따르면, 청년학원 공제회 회원들의 한 달 평균 수익이 1원 조금 넘었다. 능력이 뛰어난 사람은 2원에 육박하기도 했다. 학생신분으로 그만한 벌이라면 금융조합에 다니는 하이칼라 양복쟁이 수입에 뒤지지 않았다.

문충식이 그렇듯, 회원들은 대부분은 자신이 번 돈으로 본인의 학비 조달은 물론 식구들을 건사하고 동생들을 학교에 보내기도 했다. 공제회에서는 매월 가장 높은 수익을 올린 '이달의 수익왕' 학생 한 명을 골라 상금을 주기도 했다.

양만석은 공제회에서 회원들과 함께 저녁을 먹었다. 밤이 이슥해서야 공제회 대문을 나서려는데 정도환이 바쁘게 따라나왔다.

"선생님께 꼭 드릴 말씀이 있습니다."

깜깜한 주변을 두리번거리며 말하는 정도환의 태도가 여느 때와는 좀 달랐다.

"조용히 말씀 드릴 게 있어서요."

"그래? 무슨 이야긴데 그러는가?"

"오늘 아침에 형님이 저를 찾아와서 선생님께 은밀히 전하라고 했습니다."

"자네 형님이? 경찰부 형님 말인가?"

"예. 형님 말로는 얼마 전에 결성된 학생들의 비밀결사 비밀이 샌 것 같다고 합니다."

"뭐라고? 자네 형님이 그런 말을 했단 말인가?"

"형님 말로는 분명 성진회라고 했습니다. 한 달에 두 번 만나서 학습과 토론을 한다는 것까지 알고 있었습니다. 발기회원 중에 경찰과 선이 닿는 사람이 있는 것 같다고 했습니다. 다음 집회 때 기습할지도 모르니 조심하라고 하면서 꼭 선생님한테 알리라고 당부를 했습니다."

"알았네. 고마워."

양만석은 정도환의 손을 잡아 흔들며 고맙다는 말을 하고 나서 어둠 속으로 걸음을 재촉했다. 경찰이 성진회의 비밀결사 정보를 탐지했다면 큰 문제가 아닌가. 시급히 이 사실을 성진회 지도부에 알리기 위해 서둘렀다. 그는 반달음으로 금성관으로 달려가 마당에 들어서기가 바쁘게 다급하게 백년이부터 찾았다.

마침 저녁을 먹고 혼자 공부를 하고 있던 백년이가 양만석의 목소리를 듣자 빠끔히 방문을 열고 어둠 속으로 얼굴을 내밀었다. 오랜만에 얼굴을 보는데도 백년이는 반가움을 드러내지 않고 오히려 뜨악한 반응이었다.

"백년이 너 진남관에서 하숙하는 최규창이 알지?"

양만석의 목소리가 다급해졌다. 그때서야 백년이가 토마루로 내려섰다.

"가서 내가 좀 보잔다 하고 규창이 데려와라. 아니, 최규창이한테 왕재일이나 장재성이 좀 데리고 오라고 해라. 둘 다 연락이 안 되면 한 사람이라도 같이 오도록 해라."

양만석은 백년이한테 당부하고 나서도 안절부절 못하며 마당에서 서성댔다. 잠시 후 백년이가 대문 안으로 들어왔고 뒤이어 왕재일과 최규창이 앞서거니 뒤서거니 따라왔다. 그들은 양만석을 보자 허리를 ㄱ자로 꺾고 정중하게 인사를 했다. 마침 왕재일이 규창의 집에 와 있다가 백년이의 전갈을 받고 같이 왔다고 했다. 양만석은 왕재일과 최규창을 별채에 있는 그의 방으로 데리고 들어갔다. 백년이는 잠시 미적거리는 것 같더니 들어오지 않고 안채로 향했다. 양만석은 백년을 부르지 않았다.

"성진회 다음 모임이 언젠가?"

양만석은 왕재일과 최규창이 방에 들어오자 다급하게 물었다.

"다음 토요일에 모입니다."

최규창이 대답했다.

"당분간 모이지 않는 게 좋을 듯싶네."

"이유가 뭡니까?"

왕재일이 다소 불만스러운 목소리로 물었다.

"성진회 비밀결사 내용을 경찰이 알고 있다고 하네."

"그럴 리 없습니다."

"철저히 비밀을 유지하고 있는데 어떻게?"

왕재일과 최규창이 동시에 화들짝 놀라며 서로의 얼굴을 보았다.

"나도 처음에는 믿기지 않았네. 그렇지만 사실이야. 조금 전에 믿을 만한 사람으로부터 은밀하게 연락을 받았네. 내게 정보를 알려준 사람은 경찰이야. 아무래도 발기회원들 중에 프락치가 있는 것 같네."

"참말입니까?"

"누굽니까?"

왕재일과 최규창은 동시에 기급하듯 다시 놀랐다.

양만석으로부터 성진회 발기회원 중에 경찰 프락치가 있다는 말을 건네들은 왕재일은 최규창의 하숙방으로 돌아와 신가한 고민에 빠졌다. 다음 토요일 모임 때 급습을 당할지도 모른다니 기가 막힐 일이었다. 그렇다고 오랜 시간이 걸려 어렵게 결성한 성진회를 여기서 해체할 수는 없었다. 그는 눈을 감고 누워 한 사람 한 사람 15명의 발기회원 이름을 불러, 머릿속에서 이름과 얼굴을 일치시켜가며, 결사의 비밀을 경찰에 제공할 만한 사람이 누구일까 따져보았다. 아무리 생각을 되작거려보아도 의심할만한 인물이 떠오르지 않았다. 처음부터 조금이라도 의심의 여지가 있는 사람은 회원에서 제외시켰지 않은가.

"형, 암만해도 장재성·박인생 등 성진회 간부들 의견을 모아 봐야 하지 않겠어? 지금 당장 재성이 집으로 가세."

최규창이 머리를 쥐어뜯으며 거푸 한숨만 몰아쉬고 있는 왕재일에게 말했다. 그러자 왕재일이 벌떡 일어서더니 당장 장재성을 만나러 가야겠다고 했다. 두 사람은 진남관을 나와 장재성의 집으로 향했다. 어느덧 밤이 이슥하게 깊어 거리에는 인적이 드물었다. 거리는 어둠과 추위로 얼어붙은 듯 쌀쌀했다. 장재성의 집은 우편국에서 가까웠다. 조붓한 골목으로 들어서 세 번째 기와집 앞에서 걸음을 멈춘 두 사람은 한동안 망설였다. 시각이 너무 늦었기 때문이다.

오랫동안 추위 속에 서 있다가, 최규창이 용기를 내어 조심스럽게 대문을 두드렸다. 이윽고 운동화 끄는 소리와 함께 대문이 열렸고 장재성의 누이동생이 등불을 들고 얼굴을 내밀었다. 늘씬하고 잘 생긴 장매성은 광주여자고등보통학교 1학년이었다. 희미한 등불의 불빛에 비쳐 보인 장매성의 얼굴이 박꽃처럼 희고 고왔다.

"재일이 오빠, 어쩐 일이세요?"

장매성은 곧 왕재일을 알아보았다. 그녀는 팔을 들어 올려 등불을 앞으로 내밀고 불빛 속에서 다소 뜨악해하는 눈빛으로 최규창을 바라보았다. 이날 장매성을 처음 본 최규창은 뛰어난 미모에 잠시 혼몽해졌다.

"아, 이 친구는 재성이랑 같은 학교 친구야. 밤늦게 미안한데 오빠 좀 불러줄래? 꼭 전할 말이 있어서 그래."

왕재일이 말하자, 장매성은 알았다며 이내 집 안으로 사라졌다. 잠시후 장재성이 대문 밖으로 모습을 나타냈다.

"이 밤중에 무슨 일이야?"

"급히 상의할 일이 생겼다. 여기서는 말을 못하겠으니 같이 가자. 네 집에서는 부모님 때문에 안 되겠으니 규창이 하숙방으로 가는 것이 좋겠다."

매우 다급해 하는 왕재일을 본 장재성은 잠시만 기다려달라고 말하고 안으로 들어가더니 외투를 걸치고 나왔다. 누이동생 장매성도 등불을 들고 오빠를 따라 나왔다가 왕재일한테 인사를 하고 대문을 걸었다. 그들은 영하의 추위로 꽁꽁 얼어붙은 어둠 속을 뛰어 함께 진남관 최규창의 하숙방으로 돌아왔다. 왕재일이 숨을 고른 후, 양만석 선생으로부터 들은 자초지종을 이야기했다. 장재성은 한동안 무겁게 고개를 숙이고 앉은 채 말이 없었다.

"박인생한테는 연락 했어?"

한참 후에야 장재성이 고개를 들고 물었다.

"아직…… 먼저 너한테 알려야 할 것 같아서."

"밤도 늦었고……."

왕재일과 최규창이 난감해 하는 얼굴로 한숨을 섞어 말했다.

"헌데 양 선생님 정보가 확실한 거야?"

장재성이 믿을 수 없다는 듯 물었다.

"양 선생님이 잘 아는 경찰한테서 들은 거라니까 확실하겠지. 그나저나 박인생한테도 연락을 해야 할 텐데."

"그쪽에는 내일 연락하기로 하고 우선은 우리 쪽 멤버 중에서 의심이 가는 사람이 있는지 한 사람 한사람 면밀하게 따져보는 것이 좋겠어."

왕재일의 말에 장재성은 고개를 끄덕이고 나서 백지 위에 광주고보 쪽 회원들 명단을 적기 시작했다. 장재성·왕재일·최규창·김광용·임주홍·정우채·국순업·안종익·김창주·최용호. 자신을 포함해서 10명의 이름을 쓰고 난 장재성은 뚫어지게 이름들을 하나하나 들여다보았다. 의심 가는 사람이 아무도 없었다. 그때 최규창이 한참 동안 책상 서랍을 뒤적거리더니 사진 한 장을 꺼냈다. 성진회 결성 기념으로 찍은 사진이다. 그 사진 속에 15명의 얼굴들이 담겨져 있었다. 10명이 두루마기를 걸쳤는데 그 중 5명은 검정색, 2명은 흰색이다. 나머지 5명은 교복차림으로 외투를 걸친 사람도 있다. 두루마기차림이나 교복차림이나 모두들 모표가 붙은 학생모를 썼다.

"이름보다는 이 사진을 봐."

최규창이 사진을 장재성 눈앞으로 들이 밀었다.

"그래. 사진을 보면서 한 사람씩 따져보자."

왕재일도 사진을 들여다보며 말했다. 세 사람은 일제히 사진으로 시선을 집중시켰다.

"맨 처음 성진회를 만들기로 했던 사람이 재일이 형과 나, 그리고 규창이였고 그 다음으로 농업학교를 찾아가서 문승수와 박인생 정남균 정동수를 만났었지. 여기까지 일곱 명인데 문제가 없는 것 같고. 그 다음에 어떤 경로를 통해 15명으로 늘어나게 되었는지 한 명씩 따져가며 생각해보자고."

장재성의 말에 셋은 7명을 제외한 사진 속 인물을 한 사람씩 짚어가며 그에 대해 아는 정보를 모두 이야기했다.

"가만 가만, 우리 세 사람 중에서 누가 이 친구를 추천했지?"

왕재일이 교복 차림의 한 학생을 손가락으로 짚으며 물었다. 장재성과 최규창은 고개를 흔들었다. 그러고 보니 평소에 그들과 별로 어울리지 않았던 친구였다.

"임주홍이가 추천했나?"

"아닌 것 같은데 혹시 국순업이 추천했을까?"

"그러고 보니 수상쩍은 대목이 있는 것 같기도 하네."

"누구? 아, 이 친구."

"얼마 전에 나를 찾아와서 저녁을 먹자고 하기에 만났더니, 전체 회원명단을 달라고 하더라고. 그래서 회원들은 추천한 발기회원만이 알고 있다고 했더니, 자기가 알고 있는 친구가 회원이 되었는데 친일파 아들이라는 거야. 그래서 이름을 말해보라고 했지. 우물쭈물하면서 이름은 말하지 않더라고."

왕재일은 사진을 들여다보면서 한동안 미심쩍은 표정으로 입맛을 쩝쩝 다서댔다.

"맞아 형. 이 친구 나한테도 와서 똑같은 부탁을 했어. 그러고 보니 수상하네."

장재성이 무릎을 치며 놀라는 얼굴로 말했다.

"헌데 이 친구 지금까지 토론 때마다 매우 적극적이었는데? 걸핏하면 경찰부를 습격하자거니 일본놈들을 모두 때려죽여야 한다느니, 과격한 발언을 했고."

최규창은 토론이나 학습 때의 기억을 되살리며 말했다.

"그것이 위장술이었겠지."

"그런데 누가 이 친구를 추천했는지 알아야 하는데…… 그래야 구체적인 신상을 파악할 수가 있지 않겠어?"

"한 사람씩 만나서 알아보면 되겠지."

"그럼 당장 내일 학교에 가서 알아보자고."

"임주홍한테는 내가 알아볼게."

그렇게 말하며 최규창이 괘종시계를 보았다. 밤 11시가 넘었다. 그는 전등불을 끄고 촛불을 켰다. 11시가 넘도록 전깃불을 켜놓고 있으면 어김없이 주인이 나타날 것이기 때문이다.

"헌데, 우리가 이 친구에 대해서 너무 단정적으로 생각하고 있는 건 아닌가 몰라. 보다 신중을 기할 필요가 있을 것 같기도 해. 내일 박인생을 만나서 그쪽 학교 회원들도 대상으로 올려놓고 따져보는 것이 어떨까?"

왕재일이 조심스럽게 두 사람의 눈치를 살피며 말했다.

"아니야 형, 우선 우리 쪽부터 의심쩍은 사람을 철저히 점검해보고 나서 그쪽에 말하는 것이 좋겠어. 내 생각에는 양 선생님의 정보가 백 프로 믿을 수 있는 것도 아닌 것 같고."

장재성이 단호하게 말했다.

"만약에 프락치가 있다면 어떻게 하지?"

"당장 해체해야지."

최규창이 묻고 왕재일이 대답했다.

왕재일과 장재성·최규창 등은 사흘 동안에 걸쳐 발기회원 중에서 의심이 가는 학생에 대해 은밀하고도 조심스럽게 신상을 파악해갔다. 먼저 세 사람이 의심쩍게 생각했던, 뾰주리감처럼 얼굴이 길고 턱 끝이 뾰족한 학생을 추천한 친구를 알아냈다. 그런데 막상 추천을 한 사람도 그에 대한 자세한 신상을 알고 있지 못했다. 그냥 같은 반 친구였을 뿐, 도시락을 먹으면서 6·10만세운동 이야기가 나왔을 때, 만세운동에 참가했던 학생들을 구타한 일본경찰에 대해 비분강개하는 것을 보고 항일하는 마음이 투철하다고 생각해서 성진회 발기회원으로 추천을 하게 되었노라고 했다.

그가 어느 고장 출신이고 부모는 어디에 살고 있으며 아버지가 무슨 일을 하는지에 대해서 전혀 모르고 있었다. 우선 그의 아버지와 가까운 친척 중에 경찰이나 친일파가 있는지부터 확인해봐야 했다. 그때까지는 그를 프락치로 단정할 수는 없었다. 그러나 그의 가족관계며 구체적인 신상을 파악하는 일은 결코 간단한 문제가 아니었다. 어렵지 않은 것은 그를 추천한 학생을 그 친구 집에 놀러가게 하여 눈치

채지 않게 탐색해내는 일이었다. 왕재일과 장재성은 당분간 학습 모임을 중단하기로 했다. 두 사람은 박인생을 만나 뜻을 전하자 납득할 수 없는 일이라면서 크게 반발했다.

"도대체 무엇 때문에 학습을 중단한다는 거야. 이유가 뭔데?"

서기 박인생은 당분간 학습을 중단하자는 왕재일 총무의 제안을 받아들일 수 없다고 했다. 그렇다고 해서 아직 확증도 없는 상황에서 조직 내에 프락치가 있다는 것을 밝힐 수도 없는 일이었다. 왕재일은 그냥 최근에 경찰부에서 학생동태 감시가 심하니까 잠시 몸을 움츠리는 것뿐이라고 했다. 그래도 박인생은 어떤 일이 있어도 학습만은 중단할 수 없다고 했다. 하는 수 없이 왕재일은 양만석 선생한테서 들은 이야기를 말했다.

"그동안의 모든 비밀이 그대로 경찰부에 보고되었다는 거야."

"회원 명단은 물론 학습내용과 회원들의 토론 내용까지도 그대로."

"어떤 놈이야? 어떤 놈이 그 따위 짓을 해?"

왕재일과 장재성의 설명에 박인생 역시 소스라치게 놀라며 흥분을 감추지 못했다.

"우리 주변에 의심쩍은 친구가 있어서 지금 탐색 중이니까 조금만 참아. 곧 밝혀질 거야."

"성진회 해체는 절대 안돼."

박인생은 침통한 얼굴로 고개를 끄덕이고 나서 무거운 발걸음으로 돌아갔다. 왕재일과 장재성은 한참 동안 박인생의 뒷모습을 바라보고 서 있었다. 이렇게 된 것이 자신들의 잘못이기라도 한 것처럼 마음이 가라앉았다. 기실 그들은 성진회를 태동시키기까지 많은 어려움을 겪어왔었다. 그들이 성진회를 결성한 것은 오직 한 가지 목적 때문이었다. 그것은 성진회 조직 강령에도 명시되어 있듯이 '일제의 굴레에서 조선의 독립을 쟁취하고 일본제국주의를 타도하는 것'이었다. 그들은 성진회를 통해, 학내 투쟁에 머물러왔던 학생운동을 한 차원 높여, 민족해방 투쟁으로 이끌어갈 계획이었던 것이다.

성진회가 출범한 지 몇 달도 안 되어 조직 내의 기밀이 모두 새어나가는 등 내홍을 겪고 있는 사이에 좌우 합법단체인 '신간회'가 만들어졌다. 김성수 · 송진우 · 최린 · 최남선 · 이광수 등으로 대표되는 이른바 자치주의자 혹은 투항적 민족주의자를 제외한 비타협주의 조선의 민족진영과 공산진영은 27년 1월 19일 민족단일노선으로 '신간회'를 발기하였다. 왕재일이 최규창의 하숙방으로 동아일보를 가지고 와서 신간회 발기에 대한 기사를 읽어주었다.

'조선 민족의 정치적 의식이 발전됨에 따라 민족적 중심 단결을 요구하는 시기를 타서 순(純)민족주의를 표방한 신간회 발기인 28명이 연명으로 , 1월19일 하기와 같은 3개조의 강령을 발표하였는데 책임자의 말을 듣건대 신간회의 목표는 우경적(右傾的) 사상을 배척하고 민족주의 중 좌익 전선을 형성하려는 것이라 하며 실지 정책과 사업은 2월 5일에 개최될 창립총회에서 결정할 터이더라 '

이날 기사에는 조선 민족의 정치적 경제적 각성을 촉진하고 단결을 공고히 하며 기회주의를 일체 부인한다는 등의 강령도 소개되었다. 이념적으로 보면 비타협주의 민족진영과 공산진영의 좌우합작인 것이다. 조선인민은 민족의 대동단결을 내건 신간회를 열렬히 지지하였다. 신간회는 이념적 차이를 넘어 민족해방이라는 공동 목표를 내걸고 민족주의자들과 사회주의자들이 단결한 최초의 연합전선이라는 점에서 그 의의가 크다고 하겠다. 이념을 뛰어넘어 공동의 적 일제를 타도하는 투쟁에 있어서 공동보조를 취하자는 데에는 아무도 반대할 사람이 없었다.

그로부터 한 달 조금 못 된 2월 15일에는 100여 명의 회원이 참석한 가운데 창립대회가 열렸다. 의장에 신석우, 회장에 이상재, 부회장에 홍명희를 선출하고 조병옥·안재홍·허헌 등이 간부로 선임되었다. 회원 수가 전국적으로 3만 명에 달했고 149개 지방에 지회가 조직되어 합법적인 항일 투쟁을 벌일 수가 있었다.

신간회는 한국인 착취 기관의 철폐, 교육차별의 금지, 한국어 교육 실시, 과학사상 연구의 자유 등을 주장했다. 신간회가 창립되자 전국의 청년·사상·노동·농민 단체 등으로부터 지지 운동이 전개되었고 사회단체의 해체와 파벌 없애기를 통한 전선의 통일 등이 구체화되었다.

신간회 자매기관으로 여성단체인 근우회가 조직되어 여성들도 민족운동을 활발하게 펼칠 수가 있었다. 신간회 조직의 전국적인 추세에 발맞추어 전남에서도 많은 지회가 만들어졌다. 지회결성에는 청년·노동·농민·형평회 등의 단체들이 적극 참여했다. 지회 안에는 직업별 지역별로 분화나 반회를 두고 다양한 활동을 펼쳐나갔다. 웅변대회나 연설회를 수시로 열고 야학을 운영하여 민족 계몽운동에 힘썼다. 농민·노동운동과 결합하여 민족의 생존권을 지키기 위한 운동을 벌임으로써 민중의 지지를 받았다.

신간회 창립총회가 열린 지 1주일쯤 지나서 성진회 지도부가 한자리에 모였다. 표면상으로는 졸업을 하는 회원들을 축하한다는 명분이었지만, 사실은 성진회의 해체 문제를 논의하기 위해였다. 졸업생 중에는 왕재일 총무 외에 농업학교 정남균이 참석했다.

"오늘은 성진회의 이름으로 두 선배님들 졸업을 축하해주기 위해 이 자리를 마련했습니다만, 먼저 성진회의 장래 문제에 대해서 논의를 하고자 합니다."

장재성이 먼저 인사말을 하고 나서 이야기를 계속했다.

"그동안 모 회원에 대해 철저하게 정보를 탐색한 결과, 우려했던 대로 사실이 드러났습니다. 회원의 형이 경찰부에 재직하고 있다는 것을 확인했고 그동안 우리 조직의 모든 기밀이 그 회원을 통해 경찰부로 그대로 흘러들어간 것 같습니다. 그래서 앞으로 어떻게 하는 것이 좋을지 의견을 나누어주십시오."

"내 생각에는 완전 해체는 안 되고 형식상으로 해체하는 것이 좋을 것 같은데 다른 사람 의견은 어떨지."

"형식상 해체라면?"

박인생의 말에 장재성이 물었다.

"그 자식만 제외시키기 위해 잠시 동안만 모임을 중단했다가 다시 시작하자는 거지."

"그럴듯한 이유를 들어 표면상으로 해체선언을 해야겠지."

워낙 입이 무거워 말수가 적은 정남균이 띄엄띄엄 한마디 했다.

이날 모임에서 그들은 빠른 시일 안에 임시회의를 소집하여 공식적으로 성진회의 해체를 선언하기로 합의했다. 물론 형식상의 해체일 뿐, 내용적으로는 조직의 명칭을 바꾸거나, 당분간 휴면상태에 있다가, 언제고 기회를 봐서 다시 재가동하기로 했다.

핵심 회원들이 졸업을 하게 되어 어차피 전반적인 조직을 재정비해야만 했다. 졸업생 중에서 정남균은 고향인 완도 약산으로 돌아가, 그곳에서 후진 양성과 항일운동에 매진하겠노라고 했다. 그는 오래전부터 사립 약산학교에 훈도 자리를 알아보고 있다고 했다. 왕재일은 일자리를 구할 때까지 당분간 신문배달을 하면서 그냥 광주에 남아 있겠다고 했다. 그는 전남도내 동아일보 지국에서 일하고 싶다고 했다. 글쓰기를 좋아하는 왕재일은 친구들에게 장차 신문기자가 되는 것이 소원이라는 말을 자주 했다.

일찍 저녁을 먹고 난 그들은 청년회 간부들과 만나기로 약속한 기무라야 빵집으로 자리를 옮겼다. 그곳에는 강해석·지용수·장석천 등 세 사람이 미리 와서 기다리고 있었다. 강해석과 지용수는 ML당 학생지도부를 맡고 있었고 사회주의 사상단체인 신우회 간부였으며 장석천은 전남청년동맹 위원장과 신간회 광주지회 상임간사였다. 이들은 학생운동에 영향을 주고 있었으며 성진회 발족에도 음으로 양으로 많은 지원을 했다.

학생들이 자리에 앉자 지용수가 빵과 모찌를 주문했다. 학생들은 조금 전에 배불리 저녁을 먹었는데도 사양하지 않았다.

"그래, 해체 선언은 언제 하기로 했나?"

강해석이 왕재일을 보며 물었다.

"다음 학습 모임 전이 좋을 것 같습니다."

"빠를수록 좋겠지."

왕재일의 말에 지용수가 한마디 했다.

"마땅히 배신자는 응징을 해야겠지요? 그런 놈은 얼굴을 들고 학교에 다닐 수 없도록 매장을 시켜야합니다."

장재성이 청년들의 의향을 떠보려는 듯 세 사람을 번갈아보며 물었다.

"응징은 안 되네."

장석천이 단호하게 잘라 말했다.

"그건 장 선생 말이 맞네. 만약 여러분 감정대로 응징을 했다가는 보복이 있을지도 모르네. 아니, 보복을 하겠지. 그냥 적당한 이유를 들어 해체하겠다고 하고 배신자를 자연스럽게 제외시키도록 하게. 그놈이 절대 눈치채게 해서는 안 되네. 자신 때문에 해체된 것을 알면 더욱 색안경을 쓰고 볼 것이야. 일단 의심의 눈초리부터 제거한 다음에, 적당한 기회를 보아서 조직을 재건하도록 하게."

"이번에 지도부 학생들이 여러 명 졸업을 하게 되어 조직을 재정비하기 위해서 어쩔 수 없이 해체시킨다고 하면 되겠구만."

지용수에 이어 강해석이 말했다.

"3월 11일이 어떻겠는가. 그날 우리가 성진회 회원들 중에서 졸업하는 학생들을 축하하는 의미에서 저녁초대를 할 생각이네. 회원들에게 특별히 당부할 말도 있고…… 이날 가급적이면 회원들을 모두 나오게 해서, 자연스럽게 해체 선언을 하는 것이 어떻겠는가. 저녁 6시쯤이 괜찮겠는데."

장석천의 제안에 지용수와 강해석이 서로를 마주보며 좋다고 커다랗게 고개를 끄덕였다. 학생들이 보기에 셋은 이미 그렇게 하기로 의견을 모은 것 같았다.

"성진회 발기회원 열다섯 명의 회원들 중에서 올해 졸업하는 학생들을 합하면 서른 명 정도 되지 않겠어? 당연히 배신자도 참석시켜야 겠지."

강해석은 그러면서 되도록 발기회원이 모두 참석하도록 하라고 당부했다.

"공개적으로 모여도 괜찮겠습니까?"

왕재일은 발기회원과 졸업하는 일반회원들이 한자리에 모인다는 것이 꺼림한 듯싶었다.

3월 11일 오후 6시, 홍학관에서 가까운 청요리집에 성진회 회원 28명이 모였다. 광주청년회에서 성진회 회원들의 졸업을 축하하는 자리였다. 성진회 발기회원 15명도 전원 참석했다. 친구를 배신한 뽀주리감도 아무렇지도 않은 표정으로 약속시간 안에 모습을 나타냈다. 그의 배신행위를 알고 있는 회원들은 평소처럼 그를 대해주었다. 청년회 측에서는 강해석과 장석천이 참석했다. 지용수도 참석하기로 했으나 갑작스럽게 집안에 일이 생겨서 나오지 못했다.

"선배들이 졸업을 하니까 축하해 줄 일인데도 어쩐지 허전하지?"

일부러 뾰주리감 옆에 앉은 장재성이 은근한 눈빛을 보내며 말을 걸었다.

"그러네. 섭섭하기도 하고."

"선배들이 빠져나가게 되면 성진회도 맥이 빠질 거야."

"그거야, 빈자리에 신입생들을 참여시키면 되겠지."

"이제 갓 들어온 풋내기들을 모아서 뭘 하겠어. 말도 통하지 않을 텐데."

"그러니까 사상교육을 철저히 시켜야지. 그래서 우리들 책임이 더 막중해진 거지."

"암튼, 선배들이 대거 빠져나가서 당분간 성진회 학습도 중단해야 할 것 같아."

"그건 안 돼. 지금 전국 곳곳에서 맹휴투쟁이 불길처럼 솟아오르고 있는데, 성진회를 중심으로 우리도 대비를 해야지."

"대비? 어떤 대비?"

"때가 되면 우리도 맹휴투쟁을 전개해야 하지 않겠어? 그때는 마땅히 우리 성진회가 구심체가 되어서 조직적인 투쟁을 해야지."

"글쎄."

장재성은 애매하게 말끝을 얼버무리고 말았다. 그때 중앙에 장석천과 나란히 앉아 있던 강해석이 사회를 보기 위해 일어섰다.

"여러분, 오늘 이 자리는 성진회 회원들의 졸업을 축하하고 이제 사회인이 되는 것을 환영하기 위해 광주청년회 이름으로 마련했습니다. 그동안 여러분들은 사회과학 연구를 위해 결성된 성진회의 학습을 통해 사상적으로 보다 성숙되어, 조국의 미래에 대한 책임이 더욱 막중하다는 것을 깨닫게 되었으리라 믿습니다. 이제 학생신분을 떠나 어엿하게 사회인이 된 여러분들은, 앞으로 더욱 사상을 굳건히 하여 우리가 꿈꾸는 신사회를 건설하기 위한 사회운동에 더욱 매진해 줄 것을 당부 드립니다. 그리고 재학생들은 앞으로도 조직의 결속을 더욱 공고히 하여, 사회과학 연구에 힘써 주기를 바랍니다. 그러면 광주청년회를 대표하여 장석천 전남청년동맹 위원장의 환영사가 있겠습니다."

강해석의 소개에 장석천이 일어섰다.

"조금 전 강해석 동지께서 말씀하신대로 오늘은 사회인으로 첫발을 내딛게 되는 졸업생들을 우리 청년회가 환영하는 자리입니다. 그동안 여러분들은 학습을 통해 사상적 체계를 굳건히 다져왔습니다. 사회인이 된 여러분들은 이제부터는 연구를 통해 쌓아올린 사상을 구체적으로 실행해야 합니다. 이제 여러분들은 공부만 하는 학생이 아닙니다. 학생운동의 주체도 아닙니다. 이제부터는 민족해방운동의 주체가 되어야 합니다. 졸업을 하고 사회의 각계각층에서 일하게 될 여러분들은 신사회 건설을 위한 투쟁에 솔선해야 합니다."

장석천의 환영사는 꽤 길었다. 환영사가 끝나자 졸업생을 대표해서 농업학교 정남균이 간단하게 답사를 했다. 그는 답사를 하면서 몇 번인가 울먹였다. 이어, 성진회의 서기 박인생이 할 말이 있다면서 일어섰다.

"성진회가 결성된 지 4개월이 되었습니다. 회원도 백 명이 넘었습니다. 그동안 우리는 매월 두 번씩 집회를 갖고 사회과학 연구와 학습을 꾸준히 해온 결과 사상적으로 많이 성숙해졌습니다. 그런데 아직한 번도 학습을 통해 얻어진 사상을 실행에 옮기지 못했습니다. 더욱이 이번에 30명에 가까운 회원들이 졸업을 하게 되어, 조직이 약화되고 말았습니다. 그래서 지도부에서 뜻을 모았습니다. 매우 가슴 아픈일이지만 부득이 성진회를 해체하기로 했습니다. 신입생이 들어오고나면 기회를 보아 조직을 다시 추스르기로 했습니다. 찬동하시면 박수로 결의해주시기 바랍니다."

박인생의 제안에 모두 박수를 쳤다. 물론 발기회원들이 미리 준비한 시나리오대로 진행된 것이다. 반대하는 사람이 몇 명 있었지만 어쩔 수 없었다.

2

광주고보 입학식 날이다. 아침 일찍부터 교문 앞이 북적거렸다. 엿장수며 사탕장수와 빵장수들이 몰려들었다. 연필이며 공책 등을 파는 학용품 장수도 눈에 띄었다. 엿장수의 가위질 소리며 장사치들이저마다 물건을 팔기 위해 떠들어대는 소리로 시끌벅적했다. 입학식시간이 가까워지자 학생들과 학부형들이며 축하객들이 줄을 이으면서 교문 앞은 더욱 붐볐다. 인력거와 택시를 타고 오는 입학생들도 있었다. 교문 앞에 인력거와 택시가 멈출 때마다 군것질 장수들이 한꺼번에 우루루 달려들어 에워쌌다. 눈깔사탕이 가장 잘 팔렸다. 순식이 모자는 새벽에 부르뫼를 출발하여 통학기차를 타고 광주역에서 내렸다. 낭자머리에 옥색 두루마기를 입은 순식이 어머니 박 씨 부인은 역에 내리자 아들 순식이의 손을 꼭 잡고 구름다리를 건너 광장으로 나와, 한동안 시가지 쪽을 바라보고 서 있었다. 그녀는 오늘 결혼하고 나서 세 번째 광주 나들이를 한 셈이다. 첫 번째는 순식이를 낳던 해 가을에, 남편 양만석이 광주구경을 시켜주었을 때고, 두 번째는 얼마 전 순식이가 광주고보 입학시험 보던 날이었다. 첫 번째 광주에 왔을 때 양만석은 상점들이 즐비한 본정통을 구경시켜주고 나서 광주에서 제일 맛이 있다는 식당으로 데리고 가서 청요리를 사주었다. 아들 낳은 기념으로 옥비녀를 사주기도 했다.

박 씨 부인은 11년 전의 일을 떠올리고 쓸쓸하게 웃으며 고개를 흔들었다. 박 씨 부인은 이따금 남편과 함께 보냈던 지난날들이 떠오를 때마다 진저리를 치곤했다. 기억하고 싶지 않았다. 그녀는 아들 입학식에 참석하기 위해 광주에 오면서도 행여 양만석을 자빡 만나기라도 하면 어쩌나 싶어 가슴이 덜컹거리기도 했다. 오늘 새벽에 부르뫼 친정집을 나오면서도 어머니한테 양 서방을 만날까 겁이 난다고 말했더니, 옆에 있던 남동생이 따라가겠다고 한사코 나서는 것을 간신히 떼어냈다.

박 씨 부인은 역 앞에서 순식이와 함께 서둘러 인력거에 올라 광주고보로 가자고 재촉했다. 광주역에서 광주고보까지는 한달음에 당도할 정도로 가까운 거리였다. 모자가 교문에 도착하자 엿장수며 사탕장수들이 달려왔다. 순식이가 발걸음을 멈칫거리며 사탕을 사달라고 했지만 박 씨 부인은 못 들은 척 거칠게 아들의 손을 잡아끌고 교문 안으로 들어섰다. 턱 끝을 바짝 쳐들고 빠른 걸음으로 교문 안으로 걸어 들어가는 그녀의 모습이 단아하면서도 서슬 퍼런 칼날처럼 날카롭게 보였다. 모자는 교정의 구령대에서 멀리 떨어진 뒤쪽, 벚꽃나무가 가지런히 서 있는 화단 옆에 서 있었다. 대부분의 학부형들이 햇살이 다사롭게 깔린 구령대에서 가까운 판자집 교실 옆에 서서 입학식이 시작되기를 기다리고 서 있는데, 박 씨 부인은 아들과 함께 한갓진 곳에서 기다렸다.

"순식아, 여그가 네가 댕길 학교여. 학교가 겁나게 크쟈? 여그서 공부 열심히 해서 이 어매 한을 풀어줘야 헌다잉. 어매는 오직 너만 믿고 살 것잉께. 알았지야?"

박 씨 부인은 아들의 손을 꼭 잡고 학교 안을 여기 저기 둘러보며 말했다. 순식은 대답이 없다. 사탕을 사주지 않았기 때문에 교정에 들어와서도 뚱해있었다.

그때, 광주고보에 도착하여 택시에서 내린 양만석은 순식이 모자를 찾느라 사방을 두리번거렸다. 순식이 모자는 구령대에서 멀리 떨어진 외진 곳에 있었다 양만석은 빠른 걸음으로 순식이 쪽으로 향했다. 양만석의 발걸음이 점점 빨라지더니, 막상 순식이가 서 있는 벚나무 가까이 이르면서부터 멈칫멈칫 느려지기 시작했다. 장개동의 모자와 그의 두 아이들은 한동안 양만석의 움직임을 먼발치에서 바라보았다. 양만석은 아들 앞에서 걸음을 멈추었다. 얼핏 그의 아내 박씨 부인 쪽으로 고개를 돌리는 것 같더니, 아들에게로 한걸음 더 바짝다가가는 것이 보였다.

"축하한다. 네가 자랑스럽구나."

양만석은 아들의 머리를 쓰다듬으며 말했다. 그는 아들을 힘껏 안아주고 싶었지만 그럴 수가 없었다. 순식은 아버지를 보고도 고개조차 끄덕이지 않고 입을 굳게 다문 채 빳빳하게 서 있기만 했다.

"뒷바라지 하느라 당신도 고생 많았소."

양만석이 아내를 보며 말했으나 그녀는 여전히 턱 끝을 바짝 쳐들고 무등산 쪽으로 멀리 시선을 던진 채 아무런 반응이 없었다. 그의 아내는 연두빛 옥비녀를 꽂고 있었다. 검은 머리에 연두빛이 잘 어울려보였다. 양만석은 아들에게 별로 할 말이 없었다. 그래도 아들하고 함께 있는 것만으로 좋았다. 그는 살며시 아들의 손을 잡았다. 차가운 손이 가볍게 떨고 있었다. 아들의 손 떨림이 그의 심장에 와 닿았다. 그는 왜 아들의 손이 떨고 있는지 몰랐다. 그때 학생들이 구령대 앞으로 몰려들었다. 곧 입학식이 거행될 듯싶었다. 순식이도 교정으로 뛰어갔다. 양만석은 그 자리에 서서 아들의 뒷모습을 바라보았다.

"순식이 하숙집은 정했소?"

양만석의 물음에 그의 아내는 대꾸가 없었다.

"아직 어린데 설마 통학을 시키지는 않겠지요?"

다시 물었지만 여전히 묵묵부답이었다.

"괜찮다면 내가 데리고 있으면 어떻겠소. 그것이 싫다면 내 옆에 하숙집을 정하는 것도 괜찮을 것 같은데…… 요즘에 돈이 있는 시골 학생들은 여각에서 하숙을 하는 경우가 많소. 내가 옆에 있는 것이 아이한테는 좋지 않겠소?"

그때서야 그녀가 양만석 쪽으로 얼핏 눈길을 돌렸다. 여전히 냉랭한 눈빛이었지만 애써 경계하고 있는 것 같지는 않아 보였다. 양만석이 한걸음 그녀에게로 다가섰다.

"내가 데리고 있게 해주시오. 그냥 한 집에서 하숙을 할 수 있게만 해주시오. 아직 어린데 타관에 혼자 두면 되겠소? 내가 있는 금성관이나 그 주변 여각에는 광주고보 학생들이 여러 명 하숙을 하고 있다오. 순식이한테 물어보고 좋다고 하면 그렇게 해주시오."

양만석은 매달리는 목소리로 애원했다. 그의 아내가 딱 잡아떼지 않는 것을 보니 만석이의 의견을 받아들일 여지가 있어 보였다. 그때, 막음례와 장개동이가 나란히 양만석 쪽으로 걸어오는 것이 보였다.

"오셨어요. 양순식 군의 입학을 축하합니다."

장개동이가 순식이 어머니에게 인사를 했다. 박 씨 부인은 마지못해 가볍게 목례를 했다.

"여보, 이분은 장 선생님 생모십니다. 인사드리시오."

양만석이 그의 아내한테 막음례를 소개시켰다. 막음례가 웃는 얼굴로 목례를 차자 바 씨 부인도 가볍게 고개를 끄덕해 보였다.

"여그서 요로코롬 만나게 되네요. 암턴 반갑네요."

막음례가 인사말을 했으나 박 씨 부인은 아무 반응이 없었다. 양만석은 입장이 곤란한 듯 안절부절못하였다.

"장 선생님 큰 아드님이 이 학교에 다니고 있고 오늘 둘째가 입학하게 되었다오."

양만석이 그의 아내한테 설명을 해주었다. 그러나 박 씨 부인은 여전히 냉랭한 얼굴로 반응이 없었다. 분위기가 서먹해서인지 장개동 모자는 곧 거리를 두고 물러섰다. 그러나 양만석은 입학식이 끝날 때까지 아내의 곁을 떠나지 않고 옆에 붙어 서 있었다. 장개동 모자가 물러선 후로도 부부는 한마디의 대화도 나누지 않았다. 입학식이 끝나고 순식이가 부모가 기다리고 있는 후정에 나타났다.

"순식이 데리고 같이 나갑시다."

양만석이 박 씨 부인의 눈치를 살피며 조심스럽게 입을 열었다. 박 씨 부인의 반응이 없자 양만석은 서둘러 아들의 손을 잡고 교문 밖으로 나갔다. 그의 아내도 뒤따랐다. 셋은 본정통 쪽으로 걸어가다, 학용품 상점에 들렀다. 양만석은 공책이며 연필·지우개·철필 잉크 등 학용품 일체를 사주었다. 순식은 거절하지 않았다. 본정통을 함께 걷다가 잡화점에 다시 들렀다.

"아버지가 입학식 선물을 사주고 싶은데 뭘 갖고 싶은지 어서 말해봐라. 값이 비싼 것이라도 상관없다."

양만석이 잡화점에 들어가면서 순식에게 물었다. 순식은 얼핏 어머니의 눈치를 살폈다. 박 씨 부인은 아무런 표정도 지어보이지 않았다. 순식은 그것을 긍정으로 받아들였는지 얼핏 아버지를 쳐다보았다.

"칼집이 있는 주머니칼이요."

"주머니칼?"

양만석이 묻자 순식은 상점 안을 한 바퀴 돌더니, 붕어처럼 생긴 칼집이 달린 조그마한 주머니칼을 찾아 들고 왔다.

"웬 칼이냐? 차라리 하모니카를 골라라. 아버지는 너만 했을 때 하모니카가 무척 갖고 싶었단다. 칼 대신 하모니카를 사줄게."

"아녀요. 꼭 주머니칼을 사주세요."

"그래? 그렇다면 하는 수 없겠구나."

양만석은 그러면서 아내의 표정을 살피며 도움을 청했다. 그러나 아내는 아들이 칼을 갖겠다고 하는데도 여전히 무표정이었다. 양만석은 아들이 원하는 대로 주머니칼을 사주었다. 입학식이 끝나고 학용품점과 잡화점을 들렀다 나왔더니 어느덧 12시가 넘었다. 양만석은 다시 아들의 손을 잡고 본정통을 걸어가다가 우편국 근처에 있는 청요리집으로 갔다. 모자는 거절하지 않고 따라 들어왔다. 입학식 날이라, 청요리집은 손님이 가득 들어차 있었다. 셋은 가까스로 자리를 잡고 앉았다. 양만석은 먼저 아내에게 무엇을 먹고 싶으냐고 물었다. 아내는 대답 대신 아들을 보았다.

"순식이 뭘 먹고 싶으냐? 먹고 싶은 것 있으면 뭣이든지 말해라. 오늘은 아버지가 먹고 싶은 것 다 사주마."

"우동이요."

양만서은 키가 크고 미남형이 젊은 종업원을 불러 탕수육과 우동 세 그릇을 주문했다. 요리가 나올 때까지 셋은 입을 꾹 다물고 물만 홀짝거렸다. 순식이 어머니 박 씨 부인은 되도록 남편과 시선을 마주치지 않으려고 애써 옆으로 고개를 돌리고 앉았다. 양만석은 아내에게 하고 싶은 말이 있었으나 기회만 엿보고 있었다. 이윽고 탕수육이 나오자 순식은 정신없이 먹기 시작했다. 아내는 순식이가 몇 번 권해서야 조금 입맛을 다셨을 뿐이다. 탕수육은 순식이 혼자서 먹다시피 했다. 우동까지 다 먹고 나더니 오랜만에 배시시 웃어 보이며 너무 배가 부르다고 했다. 아내도 우동그릇을 깨끗하게 비웠다.

"여보, 지금 나가서 하숙집부터 구합시다. 내가 있는 집에서 가까운 곳에 하숙을 정해 주었으면 해요. 부동정에는 여관들이 많은데, 많은 학생들이 여관에서 하숙을 하고 있어요. 그쪽에다 순식이 하숙을 정합시다. 학교까지 걸어서 십오 분이나 이십 분쯤 걸릴 거요."

양만석의 말에 그의 아내는 긍정도 부정도 하지 않고 무표정하게 순식이만 바라보았다.

양만석은 청요리집에서 나와 순식이 모자와 함께 부동정 쪽으로 향했다. 그는 무엇보다 아내가 발걸음을 돌리지 않고 수걱수걱 따라와 준 것이 고마웠다. 양만석은 그러는 아내에게 되도록 따뜻하게 대해주고 싶었다.

"당신만 좋다면 광주에 집을 마련해 줄 테니 순식이랑 같이 살았으면 해요. 물론 당신이 원하지 않는다면 나는 지금 이대로 혼자 있을 것이니 걱정 마시오."

양만석이 아내 옆에 바짝 다가서서 걸으면서 넌지시 말을 걸어보았다. 그러나 아내는 아무 말도 하지 않고 앞만 보고 걸었다. 순간 양만석은 괜한 말을 하여 아내가 돌아서버릴까 싶어 마음이 조마조마했다.

"내 생각이니 괘념치 마시오. 그냥 하숙집이나 정합시다."

"순식이 생각은 어떠냐?"

박 씨 부인이 낮은 목소리로 아들에게 물었다.

"하숙집이요."

"그래. 하숙집을 알아보자."

양만석은 그 길로 진남관으로 향했다. 진남관을 둘러본 순식은 좋 아라했고 박 씨 부인도 아들의 뜻을 따르겠다는 듯 양만석을 향해 가 볍게 고개를 끄덕여보였다. 양만석은 순식의 하숙을 정한 후에 택시 를 잡아 아들과 함께 아내를 광주역까지 배웅해주었다.

"순식이 걱정은 마시오."

양만석은 역에 도착해서까지, 아들을 떼어놓고 가기가 저어되는 듯 시종 무거운 얼굴을 하고 있는 아내에게 차표를 사주며 말했다.

"엄니, 반공일에 내려가겠어요."

순식이도 그렁그렁 시울이 젖은 얼굴로 어머니에게 허리를 굽히 며 작별인사를 했다. 양만석은 아내를 역까지 배웅해주고 아들과 함 께 걸어오면서 간질간질한 행복감에 젖었다. 그는 아들과 함께 광주 의 하늘 아래서 지낼 수 있게 된 것을 큰 행운이라고 생각했다. 비록 한 지붕은 아니지만 지척지간에 있으니 언제든지 만날 수 있게 된 것 이다. 그의 생각은 앞으로 하루에 한 번씩 아들을 만나 이런저런 이야 기를 하면서 친해지고 싶었다. 먼저 친해진 다음에 아들이 잘못된 생 각을 바로잡아 어떤 것이 사람답게 사는 길이라는 것을 알려주고 싶 었다. 그러면서 차츰 기회를 보아 아들과 같은 집에서 살 계획이었다.

기분이 좋은 양만석은 발걸음이 가벼워졌다. 아들이 광주로 유학을 하게 된 것이 그에게는 소원해진 부자관계를 회복할 수 있는 절호의 기회라고 생각했다.

"아버지 옆에 있게 된 기분이 어쩌냐?"

앞서 걷던 양만석이 얼핏 아들을 돌아보며 물었다. 순식은 대답 대신 빙긋이 웃음을 날려 보냈다. 그는 아들의 얼굴에서 웃음을 보는 것만으로 충분했다. 양만석은 아내를 배웅해주고 아들과 함께 다시 진남관으로 갔다.

한편 백석이의 입학식에 온 장개동은 두 아들과 함께 금성관에 머물러 있었다. 막음례는 오랜만에 아들과 두 손자들과 같이 있게 된 것이 마냥 즐거운지 잠시도 얼굴에서 웃음이 떠나지 않았다. 그들은 입학식이 끝나고 돌아오는 길에 음식점에 들러 함께 점심을 먹고 나서부터 줄곧 금성관 안채에 있었다. 막음례는 계속 먹을 것들을 내왔다. 아들이 백석이와 함께 온다는 기별을 받고 미리 장을 보아 준비해두었다. 기무라야 빵집에서 생과자며 찹쌀떡과 센배 과자도 푸짐하게 사두었다. 찹쌀떡은 아들이 좋아했다. 장개동은 식성까지 막음례를 그대로 닮아 차진 음식을 좋아했다. 오랜만에 금성관 안방이 떠들썩했다. 네 사람은 시간 가는 줄도 모르고 이것저것 먹어대면서 이야기꽃을 피웠다.

"할머니, 저도 형처럼 할머니 집에서 학교에 댕기면 안 돼요?"

갑자기 백석이가 막음례를 보고 정색을 하며 말했다."

우리 백석이도 핼미 집에 살고 싶으냐?"

"예. 여기 있고 싶어요."

"핼미도 백석이랑 함구네 살면 엄청시럽게 좋겄다야."

"백석아, 쓸데없는 소리 그만해라."

들다못해 장개동이 백석이를 조용히 나무랐다. 백석은 이내 샐쭉한 얼굴로 구원을 청하기라도 하려는 듯 백년이 형을 보았다. 백년은 이때다 싶었다.

"아버지, 백석이가 아직 어린데 통학을 하려면 힘들지 않겠어요? 저는 할머니 댁에서 편하게 다니는데, 동생을 통학 시킨다는 게 좀 미안하다는 생각이 드네요. 할머니 안 그래요? 그래서 말인데요. 백석이가 할머니 댁에서 다니도록 했으면 하는데요. 그 대신 제가 통학을 하면 되지요."

"엉? 백년이 네가 통학을?"

"그래요 할머니. 그러면 간단하게 해결되잖아요."

백년은 그렇게 말하고 재빠르게 아버지 눈치부터 살폈다. 장개동은 말없이 생모를 보았다.

"백석이흐고 백년이흐고 바꾼다?"

막음례는 잠시 머릿속으로 생각을 되작거려보는 것 같더니 고개를 끄덕거렸다.

"그것도 괜찮겄구나. 애비 생각은 어쩌?"

막음례가 아들의 의견을 물었다. 장개동은 그것도 괜찮겠다 싶은 생각이 들었다. 그렇지 않아도 백년이가 오래 전부터 통학을 하고 싶다고 하지 않았던가. 얼마 안 있으면 백년이는 유학을 떠날 터인데 그동안이라도 고향에서 부모와 함께 지내는 것도 괜찮겠다는 생각이었다. 백년이 광주 할머니와 함께 8년 동안을 살았으니, 이번에는 백석이를 할머니 옆에 두는 것도 좋을 성 싶었다.

"어머님 뜻대로 하십시오."

"아범아, 새끼내 할머니 승낙부텀 받아야 허는 것이 아니냐?"

"새끼네 할머니도 좋다고 하셨어요. 실은 얼마 전에 제가 새끼내 할머니한테 넌지시 여쭈어봤었거든요."

"그러고 보니 순전히 백년이 네 놈 농간이로구나. 핼미와 산 것이 진력이라도 난 것이냐?"

막음례는 희미하게 웃으면서 밉지 않게 백년이를 향해 눈을 흘겼다. 백년은 당황한 얼굴로 고개까지 절래절래 흔들어댔다. 아무튼, 백년이로서는 동생 백석이 덕분에 그가 원하던 대로 집에서 기차통학을 하게 되어 기뻤다. 얼마 전 부모님한테 통학을 하고 싶다는 이야기를 꺼냈다가 퇴짜를 맞은 적이 있어, 거의 포기하다시피 한 백년으로서는 모든 것이 뜻대로 이루어진 셈이다.

백년은 기차통학을 하게 되면 고향 친구들과 다시 어울릴 수 있어 좋았다. 누구보다 김인숙을 다시 만날 수 있게 된 것이 기뻤다. 얼마 전, 통학 승낙을 받기 위해 새끼내 집에 갔다 오다가 인숙이를 만난 후부터, 백년이 가슴 속에 그녀가 자리 잡기 시작하더니 시간이 갈수록 그 모습이 커지기 시작했다. 처음에는 좁쌀 알갱이만큼 보일 듯 말 듯 하던 것이 이제는 가슴이 터질 것처럼 꽉 찼다. 백년이는 한동안 인숙이를 보기 위해 일요일마다 고향에 내려갔다가 월요일 새벽에 통학열차를 타곤 했다. 그렇게라도 하지 않으면 공부고 뭐고 머리에 들어오지 않았다. 이번 주 월요일에도 백년은 영산포역에서 인숙이를 만나 광주까지 같이 왔다. 백년이 느낌에 인숙이도 매우 반가워하는 것 같았다. 인숙이가 영산포 친구들과 함께 금성관에 왔다 간 후, 백년이를 대하는 그녀의 태도가 많이 살가워졌음을 알 수 있었다.

이날 백년이는 인숙이한테 오병태 이야기를 꺼냈다. 인숙이를 보는 오병태의 눈빛이 예사롭지가 않게 느껴졌기 때문이다. 그는 싸움꾼 오병태와 라이벌 관계가 되는 것을 원치 않았다. 백년은 인숙에게 그동안 사적으로 오병태를 만난 적이 있느냐고 물었다. 인숙이는 친구들과 함께 금성관에 다녀간 뒤 오병태로부터 만나자는 쪽지편지를 여러 차례 받았으나 한 번도 그가 지정한 장소에 나가지 않았노라고 이야기했다. 인숙이는 앞으로도 오병태는 만나지 않을 것이라고 말했다. 백년은 잘했다고 칭찬해주면서 오병태가 싸움꾼임을 강조했다.

백년이는 가슴이 구름처럼 부풀어 하늘로 치솟아 올라가는 기분을 느꼈다. 이제 날마다 인숙이를 만날 수 있게 되어 얼마나 다행인지 몰랐다.

해질녘이 되자 양만석은 아들 혼자 하숙방에 덩그렇게 남겨두고 진남관을 나왔다. 그는 아들과 같이 저녁을 먹고 찐덥게 더 많은 이야기를 하고 싶었다. 하룻밤만이라도 아들과 함께 있고 싶은 마음이 간절했지만 참기로 했다. 그러나 그는 아들과 이웃해 있다는 것만으로도 행복했다. 그는 아들과 가까워지기 위해 무리하게 서두르고 싶지는 않았다. 아들이 진실한 눈으로 세상을 볼 수 있게 되었을 때, 자연스럽게 아버지를 이해하고 스스로 아버지 품으로 돌아올 수 있으리라 생각했다. 양만석은 진남관을 나오면서 잠시 최규창 군을 밖으로 불러, 아들을 잘 돌봐달라고 부탁했다. 그는 서슴없이 아들이 편견을 갖고 세상을 비뚤어지게 보고 있다고 말하고, 진실을 바로 볼 수 있도록 도와달라고 했다. 또한 그동안 부자관계가 소원했음을 말해주면서 아들이 아버지라는 존재를 자연스럽게 받아들이고 아버지의 삶을 이해할 수 있게 해달라는 부탁도 했다. 양만석의 가정 사정을 자세히 알지 못하는 최규창은 앞으로 한 집에 있으면서 순식을 자주 만나 많은 이야기도 하면서 동생처럼 돌봐주겠다고 했다.

양만석이 아들과 헤어져 금성관에 돌아오자, 네 식구들의 떠들썩한 웃음소리가 마당까지 흘러나왔다. 양만석은 한동안 마당에 서서 방안의 평화롭고 화목한 분위기를 온몸으로 느꼈다. 그 분위기를 깨뜨릴까봐 성큼 방안으로 들어가는 것이 저어되었다. 그는 장개동이가 부러웠다. 한참 후에 방문을 열고 나오던 막음례가 토방에 서 있는 양만석을 발견하고 놀랐다. 그녀가 방에 대고 양만석이가 왔다고 큰소리로 알렸고 이내 장개동이 뛰어나왔다.

"어서 들어오게, 그렇지 않아도 진작 내려갈려다가 자네를 만나고 가려고 여지껏 기다리고 있었다네."

장개동이 양만석의 손을 잡고 방 안으로 들어서며 말했다. 방에 있던 백년이와 백석이가 벌떡 일어서서 양만석에게 인사를 했다. 양만석은 백석에게 입학을 축하한다고 말하고 자리에 앉았다.

"순식이는 내려갔는가?"

"하숙을 정해주고 오는 길입니다. 요 옆 진남관에 하숙을 정했네요."

"그랬어? 잘 했구만. 허면 순식이 어머니도 시방 진남관에 계시는가?"

"조금 전에 내려갔습니다."

"순식이도 이리 데려오지 그랬어. 우리 함께 저녁이나 같이 먹게 말이야."

"아닙니다. 그냥 혼자 있게 하는 것이 좋을 것 같습니다."

그때 장개동이 식혜를 쟁반에 받쳐 들고 들어온 막음례한테 순식이가 진남관에 하숙을 정했다는 말을 했다.

"그려? 어따 잘했네. 아들놈이 뽀짝 옆에 있으니께 월매나 좋아. 우리 집에 부자가 같이 있으면 더 좋을 것인디."

막음례는 반가워하면서도 한편으로는 아쉬운 듯 혀끝을 찼다.

"글쎄 말입니다. 순식이 어머니 때문에…… 그렇지만 이것만으로도 좋습니다."

양만석은 연신 히죽히죽 웃어대더니 식혜 한 사발을 단숨에 들이켰다.

"옆에 있으니까 백년이랑 백석이하고 가깝게 지낼 수가 있겠구만."

장개동의 그 말에 막음례와 양만석이 동시에 고개를 끄덕였다.

그날 저녁 막음례는 두 손자들과 함께 안방에서, 그리고 장개동은 양만석의 방에서 잠자리에 들었다. 장개동과 양만석은 불을 끄고 나란히 누웠으나 쉽게 잠을 이루지 못하고 뒤척였다 이윽고 장개동이 불을 켜고 일어나 앉더니 주섬주섬 옷을 꿰었다.

"어디가 불편하세요?"

양만석도 일어나 앉으며 물었다.

"잠이 오지 않는구만. 우리 약주나 한 잔 하세."

장개동은 그러면서 밖으로 나갔다. 그는 한참 후에 개다리소반에 간단한 술상을 받쳐 들고 들어왔다. 그들은 서로의 빈 잔에 술을 가득 채워 들고 건배를 외친 다음 단숨에 들이켰다.

"자주 좀 올라오세요. 이렇게 만나니 얼마나 좋아요."

"자네도 가끔 나주에 내려오소. 왜 발길을 끊고 살아."

"글쎄요. 그렇게 되네요. 아직 속죄가 부족한 건지, 고향 사람들 보기 부끄럽기도 하고."

"지난 일은 훌훌 털어버리라니까."

장개동은 그러면서 양만석의 빈 잔을 채웠다.

장개동과 양만석은 서로 술잔을 주거니 받거니 하다가 금세 기꾸 닛꼬 청주 한 병을 비웠다. 똑같이 마셨는데도 술이 약한 장개동이 먼저 취하고 말았다. 양만석이 여러 차례 빈 잔을 들었다 놓았다 하는 것을 본 장개동이는 하는 수없이 밖으로 나갔고, 잠시 후에, 술 한 병을 다시 들고 들어왔다. 두 사람은 술기운에 지치지 않고 밤늦도록 이야기를 계속했다.

"형님, 저는 아주머님을 정말 존경합니다. 아주머님은 생 보살님 이십니다. 솔직히 저는 지금까지 물장사해서 돈 버는 사람들 경멸해 왔었거든요. 헌데 아주머님께서는 그냥 장사꾼이 아닙디다. 아주머님이 돈을 버는 이유가 있더라고요. 나는 그동안 사상이나 신념만이 사람을 개조시키고 세상을 바꿀 수 있다고 생각했었는데, 돈으로도 얼마든지 세상을 바꿀 수 있다는 것을, 아주머님을 통해서 처음으로 깨닫게 되었어요. 그런 분을 어머님으로 모시고 사는 형님이 참말로 부럽습니다."

양만석은 막음례가 불구자 수용소를 운영하는가 하면 청년학원 공제회를 후원하고 있는 사실을 이야기해주었다. 장개동은 처음 듣는 이야기라 적이 놀랐다. 청년학원 공제회를 후원하는 일은 조금만 신경을 쓰면 가능하겠지만, 집까지 마련해서 여러 명의 불구자들을 수용하고 가족처럼 돌봐준다는 것은 아무나 하는 일이 아니라서 놀라지 않을 수 없었다.

"정말인가?"

"내 말 못 믿겠으면 내일 나하고 같이 가봅시다."

"그런데 왜 나한테는 그런 내색도 하지 않으셨지?"

"원래 좋은 일은 소문 안 내고 하는 거 아니겠어요."

"전혀 몰랐었네."

"아주머님은 그런 분이십니다. 그런 아주머님에 비해 내 자신은 얼마나 초라하고 부끄러운지 모르겠어요."

양만석의 말에 장개동은 생모에 대해 다시 생각할 수 있게 되었다. 솔직히 그는 기생들을 데리고 요리집을 하는 생모에 대해 내심으로 은근히 마뜩찮게 여겨왔던 것이 사실이었다. 친구들한테도 숨겨왔다. 아마 그의 생모가 천하고 가난하게 살고 있다면 연민 때문에 자주 찾아왔을지도 몰랐다. 그동안 백년이를 맡겨온 것도 그리 달갑게 생각했던 것이 아니었다. 그는 다만 자신을 낳아준 모성에 대해 감사하는 마음을 갖고 있을 뿐이었다. 그런데 만석이 말을 들으니 생모에 대한 죄송스러움이 앞섰다. 기실 장개동은 늘그막에 요리집을 하면서까지 돈을 벌려고 버둥거리는 생모를 이해할 수가 없었다. 그는 몇 번이고 이제 돈 버는 일을 그만두고 여생을 편하게 사시라는 말을 하고 싶었었다.

"자네한테 여자가 있다면서?"

장개동은 술김에 오랫동안 벼르고 있었던 양만석의 여자 문제를 끄집어 놓고 말았다.

양만석은 조선애에 대해 별로 이야기하고 싶지가 않았다. 그렇다고 두 사람의 관계를 장개동 형에게 숨기고 싶지는 않았다. 다만 지금으로서는 특별히 할 이야기가 없을 뿐이었다. 그는 요즘 사랑과 그리움은 같은 뿌리일뿐, 줄기가 서로 다른 것이 아닌가 하는 생각을 하고 있다. 조선애와 멀리 떨어져 있을 때, 그는 그녀에 대한 사무친 그리움 때문에, 하는 일이 손에 잡히지 않았다. 생각과 행동이 하나로 집중되지 않는 것이었다. 그녀와 함께 있고 싶은 생각뿐이었다. 사랑하는 사람이라면 보고 싶을 때 보고, 함께 차를 마시면서 좋은 음악을 듣고, 맛 나는 음식도 같이 먹고, 같은 생각을 하면서, 손잡고 같은 길을 걸어가야 한다고 생각했다. 그래서 조선애를 광주로 데려오게 된 것이다. 그녀가 광주로 온 후, 그는 보고 싶을 때 언제든지 달려가서 만났고 같이 차를 마시며 음악을 듣고 이야기를 나누었다. 그런데 막상 옆에 있고 보니, 모든 것이 생각과 일치하지 않는다는 것을 알게 되었다. 양만석이 커피를 마시고 싶을 때 조선애는 별로 차를 마시고 싶지 않을 수도 있고, 듣고 싶은 음악이 다를 수 있다는 것을 알게 되었다. 이야기를 하다가 두 사람 사이에 의견충돌이 있을 수도 있고 또 이야기하고 싶지 않을 때도 있음을 알게 된 것이다. 거기다가 남의 시선을 의식하고 살자니 신경이 쓰였고 정신적으로 편하지가 않았다. 그래서 누구인가 그랬던가. 그리움은 멀리 있을수록 커지고 사랑은 같이 있을수록 길이가 짧아진다고. 물론 그렇다고 조선애에 대한 그의 사랑이 가벼워지거나, 불안하다는 것은 절대 아니다. 양만석은 두 사람의 관계에 대한 입장을 분명히 해야 한다는 것을 잘 알고 있는 터였다. 그는 조선애를 광주에 데려다 놓고도 지금까지 어정쩡한 태도를 보이고 있는 것이다. 그는 조선애가 부모로부터 심하게 결혼 독촉을 받고 있다는 것을 알고 있었다. 드디어 다음 주말에는 딸의 결혼문제로 어머니와 오빠가 조선애를 만나러 광주에 온다고 하지 않던가. 이럴 때 양만석이 조선애를 사랑한다면 정식으로 청혼을 하고 떳떳하게 그녀의 부모를 찾아가 결혼승낙을 받는 것이 옳았다. 그것을 잘 알고 있으면서도 그는 그렇게 하지 못하고 있었다. 결코 우유부단한 성격 탓만은 아니다. 그것은 처와의 관계를 깨끗하게 정리하기 전에는 조선애 앞에 당당할 수가 없었던 것이다. 그렇다고 조선애의 입장에서 그에게 결혼하자고 매달리는 것도 아니었다. 그녀는 부모들로부터 부대낌을 당하면서도 그런 자신의 처지를 양만석에게 손톱만큼도 나타내 보이지 않고 있었다.

"끝내 순식이 어머니와 화합이 되지 않을 것 같으면 부부관계를 정리하고 새 출발을 하든가, 이제는 결단을 내려야하지 않겠는가. 이런 상황이 오래 지속되면 도덕적으로나 인격적으로 피해를 받게 된다는 것을 왜 모르는가."

장개동은 점잖게 양만석을 나무랐다.

"그 문제라면 할 말이 없습니다."

"무엇을 망설이는 건가. 도덕적 책임감 때문인가?"

"그런 것보다는……."

양만석은 괴로운 듯 길게 한숨을 내쉬었다.

"오늘 모처럼 순식이 어머니를 만난 김에 아주 결론을 내지 그랬어."

"제가 중요하게 생각하는 것은 신분에 대한 편견입니다. 어떻게 해서든지 그 여자의 편견을 없애주고 싶어서요. 그렇지 않고 제가 어떻게 신사상 운동을 할 수가 있겠어요. 이것은 순식이의 장래와도 깊은 관계가 있습니다. 저들 모자가 신분에 대한 편견을 없애지 않는 한, 어떤 경우에도 그 삶이 행복하다고 할 수가 없지요. 자기 자식이 그리고 순식이 자신이 천한 노비의 핏줄을 타고 태어난 것을 평생 부끄럽게 생각하며 살 것 아니겠습니까. 그것이 온전한 삶이 되겠어요? 먼저 그들의 그릇된 생각을 바꿔주기 전에는 아무것도 정리할 수가 없을 것 같습니다."

그 말에 장개동은 더 이상 양만석을 탓할 수가 없었다. 양만석의 생각에 충분히 공감하고 있기 때문이었다. 입장을 바꾸어 만약 그의 처가 장개동 자신이 노비의 자식이라는 것 때문에, 남편을 멸시하고 그것 때문에 자식들이 괴로워한다면 그의 삶이 지금처럼 평탄할 수 있겠는가. 다행스럽게도 아내가 그것을 따지지 않고 자식들도 수치스럽게 생각하지 않기 때문에 지금처럼 가정이 평화롭고 행복한 꿈을 꿀 수 있지 않은가 싶었다. 그런 점에서 그는 누구보다 아내가 고마웠다.

"나 오늘부터 통학한다."

수업이 끝나고 서둘러 광주역에 도착한 장백년이 영산포 친구들을 발견하고 큰 소리로 말했다. 유갑서와 오병태가 악수까지 청하며 반겼다. 특히 유갑서는 오랫동안 백년의 손을 잡고 흔들어대며 좋아했다. 백년은 공부는 잘하는 편이 아니지만 순수하고 인간적인 유갑서를 좋아했다. 유갑서는 비록 경쟁자가 될 수는 없지만, 언제라도 속마음을 털어놓을 수 있을만큼 믿음이 가는 진정한 친구였다.

해가 설핏해서 광주역을 출발한 목포행 통학열차는 어둠이 두껍게 내려앉아서야 영산포역에 도착했다. 영산포역에서 내린 통학생들은 20여 명쯤 되었다. 그들은 대부분 선창거리에서 살고 있는 상인들 자녀들이었다. 선창에서 멀리 떨어진 농촌 아이들은 몇 명 되지 않았다. 집에 돌아오니 식구들이 저녁상에 둘러앉아 있었다. 식구들은 밥상을 차려놓고 백년이가 오기를 기다리고 있는 것 같았다. 백년이가 좋아하는 생태탕과 갈치구이도 보였다. 아마도 어머니가 아들을 위해 특별히 신경을 써서 준비한 듯싶었다. 백년은 흰 두루마기만 벗어 횃대에 걸고 할머니 옆에 앉았다.

"백년이가 있으니께 방이 꽉 찬 것 같은디도, 또 한편으로는 백석이 빈자리가 휑허구나."

할머니가 식구들을 둘러보며 말했다.

"할머니, 백석이가 없으니 서운하세요?"

"오지기도 허고 한편 짝으로는 섭섭허기도 허고."

백년은 할머니의 말에 희끔 웃으며 가족들을 둘러보았다. 가족과 함께 있으니 마음이 넉넉하고 푸근했다. 가정이야 말로 작은 천국이라는 말이 새삼 떠올랐다. 어쩌면 행복이란 가족과 함께 있으면서 꿈을 이루어나가는 것인지도 모른다는 생각이 들었다. 비록 꿈을 이룬다고 해도 가족이 없다면 그것은 진정한 행복이 아닐 것 같았다. 그런 점에서 가족은 인생의 동반자이기 전에, 공동의 꿈을 꾸는 분신과도 같은 존재인지도 몰랐다.

백년은 가족과 함께 저녁을 먹으면서 간질간질한 행복을 느끼는 한편, 광주 할머니 생각에 잠시 마음이 울연해진 것은 어쩔 수가 없었다. 아직은 찐더운 정이 붙지 않은 백석이와 밥상에 마주 앉아 있을 광주 할머니를 생각하니 목이 메어 음식을 삼키기가 힘들어 깨작거렸다. 그는 광주 할머니 생각으로 한동안 말이 없었다.

백년은 기차통학하는 것이 즐거웠다. 무엇보다 가족과 함께 있으니 마음이 평화로웠다. 가족들의 말소리며 숨소리, 기침소리를 듣고 있으면 자신이 평화로운 울타리 안에 보호를 받고 있다는 느낌이 들었다. 고향에 돌아오니 풋풋한 고향의 흙냄새가 좋았다. 날마다 혼자 똑같은 길을 걸으면서도 외롭다는 것을 느끼지 않았다. 그 길을 할아버지와 할머니가 걸었고 지금은 아버지와 어머니, 형제들과 친구들, 그리고 고향 사람들과 함께 걷는다고 생각하면 어둠 속에서도 두려운 것이 없었다. 훗날 자신의 후예들이 그 길을 걸을 것이라고 생각하면 짜릿한 행복감에 젖게 되었다. 그리고 언제나 습윤한 영산강의 강바람이 마음을 정갈하게 씻어주었다. 특히 새벽에 살갗을 툭툭 쏘아대는 강바람은 향기롭기까지 했다. 상큼한 강바람을 들이마시며 새벽길을 걷는 기분은 신선했다.

기차 통학을 하고부터는 잡념이 없어졌다. 날이 새기 전에 일어나서 새벽 강바람을 쏘이며 영산포역까지 뛰어갔다가, 학교가 파하기 바쁘게 서둘러 기차를 타면 어둠과 함께 집에 도착했다. 정신없이 하루하루를 보내자니, 생각이 단순해지는 것 같았다. 집에 와서는 숙제와 복습을 하느라 한가하게 누이동생 백금이와 놀아줄 시간도 없었다. 민족이니, 독립이니 하는 생각도 머릿속으로 비집고 들어올 여유가 없었다. 금성관 할머니 집에 있을 때는 자연히 머리 무거운 선배들과 어울리게 되었고 그러다보니, 역사니, 민족의 장래니 하는 무거운 생각들로 머릿속이 꽉 찰 수밖에 없었다.

백년은 고향 친구들과 어울리는 것이 좋았다. 고향 친구들을 만나면 경계심 때문에 긴장하지 않아도 되었기에 가족과 함께 있을 때처럼 마음이 편했다. 무엇보다 통학을 하면서 김인숙을 매일 만날 수 있어 늘 기분이 간질간질했다. 그녀와 눈빛만 마주쳐도 핏줄이 곤두서는 것처럼 짜릿한 기분을 느끼곤 했다. 백년이는 집에 돌아올 때나, 기차를 타기 위해 영산포역에 갈 때는 언제나 김인숙의 집 앞으로 돌아갔다. 이날 새벽에도 그는 일찍 서둘러 집을 나서 뒷길을 떠어 선창거리로 들어섰다. 인숙이 먼저 그녀 집 앞에 당도해서 기다리기 위해서였다. 숨을 헐떡거리며 선창거리에 당도한 백년이 오 분쯤 기다리고 서 있자 인숙이가 집 밖으로 나왔다.

"오늘도 나를 기다리고 있었구나."

김인숙이 백년을 보자 싱긋 웃으며 종종걸음으로 다가왔다.

"내가 기다리는 게 싫으냐?"

"아니야. 그저께는 집 앞에서 네가 보이지 않아서 섭섭했어."

"정말 그랬어?"

백년은 인숙의 말에 오달지게 씩 웃었다. 이틀 전날 백년은 어머니가 몸살 때문에 밥이 늦어져 인숙이 집 앞을 경유하지 않고 곧장 역으로 달려가 간신히 기차를 탔었다.

그들은 나란히 걸어 영산대교를 건넜다. 이럴 때는 역까지의 거리가 아득히 멀었으면 싶었다. 백년은 인숙이와 함께라면 세상 끝까지라도 같이 걷고 싶었다. 백년은 인숙이도 자기 생각과 같았으면 얼마나 좋을까 생각했다.

"나는 영산강을 따라, 강이 시작해서 끝나는 곳까지 한 번 걸어가보고 싶다."

"영산강의 시작과 끝이 어딘데?"

"시작은 담양 가막골 용소고 끝은 목포 앞바다가 아닌가?"

"어려울 게 없겠네 뭐."

"나랑 같이 갈래?"

"뜬금없이 영산강은 뭣 땜에?"

"이 땅을 사랑하며 오래오래 살자면 영산강에 대해서 잘 알아야지. 영산강은 우리의 정신이고 마음이며 희망이고 미래니까. 우리가 영산강을 이해하고 잘 지키는 것은 우리 자신을 사랑하는 길이기도 하니까. 나는 가끔 영산강이 내 몸의 한 부분이라는 생각을 해. 아니, 내가 영산강의 한 부분이라는 생각이 들기도 해."

"암튼, 너는 특별해. 보통 애들하고는 달라."

"영산강을 보면서 사는 사람이라면 누구나 영산강을 사랑할 수밖에 없다고 생각하는데? 네 자신을 보듯, 네 부모를 보듯 영산강을 봐 봐. 그러면 강에 대한 생각이 아주 달라질 거야."

그 말에 인숙은 걸음을 멈추고 서서 한참 동안 개산 쪽으로 굽이도는 영산강을 바라보았다.

토요일, 백년이 수업을 끝내고 교실을 나오자 백석이가 기다리고 있었다. 그날은 백년이가 약속한 대로 새끼내로 가지 않고 금성관에서 하루를 묵기로 한 터라, 수업이 먼저 끝난 백석이가 미리 기다리고 있었던 것이다. 한 주일 동안 그들 형제는 학교에서 하루에도 한 두 번씩은 만나서 양쪽 집의 소식을 주고 받아왔었다. 형제는 어깨를 맞대고 나란히 걸어 교문을 나서, 본정 쪽으로 향했다.

"순식이랑 한 반이라는데 잘 지내냐?"

"형, 그 자식 기분 나빠. 그 자식 이야기 하지 마."

"그 자식이 뭐냐. 그 자식이."

백년은 밉지 않게 동생을 나무랐다. 백석이는 두 집안의 관계에 대해서 알고 있지 않으냐. 따지고 보면 순식이와는 사촌간이 아닌가. 백년은 그들 둘이 서로 사이좋게 지내기를 바라고 있었다.

"그 자식 땜에 학교에서 난리가 났다니까. 한문과 조선어를 가르치는 송홍 선생님 있잖아, 오늘 그 선생님이 한문 시간에 왕인박사 이야기를 해주셨거든. 백제 때 왕인 박사가 논어와 천자문을 가지고 일본에 건너가 일본학자들을 가르쳤다고 설명했어. 그러자 우리 반 장기철이가, 그때는 일본보다 우리나라가 선진화된 나라였던 것이 아니냐고 질문했어. 그러자 갑자기 순식이가 대일본제국을 모독했다면서 반장의 뺨을 후려치며 난동을 벌였다니까. 둘이 치고 받고 난리가 났어. 그런데 웃기는 것은 먼저 폭력을 휘두른 순식이는 멀쩡하고 기철이는 반장을 그만두게 되었거든. 그 자식이 송홍 선생님한테까지 대들었다니깐. 순식이 그 자식은 학급에서 완전히 따돌림 당하고 말 거야. 앞으로 아무도 그 자식하고는 말도 안 할 거라니까."

백석이는 흥분을 감추지 못했다. 백년은 순식이가 송홍 선생님한테까지 대들었다고 하는 데 놀랐다. 송홍 선생님은 광주고보의 모든 학생들이 존경했다. 그는 한말의 유학자로, 나라의 장래를 위해서는 젊은이들을 깨우쳐야 한다고 생각하고 교육운동에 투신하였다. 수업 시간에 기회만 있으면 몰래 한국사를 가르쳤고 세계정세와 민족의 진로에 대해 역설하여 민족의식을 고취시키려고 애썼다. 그는 항상 한복을 즐겨 입었는데 그의 정신적 영향을 받은 많은 학생들도 한복을 입고 등교했다.

"할머니께서 잘해주시지?"

백년은 재빨리 화제를 바꾸기 위해 그렇게 물었다.

"글쎄, 나한테는 별로 말씀이 없으셔. 하루에 아침밥 먹을 때나 겨우 대면하는데 통 아무 말씀도 안 하시고, 저녁밥은 영산원에서 드시고."

"저녁을 너랑 같이 안 드셔? 너한테 별 말씀도 없으시고?"

"그렇다니깐. 새끼내 할머니보다 더 쌀쌀맞으셔. 그래도 좋아. 내 방도 있고, 반찬도 걸고."

백년은 광주 할머니가 왜 백석이한테 찐덥게 대하지 않는 것인지 궁금했다. 백년이와 같이 있을 때는 아침저녁은 어김없이 한 상에서 같이 먹었으며, 되도록 영산원에 가지 않고 금성관 안채에 머물면서 할머니 노릇을 하려고 하셨다. 먹고 입는 것하며 말투, 공부와 친구 사귀는 것까지도 귀찮도록 시시콜콜 간섭을 하지 않았던가.

"저녁 드시고는 뭣하시더냐? 너랑 같이 안 계시더냐?"

"포도시 아침 밥 먹을 때나 할머니 얼굴을 본다니깐."

"이상하다. 할머니가 왜 그러시지?"

"형만 좋아하시고 나한테는 정이 없으신 거 같아."

"네가 먼저 살갑게 굴어야 정이 붙지."

"늘 잔뜩 화가 나신 것 같아서 말도 못 붙이겠는데?"

"필요한 것이 있으면 사달라고도 하고 용돈도 달라고 해. 할머니는 그래야 좋아해."

"할머니는 별로 나를 좋아하시지 않는가봐."

"일부러 정을 붙이지 않으려고 하신 것 같다. 다 나 때문이다. 정을 흠씬 붙였다가 배신당하고 보니 너무 마음이 아프셔서, 이제 정을 주지 않으려고 에쓰시는 것 같디."

백년은 광주 할머니의 마음을 이해할 수 있을 것 같아 마음이 너무 아렸다.

백년은 서둘러 곧장 금성관으로 향했다. 백석으로부터 할머니의 이야기를 듣고 보니, 잠시도 미적거릴 수가 없었다. 빨리 가서 할머니의 서운한 마음을 풀어주고 싶었다. 그가 통학을 하겠다고 했을 때, 겉으로는 아무렇지도 않은 듯싶었으나 마음속으로는 몹시 섭섭했던 것 같다. 아니 섭섭한 정도가 아니라 배신감을 느꼈는지도 모를 일이다. 할머니가 백석에게 뜨악하게 대해주신다면 다 그만한 이유가 있을 것이라고 생각했다. 그렇게 생각하니 통학을 하겠다고 한 것이 결코 잘한 짓이 아닌 것만 같았다. 할머니의 마음을 깊이 헤아리지 못했던 것이 후회스럽기까지 했다.

금성관으로 들어섰을 때 할머니는 지게꾼 두 사람을 불러, 식량 가마니며 채소와 찬거리 등을 잔뜩 지게에 얹고 있었다. 백년이가 큰 소리로 할머니를 부르며 마당 안으로 뛰어 들어갔다. 그러나 할머니는 흘금 백년이를 보는 것 같더니 별다른 반응 없이 지게꾼들과 이야기를 계속하고 있었다. 일 주일 만에 만난 할머니의 반응이 심드렁했다. 예전 같으면 두 팔을 벌려 힘껏 가슴에 안으며 찐덥게 반겼을 터인데, 어딘가 썰렁한 분위기였다.

"할머니, 그동안 잘 지내셨어요? 오늘밤 여기서 자고 내일 백석이랑 새끼내에 갈 겁니다."

"그려."

백년이가 가까이 다가가서 말했으나 할머니는 그를 보지도 않고 가볍게 받았다.

"어디 가세요?"

"숲실 사랑에 묵을 것 좀 갖다 주고 오란다."

막음례는 숲실에 있는 불구자들의 집을 '숲실 사랑'이라고 불렀다. 식량과 찬거리 등 먹을거리를 준비하여 그곳에 가려던 참이었다. 그녀는 한 달에 세 번, 숲실에 있는 불구자들에게 먹을거리를 가져다주곤 했다.

"우리도 따라가고 싶어요."

백년은 최근에야 아버지로부터 광주 할머니가 버림받은 불구자들을 한 곳에 모아 의식주를 해결해주고 있다는 이야기를 듣고 적이 놀랐다. 할머니의 또 다른 면을 알게 된 것이었다. 그리고 언젠가는 할머니를 따라서 그 곳에 가고 싶었다. 백년이는 전에도 할머니가 지게꾼들과 함께 금성관을 나서는 것을 여러 차례 보아왔으나, 관심 있게 보아오지 않았었다.

"백석아, 책보 방에 두고 와라. 우리도 할머니 따라서 같이 가보자."

할머니가 아무 반응도 보이지 않자 백년에게 책보를 건네주며 일부러 큰 소리로 말했다. 이렇게 해서 백년이와 백석이는 할머니와 함께 지게꾼을 앞세우고 금성관을 나섰다. 함께 걸으면서도 할머니는 두 손자들에게 아무 말도 하지 않았다. 백년이는 부러 할머니 옆에 바짝 붙어 걸으면서 새끼내 집안 소식이며 학교에서 있었던 자잘한 이야기를 계속 나불거렸다. 그래도 할머니는 무반응이었다. 백년은 조금 전 백석이로부터 들었던 양순시 이야기도 했다. 그때서야 할머니 표정이 달라졌다.

"순식이 이야기 즈그 아부지한테는 하지 말그라. 그놈 사람 노릇

허기 폴쎄 틀렸는갑다. 사람이 사람노릇 지대로 허고 살아야제, 머리
만 좋으면 뭣헌다냐. 백석이 너도 그놈 허고는 놀지 말어.”

오랜만에 할머니의 입이 열리자 백년이와 백석이는 서로 마주보
며 가볍게 웃음을 날렸다.

“그 자식과 말도 안 해요.”

“백석이 너는 쌈박질 해서는 절대로 안 되야.”

“알았어요 할머니.”

“헌데 할머니, 백석이 용돈 좀 주서요 돈이 없어 공책도 못 샀다는데.”

백년이가 백석이를 향해 눈을 끔적거리며 거짓말을 했다.

“참말이냐? 이 자슥아. 할미헌테 공책 살텐께 돈 좀 주라고 왜 말못 혀.”

“그래 이 바보야. 돈이 필요허면 할머니헌테 말씀 드려야지.”

“하면, 사고 자픈 것, 묵고 자픈 것이 있으면 언제든지 할미헌테 말
을 혀. 입은 뭣 헐라고 달고 댕긴 겨.”

“백석아, 할머니 말씀 알았지? 사내 자슥이 고로코롬 주변머리가
없어서 어쩌끄나.”

할머니가 밉지 않게 백석이를 나무랐다. 그 사이에 어느덧 광주천
상류 원머리 마을에 당도했다. 숲실은 그곳에서도 무등산 품속으로
한참을 더 들어가야만 했다.

그들이 '숲실 사랑'의 흙벽 집 앞에 이르자, 걸을 수 있는 사람들은
모두 집 밖으로 나와서 반갑게 맞아주었다. 외발의 동식이도 지팡이
에 몸을 의지하고 서서 막음례를 향해 밝게 웃었다. 동식이 옆에 앉은
뱅이 최 노인의 딸 순실이도 보였다. 깡마른 체격에 얼굴이 곱상한 순

실이는 얼핏 보아 백석이 또래로 짐작되었다.

"그동안 잘들 있었는감."

막음례가 마중나온 사람들을 향해 활짝 웃어 보이며 손을 흔들자, 모두들 안녕하십니까. 하고 허리를 꺾고 입을 모았다. 저마다 몸은 비록 불구였지만 표정만은 밝아보였다.

"이짝은 우리 손자들이여. 형제 판에 광주고보에 댕기니께, 동식이랑 진석이, 그리고 순실이네들 모르는 것 있으면 뭣이든지 물어 보거라."

막음례가 백년이 형제를 턱 끝으로 가리키며 말했다. 막음례는 가져온 짐을 안으로 들여놓은 다음, 언제나 그랬던 것처럼 방마다 돌아다니며 한 사람 한 사람 형편을 살피고 대화를 나누었다. 백년이와 백석이도 할머니 옆에 있었다. 그들 형제는 할머니가 병자들의 손을 잡아주고 따뜻한 위로의 말을 해주는 것을 보고 적이 놀랐다. 할머니의 희생적인 행동에 감동했다. 금성관에서 보아왔던 할머니와는 전혀 다른 모습이었다. 그런 할머니가 자랑스럽고 존경스러웠다. 백년이가 할머니를 따라 몸을 운신 못하고 누워있는 노인들과 이야기하는 것을 지켜보고 있는데 백석의 모습이 보이지 않았다. 방을 다 둘러보고 밖으로 나오자, 백석은 봄볕이 화사하게 꽂혀 내리는 흙벽 아래 같은 또래 아이들과 함께 어울리고 있었다. 백석은 아이들과 흙바탕에 앉아서 나뭇가지로 땅바닥에 글씨를 써 가며 이야기했다. 할머니와 백년은 먼발치에서 백석이가 아이들과 어울려 노는 모습을 한참 동안 지켜보았다.

"백석이가 저그서 뭣허고 있다냐?"

"글쎄요. 땅바닥에 글씨를 끄적거리고 있는 것 같은데요."

"글씨? 저 아이들이 무신 글씨를 알어서?"

"가까이 가볼까요."

"냅둬라."

할머니는 백년의 소매를 잡아끌고 뒤란 쪽으로 갔다. 숲실 사랑 뒤편 산자락을 끼고 있는 밭둑에서 아낙들 서너 명이 쑥을 뜯고 있는 모습이 보였다. 초록빛 소나무 위로 쏟아지는 햇살이 눈이 부시도록 해맑았다. 소나무 숲을 훑고 내려온 바람이 달콤했다. 백년은 할머니를 따라 집안을 한 바퀴 돌아보고 다시 마당으로 나왔다. 백석은 그때까지도 아이들과 함께 어울리고 있었다.

"해 떨어지겠다. 냉큼 가자."

할머니가 마당으로 나오며 말하자 백년이가 백석이를 불렀다. 백석이가 흙 묻은 손을 털며 일어섰다. 그들은 숲실 사랑 식구들의 배웅을 받으며 흙벽 집을 나왔다.

"백석이 너 아이들하고 뭣했냐?"

논둑길을 걸어 나와 달구지 길에 이르자 백년이가 뚜벅 물었다.

"이름 쓰는 거 가르쳐줬어."

"이름 쓰는 거?"

"자기 이름 쓸 줄 아는 애가 하나도 없었어."

"바보야 학교를 다녔어야 이름을 쓸 줄 알지. 그 몸으로 어떻게 학교를 다녔겠냐."

"몸도 성하지 않은데, 글자도 모르면 어떻게 살아가겠어."

"글쎄 말이다. 그것은 네가 걱정할 일이 아닌 것 같다."

"할머니, 내가 공일날마다 여기 와서 저 애들한테 글을 가르쳐주면 안 될까요?"

백석의 말에 할머니가 잠시 걸음을 멈추고 서서 오달진 눈으로 두 손자들을 보았다. 아직 어리다면 어린 백석이가 그런 야무진 생각을 하다니 너무도 대견스러웠다.

"일요일마다 나랑 새끼내에 가기로 했잖아."

"새끼내 집에는 방학 때 가지 뭐."

"내 손자들아, 이리 오너라."

막음례가 두 손으로 손자들 손을 잡았다. 백년이와 백석이가 할머니의 팔을 하나씩 잡아 팔장을 끼고 걸었다. 봄날 햇살 속으로 걸어가는 그들의 뒷모습이 아름다웠다.

백석은 금성관으로 돌아오면서, 앞으로 숲실 사랑 아이들에게 글을 가르쳐줄 것을 마음속으로 다짐했다. 불구인 그들이 글을 알게 된다면 살아가는데 큰 힘이 될 수 있을 것이라고 생각했다. 혼자 힘으로는 운신하기도 어려울 정도로 몸이 성하지 않은데 글마저 모른다면 얼마나 막막할까 싶었다. 백석은 할머니의 허락을 받아 매주 일요일마다 숲실 사랑에 올 계획이었다.

"할머니, 왜 숲실 사랑이라고 했어요?"

"숲실은 마을 이름이고, 사랑방 몰러? 아무나 쉬어가는 사랑방. 부잣집 사랑방은 장사꾼이며 과객들이 몇 날 며칠이고 묵어가는 데여.

숲실 사랑도 돈 없고 몸 불편한 사람들이 그냥 묵어가는 데라고 생각 허면 되야.”

백석의 물음에 막음례가 길게 설명했다. 그때서야 형제는 고개를 크게 끄덕였다. 금성관에 도착할 때까지 형제의 머릿속에는 숲실 사랑 식구들이 계속 부스럭거렸다. 특히 백석은 지팡이가 없으면 혼자 힘으로 일어서지도 못하는 아이들 얼굴이 머릿속에서 떠나지 않았다. 그날 밤, 백년이와 백석은 잠자리에 들 시각이 되자, 베개를 들고 할머니 방으로 갔다. 자정이 거의 다 되어서야 영산원에서 돌아온 막음례가 자리를 펴고 불을 끄려고 하는데 손자들이 들어왔다.

“백석이가 할머니랑 같이 자고 싶대요. 백석이는 집에서도 새끼내 할머니 젖꼭지를 만지고 자는 버릇이 있거든요.”

백년이가 동생을 팔아 거짓말을 했다.

“장개 가도 될 만치 댈싸 큰놈이 할머니 젖을 만짐시로 잠을 자다니? 허면, 우리 집에서는 할머니 젖꼭지 못 만져서 잠을 못잤다는 거냐?”

“그랬다네요. 잠이 부족해서 학교에서 통 공부도 못허고 졸기만 했다네요.”

“그래서, 시방 이 핼미 젖꼭지 만짐시로 자겄다고?”

“예. 혼자서는 죽어도 할머니 방에 못 들어가겠다고 해서 제가 같이 왔어요.”

그러면서 형제는 할머니를 가운데 두고 양쪽에 누웠다. 물론 그들은 사전에 그렇게 하기로 입을 맞추었다. 여태껏 혼자 잠을 자왔던 막음례는 두 손자들과 나란히 잠자리에 들게 되자 조금은 불편하면서

도 한편으로는 마음이 푸근해졌다. 편히 잠자기는 틀렸다 싶으면서
도 싫지가 않았다.

"백석아, 이따가 할머니 잠들면 살며시 젖꼭지 만지면서 잠들거
라잉."

백년이가 실실 웃으면서 능청맞게 말했다.

"이크, 징그럽다 이놈아."

막음례는 똑바로 누워 두 팔로 가슴을 힘껏 부여안았다.

"할머니, 왜 그동안 백석이한테 쌀쌀맞게 대했어요? 저한테 배신
감 느껴서 그랬지요?"

"썩을 놈 지랄헌다."

"할머니 마음 다 알아요. 허지만 이해해 주세요. 제가 잠시 할머니
곁을 떠난 것은 앞으로 얼마간 고향과 친해지고 싶어서 그랬어요. 고
보 졸업하면 할머니 도움 받아 유학갈텐데, 다시 고향과 친해질 시간
이 없지 않겠어요? 그래서 이번에, 새끼내 가족들이랑 고향 산천, 고
향 사람들, 특히 고향 친구들과 친해지고 싶었어요. 우리 학교 선생님
이 그랬는데, 사람이 평생 믿을만한 친구 한 사람, 사랑하는 한 사람,
존경하는 스승 한 사람, 이렇게 세 사람을 얻고 죽으면 성공한 인생이
라고 할 수가 있대요. 저는 믿을만한 친구는 되도록 고향에서 얻고 싶
어요. 사랑하는 사람과 존경하는 사람은 아무데서나 찾아도 상관없
지만요. 그러니 할머니 저를 이해해주세요."

백년이가 할머니 손을 꼭 잡고 말했다. 그는 오랫동안 할머니의 손
을 놓지 않았다.

"할미는 손톱만치도 섭섭허게 생각허지 않는다. 그러니 아무 걱정 말그라."

"이제부터는 저한테 하셨던 것처럼 백석이를 대해주세요."

"할미헌테는 네 두 놈이 똑같이 귀헌 손자여."

형제는 곧 잠이 들었으나 막음례는 한동안 잠을 이루지 못하고 뒤척였다. 그녀는 잠이 오지 않아 불을 밝히고 앉아서 세상모르게 잠든 두 손자의 얼굴을 내려다보았다. 가슴이 뿌듯하게 벅차올랐다. 그녀는 장차 두 손자들을 위해 자신이 무슨 일을 해야 좋을지 생각했다.

다음날 아침, 아침을 먹은 백년이는 동생과 함께 새끼내로 갈 차비를 서둘렀다. 그런데 백석이가 갑자기 새끼내에 가지 않겠다고 했다. 하루 전까지만 해도 형과 함께 집에 가기로 했던 백석이가 갑작스럽게 생각을 바꾸자, 막음례와 백년이는 다소 놀랐다. 하룻밤 사이에 생각이 바뀐 이유가 궁금했다. 그러나 백석은 특별한 이유를 말하지 않고 새끼내에 가지 않겠다고 고집을 부렸다.

"새끼내에는 방학 때만 갈 거야. 형도 그랬었잖은가."

백석의 그 말에 백년은 할 말이 없었다. 통학을 하기 전, 백석의 말대로 그는 겨우 방학이 되어야만 집에 갔고 그것도 길어야 일주일 정도 머물다가 오곤 했다. 암튼, 백석이가 집에 가지 않겠다고 한 것을 코뚜레를 꿰어 억지로 끌고 갈 수는 없는 노릇이었다. 결국 백년이도 일요일에 집에 가는 것을 포기하고 월요일 수업이 끝나면 통학차로 내려가기로 했다.

백년이는 오랜만에 진남관으로 최규창을 만나러 갈까 하다가 그냥 두었다. 당분간 세상사에 귀 기울이고 싶지가 않았기 때문이다. 그는 졸업을 하고 유학을 가기 전까지는 학과 공부에 충실하고 싶었다. 민족의 장래에 대해 걱정하는 것은 공부를 끝낼 때까지 유보할 생각이었다.

"백년이 왔구나."

밤늦게 술에 취해 금성관에 돌아와 늦잠을 잔 탓으로, 10시가 다 되어서야 혼자 아침을 먹고 난 양만석이 백년을 보자 반가움을 표시했다. 양만석은 순식이한테 가봐야겠다면서 바쁘게 금성관을 나섰다.

그날 저녁 막음례는 손자들을 데리고 광주좌(光州座)로 영화 아리랑을 보러갔다. 이날 영화에서 주인공 나운규가 광주에 내려와, 직접 무대에 나타난다는 소문이 짜하게 돌았다. 광주좌는 일본인 후지가와(藤川忠義)에 의해 1925년 황금정에서 개관되었다. 광주에는 1908년 황금정에 다까사고야(高砂屋)이라는 가설극장이 개관되었는데 한 달에 한두 차례 연극을 공연하거나 영화를 상영했으나 활기를 띄지 못해 문을 닫고 말았다. 광주좌는 바로 다까사고야 자리에 목조 2층에 3백 명을 수용할 수 있는 규모로 세워졌다. 광주좌의 입장료는 1층이 20전, 2층은 25전이다. 의자도 없이 다다미에 신발을 벗고 앉아서 관람을 하였다. 깔고 앉는 방석을 5전씩 받고 대여해 주었고 겨울철에는 10전에 화로를 빌려주기도 했다. 추운 겨울 밤, 방석을 깔고 양반다리를 하고 앉아 화로 불을 쪼이면서 구경을 할 수가 있었다. 주전부리를 파는 판매원이 신발을 신지 않고 관람석을 요리조리 비집고 다니면서 모찌며 센베 눈깔사탕 등을 팔았다. 통로에는 판자를 깔아 신발을 신고 다닐 수 있게 했다.

막음례는 백년이와 백석이를 앞세우고 청요리집에서 이른 저녁을 먹은 다음 서둘러 광주좌로 갔다. 광주좌의 개관 시간은 일정하지 않고, 석양 무렵에 문을 열어 손해 보지 않을 정도로 손님이 들면 시작을 하였다. 아직 해가 떨어지지도 않았는데 극장 앞에는 '만원사례' 표찰이 나붙었다. 대개 광주좌에서는 200명 정도 손님이 들면 '만원사례' 표찰을 붙였다. 막음례는 2층 입장권 3장을 샀다. 백년과 백석은 극장 출입이 처음이다. 그들은 2층 앞줄 다다미에 방석을 깔고 앉아 주위를 두리번거렸다. 관객의 대부분이 젊은 남자들이고 여염집 부인이나 처녀들은 눈에 띄지 않았다.

"할머니, 왜 여자들은 없어요?"

호기심 많은 백석이가 소곤거리듯 물었다.

"여자들이 극장 출입을 하면 손가락질을 받는단다."

"할머니는 여자 아녀요?"

"할미는 늙었잖은감. 늙으면 여자도 아닌겨."

극장에 불이 꺼지고 변사의 변설이 시작되었다. 관객들은 변설하는 목소리만 듣고도 변사가 누구인지 알았다. 당시 전남출신 변사로 김복만(金福萬)·이양춘(李陽春) 등이 유명했는데 이들의 인기는 영화배우 못지않았다. 그래서 관객들은 영화 내용보다는 그날 누가 변사를 맡느냐가 더 큰 관심거리였다. 그래서 변사의 역할이 흥행을 좌우하기도 했다. 변사의 구성지고 사실적이면서도 재치 넘치는 대사는 관중들을 매혹시켰다. 극장마다 서너 명의 변사가 있어 30분마다 교대를 했다. 변사가 조금 서툴거나 목소리가 좋지 않으면 관객들의 야유가 터져 나오곤 했다. 상영시간도 변사가 마음대로 조절했다. 영사기 기사는 변사의 호흡에 맞추어 영사기를 돌렸기 때문에 한 시간짜리 필름 경우 세 네 시간이 걸리기 일쑤였다.

아리랑의 주인공 영진이 마침내 심리적 갈등으로 광기를 일으켜, 일본인 순사와 왜놈 앞잡이를 낫으로 찍어 죽이는 장면에서 변사는 흥분한 목소리로 열을 올려 열변을 토했다. 이 때였다. 양쪽에 대나무를 세우고 하얀 옥양목 천을 쳐놓은 스크린을 찢고 영진과 똑같이 분장한 나운규가 무대로 튀어나와 화면 속의 연기를 그대로 실연하는 것이 아닌가. 관객들은 갈채와 함께 환호했다. 마지막 장면에서 영진이 잡혀가고 주제가인 민요 '아리랑'이 간장을 쥐어뜯듯 구슬프게 흘러나왔다. 여기저기서 훌쩍이는 소리가 들렸다.

"여러분, 포승을 지어 끌려가는 영진은 죽음의 길로 가는 것이 아니오라, 갱생의 길로 가는 것이오니, 여러분은 눈물을 거두시고 우리 함께 아리랑을 부르면서 보내주시기 바랍니다."

이 때 변사의 목소리도 촉촉하게 젖었다. 관객들은 눈물과 함께 손뼉을 치며 목청껏 아리랑을 합창했다. 영화가 끝나고 객석에 전기불이 환하게 켜졌으나 관객들은 일어나지 않고 한참 동안 자리에 앉아 있었다. 막음례 역시 선뜻 자리에서 일어나지 않고 옷고름으로 눈물을 찌어내며 앉아 있었다. 그녀는 영화관 밖으로 나올 때까지 한마디도 하지 않았다. 저녁 8시에 시작한 영화는 자정이 가까워서야 끝났다. 밖에 나오자, 영화제목 아리랑과 주인공 배우 나운규 이름을 쓴 조붓하고 긴 천을 대나무에 매달아 세운 노보리가 바람에 펄럭였다. 극장 앞이 온통 울긋불긋한 노보리 물결을 이루었다. 인기가 많은 배우가 출연한 영화일수록 노보리가 많았다. 노보리는 영화가 들어올 때 악대나 배우들이 시가지를 돌며 가두선전을 하는 마찌마와리(町廻) 때도 앞장을 섰다. 마찌마와리 행렬이 지나갈 때는 배우들을 보기 위해 구경꾼들이 거리로 몰려나왔다.

"형, 왜 주인공 영진이가 미쳤지?"

극장을 나와 한참 걷다가 백석이가 불쑥 물었다. 백석이 생각에는 영진이가 제정신으로 일본순사를 죽여야 하는 것이 아닌가 싶었기 때문이다.

"바보야 그거는 시방 우리 민족이 영진이처럼 모두가 나라를 빼앗긴 울분과 설움 때문에 미쳐있다는 것을 상징하기 위한 것이여. 말짱한 정신으로 일본순사를 낫으로 찍어죽이게 되면 너무 의도적이라서 문제가 되지."

백년이가 나름대로 설명을 했으나 백석은 잘 이해가 되지 않은 듯 연신 고개를 갸웃거렸다.

"암만해도 할미가 네들헌테 영화를 잘못 보여준 것만 같다."

집에 돌아온 막음례가 심각한 목소리로 두 손자들에게 말했다. 백년이와 백석은 할머니가 왜 그런 말을 하는지 알 수가 없었다.

"할머니 왜요? 아주 감동적이었는데요?"

"내가 영진이가 된 것 같았어요."

백년이와 백석이가 영화를 본 소감을 말했다.

"네 놈들이 나쁜 영향을 받을까 걱정이 되어서 그러제."

"할머니도 참, 우리가 어디 한두 살 먹은 애들인가요. 우리도 세상을 볼 줄 알고 사리분별을 할 줄 안다고요. 할머니는 우리가 영진이처럼 될까 걱정이 돼서 그러시죠?"

백석이가 실실 웃으면서 말했다.

"공부는 때가 있단다. 그러니 느그들은 공부만 열심히 허면 되야. 알겠지야? 나라 걱정은 어른들헌테 맡기고."

"할머니도 나라 걱정을 하세요?"

백석이는 농말로 뚜벅 말하고 나서 곧 후회했다. '숲실 사랑'이야말로 진정으로 나라를 사랑하는 일이 아닌가하는 생각이 들었기 때문이다.

"할미는 아무 걱정도 안 허고 산다."

막음례는 밉지 않게 백석을 보며 눈을 흘겼다. 이날 밤, 백년은 '아리랑'의 충격으로 한동안 잠을 이루지 못했다. 그는 만약 조선 민족이 모두 영화 주인공 영진처럼, 나라를 잃은 분노와 슬픔 때문에 미쳐, 그 광기로 일본사람들을 찍어 죽인다면 우리나라가 어떻게 될까 하고 생각해보았다. 그렇게 된다면 빼앗긴 조국을 되찾을 수 있을 것만 같았다. 그러나 그 다음이 문제였다. 그 문제를 해결하기 위해서는 믿고 따를 수 있는 민족의 지도자가 필요할 것이라고 생각했다. 백년은 장차 그런 지도자가 되고 싶었다

3

1928년 6월 광주고보가 발칵 뒤집히는 사건이 터졌다. 5학년 학생 이경채(李景采)가 친구인 박병하와 함께 광주와 송정리, 전남 도내 각 중학교와 경찰서에 격문을 배포하다 발각된 것이다. 일본제국주의 타도와 무산계급의 단결, 그리고 조선 독립을 주장하는 내용의 이 유인물은 세 종류로 되어 있었다.

첫 번째 '선언서'에서는 피착취 계급의 결사적 단결, 자본주의 사회 파괴, 반혁명 분자 암살 등을 주장하였다. 두 번째 '건전한 사상의 소유자가 되려고 하는 학생제군에게 고함'이라는 유인물에서는 당시 사회를 착취계급과 피착취계급의 대립으로 분석하고 일본 천황제를 부정하는 한편, 사회주의 운동이 이제 국내외적으로 더 한층 중대한 시대를 경과하고 있으며 학생들은 지금 노예적 교육을 받고 있다는 내용이었다. 또한 세 번째 '일본 제국주의 고등 충복 제군에 고함'이라는 유인물에서는 '너희들은 우리들의 피를 착취하는 고등 충복이다. 전 세계 인류를 위해서 희생적 의무를 완수하는 광명 있는 특권을 가진 우리 당에 대해 반대하는 자는 전 인류 평화를 위해, 신사회 건설을 위해, 할 수 없이 생명을 뺏는다는 것을 미리 선언 한다'고 되어 있었다.

이경채는 송정리 보통학교에 몰래 들어가 등사판과 인쇄에 필요한 기구들을 가져다 인쇄를 했다. 첫 번째 유인물은 밤에 광주역전 경찰 주재소 게시판과 광주시내 번화가 전신주에 부착했고 두 번째와

세 번째 것은 봉투에 넣어 전남도내 각 고등보통학교와 경찰서 등에 우송했다.

광주고보 시라이(白井) 교장은 나라(奈良) 검사로부터 사건의 전말을 듣고 나서 상부에 진사(陳謝)한 다음, 이경채의 부친을 불러 권고퇴학을 시켰다. 이 사실을 알게 된 학생들은 22일 이경채와 같은 5학년생을 중심으로, 학교 당국에 퇴학 이유를 밝히라고 요구하는 한편, 이경채의 재판 결과가 무죄면 복학시킬 것을 주장했다.

시라이 교장은 거절했다. 학생들은 대표를 선출하고 이경채와 그의 가족들을 위문하겠다고 하였으나 이 또한 허락하지 않았다. 그러자 학생 대표들은 김영찬(金永燦)의 집에 모여 동맹휴학을 결의했다. 한편 학교 당국은 24일 학부형 회의를 소집하고 학생의 사상 선도와 풍기취체 두 항목을 중심으로 토의에 들어갔다. 이 자리에 4, 5학년 학생 11명이 갑자기 뛰어 들어와서 학부모들에게 진정서를 배포했다.

진정서의 내용은 27년 2, 3학년의 맹휴 때 약속한 학교 시설의 확충을 이행하지 않은 점, 시라이 교장이 광주고보의 경비를 광주중학에 양도한 점, 도서실에 한국어 서적과 한국어 신문이 하나도 없는 점 등이었다. 이에 대해 학부형들은 일단 검토할 가치가 있다고 인정하고 교직원들을 퇴석시킨 후, 그 자리에서 다시 회의를 재개하고 학생들의 진정서에 대한 학교 당국의 대책을 듣고 그 실행을 일주일 안에 확정할 것을 결의했다.

이날 학부형 회의에서는 첫째, 학교 시설의 확충은 1929년도에 기어이 이행하도록 당국에 진정서를 제출키로 하고, 둘째, 퇴학처분 된 이경채 군이 예심 중에 있으니 무죄가 되는 경우에는 복교시키도록 요구하고, 셋째, 매년 배정되는 학교 경비는 그 처리에 유감이 없도록 학교 당국에 주의를 촉구할 것 등이다.

학생들의 진정 내용이 그대로 반영된 셈이다. 그러나 학교 당국은 학부형회의석상에 돌발적으로 진정서를 배포한 11명의 학생들에게 근신처분을 내렸다. 학부형회의가 열리던 날, 4, 5학년 학생들은 학교 휴게실에서 교사들의 제지에도 불구하고 모임을 갖고 2, 3학년 학생들이 비상대책회의를 열도록 은밀하게 연락을 취했다. 그 결과, 2학년 학생들은 2교시부터, 3학년 학생들은 3교시부터 비상회의에 들어갔다.

보고를 받은 시라이 교장이 각 학년의 모임 장소를 돌면서 해산할 것을 엄중히 경고했으나 듣지 않았다. 학생들은 오후 7시에야 해산했다. 이어 6월 25일, 조회가 열리기 전, 2, 3, 4학년 학생일동의 이름으로 진정서를 제출하고 휴게실에서 대책회의에 들어갔다. 이 자리에서 학생들은 오전 9시부터 전교생이 동맹휴학에 들어갈 것을 결의했다.

시라이 교장에게 제출한 진정서 내용은 다음과 같다.

1. 교우회 운영을 학생 자율에 맡길 것.
2. 시라이 교장은 기만적 행동을 반성하고 이경채 사건의 내용과 퇴학 이유를 밝힐 것.
3. 한국인 본위의 교육을 실시할 것.
4. 4, 5학년 급장 11명에 대한 근신처분을 즉각 취소할 것.

만약 이상의 조건을 실현시키지 않을 때는 학교장은 전 책임을 지고 사퇴하고 이에 대한 해답은 학부형 대표를 통해 29일까지 보내도록 요구했다.

시라이 교장은 학생들의 진정서를 묵살했다. 학교 당국은 다음날 직원회의를 열고 정동화(鄭東華)·나봉현(羅鳳鉉)·김영찬·양병우(梁炳祐) 등 27명을 맹휴 주동자로 몰아 퇴학시키고 박세영(朴世英)·김기권 등 281명을 무기정학에 처했다. 당시 광주고보의 총 학생수가 500여 명이었고 1학년은 참여하지 않았으니, 참가한 대부분의 학생이 처벌을 받았다고 할 수 있다. 이들 중 성진회 멤버였던 임주홍은 맹휴 주동자 중 한 사람이었으나 전국 중등학교 정구선수권자로, 동경에서 열리는 전 일본 정구대회에 출전하게 되어있어 처벌 대상에서 제외되었다. 그러나 임주홍은 출전을 거부하고 맹휴에 가담했다.

이 같은 사태에 대해 학부형회의에서는 학생들의 입장에 긍정적인 반응을 보였다. 6월 30일에 광주거주 학부형대표 40여 명이 모여 대책회의를 열었다. 같은 날, 졸업생 20여 명이 모여 학생들의 요구사항을 수용하라는 내용의 5개항을 결의하고 대표 10명이 학교장 면담을 원했다.

그런가 하면, 학교 당국이 1학년까지 휴교조치를 취하자 7월 5일 1학년 학생들까지 퇴학자와 무기정학자의 복교와 인격을 유린하는 학교당국의 탄압을 중지할 것을 요구하며 맹휴에 가담했다. 광주고보 전교생이 맹휴에 들어가게 된 것이다. 7월 9일, 학생 30여명이 학교 운동장 근처에 나타나 만세를 삼창하고 돌아갔다. 7월 11일 학부형회의 대표들은 학교당국과 교섭한 결과를 놓고 토론하고 대표를 뽑아

학교장의 사퇴를 결의하고 이를 관철시키기로 했다.

일본에 유학중이던 장재성이 최규창을 데리고 양만석을 찾아왔다. 일본에 있어야 할 장재성이 한밤중에 금성관으로 찾아온 것을 보자 양만석은 다소 놀랐다.

"일본에 있어야 할 장 군이 어쩐 일인가?"

"이경채 사건 때문에 잠시 나왔습니다. 사건진상을 철저히 조사하려고요."

"그렇구만⋯⋯."

"스물일곱 명 학생들이 동맹휴학 주동자라는 이유로 퇴학을 당했는데 이게 말이 됩니까?"

장재성은 흥분을 감추지 않았다. 양만석도 이경채 사건에 대해서는 자세히 알고 있었다.

"퇴학을 당하는 일은 없어야지. 학부모회의에서도 강경하게 나올 것이라고 하드만."

"선생님, 복교가 문제가 아닙니다. 시라이 교장을 사퇴시켜야합니다. 그리고 선생님, 이 기회를 절대 놓쳐서는 안 됩니다. 도움을 주십시오."

장재성이 목소리를 낮추고 속삭이듯 말했다.

"이경채가 어떤 학생인가? 잘 아는 후배인가?"

양만석이 장재성을 향해 물었다.

"믿을 만하고 신사회 건설에 대한 생각이 투철한 학생입니다. 제가 유학을 떠나기 전에 몇 번 만났지요. 선생님이 주신 '사회주의 신체'와 '마르크스'를 빌려주었더니 이틀 만에 정독을 하고 저와 토론을 한 적이 있었지요."

"그래서 이경채 선언서에 '무산계급의 단결'이라느니 '자본주의 사회 파괴'라는 대목이 표현되었구만."

"그래서 말인데요 선생님, 이번 기회에 보다 조직적이고 집단적인 행동을 보여주어야 한다고 생각합니다."

"무슨 말인가."

"신사회 건설을 위해 행동을 보여줄 때입니다. 우선 동맹휴학을 확대해나가야겠지요."

"허나, 이념투쟁을 내세워서는 안 되네. 자본주의 파괴와 무산계급투쟁을 전면에 내세우게 되면 전체적인 학생들의 호응을 이끌어내기 어렵네. 먼저 노예적 교육 타파를 내세워야 해."

"허지만 지금 세계적으로 사회주의 운동이 확산되고 있는 추세입니다."

"그건 아는데, 매사에는 순서가 있네. 우선은 민족적 항일감정을 일깨워야 하네. 신사회 건설을 위한 무산계급투쟁은 그 다음이야."

양만석은 장재성과 최규창에게 이경채 사건을 계기로 일어나고 있는 분규사건에 대한 대처방법에 대해 자세한 이야기를 해주었다. 장재성은 처음에 양만석의 주장을 쉽게 받아들이지 않으려는 태도였으나 차츰 이해가 된 듯싶었다. 이날 밤 장재성과 최규창은 밤늦도록 금성관에 있었다.

이 무렵 동경에 있는 졸업생들도 모교 분규사건 대책강구회를 만들고 최동문(崔東文)·장재성·전창모(全昌模) 등을 광주에 특파했다. 7월 18일에는 동창회가 소집되었고 사태에 대한 대책위원으로 정승모(鄭承模)·최동문·장재성·강신항(姜信恒)·정종실(鄭宗實) 등 5명을 선출하였다.

한편 학교 당국의 탄압에도 불구하고 정동화·박세영·이만동·서재호·김기권·임주홍·최규창 등 학생대표들은 최규창의 하숙방인 진남관에 모여 맹휴대책을 강구하기 위한 중앙본부를 설치했다. 이들은 맹휴투쟁을 본격적인 항일투쟁으로 전환시켜나갈 계획이었다. 맹휴중앙본부에는 참모부·통신부·회계부·경비부·외교부 등 부서가 있어 맹휴를 조직적으로 지도했으며 학생들에게 1인당 80전씩을 거출하여 맹휴 경비로 썼다.

맹휴투쟁본부의 경비부는 학교 주변과 극장. 일본인 교사의 집 주변에서 출입자를 감시하고 동태를 살폈다. 이들은 맹휴 기간동안 학생의 본분에 벗어난 행위를 막고 배신자를 색출, 비밀누설 등 만일의 사태에 대비하는 일을 맡았다. 김부득은 엿장수로, 정동화는 장사꾼으로, 나석현은 술 배달부로 변장하고 시내를 돌아다니면서 정보를 수집하고 본부와 연락을 취했다.

이때 경비대원들이 배반자 홍모 학생을 구타한 사건이 일어나, 정진환·조기석·김종호·정재역·이강오·주제성·이강후 등이 구속되고 경찰이 개입할 빌미를 주고 말았다.

맹휴중앙본부는 7월 20일부터 격문과 유인물을 만들어 학부형회와 동창회에 보내는 한편 학생들에게도 나누어주어, 맹휴투쟁이 나가야할 방향을 제시하였다. 이때부터 광주에서는 맹휴중앙본부에 의한 문서전이 시작되었다.

다음은 7월 20일 '무등산하 일우(無等山下 一友)'라는 이름으로 발송된 격문이다.

'400 용사에 격함. 400 용사, 우리들의 투쟁이 점점 전개되어 나감에 따라 이 투쟁은 단순히 광주고보나 혹은 전남에만 한한 일이 아니다. 전 조선, 전 세계에 연결될 것이다. 그렇기 때문에 전 조선 수백만의 학생 대중은 우리들의 승리를 기다리고 있고 2천만의 부여 민족은 우리들의 성공을 눈물을 머금고 갈망하고 있다. 자, 가자, 자유의 천지에. 용사야 힘이 있지? 용기를 내어 결정적으로 싸우자. 우리들의 싸움에는 승리가 있을 것이다. 이것은 우리 맹휴 자체에만 한한 승리가 아니다. 결코 그렇지 않다. 그렇지 않기 때문에 이 승리는 실로 우리들 피압박 민족의 해방의 길이요, 소생의 원천이 되는 것이다. 용감한 투사여, 우리는 우리의 앞에 진전되는 싸움을 방해하고 저지하는 여러 가지 부패물을 제거하고 천신만고를 참고 멀지 않은 우리의 목적지에 용감하게 돌진하자. ㉠ 우리는 우리의 전부가 계속할 수 있는 데까지 싸우자. ㉡ 학교 당국에 서약서를 제출한 자는 역적이다. ㉢ 서약서를 제출한 자는 박멸 매장하자. 주의 사항. ㉠ 본 맹휴회비 80전 미납자는 속히 납입할 일. ㉡ 수업료 미납자는 학교 당국에서 어떠한 통지가 있더라도 문제가 해결될 때까지는 절대로 내지말라.'

7월 25일, 동경에 있는 광주고보 졸업생 모교 분규사건 대책강구회 명의로 된 성명서와 재동경 조선 유학생 학우회에서 보낸 항의문이 학교에 도착했다.

학우회의 항의문 내용은 다음과 같다.

'식민지적 노예교육의 가장 노골적인 무치(無恥)한 폭압은 우리 학생대중으로 하여금 전국적인 저항운동에까지 진출하지 않을 수 없게 되었다. 연구 · 비판의 자유박탈, 교육기관의 봉건적 전제, 경찰에 의한 학생의 자주권 유린, 교육의 민족적 차별, 이러한 것들이 반동적 식민지교육의 본질이며 그 추한 정체가 아니고 무엇이냐. 이번 광주고보 학생 맹휴사건도 그 근원은 역시 이와 같은 무모한 노예교육의 본질에 기인한 것임을 우리들은 지적하는 바이다.'

8월 2일에는 맹휴중앙본부의 항의문이 각 공립 보통학교 교장들에게 보내졌고 8월 6일에는 시라이 교장의 사택으로 그의 비교육적 처사를 통박하는 경고문을 보냈다. 한편 학부모회에서는 8월 13일자로 시라이 교장에 대한 불신임안을 제출하고 전라남도 학무과장에게 진정서를 보냈다.

일제는 학생, 동창생, 학부형들의 움직임에 더욱 가혹한 탄압을 가했다. 맹휴가 일어나자 300명이 넘는 학생을 퇴학 · 무기정학 시켰고 8월 13일에는 배반자 학생을 구타한 학생들 7명이 실형을 선고받자 모두 퇴학 처분했다. 또한 8월 19일에는 맹휴 사건으로 모인 동창회를 경찰을 동원하여 해산시켰다. 또한 8월 24일부터는 경찰이 주동학생들의 검거와 가택수색에 들어갔다. 이와 때를 같이하여 학교 당국은 8월 25일까지 '다시는 그러한 행위를 하지 않겠다'는 보증인 날인의 서약서를 제출할 것을 요구하였다.

이에 대하여 맹휴중앙본부는 학교 당국과 경찰 압력에 동요를 보이는 학생들에게 격문을 발송했다.

'격(檄), 친애하는 우리 400 형제, 용감하게 돌진하자. 어떠한 난관이 우리의 앞길을 차단할지라도 우리 형제들의 단결의 힘으로 그를 돌파하자. 그리하여 다만 우리들의 보조를 합할 진군나팔, 우리들의 방향을 안내하는 선두의 기를 따라 앞으로 전진하자. 우리들의 앞길에야 말로 근역(槿域) 2,000만의 피압박 민족뿐만이 아니라, 전 세계 피지배 계급의 이막(耳膜)을 진동시키고 시야를 전개시켜 약자의 피와 눈물을 일층 새롭게 하는 현실적 정력이 되도록 우리의 역사는 우리들의 필연적 승리를 약속하여 준 것이다.'

맹휴중앙본부는 이 격문과 함께 일곱 명 용사의 석방을 요구하며 '우리는 이미 광주고보생이 아니다. 퇴학당한 27명뿐만 아니라 400생도 모두가 주구(走狗) 양성소의 생도가 됨을 원치 않는다'고 주장하고, 맹휴 학생들에게 가택수색과 공판 소식 등을 전하면서 다음과 같은 주의사항을 첨부했다. 1, 금후 학교 당국으로부터 어떠한 위압적 불온 문서를 전달받더라도 단연 부정하라. 그 문서야말로 제군을 주구화시키는 노예교육 아성(牙城)에의 입장권이다. 2, 중앙본부의 명령을 사수하자. 3, 집합의 첫 종소리가 나면 신속히 집합하자. 미리 여비를 준비하자.

맹휴중앙본부는 8월 25일 귀향중인 학생들을 광주로 집합시켜 모종의 행동을 결행할 계획을 세웠다. 모종의 행동이란, 학생들을 광주로 불러 모아, 학교 당국이 개학통지서를 보내고 다시는 맹휴에 가담하지 않겠다는 서약서를 쓰게 할 경우, 절대로 학교에 사죄하거나 서약서를 쓰지 않겠다는 다짐을 받는 등, 행동 통일을 하기 위한 것이었다. 만약 광주 모임에 불참한 자는 그 사유를 밝히고 병으로 못 올 경우에 의사의 진단서까지 첨부하게 하는 등 철저한 대비책을 세웠다. 또한 학생들이 광주에 올라온 후, 일반인이 맹휴에 대해 질문할 때와, 경찰에 구속되었을 때의 답변 요지와 맹휴 학생들이 지켜야할 규약을 만들어 통보했다.

맹휴본부는 서둘러 '실행요목'이라는 제목의 격문을 보냈다. 격문의 내용은 맹휴 문제가 해결되기까지는 타교에 전교(轉校)하지 말 것, 중앙본부의 명령에 따를 것, 반동분자를 박살할 것, 운동에 저해한 자를 매장할 것, 노예교육의 아성을 분쇄하고 간적(奸賊) 교장을 매장할 것, 한·일인 공학을 반대할 것 등 6개항이었다.

장백년과 백석이도 동맹휴학에 가담했다. 장백년은 당분간 금성관에 머무르고 있었다. 그들 형제는 학교에서 발송한, 동맹휴학에 가담하지 않겠다는 서약서와, 맹휴본부에서 보낸 격문을 모두 받아보았다. 백석이는 서약서를 쓰고 학교에 나가자고 했으나 형인 백년은 좀 더 지켜본 후에 결정을 하자고 하여, 의견충돌이 생겼다. 이날도 백석은 학교에 가겠다는 것을 백년이 붙잡았다.

"잘못하면 배신자로 몰려 뭇매를 맞을 수도 있으니깐 동태를 더 살펴본 연후에 학교에 가는 것이 좋겠다. 내가 밖에 나가서 다른 학생들을 만나고 올 테니 기다려봐."

백년은 가까스로 동생을 주저앉히고 나서 금성관을 나섰다. 그는 먼저 최규창을 만나기 위해 가까운 진남관으로 향했다. 백년이는 통학을 하면서부터 최규창을 만나지 않았다. 최규창의 하숙방에서는 여전히 사회과학을 공부하는 학생들이 들락거린다는 소문을 들었기 때문이다. 왕재일과 장재성이 졸업을 한 후에도, 최규창의 하숙방은 사회주의 학생들의 아지트가 되고 있었다. 그리고 동맹휴학기간 중에 맹휴중앙본부 학생들이 최규창의 하숙방에서 자주 모인다는 것도 백년은 알고 있었다.

최규창은 진남관에 없었다. 백년은 그냥 되돌아 나오려다가 양순식의 하숙방 문 앞에 서서 낮은 목소리로 순식을 불렀다. 곧 순식이 문을 열고 얼굴을 내밀었다.

"집에 있었구나. 잠깐 들어가도 되겠냐?"

백년은 순식이의 대답도 듣지 않고 방 안으로 들어가 앉았다. 순식은 별로 반갑지 않은 듯 뜨악한 표정이었다.

"동맹휴학 동아 집에 안 가고 주욱 여기 있었냐?"

"학교 갈 건데 집에는 왜 가?"

백년의 물음에 순식이 불퉁거리는 목소리로 되물었다. 한동안 어색한 침묵이 흘렀다.

"규창이 선배하고는 잘 지내냐? 얼굴이나 볼까 해서 왔는데 없구나."

"그 불령학생하고 친구야?"

순식은 무엇인가 불만 섞인 말투였다. 백년은 듣기에 거북해서 잠시 찌푸린 얼굴로 순식을 흘겨보았다.

"불령학생이라니, 선배한테 무슨 말을 그렇게 해."

"규창이를 만나러 진남관에 온 학생들은 모두가 불온분자들이라는 것을 나는 알고 있어. 이번 동맹휴학을 주동한 학생들이 바로 그 작자들이야. 언제고 내가 확 찔러버릴 거야."

순식이 흥분한 목소리로 언성까지 높였다. 백년은 그 말에 가슴이 철렁 내려앉았다. 순식의 평소 성격과 지금의 태도로 보아 꼭 사고를 칠 것만 같았다. 백년은 두려운 얼굴로 순식을 바라보고만 있었다. 그로서는 순식을 설득할 수 없다는 것을 알고 있었기 때문이다. 아무래도 규창에게 조심하라고 귀띔을 해줘야 할 것 같았다.

"서약서는 쓸 생각이냐?"

"당연하지. 상급학년 형들이 문제야. 사실 아무것도 모르는 1, 2학년들은 상급학년들 때문에 학교에 가고 싶어도 못 가는 거지."

"그래도 조심해라. 급우들에게 서약서를 쓰라고 선동했다가는 배신자로 몰릴 수가 있어."

"학교 지시에 따르지 않아서 퇴학당하는 것보다야 낫지."

순식의 입장은 당당했다. 백년은 더 이상 순식이와 이야기할 필요가 없다는 것을 알아차리고 일어섰다.

"아버지는 자주 만나 뵙느냐?"

방문을 열고 나오면서 물었지만 순식은 아무런 반응도 보이지 않은 채 방문을 닫아버렸다. 백년은 잠시 순식의 방문 앞에 서 있었다. 가슴이 너무 답답했다. 그는 마당을 가로질러 진남관 대문 앞을 서성거리며 규창이가 돌아오기를 기다렸다. 규창이를 만나서 순식이를 경계하라는 말을 해주고 싶었다. 순식이 말로는 맹휴중앙본부 학생들이 규창이 하숙방에서 자주 모임을 갖는다고 하지 않던가. 만약 맹휴 주동자들이 모임을 갖고 있을 때 학교 당국이나 경찰에 고자질을 한다면 큰 일이 아닐 수 없었다.

장백년은 저녁을 먹고 밤이 깊어지기를 기다렸다가 다시 진남관으로 최규창을 찾아갔다. 그가 반쯤 열린 여관 안으로 들어서자, 불이 켜진 최규창의 하숙방 앞에서 검은 그림자가 스치는 것 같았다. 누구인가 최규창의 방을 엿보고 있다가 인기척이 들리자 몸을 숨긴 것이 분명했다. 검은 그림자는 마당 안 우물 쪽으로 사라졌다. 백년은 검은 그림자가 순식이일 것이라고 생각했다. 최규창의 방 가까이 다가가자 나지막하게 말소리가 들렸다. 백년이가 규창의 이름을 부르자 이내 말소리가 뚝 그치고 나서 한참 후에야 방문이 열렸다. 방문을 열고 나온 최규창은 어둠 속을 두리번거렸다.

"백년이구나. 무슨 일이냐?"

규창은 백년이 혼자 온 것을 알자 곧 경계의 눈초리를 누그러뜨렸다. 백년은 규창을 떼밀다시피 하면서 방 안으로 들어갔다. 방에는 동경 중앙대학 예과에 다니다가 맹휴 사태 때문에 귀국한 장재성을 비롯하여, 학생대표 정동화, 김기권, 임주홍, 이만동 등의 얼굴이 보였다. 이들 중에 성진회 멤버들도 있었다. 성진회는 표면상으로 해체선언을 한 후 연합집회는 하지 않았으나 그동안 은밀하게 모임을 갖고 꾸준히 사회과학 연구를 해오고 있었다. 27년 11월에는 김태호의 집에서 정동수·문승수·김복만·김재룡·유상걸·주당석·유치오 등이 모여, 조선의 독립을 위해, 비밀리에 결속을 굳히고 단결하여 사회과학을 연구하고 그 실천 방법을 토론하였다. 또한 1928년 2월에는 지용수의 집에서 광주고보의 임주홍·최규창·김광용, 농업학교의 문승수·정종석·주당석·유치오·김인수, 광주사범학교의 하의철·이동선·박무길·정귀석·임종근 등이 모여서, 졸업생은 사회현장에서, 재학생은 학교에서 서로 긴밀하게 연락을 취하면서 조선독립을 위해 노력하기로 했다.

이들은 민족의 독립이나 사회 개혁이 외적인 힘에 의해 이루어질 것인가, 아니면 내적인 힘에 의할 것인가를 주제로 토론을 벌이기도 했다. 고려공산당 청년회 당원인 지용수의 집에서 가진 모임에서는 광주청년동맹·신간회 광주지부의 간부인 강해석이 참석하여, 격려의 말을 해주었다.

이 외에도 성진회는 무등산 등지에서 모여 사회과학 연구를 계속해오면서 조직의 결속을 다지고 긴밀하게 상호 연락망을 강화해왔다. 그들의 뒤에는 언제나 지용수와 강해석, 그리고 성진회 출신 졸업생들이 있었다. 특히 동경에 유학중이던 장재성은 방학 때마다 광주에 머물면서 성진회 회원들을 만나 신사회 건설을 역설하고, 일본에서 가져온 사회과학 서적들을 돌려읽도록 했다.

이렇듯 성진회는 내용적으로 은밀하게 활동하면서 그들이 공부해 온 사회과학 이론을 행동으로 표출시킬 기회를 준비하고 있었던 것이다. 그러던 중 드디어 이경채 사건이 일어났고 이를 계기로 동맹휴학에 이르게 된 것이다. 이경채 사건이 일어났던 시기인, 28년 6월에도 광주고보에서 박무길 · 김시성 · 최규창 · 임주홍 등이, 광주 농업학교에서 김재룡 · 유상걸 · 유치오 · 주당석 등이 모여 동맹휴학을 결의하였다가, 주동자들이 검거당하기도 했다.

장백년이 최규창의 하숙집에 찾아갔을 때, 맹휴본부 학생들은 장재성과 같이 학생들에게 발송할 격문을 작성하고 있던 중이었다. 장백년은 최규창의 하숙방에 발을 들여놓기는 했으나 그곳에 모인 사람들이 모두 긴장된 얼굴로 자신을 경계하는 것 같아, 오래 있을 수가 없었다. 백년은 이내 머쓱한 얼굴로 자리에서 일어섰다. 그리고 눈짓으로 최규창을 밖으로 불러냈다. 최규창은 떨떠름한 태도로 대문 밖까지 따라 나왔다.

"규창이 형, 조심하라는 말을 전하려고 일부러 왔어."

"조심하라니, 뭘?"

"맹휴본부 멤버들이 형 방에서 모인다는 것을 알고 있는 사람이 있어."

"뭐라고? 누기?"

최규창은 펄쩍 놀라는 얼굴로 되물었다.

"누구라는 건 말할 수 없고, 언제 누구누구가 모인다는 것을 다 알고 있더라고. 암튼 조심해 형."

"혹시, 이 집에서 하숙하는 순식이를 의심하는 거냐? 그 애라면 우리가 모이는 것을 다 알고 있지 . 허지만 걱정할 것 없어. 그 애는 양만석 선생의 아들이 아니냐?"

최규창은 백년의 등을 툭 치면서 안심하라는 듯 희끔 웃었다.

"그래도 ……."

"얌마, 사람을 그렇게 못 믿어서 어떻게 해."

"내 생각에는……."

"자 , 이거나 가지고 가서 읽어봐라."

최규창은 허리춤에서 잉크냄새가 나는 프린트물 한 장을 꺼내 백년에 코앞에 내밀었다.

금성관에 돌아온 백년은 호주머니에서 최규창이 건네준 유인물을 꺼내 읽었다.

'한일합병 이후 18년, 우리 민족은 일본 제국주의의 마제하(馬蹄下)에 극도로 유린당하고 그들은 가혹한 경제적 착취를 감행하고 그 수단으로 악독한 정치적 폭압을 감행하며 이것을 은폐하고 미장하는데 문화적 기반을 농(弄)하고 있어 현하의 조선 교육은 그들의 기반적 정책의 노골적인 전형이며 광주 고등보통학교장 시라이 씨는 조선총독부 식민지 노예교육정책의 전형적 이행자로서 소위 자기의 사명을 완수하는 축견(畜犬)일뿐만 아니라 모든 폭압과 기만으로써 자기 계급을 옹호하는데 필요하고 충실한 노예와 축견 주구(走狗)를 양성하는데 급급하고 있는 이상 우리 400여 명 형제는 절체절명이라 하지 않을 수 없다. 시라이 씨는 악마로 둔갑하여 모든 악랄한 수법을 기탄 없이 휘두르면서 조선 교육계를 횡행하고 있다. 제1회 학부형대회 경과 후 맹휴단행에 이르기까지의 경과를 보라. 우리들의 혈관에 뜨거운 피가 흐르고 있는 이상 악마를 교장으로 받들고 수신(修身)을 배울 수 있겠는가. 이래서 우리들은 불가피하게 맹휴를 단행했다. 학부형들은 자제를 그들의 노예로 만드는 것을 좋아할지 모르겠으나 자제들은 죽음을 각오하고 노예 상태에서 벗어나려 하고 있다. 부형 제씨가 아무리 강압한다 할지라도 우리는 초지(初志)를 관철시키지 않는 한 노예양성소에 입장할 수 없다.'

격문을 다 읽고 난 백년은 가슴이 뛰었다. 시라이 교장을 악마라고 칭한 대목에서는 섬뜩함을 느꼈다. 그러나 이 격문이야 말로 맹휴를 선택할 수밖에 없는 학생들의 입장을 가장 잘 표현한 것이라고 생각했다. 격문을 읽고 나자, 아직은 학교가 요구하는 서약서를 쓰면 안 될 것 같은 확신이 섰다.

맹휴는 광주고보에서 광주농업학교로 번져갔다. 광주농업학교 송성수(宋聖秀) · 김윤성(金允性) · 김재룡(金在龍) · 유상걸(柳上杰) · 나석현 등은 평소 민족차별이 심한 일본인 모리오카(盛岡) 교유(教諭)를 배척하는 내용의 진정서를 학생 115명이 서명을 받아 히라노(平野) 교장에게 제출했으나 묵살당했다.

이에 학생들은 6월 29일을 기해 전교생이 맹휴에 들어갔다. 모리

오카 교유 배척은 표면상의 이유에 지나지 않았고 목적은 광주고보의 맹휴를 지원하기 위한 것이었다. 이들 주동자들 중 성진회 멤버였던 김재룡·유상걸 등은 그동안 성진회를 통해 광주고보와 긴밀하게 유대관계를 맺어왔다. 히라노 교장은 송성수·김재룡 등 주동자 12명을 퇴학시키고 동조자 103명을 무기정학에 처했다. 이에 격분한 학생들은 맹휴본부를 구성했다. 동원부·연락부·모계부(謀計部)·탐정부 등의 부서를 갖추는 등 학교에 조직적으로 대응했다.

7월 상순에는 아직 맹휴가 일어나지 않은 학교와 학부형들의 지지를 호소하는 '광주농업학교 맹휴사건에 대한 학교 당국의 퇴학, 무기정학 처분에 대한 본 맹휴생일동의 태도를 성명 한다'는 제목의 격문을 배포했다.

이즈음 광주경찰 고등계는 무등산 약사암에 은거하고 있던 졸업생 최동문을 검거하여 맹휴에 대한 진상조사를 착수하였다. 그때까지도 맹휴중앙본부의 주동인물이나 그 소재지, 그리고 유인물의 출처는 알아내지 못했다. 그러는 가운데, 9월 2일에 열린 학부형회의에서는 일부 학부형이 시라이 교장의 회유에 굴복하고 말았다. 9월 5일까지 서약서를 제출하고 학교에서 등교통지가 오면 지정한 날짜에 자제를 동반하고 등교시키기로 결의한 것이다. 이를 계기로 그때까지 맹휴생들과 공동보조를 취해왔던 학부형 간부들은 모두 사임했다.

강경책으로 일관해 온 학교 측은 9월 17일을 등교일로 정하고 각 가정에 이를 통지했다. 17일 등교하지 않은 학생은 모두 퇴학처분 할 것이라고 했다. 이에 맞서 맹휴본부에서는 11일 밤에 위협적인 전단을 살포했다. '맹휴생으로 17일 등교하는 자는 타살한다. 부형회 위원 강익수(姜益洙) 씨는 믿을 수 없으므로 부형들은 자제를 등교시키지 말라'는 내용이었다. 본격적으로 맹휴사건에 개입한 경찰은 8월 27일 학생 20명을 검거하여 광주와 송정리에 분리시켜 강도 높은 취조를 하기 시작했다. 뒤이어 50명을 추가 검거하여 취조한 끝에 고보생 8명과 농업학교 학생 5명을 재판에 회부했다. 정동화·박세영은 징역 10월, 최규창·변진계·이만동·임주홍은 8월, 서재호·김기권은 6월의 실형을 선고받았다. 학생들에게 등사판을 빌려준 광주청년동맹원 서재익은 징역 6월에 집행유예 1년을 선고받았다. 맹휴의 불씨가 되었던 이경채는 따로 재판을 받았는데 징역 1년 6월, 박병하는 1년, 윤해병은 6월 집행유예 2년을 선고받았다. 실형을 받지 않은 퇴학 학생 39명을 포함 모두 54명이 희생을 당했다. 광주농업학교에서도 5명이 재판에 회부되었다. 송성수는 징역 8월, 김윤성과 김재룡은 6월, 유상걸과 나석현은 징역 6월에 집행유예 2년을 각각 선고받았다. 9월 17일로 통보한 등교일자가 다가올수록 경찰의 탄압은 더욱 심해졌다. 적극적으로 맹휴투쟁을 지지했던 학부형들은 물론 학생들도 탄압에 못 이겨 차츰 그 기세가 꺾이기 시작했다. 학생들 사이에서는 일단 등교를 하여 더 큰 피해를 막자는 의견과, 일제에 굴하지 말고 끝까지 투쟁을 하자는 의견이 팽팽하게 맞섰다. 시한부 등교 일을 사흘 앞둔 9월 14일, 장재성·지용수·양만석 등 세 사람이 은밀하게 만났다.

"등교날짜가 며칠 안 남았는데 어떻게 하면 좋겠습니까. 학교에서는 이날 등교하지 않은 학생은 퇴학시킬 것이라고 하는데.”

지용수가 걱정스러운 얼굴로 양만석을 보았다.

“어떻게 하기는요. 여기서 중단하면 안 됩니다. 끝까지 가야지요. 설마 등교하지 않은 학생을 몽땅 퇴학시키지는 않겠지요. 학생이 없는 학교가 존재할 수 있어요?”

장재성의 생각은 단호했다. 여기서 중단하면 아무것도 얻은 것 없이 패배하고 만다는 생각을 하고 있었다.

“내가 듣기로 이번 등교 일에는 많은 수의 학부형들이 자제들을 직접 대동하고 학교에 나올 것이라고 하드만. 만약, 등교하는 학생 수가 많으면, 결과는 뻔하지 않은가. 학생들과 학부형들이 17일에 등교하면 타살한다는 격문을 무서워하겠는가, 아니면 17일 등교하지 않으면 퇴학을 시키겠다는 시라이의 협박을 더 무서워하겠는가.”

“배신자, 강익수.”

지용수의 말에 장재성이 흥분했다. 그는 학부형 회의가 끝까지 버텨주었더라면 이렇게 되지는 않았을 것이라고 생각했다. 학부형 회의에서 강익수 씨가 시라이 교장 편만 들어주지 않았더라도, 맹휴본부가 승리할 수 있다고 믿었다.

“나는 이번 일이 꼭 실패했다고는 보지 않네. 맹휴 넉 달 동안의 과정에서, 맹휴에 참가했던 학생들뿐만 아니라, 학부형과 졸업생, 그리고 일반시민들까지 맹휴투쟁에 참여하고 지원함으로써, 광주지역의 항일민족의식은 크게 고양되었다고 생각하네. 이것은 모두 성진회가 그동안 뿌린 씨앗이 발아한 결과라고 생각하네. 이번 일을 계기로 많은 사람들이 민족의식을 깨우쳐, 앞으로 더 큰 일을 할 수 있는 밑거름이 되어 주리라고 확신하네. 투쟁일변도로 가다가 더 많은 학생들이 희생된다면 손실이 너무 크네. 학생들 희생이 너무 크면 시민들로부터 외면당할 수도 있다는 것을 명심하게."

양만석의 말에 지용수도 공감한 듯 고개를 끄덕여보였다.

"저도 얻은 것이 더 많았다고 생각합니다. 맹휴 목적도 단순히 한 학교의 교원 배척이나 시설 개선 등에 국한하지 않고 식민지 노예교육의 철폐, 학원내의 자유 획득, 피압박 민족의 해방까지 나아가, 민족해방운동의 성격을 확실하게 드러내지 않았습니까. 학생들과 시민들이 격문을 통해 많은 것을 깨닫게 되었다고 믿습니다. 그리고 이 결과는 후일 신사회 건설투쟁에 큰 힘으로 작용하리라 확신합니다."

지용수도 양만석의 생각과 같다는 것을 분명히 했다. 그러나 장재성의 생각은 달랐다.

장재성은 맹휴투쟁을 여기서 멈추어서는 안 된다는 생각을 꺾지 않았다. 맹휴본부의 의지도 그렇고 맹휴에 참가한 학생들의 생각 역시 조금도 달라진 것이 없다고 믿었다. 희생자가 많이 늘어난다는 이유 때문에 시라이 교장한테 굴복한다는 것은 민족의 수치라고 생각했다.

"넉 달 동안의 맹휴투쟁 과정에서 피해만 있었지 얻어진 것이 아무것도 없습니다. 여기서 굴복하면 학생들은 완전히 용기를 잃고 말 것입니다."

장재성은 흥분한 목소리로 말했다.

"얻어진 것이 왜 없어. 아까도 말했지만 항일의지를 고양시켰지 않은가. 이번에 학생들이 강렬한 항일민족의식을 바탕으로 비밀결사 활동과 4개월이라는 장시간 동안 지속적인 맹휴를 통해 단순히 학교 내부 문제나 교육차별 문제의 차원에서 벗어나, 일제의 식민통치와 민족동화 교육에 저항하고 민족의 독립을 주장하는 차원까지 나갔다는 점을 높이 평가하고 싶네. 격문 싸움도 큰 성공을 거두었네. 그리고 맹휴중앙본부와 같은 통일적인 지도부에 의해서 일사분란하게 조직적으로 대응한 것도 그렇고, 지원세력으로 학부형회와 졸업생들을 끌어들인 것 뒤에 농업학교가 공동보조를 맞춰준 것도 성공적이었다고 생각하네. 이런 것들은 전에 없었던 일이 아닌가. 나는 이번 맹휴 과정을 지켜보면서 앞으로 어떤 일이라도 해낼 수 있겠다는 확신을 얻었네."

지용수였다. 그는 이번 맹휴를 매우 긍정적으로 평가했다.

"꼭 성공적이라고 단정할 수는 없어. 단점도 노출되었네. 첫 번째는 광주 전체 학교로 확산시키지 못한 점이네. 농업학교가 보조를 맞춰 주었다고는 하지만 사범학교나 숭일학교 그리고 여학교에서는 동조하지 않았지 않은가. 각급학교에 여러차례 동조해 줄 것을 바라는 격문을 보냈는데도 미동도 하지 않았지 않은가. 학교마다 광주고보와 같은 문제점이 있을 텐데도 말이네. 그리고 두 번째는 맹휴투쟁의 목적에서 신사회 건설에 대한 미래지향적 제시가 너무 약했던 것도 문제였어. 사실 우리가 투쟁에서 가장 중요하게 생각해야 할 것이 바로 목적의식 이지 않은가. 이 점을 감안해서 앞으로는 일시에 광주의 모든 학교가 투쟁에 동참할 수 있도록 조직을 강화해야 할 것이고 신사회 건설에 대한 목적 제시를 보다 강하게 드러내도록 하는 것이 좋겠어.”

양만석의 지적에 지용수와 장재성이 공감을 표시한 듯 고개를 끄덕였다.

“다음 투쟁을 위해서 조직을 강화할까 생각하고 있습니다.”

“성진회를 다시 부활시키려고?”

장재성의 말에 지용수가 되물었다.

“성진회는 출발부터 문제가 있었습니다. 광주고보와 농업학교 학생들만으로 구성되었던 것이 잘못이었어요. 새로 만들려고 하는 조직은 광주의 중등학교 학생들을 다 포함시킬 계획입니다. 아까 양 선생님께서 지적하신대로, 이번 맹휴투쟁의 문제점은 바로 많은 학교 학생들의 동참을 이끌어내지 못한 것입니다.”

장재성은 오래 전부터 생각해왔던 새로운 비밀결사에 대한 심중을 내비쳤다. 그는 맹휴 때문에 귀국한 김에 새로운 비밀결사를 조직해 놓은 다음 일본으로 돌아갈 계획이었다.

“나도 성진회 부활은 의미가 없다고 생각하네. 이번 맹휴에서 성진회가 너무 노출되었네. 맹휴투쟁의 중심인물들인 최규창·정우채·임주홍·김시성·주당석·유치오·유상걸이 모두 성진회 멤버들이 아닌가. 그리고 성진회는 사상성을 중요시한 탓으로 많은 회원을 확보하기가 어렵지 않았는가. 학생들이라면 누구나 거부감 없이 참여할 수 있는 조직이면 좋을 거야. 일단 많은 학생들을 조직 안에 끌어들이고 나서, 차차 사상 교육을 시키는 것이 좋지 않을까. 당국의 눈을 속이기 위해서는 명칭부터 보편적이어야 하네.”

양만석은 장재성의 의견에 찬성했다.

"그래서 제 생각에는 독서회 같은 모임이 어떨까 합니다."

"독서회? 그거 좋겠구만. 학생이라면 누구나 호감을 가질 만하지 않은가. 당국에서 이상한 눈으로 보지도 않을 거고."

지용수도 긍정을 표시했다.

"장군이 잘 해보게."

"새로 결성할 비밀결사는 성진회 부활이 아니라도 성진회의 정신만은 잇도록 하겠습니다."

장재성은 새로운 각오로 결의를 다졌다.

학교에서 지정한 등교일인 9월 17일이 다가오자 학생들은 심한 갈등에 휩싸였다. 퇴학처분을 하겠다는 학교 당국의 위협에 굴복하자니, '등교한 자는 타살 한다'는 맹휴본부의 격문이 머릿속에서 부스럭거렸고 굴복을 하지 않자니 퇴학이 두려웠다. 등교를 하다가 경비부 학생들에게 붙잡혀 곤욕을 치르게 될까 걱정이 컸다. 어떻게 해야 좋을지 몰라 갈피를 잡지 못한 학생들은 부모의 눈치를 보는 수밖에 없었다.

부모들은 당연히 등교 쪽으로 기울어지고 있었다. 대부분의 학부형들은 17일에 자제들을 동반하고 학교에 갈 생각을 했다. 그러나 이 기회에 차별교육이 시정되어야 한다고 주장하는 일부 학부형들은 학교의 일방적인 등교요구에 불응하겠다고 나서기도 했다.

백년이와 백석이 형제의 생각은 여전히 서로 달랐다. 백석이는 지정한 날짜에 등교를 하겠다면서 17일이 오기를 기다리는 눈치였다.

그러나 백년이는 마음을 정하지 못한 채 고민을 하고 있었다. 백석은 하급학년이니까 등교를 한다고 해도 백년이 자신만은 맹휴본부의 지시에 따르는 것이 좋을 것 같았다. 차라리 새끼내에 내려가 있을까 하는 생각도 해보았지만 맹휴 사실을 알고 있는 아버지 때문에 그도 쉽지 않은 일이었다.

등교일 이틀 전인 15일까지도 맹휴본부에서는 더 이상의 격문이 통보되지 않았다. 맹휴본부에서 지방학생들을 광주로 모이게 하여 모종의 행동을 취하기로 한 것도 흐지부지 되고 말았다. 맹휴본부는 지방 학생들이 광주에 올라온 후, 맹휴에 대한 일반인이 질문을 할 때와 경찰에 구속되었을 때의 답변 요지를 지시하는 한편, 맹휴학생들이 지켜야할 규약을 명시하여 알려주었을 뿐이었다. 규약 가운데는 '학교로부터 어떤 통지가 있더라도 응하지 말 것, 학교 및 선생을 방문할 때는 경비부의 승낙을 얻을 것, 본교 문제가 해결되지 않을 때에는 타교보시(他校補試) 혹은 전입시험을 절대 엄금' 등의 내용도 들어있었다. 그러나 그 후 아무런 통보가 없었다. 맹휴본부의 지시만을 기다리고 있던 수많은 학생들은 답답했다.

16일 오후 느지막이 장개동이 금성관에 왔다. 막음례와 두 손자들이 저녁을 먹기 위해 안방에 모여 있는데 장개동이 예고도 없이 불쑥 들어섰다. 백년이와 백석이 등교 때문에, 막음례의 연락을 받고 부랴부랴 올라온 거였다. 막음례 보기에 백년이가 아무래도 17일에 등교를 할 것 같지가 않아서 아들한테 전화를 했었다. 물론 백년이는 할머니가 아버지한테 전화 한 것을 까맣게 모르고 있었다.

"애비가 느닷없이 워쩐 일이냐?"

막음례는 아들이 올라오리라는 것을 알고 있었으면서도 시치미를 떼고 흔연스럽게 맞았다. 그리고 곧 기다리고 있기라도 한 것처럼 밥상을 내왔다. 눈치 빠른 백년은 혹시 아버지가 내일 그를 데리고 학교에 가기 위해서 올라온 것은 아닌가 하는 생각을 했다. 그렇다면 할머니가 연락을 했을지도 모르지 않는가. 그리고 보니 그날 저녁 밥상의 반찬이 여느 때와는 다른 것 같기도 했다. 밥상에는 아버지가 좋아하는 가자미회무침이며 연포탕 등 색다른 음식이 준비되어 있었다.

"신문사에 볼일이 있어서 왔다가 잠시 들렀습니다."

그 무렵 장개동은 간간히 광주에서 발행되고 있는 동광신문에 시나 글을 발표하기 위해 광주에 오곤 했다.

"때 맞춰서 잘 왔다. 저녁 묵게 언능 앉거라."

네 식구는 오랜만에 밥상에 둘러앉았다. 아침에 나간 양만석은 아직 들어오지 않았다. 청년회 사람들과 어울리거나 조선애 선생 집에 간 듯싶었다.

"가재미회무침 묵어봐라."

막음례가 이것저것 반찬을 장개동의 앞으로 옮겨놓으며 말했다. 그런 할머니를 보면서 백년이가 쿡쿡 웃었다. 통학을 하기 전, 그가 집에 갈 때마다 어머니가 하던 것과 너무 같았기 때문이다. 백년은 그런 어머니의 마음을 알고 있기에, 광주 할머니를 이해할 수 있었다. 오랜만에 그들은 한 밥상에 마주 앉았다. 네 사람이 집에서 함께 밥을 먹는 일은 자주 있는 일이 아니었다. 장개동은 광주에 올라와서도 금성관에 들리지 않고 그냥 갈 때가 많았다. 더욱이 자고 가는 일은 드물었다. 백년은 그것이 아버지가 새끼내 할머니의 눈치를 보기 때문이라고 생각했다. 장개동은 저녁 밥상을 물리고 나서도 맹휴에 대해서는 아무런 말도 꺼내지 않았다.

"양 선생은 어디 갔습니까?"

장개동이 조심스럽게 양만석 이야기를 꺼냈다. 막음례는 장개동의 물음에 선뜻 대답하지 않았다. 요즈막 양만석은 무엇이 그리 분주한지 집에 붙어 있을 때가 별로 없었다.

그날 밤 삼부자는 한방에 나란히 잠자리에 들었다. 막음례가 그렇게 잠자리를 정해 주었다. 두 아들이 아버지 양쪽에 누웠다. 삼부자가 이렇듯 한방에서 잠자리에 든 것은 별로 기억에 없는 일이었다. 새끼내 집에서 백년 백석이 형제는 언제나 할머니와 같이 잤다. 삼부자는 천정을 향해 똑바로 누웠다. 아버지 옆에 누운 백년은 잠자리가 불편해서 쉽게 잠이 올 것 같지가 않았다.

"백석이 내일 학교에 갈 거제?"

잠자리에 들고 나서 한참 후에야 장개동이 입을 열었다.

"당연하지요. 아부지는 내가 내일 등교하지 않을까 걱정했어요?"

"걱정은 무슨 걱정."

"학교에 안 가니까 답답해서 죽겠구만."

"백년이도 등교할 거제?"

"아버지, 저는 아직 결정을 못했어요."

"허면, 내일 학교에 안 갈 거냐?"

"고민 중입니다."

"내 생각에는 이번 동맹휴학은 충분히 성과를 거두었다고 본다. 장장 넉 달 동안이나 동맹휴학을 했으니 그만하면 됐지 않으냐? 학생들이 이번처럼 집단행동으로 학생들의 의사를 분명하게 표출해본 적이 한 번도 없었지 않으냐. 이번에 많은 사람들은 학생들이 무엇을 원하고 있고 그 주장이 옳다는 것을 알게 되었을 것이다. 무엇보다 학생과 시민들이 항일민족의식을 깨닫게 한 것만도 큰 성과였다. 여기서 멈추지 않고 더 나아가게 된다면 피해도 크고 학교가 와해될 수도 있다. 학생들과 학교가 같이 살아남아야 할 것이 아니냐. 아버지는 백년이 네 생각을 존중한다. 그렇지만 네가 만약에 퇴학을 당하게 되면, 네 꿈인 동경유학은 이루어지지 않을지도 모른다. 아버지는 내일 꼭 등교하라고 강요하지는 않겠다. 이것은 네 일이니 모든 것은 네가 잘 알아서 판단해라. 시라이 교장 한 사람을 축출하기 위해 학업을 중단하고서라도 학생운동에 뛰어들 것인지, 아니면 일단 네 개인적인 꿈을 이룬 다음에 민족을 위해 봉사할 것인지 깊이 생각하고 결정해라. 다만 아버지 생각에는 지금은 네 힘은 너무 미약하여, 민족의 장래를 위해 봉사한다고 해도 큰 힘을 발휘할 수 없을 것이다. 허나 더 공부를 하여 꿈을 이루고, 성숙한 다음에는 민족을 위해 큰 힘이 되어줄 수 있을 것이 분명하다. 지금 백년이 네 고민은 아주 값진 것이다. 지금의 이 현실에서 너 같은 젊은이가 그만한 고민도 없다면 아버지는 실망이 매우 클 것이다. 내 생각에는 일제의 식민지 지배가 빨리 끝날 것 같지는 않다. 그러기에 우리 민족의 역사적 현실을 길게 볼 필요가 있다. 힘이 미약한 상태에서 성급하게 대처했다가는 오히려 낭패를 당할 수가 있다. 삼일 만세 운동이 그 좋은 예이다. 길게 보고 차분하게 민족의 힘을 키운 다음에, 그 힘을 결집시켜 일시에 현실을 극복할 수 있는 방법을 모색해야 한다. 지금 네가 할 일은 힘을 기르는 일이다. 그러나 모든 것은 네 뜻대로 하거라. 아버지는 네가 어떤 길을 선택하더라도 네 뜻을 존중하겠다."

장개동은 긴 이야기를 해주었다. 그는 지금까지 아들에게 이날 밤처럼 진지하게 긴 이야기를 해준 적이 없었다.

"아버지, 그러면 제 결정은 잘못된 것입니까?"

한동안 잠자코 있던 백석이가 따지듯 물었다. 백석이는 아버지의 이야기를 듣고 나니 머릿속이 혼란스러웠다. 어쩐지 자신의 생각이 잘못된 것 같은 느낌이 들었던 것이다.

"아니다. 백석이 네 결정은 절대로 잘못된 것이 아니다. 다만 너와 네 형의 입장이 다른 것뿐이란다."

장개동은 백석이의 질문에 당황하지 않을 수 없었다.

"입장이 뭐가 다른데요?"

"형은 상급학년이고 너는 하급학년이지 않냐."

장개동은 자신이 생각해보아도 그 대답이 궁색하다는 것을 느꼈다. 그러나 그는 백석이를 설득시킬 적당한 말이 떠오르지 않았다.

"아무튼, 백석이는 내일 등교하기로 하고 백년이는 오늘 밤에 더 생각을 했다가 내일 아침에 결정을 하도록 해라."

장개동은 그 말을 끝으로, 양손에 두 아들의 손을 꼭 잡고 잠을 청했다.

백년은 밤늦도록 잠을 못 이루고 뒤척이다가 새벽 무렵에야 얼핏 눈을 붙였다. 밖이 소란스러워 눈을 떠보니 햇살이 방안에 가득 퍼져 출렁였다. 서둘러 세수를 끝내고 밥상머리에 앉았다. 아버지가 보이지 않았다.

"느그 아부지는 새벽에 갔다."

할머니가 백년을 찔러보며 말했다.

"백년이 너, 아부지가 왔다 간 까닭을 알겄지야?"

백년은 선뜻 대답을 못하고 미적거리고만 있었다.

"순전히 백년이 네 놈 때문이여. 신문사에 볼일이 있어 왔다는 거는 헛소리당께."

그때서야 백년이는 아버지의 깊은 마음을 헤아릴 수가 있었다. 아버지는 그러고서도 백년이한테는 스스로 알아서 판단하라고만 하지 않았던가.

"느그 아부지가 네눔 땜시 일부러 올라온 것이 무신 뜻인 줄 알어?"

할머니의 다그치는 듯한 물음에 백년은 여전히 대답을 못했다. 그 자신이 아버지의 속내를 충분히 가늠하고도 남았기 때문이다. 아버지는 백년을 동반하고 등교할 각오로 광주에 올라왔으면서도 등교를 강요하는 말은 한마디도 하지 않았다. 스스로 알아서 판단하고 결정하라는 아버지의 말은 기필코 등교하라는 명령보다 더 강하게 마음을 옥죄었다. 아버지가 그렇게 한 것은 아들의 인격을 존중하고 믿기 때문이라고 생각했다. 백년은 그런 아버지가 존경스러웠다. 백년이가 아침을 깨작거리고 있는 사이 백석이는 수저를 놓고 등교를 서두르고 있었다.

"백년이 네눔은 워쩔 테냐?"

할머니가 퉁명스럽게 물었다. 할머니는 아들이 아침도 못 먹고 새벽에 길을 떠난 것이 마음에 걸리는지 계속 짜증을 냈다. 백년이는 할머니의 그런 마음을 이해했다.

"백년이 핵교에 갈 거여 안 갈 거여?"

"가겠어요."

백년은 그렇게 말하고 수저를 놓고 천천히 일어섰다. 그 사이 백석은 옷을 갈아입고 학교에 갈 채비를 끝냈다.

"잘 생각했다. 백석아 뭣허냐, 조 군한테 다꾸시 불러라고 해라. 핼미도 따라가야 씨겄다."

할머니는 갑자기 마음이 달떠 나들이 한복으로 갈아입고 토방으로 내려서며 백년을 재촉했다. 백년은 할머니가 택시까지 불러 학교에 같이 가겠다고 나서자, 하는 수 없이 더는 지체하지 못하고 교복으로 갈아입었다. 숲실에 갈 때도 그 먼 길을 걸어가곤 하던 할머니는 특별한 일이 아니고는 택시를 부르는 일이 없었다. 잠시 후, 세 사람이 금성관을 나서자 대문 앞에 택시가 대기하고 있었다.

"참말로 다꾸시를 불렀네. 그냥 우리끼리 걸어가도 되는데."

"잔소리 말고 냉큼 타기나 혀."

백년이가 잠시 미적거리는 눈치를 보이자 할머니가 택시 안으로 그의 등을 떼밀었다. 이렇게 하여 백년이와 백석이는 할머니와 함께 택시를 불러 타고 등교를 하게 되었다. 학교 가까이 이르자 등교하는 학생들이 하나 둘 눈에 띄었다. 대부분 학부형을 동반하고 있었다.

거리에서 등교를 제지하는 경비부 학생들은 보이지 않았다. 백석은 학생들이 아무런 제지도 받지 않고 아주 평화스럽게 등교하는 모습을 보고 적이 놀랐다. 등교하는 학생들을 타살하겠다던 맹휴본부는 무엇을 하고 있는 것인지 알 수가 없었다. 기실 백년은 경비부 학생들이 등교를 막아줄 것을 은근히 기대하고 있었던 것이다. 할머니는 택시를 교문 앞에 바짝 주차시키도록 하고 천천히 주위를 둘러보며 내렸다. 교문 안쪽에는 시라이 교장을 비롯하여 교직원들이 모두 나와 일렬로 서서 등교하는 학생들에게 박수를 보내며 맞았다. 할머니는 양손에 두 손자들 손을 꼭 잡고는 시라이 교장 앞으로 걸어갔다.

"교장 선생님, 두 손자 놈들을 데리고 왔습니요."

할머니는 당당한 목소리로 시라이 교장한테 말했다. 시라이 교장이 박수를 보냈다.

교직원들은 학생들이 도착하는 대로, 한데 떼 지어 모여 있지 못하게 하면서 교실로 들어가도록 했다. 맹휴 끝에 오랜만에 등교를 했으니 마땅히 운동장에서 전교생을 모이게 하여 전체 조회를 할 줄 알았는데 그것이 아니었다. 아마도 전체 학생들이 한데 모이게 되는 것을 두려워하는 것인지도 몰랐다.

할머니와 헤어진 백년은 교실로 들어갔다. 첫째시간 수업이 시작하려면 반 시간도 더 남았는데도 급우들이 절반쯤 교실에 들어와 있었다. 오랜만에 만난 급우들이 서로 반기느라 교실 안이 떠들썩했다.

백년은 최종주의 얼굴을 보자 그에게로 다가갔다. 동맹휴학 동안 광주에 머물러 있었기 때문에 그동안 영산포 친구들 소식이 궁금했다. 함께 통학을 하던 때는 다소 서먹서먹한 사이였지만 이날만은 서로 반갑게 손을 잡고 흔들었다.

백년은 인숙이 소식이 궁금했으나 종주에게 묻고 싶지는 않았다. 오늘 통학차를 타게 되면 인숙이를 만날 수 있다고 생각했기에 몇 시간만 참기로 했다. 동맹휴학 중에 금성관 할머니댁에 있었던 백년이는 일주일 전쯤에 인숙이가 보고 싶어서, 통학열차 시간에 맞춰 광주역에 나갔었다. 인숙이가 역에 도착하자마자 금방 통학차가 출발했기 때문에 그들은 잠깐 얼굴만 보고 헤어졌다.

시작 시간이 되자 교실에 빈자리가 거의 메워졌다. 밖에는 학부형들이 돌아가지 않고 서서 자제들이 들어가 있는 교실을 지켜보고 있었다. 백년이는 화단 옆에 서 있는 할머니를 발견하자, 창 옆으로 다가가 그냥 돌아가라고 손짓을 해보였다. 할머니는 고개를 흔들어보였다. 수업이 시작되기 전에는 돌아가지 않겠다는 표시 같았다. 잠시 후, 첫째시간 시작종이 울렸다. 백년은 교실 안을 둘러보았다. 빈자리가 없는 것을 보니 모두 출석을 한 모양이다. 이렇게 해서 동맹휴학은 4개월 만에 끝이 났다.

백년이네 반 첫 수업은 한문시간으로 송홍 선생이 들어왔다. 송 선생은 학생들의 경례를 받고 한참 동안 말없이 학생들을 둘러보았다. 학생들은 존경하는 송홍 선생의 입에서 무슨 말이 나올지 궁금해 하면서 긴장했다. 필시 송 선생이 이번 동맹휴학에 대한 언급이 있을 것이라고 생각했기 때문이다. 잠시 후, 송 선생은 흑판에 斷機之戒(단기지계)라고 썼다.

"누가 이 뜻을 아는 사람이 있으면 손을 들고 말해봐라."

송 선생이 물었으나 아무도 손을 들지 않았다. 백년이도 읽을 수 있고 한 글자 한 글자 새김은 가능해도 전체의 뜻은 알 수가 없었다.

"'단기지계' 라는 이 말은 후한서의 열녀전에 나오는 말이다. 무슨 일이고 중도에 그만두면 모든 것이 쓸모가 없어진다는 뜻이다. 맹자가 멀리 떠나 수학하던 도중에 집에 돌아오자, 그의 어머니가 베틀에서 베를 짜다가 베를 끊어 훈계했다는 이야기에서 유래된 말이다."

송 선생은 잠시 후, 흑판에 다시 斷斷無他(단단무타) 라고 쓰고 학생들을 보았다.

"단기지계와 연관된 말로 '단단무타'가 있다. 오직 한 가지 신념으로, 결코 다른 마음이 없음을 뜻하는 말이다. 또 끊을 단자가 첫 머리에 들어가는 사자성어에는 친구 사이의 굳은 맹세를 뜻하는 斷金之契(단금지계)와 친구 사이의 정의가 매우 두터운 것을 뜻하는 斷金之交(단금지교)라는 말이 있다. 여러분들은 단기지계 하지를 말고 단단무타 정신으로, 단금지계를 지켜서 단금지교를 유지하기 바란다. 여러분들이 앞으로 살아가면서 잊어서는 안 될 것이 단기지계임을 명심하기 바란다."

송홍 선생은 그러면서 맹자의 생애와 사상에 대한 이야기를 계속했다.

수업이 끝나자 백년은 오랫동안 자리에 꼼짝하지 않고 앉아 있었다. 송홍 선생이 흑판에 써 놓았던 斷機之戒와 斷斷無他라는 글자가 머릿속에서 사그라지지 않고 오랫동안 꿈틀거렸다. 송홍 선생이 가르쳐 준 그 말에 많은 의미가 담겨져 있는 것 같았다. 무언의 질책과 함께 용기를 북돋아준 것이라고 생각했다. 등교 첫날, 아무 동요 없이 수업이 끝났다. 백년은 백석이네 반으로 가서 동생을 만나, 오늘부터 통학차를 타겠다는 말을 하고 최종주와 함께 역으로 향했다. 그는 역으로 걸어가면서 그의 단금지교는 누구일까 생각해보았다.

4

가을이 주황색으로 짙어가면서 무등산이 단풍으로 불붙기 시작했다. 색깔로 치자면 사계절 중에서 가을이 가장 화려한 것 같다. 생명이 움트는 봄이 녹색과 노랑, 빨강 등 초목과 꽃이 빛깔의 조화를 이루어 언뜻 보기에 화려한 것 같지만, 가을만은 못하다. 가을에는 모든 꽃들이 시들어 열매를 맺는 계절이기는 해도 삼라만상이 저마다 마지막 농염한 빛깔을 기운껏 발산하고 있어, 산과 들이 화려함으로 어우러지고 있다. 쇠잔과 소멸 직전의 마지막 생명의 아름다움을 보여주려는 것일까.

물론 여름도 작렬하는 태양과 더불어 붉은 장미의 빛깔만큼이나 뜨겁도록 화려해 보인다. 그렇지만 전체를 보면 모든 색깔이 너무 짙고 농익어, 화려함의 도를 넘고 있다. 마치 사치스럽게 분단장을 한 노류장화의 몸치장 같다고나 할까.

그런 여름에 비해 봄은 소녀 같은 풋풋함과 싱그러움을, 가을은 나이 지긋한 여염집 아낙 같은 단아한 아름다움을 지니고 있는 것 같다. 가을의 빛깔은 지나치지도 모자라지도 않고 적당히 조화를 이루고 있기 때문에 화려하면서도 정갈하고 고고하다.

일요일 오후. 조선애는 2층 베란다에서 마당에 노랗게 물들어가는 은행나무를 바라보고 앉아 있다. 그녀는 치자 빛보다 더 노란 색깔로 물든 은행잎을 좋아한다. 은행나무 잎은 햇빛 속에서보다 전깃불에서 더 아름답고, 전깃불보다는 달빛 속에서 가장 아름답다. 조선애는 보름달이 뜰 때까지 은행잎이 지지 않기를 바랐다. 보름달이 뜨려면 아직 일주일이나 더 기다려야 한다. 그 전에 비바람이라도 몰아치면 이파리 하나 남기지 않고 옴씰하게 떨어져버릴 것이다.

진주 그녀의 집 앞뜰에도 오래된 은행나무가 있었다. 여학교 시절 그녀는 땅에 떨어진 노란 은행잎을 주어서 책갈피에 넣고 다녔다. 여학교를 졸업하던 해 가을이었다. 밤새도록 비바람이 몰아치던 다음날 아침 일어나보니, 은행나무는 이파리 하나 남기지 않고 땅바닥에 수북하게 노란 잎을 모두 떨쳐버렸다. 그녀는 하룻밤 사이에 잎이 떨어져 앙상해진 은행나무를 보자 너무 허무한 생각이 들어 마음이 허전했다. 그러면서도 미련 없이 버릴 줄 아는 완전한 소멸이 마음에 들었다.

고향집의 오래된 은행나무는 이제 없다. 유학을 떠난 그해 여름 방학 때 돌아와 보니 잘려버리고 없었다. 열매도 맺지 못한 것이 낙엽 치우기만 귀찮다면서 아버지가 베어버렸다고 했다. 눈에 보이는 이익만을 따지고 사는 아버지의 그 삭막한 마음이 안타까웠을 따름이었다.

지금도 조선애는 노랗게 물든 은행잎을 보면, 황금빛으로 출렁이는 황홀한 아름다움과 함께, 한 순간에 모든 화려함을 떨어뜨려버리는 완전한 소멸을 생각한다. 그녀 또한 은행나무 잎처럼 살고 싶다. 봄부터 여름까지의 푸름보다는 늦가을 잠시 동안의 황금빛으로 눈부시게 살다가, 미련 없이 모든 것을 버리는 삶. 조선애는 창문을 열고 무등산을 바라보면서 심호흡을 했다.

가을날 오후의 공기는 건조하면서도 달콤하다. 그녀는 점심을 먹고 나서 양만석을 기다리고 있다. 오후 5시까지 오기로 했으니 약속 시간까지는 아직 반 시간쯤 남았다. 사랑하는 사람을 기다린다는 것이 설렘 속에 행복하기도 하지만 조금은 불안하고 지루하다는 것을 알았다.

기다림은 기도하는 마음이어야 한다고 했던 어느 시인의 말을 떠올리며, 조선애는 한껏 마음을 다독여보았다. 그러나 요즈막 양만석을 기다릴라치면 자신도 모르게 불컥불컥 짜증이 일곤 했다. 그리고 그를 만나면 따져야 할 것들이 조목조목 생각나곤 했다. 그러다가도 막상 얼굴을 마주하고 보면 간질간질한 행복감에 젖게 마련이다. 그렇듯 그녀는 요즘 자신의 마음을 가늠할 수가 없다. 기다리다 지친 조선애는 아래층 주방으로 내려가 커피 한 잔을 타서 나무 쟁반에 받쳐 들고 다시 2층으로 올라왔다. 그녀는 천천히 커피를 마시며 양만석에게 따져야 할 것들을 하나씩 다시 생각한다.

당장 월요일에 부모님이 광주에 오시기로 한 것부터 해결해야 한다. 부모님은 전화로 여러 차례 좋은 배필감이 나왔으니 진주에 내려와 선을 보라고 성화였다. 끝내 그녀가 진주에 가지 않자, 이번에는 아예 신랑감을 대동하고 광주에 오겠다는 것이다. 이제는 피할 수도 없게 되었다. 암튼 이번에는 떼를 써서라도 좌우당간에 결단을 낼 생각이다.

조선애가 커피를 다 마실 때쯤, 양만석이 중절모를 깊숙이 눌러쓰고 바바리 자락을 펄럭이며 경중거리는 걸음으로 밭둑길로 들어서는 모습이 눈에 들어왔다. 다른 때 같았으면 대문 밖까지 뛰어 내려갈 터인데도 그녀는 2층 베란다에 서 있기만 했다. 양만석은 대문 앞에 이르자 걸음을 멈추고 힐끔 2층을 올려다보더니 가볍게 손을 흔들었다. 그러나 그녀는 모르는 척 서 있었다. 양만석이 대문을 두드려서야 그녀는 천천히 2층에서 내려가 마당을 가로질러 대문을 열어주었다.

"오늘도 눈 빠지게 나를 기다렸소?"

대문을 열어주자 떠밀리듯 마당 안으로 들어선 양만석은 조선애를 향해 밝게 웃으며 손을 잡았다. 그가 올 때마다 그녀는 늘 눈이 빠지게 기다렸다는 말을 했기 때문이다. 그러나 그녀는 오늘따라 얼음처럼 굳어진 얼굴빛으로 대꾸도 없이 양만석의 손을 뿌리치고 먼저 안으로 들어가 버렸다. 양만석은 냉갈령을 부리는 모습조차도 귀엽다는 듯 연신 싱글거렸다.

"내일 부모님께서 오신다는데 어쩌지요?"

"정말로 오신데요?"

두 사람은 1층 응접실 소파에 나란히 앉았다. 조선애의 입장이 매우 난처하게 되었구나 싶었지만 그는 별로 해줄 말이 없었다. 지난봄 조선애의 어머니가 딸의 혼사 문제로 광주에 왔을 때도, 그녀는 양만석이가 어머니를 만나주기를 은근히 바랐었다. 그러나 그는 끝내 자리를 회피하고 말았다. 조선애가 양만석한테 바라는 것은, 그가 그녀의 부모님을 만나 용기를 내어 정식으로 청혼을 해주는 것이었다.

"어떻게 하시겠어요?"

조선애가 양만석의 얼굴을 빤히 쳐다보며 따지듯 물었다.

"내가 어떻게 하는 것이 좋겠소?"

"그것을 나한테 물으면 어떻게 해요?"

조선애는 한심하다는 듯 실소를 날렸다. 물론 그녀는 양만석의 입장을 이해 못하는 것은 아니다. 비록 별거중이기는 하더라도 본처가 엄연히 살아있고 자식까지 둔 처지에, 나이 차이도 있어, 언감생심 청혼을 하기가 쉽지는 않을 터였다. 또 조선애의 부모님이 그 같은 양만석의 처지를 안다면 혼인 승낙은커녕 미친놈 소리를 듣기 십상이었다. 그렇다고 언제까지나 부모님한테 보대끼는 것을 구경만 하고 있을 것인가. 중요한 것은 조선애 자신이 모든 제약을 무릅쓰고 양만석을 받아들이겠다는 데 무엇이 문제란 말인가.

"이번에는 우리 부모님을 만나 뵈었으면 해요."

"내 처지에 어떻게……."

"우리 부모님을 속이는 수밖에요. 양 선생님 나이도, 혼인을 한 사실도 모두 속이는 수밖에 다른 방도가 없어요."

"그것은 절대로 안 될 말이오."

양만석은 소스라치듯 펄쩍 뛰었다. 사랑하는 조선애와 결혼하기 위해서 그 같은 비열한 방법을 택하고 싶지는 않았다. 미친놈 소리를 듣고 뭇매를 맞더라도, 차라리 사실대로 말하고 용서를 비는 것이 그다운 선택이라고 생각했다. 양만석은 그런 그녀가 너무도 애처롭게 보여 옆으로 바짝 다가앉아 오른팔로 그녀의 허리를 감아 안았다. 조선애는 양만석의 포옹을 뿌리치지 않았다.

"사실대로 말씀드리고 백배 사죄하겠소. 나는 진심은 통한다고 믿고 있소. 나만 믿으시오."

"그건 안 돼요. 우리 아버지가 어떤 분인지 아시지 않아요. 그랬다가 저는 아버지 손에 죽고 말거예요."

조선애는 양만석의 그 말에 더욱 불안을 느꼈는지 얼굴에 먹구름이 감돌았다. 그녀는 너무 답답해서 어디로인가 도망쳐버리고 싶었다.

조선애의 집에서 저녁을 먹은 양만석은 곧장 금성관으로 돌아왔다.

조선애의 부모는 다음 날 오후 늦게 광주역에 도착했다. 다행스럽게도 같이 온다던 신랑감은 보이지 않았다.

"너를 데리고 가 부산에서 만나기로 했구마."

역에 마중을 나간 조선애가 부모님을 만난 후 주위를 두리번거리자 어머니가 말했다. 조선애는 신랑감을 데리고 오지 않은 것만으로도 한시름 놓았다. 그러고 보니 부모님은 조선애를 아예 데려가려고 온 것 같았다.

아버지는 구름다리를 내려서자 오랜만에 만난 딸에게는 관심을 보이지 않고 고개를 들어 시가지 모습을 둘러보았다. 딸을 만나도 반가운 내색을 전혀 하지 않았다.

"명색이 호남의 중심지라는 데가 촌구석 모양으로 와 이리 한적하노. 부산에 비하면 영 형편이 없구마."

조선애 아버지가 광주역에 도착해서 내뱉은 첫말이다. 무엇 때문에 심사가 불편한지 시종 구름 낀 하늘처럼 찜부럭한 얼굴빛이다.

"시가지는 한참 더 들어가야 있습니다."

조선애가 아버지의 말을 받고 나서 택시를 잡았다. 그녀는 택시 기사에게 금성관으로 가자고 했다. 양만석이 조선애 부모에게 저녁을 대접하기로 해서다. 어느덧 어둑어둑 날이 어두워지기 시작했다. 조선애는 금성관 주인에 대해 이야기했다. 금성관 주인 막음례는 광주에서 여관과 큰 요리점을 경영해 많은 돈을 벌어, 장학사업과 사회사업을 한다고 약간 부풀려 이야기했다. 아버지는 장학사업과 사회사업에 대해 물었고, 조선애는 가난한 아이들이 공부를 할 수 있도록 학비를 대주는 일과 거동이 어려운 불구자들을 모아 집을 짓고 먹여주고 입혀주는 일을 한다고 설명했다.

"그 여자 정신 나간 거 아이가."

조선애 아버지가 비아냥거렸다. 하기야 아버지의 생각으로는 남을 위해 돈을 쓰고 봉사하는 삶을 이해할 수 없을 것이었다.

"정신 나간 것이 아니라, 제 정신 갖고 사는 거지요."

조선애의 말에 아버지는 입을 다물어버렸다. 조선애가 부모님을 모시고 금성관에 도착하자, 막음례와 양만석이 대문 밖까지 나와서 기다리고 있었다. 그들은 어둠 속에서 간단히 수인사를 하고 준비해

놓은 방으로 들어갔다.

"아니? 이 젊은이는?"

전등불이 켜진 방에 들어와서야 조선애 어머니가 양만석을 보고 다소 놀랐다.

"저를 알아보시겠습니까? 수년 전 귀국길에 댁에 들러 분에 넘치는 대접을 받았었지요."

"그러니까 자네는 형평사 강연 때 왔던······?"

"맞습니다. 저를 기억하시는군요."

"객지에 혼자 와 있는 즈이 여식을 물심양면으로 도와주신다카는 말씀 많이 들었심니다. 뭐라꼬 감사를 드려야 좋을지 모르겠심더."

조선애 어머니가 막음례에게 정중히 예의를 표했다. 딸한테서 듣던 대로 여자답지 않게 통이 커 보이고 시원시원한 게 마음에 들었다. 더욱이 번 돈을 몽땅 털어 가난한 아이들 학비를 대주고 신체가 성하지 않은 사람들을 도와주고 있다니, 존경스럽기까지 했다.

"실은 요본에 제 여식 혼사 때문에 여기까지 왔다 아닝교. 좋은 혼처가 생겨서 아조 데리꼬 내려갈라꼬 예."

"아, 그래라우잉."

"늦게꺼지 공부하느라꼬 혼기를 한참 놓쳤지예."

"올해 조 선생이 몇인교?"

"네가 올해 스물여섯이제?"

"하이고, 한참 늦어부렀네. 헌디, 선 볼 신랑감은 몇 살인그라우?"

"확실한 나이는 모르겠고, 야보다 몇 살 더 많타고 헙디더."

"허면 남자 쪽이 초혼인그라우?"

조 선생 어머니와 막음례가 말을 주고 받았다. 막음례의 말에 조 선생 어머니는 대답없이 남편의 눈치만 살폈다.

"하이고, 내 정신 봐라. 시장허실텐디 이약만 허고 있어부렀네."

막음례는 괜한 것을 물었구나 싶었는데 방문을 열고 조 군을 부르더니 밥상을 들이라고 소리쳤다. 이윽고 음식이 가득 차려진 교자상이 들어왔다. 영산원 주방장이 오후 내내 준비한 음식이었다. 조 선생 부모는 진수성찬을 보고 놀랐다. 갖가지 밑반찬에 젓갈이며 잡채 · 계란찜 · 갈비찜 · 육회 · 갈치조림 · 호박전 · 게장 · 연포탕 · 홍어 삼합 · 고막 · 송이버섯구이 · 신선로 등 가짓수만 해도 얼추 스무 가지가 넘는 것 같았다.

"이런 성찬을 받다니 송구시럽네예."

"전라도 음석이 입에 맞으실란가 모르겄구만이라."

막음례의 말 끝에 양만석이 조선애 아버지의 술잔에 조선산 일본 청주 아사노하나(朝花)를 가득 따랐다.

"제가 1년 전에 진주에 갔을 때 사장님 댁에서 얻어마셨던 안동소주 맛만은 못할지 모르지만, 조선에서 만든 아사노하나는 좋은 쌀로 빚은 술이라, 일본청주보다 한결 맛이 좋은 것 같더군요."

양만석의 그 말끝에 조선애 아버지가 주전자를 받아 양만석의 잔을 채워주었다. 양만석은 무릎을 꿇고 두 손으로 잔을 들어 술을 받았다.

"그저 전라도에서는 잔칫상에 삼합이 최고지라우. 조 선생, 아버님께 삼합 좀 권해드려."

막음례는 조선애 아버지가 술잔을 비우기를 기다렸다가 말했다. 막음례의 말에 조선애는 홍어 한 점과 삶아서 적당한 크기로 저민 돼지고기를 묵은 배추김치에 얹어서 아버지 입에 넣어주었다. 조선애 아버지는 처음에 쑥스러운지 사양을 하다가 마지못해 한입 받아 물고 우적우적 씹었다. 모두들 조선애 아버지의 표정에 눈길을 모았다.

"삼합 맛이 우짠교?"

조선애 어머니가 묘한 표정을 해보이며 남편에게 물었다.

"톡 쏘면서도 새큼달큼하고, 뒷맛은 보드레하구만. 삼합이라, 그 맛 한 번 참 희한하구마. 임자도 한 번 묵어보소마."

"삼합에는 탁주가 최곤디."

그러면서 막음례는 손수 삼합을 만들어 이번에는 조선애 어머니의 입에 넣어주었다. 두 손바닥으로 입을 가리고 삼합을 씹는 조선애 어머니의 표정이 여러 가지로 변했다.

워낙 술을 좋아하는 조선애 아버지는 안주로는 홍어 삼합이 최고라면서 양만석이 따라주는 대로 거푸 잔을 비웠다. 그는 저녁을 먹기도 전에 반주로 거나하게 취하고 말았다. 술에 취하자 목소리가 높아졌고 말도 많아졌다.

"자네 이름이 양 뭣이라꼬. 맞다. 양만석이라고 했제. 자네 사회주의자가 아닝교. 진주 형평사에서 사회주의자들 모아 놓고 연설 안 했었드나. 내가 듣자 허니 자네는 부자고 앞으로 사업을 하겠다고 허든데…… 사회주의자가 어찌 사업을 하겠다고 하는교. 사업은 자본주의자가 하는기라. 사회주의자가 사업을 하면 돈을 벌 수 없다카이."

"부자가 사회주의를 하면 세상이 부자가 될 수 있습니다."

"아니다. 세상이 부자를 맹그라 주는기 아이고 사람이 부자를 맹그는 기라. 나도 세상이 나를 도와준기 아이고 순전히 내 혼자 힘으로 재산을 모은기라."

"허면, 사회주의자가 사업을 하면 자본주의자가 되겠네요?"

양만석이 바보처럼 웃으며 입을 열었다. 그 말에 조선애 아버지는 잠시 눈을 끔벅거리는 것 같더니 단숨에 술잔을 비웠다.

"부자들은 절대로 사회주의 못 한다 카이. 돈을 벌자면 욕심도 많고 마음이 독해져야 하는데 우째 사회주의자가 될 수 있겠노. 사회주의 하자는 거는 네 것 내 것 없는 세상 맨들자는 긴데, 그기는 욕심 없는 사람들이나 할 짓이제."

양만석은 조선애 아버지의 말에 대응하지 않았다. 그는 어떤 변설로도 조선애 아버지 같은 사람을 설득할 수 없다고 생각했기 때문이다.

조선애 부모는 이날 저녁 기분이 좋았다. 음식도 맛나고 푸짐했거니와 막음례의 격의 없는 친절에 깊이 감사했다. 특히 거나하게 술이 취한 조선애 아버지가 양만석을 격의 없이 대해주었다. 조선애 아버지는 양만석의 솔직하고 남자다운 패기와 깊은 도량에 호감을 느꼈다.

조선애 부모가 돌아간 뒤 양만석은 방으로 들어와서 불을 켜고 책을 펼쳐들었으나 머릿속이 뒤숭숭해서 눈을 감아버렸다. 그때 밖에서 조 군 목소리가 들려 방문을 열어보니, 뜻밖에 순식이가 토방에 서 있었다. 순식은 이웃에 하숙을 하고 있으면서도 금성관으로 아버지를 찾아온 적이 지금까지 한 번도 없었기에 양만석은 적이 놀랐다.

"어머니께서 오셨어요. 아버지 좀 모셔오라고 해서."

"그래? 시방 진남관에 계시냐?"

"예."

"알았다. 같이 가자."

양만석은 서둘러 윗도리를 걸치고 밖으로 나갔다. 그사이 금성관에서 나갔는지 순식의 모습이 보이지 않았다. 양만석은 서운한 생각에 쩝쩝 입맛을 다시며 대문 밖으로 나섰다. 양만석은 아내가 무엇 때문에 갑작스럽게 그를 만나고 싶어 하는지 궁금했다. 밤에 진남관까지 와서 그를 찾는 것은 급한 일인 듯싶었다. 그는 혹시 아내의 마음이 바뀌어 서로 화해를 하자고 하면 어쩌나 싶은 생각에 불안해지기도 했다. 그러나 이제 그는 아내에게 다시 돌아가고 싶은 생각은 추호도 없었다. 양만석이 다소 경직된 표정으로 순식의 하숙방으로 들어서자, 순식은 한쪽 구석에 멀뚱히 서 있었고 그의 아내는 잠시 일어서더니 윗목으로 자리를 옮겨 앉았다. 마치 낯선 사람들이 처음 만난 것처럼 분위기가 어색하고 쓰렁쓰렁했다. 아내는 양만석을 부른 이유를 말하지 못하고 미적거리는 것 같았다.

"나를 만나자고 했다면서요?"

양만석이 아랫목에 자리를 잡고 앉으며 물었다. 그때서야 그의 아내가 양만석과는 거리를 두려는 듯 벽에 바짝 등을 붙이고 앉았다.

"순식이 땜시 적나절에 급작스럽게 올라왔구만이라. 순식이가 느닷없이 하숙을 허기 싫다고 안 허요."

박 씨 부인은 남편과 눈이 마주치는 것을 피하려는 듯 한껏 고개를 무겁게 숙인 채 띄엄띄엄 입을 열었다.

"하숙을 하기 싫다니."

양만석이 쇠말뚝처럼 서 있기만 한 순식을 흘끔 올려다보았다.

"아 글씨, 오늘 학교도 안 가고 부르뫼에 와서는 뜬금없이 광주에다가 집을 사라고 졸라대지 않은 감요. 아부지가 집 사준다고 했담시로."

아내는 말을 하면서 천천히 고개를 들고 양만석의 표정을 훔쳐보았다. 그때서야 양만석은 아내가 그를 찾는 이유를 알고 안도했다. 집을 사주는 것은 어렵지 않았다.

"집을 사 달라고? 그렇게 하지 뭐."

양만석은 아내를 보며 쉽게 말했다. 내일이라도 적당한 집을 알아볼 생각을 했다.

"헌디 집을 사는 것만으로 해결될 일이 아니구만이라우. 집을 사 놓고 달랑 순식이 혼자 있을 수는 없는 일이고…… 그렇다면 지가 올라와야 헐 것인디……."

아내는 더듬거리듯 말하면서 여전히 관심 있게 남편의 표정을 살폈다.

광주에 집을 사면 마땅히 아내가 올라와서 순식이를 돌보게 될 것이라고 만석은 생각했다. 그러나 그것은 그가 상관할 일이 아니지 않는가. 아내와 한 집에 살게 되지는 않을 것이기 때문이다. 혹시 아내가 이제 와서 세 식구가 한 집에 살기를 원하는 것인지도 몰랐다. 그러나 양만석의 입장으로서는 그런 일은 생각하고 싶지도 않았다. 이제 그는 아내에 대해 연민조차도 느끼지 않고 있다. 그는 알 수 없는 것이 사람의 마음이라고 생각했다. 얼마 전까지만 해도 종의 핏줄을 받고 태어난 자신을 사람 취급조차 하지 않으려는 아내를 설득해서라도 가정을 지키려고 했었던 그였는데, 지금은 그럴 생각이 전혀 없지 않은가.

이렇듯 마음을 변하게 만든 것은 사랑의 힘인지도 몰랐다. 사랑은 때로 도덕과 인습, 그리고 인격, 그 사람의 인생까지도 변화시키는 힘을 가지고 있는 것 같았다. 그래서 그는 사랑은 힘이라고 생각했다. 예전에는 그것을 알지 못했기에 변화를 두려워했는지도 모른다. 사랑이 무엇인지 경험하지도 느껴보지도 못했기 때문일 것이었다. 사랑을 경험하기 전에는 사랑은 본능이며 사람됨의 도리라고만 알고 있었다. 그러나 이제 사랑은 사람의 마음의 중심을 지배하면서 마음을 움직이게 하는, 신비한 힘을 가진 것이라고 생각하고 있다.

지금 그에게 신념과 조선애 중 하나를 택한다면 어느 쪽을 택할 것인지 망설일 수밖에 없다. 그래서 사랑에 빠지면 부끄러움도 사회적 체면도 잊어버리게 되어, 미친 사람 소리를 듣게 되는 것인지도 몰랐다. 사랑을 느껴본 사람만이 그것을 이해할 수가 있을 것이다. 그래서 사랑을 하게 되면 이성적으로 살아가기보다 감성적으로 살아가는 것인지도 모른다. 양만석은 사랑은 위대하고 아름답다고 생각하고 있다. 그는 조선애를 사랑한 후부터, 아내의 핏줄과 가문에 대한 집착도 이해할 수 있게 되었다. 아내의 그 같은 삶의 방식을 이해하게 된 것이다.그래서 사랑을 하게 되면 너그러워지는 것인지도 모른다.

"당장 학교 가까운 곳에 살만한 집을 마련해줄 테니, 당신도 올라와서 순식이랑 같이 사시구려. 식량이며 가용은 내가 대주겠소. 집이 마련되는 대로 순식이편에 연락을 하겠으니 그리 알고 준비를 하시오."

양만석은 극히 사무적으로 말했다. 지금 그의 머릿속에는 조선애와 그녀의 부모 생각으로 가득 차 있었다. 양만석의 아내도 더 이상은 말하지 않았다. 아내는 단순히 집을 마련하는 것 이외에 다른 생각을 하지 않고 있는데 양만석 쪽에서 괜한 추측을 한 것인지도 몰랐다.

"그럼 그렇게 알고 내려가시오."

양만석이 일어섰다. 그의 아내는 얼핏 고개를 들어 쳐다보았을 뿐 일어서지 않았다.

양만석이 방을 나오자 순식이가 방문을 열고 서서 아버지가 구두를 신을 때까지 기다렸다가 들어가 버렸다. 양만석은 잠시 문이 닫힌 방을 바라보고 서 있다가 천천히 걸음을 옮겼다. 기분이 좀 휘주근해졌으나 얼마든지 참을 수 있었다. 여전히 그는 순식이 모자에게 낯선 사람이라는 것을 절감했다. 양만석은 음울한 기분으로 광주천을 거슬러 무작정 걸었다. 그는 자신도 모르는 사이 조선애의 집 앞에 와 있었다. 그는 몇 번이고 대문을 두드리려다가 그만두었다. 대문 앞에서 한참을 미적거리다가 발걸음을 돌렸다. 양만석은 혼자 거리를 배회하다가 밤늦게 휘적휘적 돌아와 술을 마시고서야 겨우 잠이 들었다.

다음날 양만석은 해가 벌겋게 떠오른 후에야 눈을 떴다. 놀라서 시계를 보니 열한 시가 다 되었다. 그는 알 수 없는 불안감에 휩싸였다. 그는 불길한 예감에 세수도 하지 않고 조선애의 집으로 달려갔다. 양만석은 부리나케 금성관을 나와 조선애 집으로 달려가면서, 사랑하는 사람을 위해 뛰어가는 자신이 조금도 부끄럽지가 않았다. 그는 지금까지 누구인가를 위해서 한 번도 뛰어본 적이 없었다. 어머니가 스스로 목숨을 끊었다는 소식을 접했을 때도 그는 뛰지 않았었다. 오히려 곧장 집으로 가지 못하고 한동안 영산강변을 배회했었다. 어머니를 잃은 슬픔보다는 알 수 없는 분노 때문에 참을 수가 없었다. 그런데 지금 그는 사랑하는 사람의 하룻밤 동안의 소식이 궁금하여 거리를 뛰어가고 있는 것이다. 조선애를 위하는 일이라면 이 세상 끝까지라도 뛰어갈 수 있을 것 같았다.

그는 조선애의 집으로 달려가는 동안 알 수 없는 불안감에 사로잡혀 있었다. 간밤에 무슨 일이 일어났을 것만 같았다. 금세 숨이 턱 끝까지 차오르고 온몸이 땀벌창이 되고 말았다. 그는 천변에서 조붓한 밭둑길로 접어들었다. 조선애 집이 바라다 보이는 배추밭 둔덕길에 이르러서야 뛰는 것을 멈추고 천천히 걸었다.

건들바람이 건듯건듯 불어와 이마의 땀을 식혀주었다. 양만석은 조선애의 집 대문이 훨쩍 열려있는 것을 보는 순간 가슴이 철렁 내려앉았다. 그는 무슨 일이 일어났음을 직감적으로 알아차렸다. 대문뿐만이 아니라, 현관문도 활짝 열려 있었다. 그는 허겁지겁 열려있는 현관 안으로 들어서며 큰 소리로 다급하게 조선애의 이름을 불렀다. 대답이 없다. 아래층에 아무도 없었다. 한달음에 2층으로 뛰어 올라가 보았으나 조선애도 보이지 않았다. 양만석은 정신없이 위 아래층을 거듭 오르내리며 장롱이며 책상 서랍, 화장대 등을 살펴보았다. 책상 서랍에 조선애가 먹다 반쯤 남겨둔 센베과자 봉지만 남아 있었다. 조선애의 옷가지며 진주에서 광주로 올 때 가져왔던 고리짝 가방이 그대로였다. 조선애 부모님이 입고 왔던 옷가지는 한 가지도 눈에 띄지 않았다.

조선애와 그녀의 부모는 어디로 사라졌다는 말인가. 양만석은 주방이며 마당 등 집안 구석구석을 살펴보고 나서 대문 밖으로 나와, 주위를 두리번거렸다. 부모님이 그녀를 끌고 간 것이 분명한 것 같았다. 끌려갈 때 얼마나 발버둥을 쳤을까 생각하니 목울대가 후끈 달아올랐다.

시계를 보니 12시가 다 되어가고 있었다. 이제 몇 분 후면 경성 행 기차가 떠난다. 지금 그가 택시를 불러 타고 간다고 해도 기차가 떠난 후에 역에 도착할 것이다. 어쩌면 조선애는 새벽차를 탔을지도 모르지 않은가. 양만석은 거듭 깊고 무거운 한숨을 토해내며 다시 집으로 들어가 2층으로 뛰어 올라갔다. 조선애가 행여 그에게 쪽지라도 남겼을까 싶어 베란다며 방 안을 샅샅이 살펴보았다. 아무것도 남겨 놓은 것이 없었다. 갑작스럽게 끌려갔다면 쪽지를 남길 겨를이 있었겠는가 싶으면서도 아쉽고 허전한 마음에 맥이 풀렸다.

아버지한테 끌려가는 조선애의 모습이 자꾸만 눈에 밟혀왔다. 양만석은 정오가 되도록 조선애의 집을 지키고 있었다. 조선애한테서는 아무런 소식도 없었다. 소식이 있을 리가 없다고 생각하면서도 혹시나 싶어 대문은 훨쩍 열어놓은 채, 소파에 앉아 눈이 빠지게 창밖을 지켜보고 있었다. 부모님이 그녀를 강제로 끌고 갔다면 필시 집 안이 소란스러웠을 터인데, 이웃집 사람들한테 넌지시 물어볼까 싶기도 했지만 그럴 용기가 없어 그만두었다. 그가 할 수 있는 일은 무작정 기다리는 것뿐이었다. 1시가 지나고 2시가 되어도 아무 소식이 없었다. 목이 말라 부엌에 들어가서 살펴보았으나 아침에 밥을 해 먹은 흔적은 보이지 않았다. 밥솥이며 냄비도 깨끗이 비어 있었다.

어느덧 쇠잔한 늦가을의 하루해가 유리창에 설핏하게 기울기 시작했다. 조선애도 없는 집에 홀로 앉아서 그녀를 기다리고 있는 양만석의 마음은 갈 길을 잃어버린 나그네처럼 외롭고 절망적이었다. 세상이 텅 빈 것 같았다. 마당 앞에 빨갛게 익은 감도, 사철나무의 짙푸름도, 주황빛으로 타오르는 노을도, 조선애가 없는 세상은 아무 의미도 없었다. 가슴에서 불길이 솟구치는 듯 심신이 뜨겁게 달아오르면서, 조선애가 사무치게 그리웠다.

이제 그는 조선애 없이는 하루도 살아갈 수 없다는 것을 뼛속깊이 알아차렸다. 당장 진주로 달려가서 그녀를 만나고 싶었다. 양만석은 어둠 속에 앉아 조선애를 기다렸다. 돌아올 수 없다는 것을 알면서도 기다릴 수밖에 없었다. 밤이 깊어지도록, 그는 아침부터 저녁까지 굶은 채, 조선애의 집 응접실에 불도 켜지 않고 하염없이 앉아 있었다.

1929년 새 학기가 되었다. 해가 바뀌었는데도 동맹휴학의 후유증은 좀처럼 가라앉지 않았다. 동맹휴학으로 수십 명의 학생들이 실형을 당하고 퇴학처분을 받은 상처가 아물지 않은 때문이었다. 비단 광주고보와 농업학교가 아니더라도 광주의 각급 학교 학생들 분위기는 여전히 불안한 기운이 감돌았다. 무슨 일인가 곧 크게 터질 것만 같았다. 그러던 중, 3월 22일 밤 광주고보에서 김몽길(金夢吉) · 여도현(呂道鉉) · 문두재(文斗載) 등 세 학생이 '친애하는 광주고보생에게'라는 제목의 성토문을 작성하여 학교 곳곳에 뿌리고 학생들을 모아놓고 성토문의 취지를 설명한 일이 생겼다. 성토문의 내용은 학교 당국의 무더기 낙제처분과 기숙사 문제, 조선인 본위의 교육실시, 교우회비를 걷어 학생들의 동태파악에 사용한 점 등을 규탄한 내용이었다. 학교 당국은 김몽길 · 여도현 · 문두재 등에 대해 교규를 문란시켰다는 이유로, 이른바 유시퇴학(諭示退學)을 시키기로 했다. 교장의 결정에 교사들 중에서 아무도 이의를 제기하는 사람이 없었다. 유시퇴학이란 의식 있는 학생들을 부당한 이유를 들어, 교장 직권으로 퇴학시키는 것을 말한다.

사건 다음날인 3월 23일, 전교생이 모인 종업식의 분위기는 어수선했다. 여기저기서 웅성대기 시작했다. 학생들의 동태가 심상치 않아 보였다. 시라이 교장이 종업식을 시작하기 위해 식장에 모습을 나타냈다.

"세 명의 학생을 유시퇴학시킨 이유를 밝히시오."

교장이 등단하자 학생들 중에서 누구인가 소리쳤다.

"퇴학을 취소하고 당장 성토문대로 시행하시오."

"퇴학 이유를 밝히시오. 밝히시오."

"시라이 물러가라."

"시리이는 탄압을 중지하라."

여기저기서 외쳐대는 목소리가 터져 나왔다. 이와 동시에 식장에 모여 있던 학생들이 미리 약속이나 한 것처럼 일제히 함성을 지르며 호응했다. 그 상태로는 도저히 종업식을 진행할 수가 없게 되었다. 교직원들 힘으로는 저지할 수 없는 상황이었다. 학교가 삐걱거릴 정도의 함성과 유시퇴학 이유를 밝히라는 외침은 쉽게 사그라지지 않고 거칠고 강해졌다.

시라이 교장은 위기를 느꼈는지 도망치듯 식장을 빠져나가 교장실로 들어가 버렸다. 수많은 학생들이 시라이 교장을 뒤쫓아 교장실로 몰려갔다. 시라이는 교장실 문을 안으로 걸어 잠근 채 꼼짝하지 않았다.

시라이는 보통 키에 눈이 크고 근육질의 얼굴로 성격이 깐깐하고 고집이 세며 매우 신경질적이었지만 뒷심이 약해 겁이 많았다. 그는 다급하게 경찰부에 전화를 걸어 출동을 요구했다.

"시라이 교장은 교장실에 숨어 있지 말고 학생들을 만나서 유시퇴학의 이유를 분명히 밝히든가 아니면 당장에 퇴학을 취소시키시오."

학생들은 교장실 문을 두드리며 면담을 요청했으나 아무런 반응이 없었다. 학생들은 교장실을 에워싸고 계속 소리치며 면담을 요구했다. 이 과정에서 하길담(河吉淡) 등 몇몇 학생들이 유리창을 깨트리는가 하면 자물쇠를 채운 교장실 문을 때려 부수며 격렬하게 항의했다. 결국 경찰이 출동하여 학생들을 해산시키고 김몽길·여도현·하길담·김경술(金庚戌) 등 주동 학생들을 연행해갔다.

김몽길 등의 사건으로 학교 분위기는 더욱 뒤숭숭해졌다. 시라이 교장은 앞으로 학교규칙을 위반하는 학생들은 가차 없이 유시퇴학처분하겠다고 위협했으며 학생들의 동태를 감시하는 경찰의 눈길은 더욱 날카로워졌다. 이런 상황에서 수업이 제대로 이루어질 수가 없었다. 학생들의 분노가 언제 폭발할지 모르는 불안한 하루하루가 계속되었다. 이 같은 불안한 상황은 며칠 동안의 봄방학으로 잠시 조용해진 듯싶었다. 그러나 봄방학이 끝나고 개학을 하자 다시 학교가 술렁이기 시작했다. 학생들은 학교 벽이나 화장실마다 '조선독립만세' '조선 혼을 고취하자' '6월이 되면 전국적으로 맹휴하자'는 등의 낙서가 그치지 않아, 여러 차례 경찰이 출동하기도 했다.

이 와중에서 종업식 날 연행되어갔던 김몽길·여도현이 징역 6월, 김경술과 하길담이 징역 4월에 집행유예 2년을 선고 받았다. 그 무렵, 상급학생들이 만주 쪽으로 수학여행을 갔다가 돌아왔다. 만주 등지에서 조국을 등지고 유랑하는 동포들의 참상을 목격하고 돌아온 상급생들은 식민지 조국의 비참한 현실을 절감하고 틈만 있으면 후배들을 모아놓고 조국독립의 필요성을 역설하였다.

통학열차 출발이 가까워지자 광주역 대합실은 발 디딜 틈도 없을 만큼 통학생들로 가득 넘쳤다. 처음에는 학교별로 끼리끼리 모이더니, 출발 시간이 될 무렵이면 지역별로 웅성웅성 떼를 지었다. 송정리·나주를 거쳐 목포 쪽으로 가는 노선의 통학생만도 3백 명이 넘었다. 송정리를 지나 임곡·장성·입암·정읍까지의 노선에 비해 몇 배나 더 많았다. 목포 노선 통학생들 중에서 일본인 학생이 100여 명이나 되었다. 1929년 당시 광주의 인구가 3만 명 정도였으니, 전체 인구에 비해 통학생이 차지하는 비중이 큰 셈이다. 목포 쪽 노선에 통학생이 많은 것은 이 지역이 나주평야를 낀 영산강 유역의 곡창지대라서, 일찍부터 일본인들이 진출해 있었기 때문이다. 특히 이 지역에는 목포가 개항한 이후, 토지수탈을 위한 동양척식회사 이민자들이 많았다. 영산강 유역은 교통이 편리하고 땅이 기름져, 이민 온 일본인들이 많은 농토를 소유하고 있었다. 일본인 한 사람이 1만 평이나 되는 농토를 소유하기도 했다.

이들 일본인 이주농민들은 거의가 통학열차를 이용하여 자녀들을 광주에 있는 학교에 보냈다. 통학생들 중에는 일본인 농사이민 외에도 장사치 자녀들도 많았다. 일본인 장사치 자녀들은 대부분 영산포에서 큰 상점을 하는 사람들이었다.

역에 도착한 장백년은 영산포 친구들을 찾느라 한동안 대합실 안을 헤집고 다녔다. 영산포 친구들을 찾아다니는 동안 여러 명의 광주고보 친구들도 만났다. 백년은 아는 얼굴들에게 일일이 목례를 하거나 이름을 부르고 알은체를 했다. 1년쯤 같은 열차를 타고 통학을 하다보면 친구가 아니더라도, 어디에 살고 어느 학교를 다니는지, 통학생들 면면을 대충 알게 마련이었다.

그는 비좁은 대합실 안을 한참 뒤지고 다니다가 개찰구 가까운 곳에서 가까스로 영산포 친구들을 찾을 수 있었다. 그곳에 오병태와 유갑서 등 영산포 학생들이 남녀별로 무리를 지어 있었다. 백년은 무리 가운데 친구들과 어울려 떠들고 있는 김인숙을 보자 마음이 편안해졌다. 그는 인숙이만 보면 긴장이 풀리면서 마음이 포근해지곤 했다. 김인숙도 백년을 발견하고 오른손을 허리 높이로 들고 버릇처럼 손바닥을 살짝 펴보였다. 백년도 희끔 웃음을 보냈다. 오늘따라 인숙이 얼굴이 한결 맑고 예뻐 보였다. 영산포 친구들 옆, 개찰구 가까이에는 일본인 학생들이 차지하고 시끌벅적하게 떠들어댔다. 개찰구는 언제나 일본 학생들이 차지했다. 먼저 기차에 올라 좌석을 차지하기 위해서였다. 일본 학생들은 두 명 이상만 모이면 언제 어디서나 주위를 의식하지 않고 목청껏 떠들어댔다. 그것을 볼 때마다 백년은 모멸을 당하는 기분이 들어 가슴 밑바닥으로부터 분노가 솟구쳐 오르곤 하여 주먹을 불끈 쥐곤 했다. 백년은 그들이 안하무인인 것은 조선사람을 무시하고 자기들만이 우월하다는 자만심 때문이라고 생각했다.

이날 통학차 안에서 또 일본 학생과 조선 학생들 사이에 충돌이 있었다. 그즈음 통학열차 안에서는 걸핏하면 일본인과 조선인 학생들 사이에 마찰이 일어나곤 했다. 광주역을 출발한 통학차가 광주 북쪽에 위치한 운암역(雲巖驛)을 지나고 있을 때였다. 창밖 개울가 느티나무 밑에서 농부들 서너 명이 불을 피우고 개를 잡아 그을고 있었다. 일본인 학생들이 창밖을 가리키며 구경을 했다.

"에익 조센징, 조센징은 야만인들이다."

곤토오(近藤)라는 일본인 중학생이 혀를 차며 소리쳤다. 마침 옆에 있던 덩치가 크고 이마에 여드름이 덕지덕지 난 광주고보 손지동이 그 소리를 들었다. 백년이도 옆에 함께 있었다.

"야, 너 지금 뭐라고 했어."

나주 사는 손지동은 곤토오를 찍어보며 따졌다.

"조센징은 야만인이라고 했다. 야만인을 야만인이라고 한 것이 잘못됐냐?"

"뭐? 야만인? 그건 우리 문화다."

"식구와 같은 개를 잡아먹는 것은 야만인이다."

"이런 나쁜 자식."

순간 여드름장이 손지동의 주먹이 곤토오의 얼굴을 후려쳤다. 곤토오가 얼굴을 쥐어 싸며 주저앉았다. 그때 옆에 있던 서너 명의 일본인 학생들이 여드름장이 손지동을 에워싸고 덤벼들었다. 이와 때를 같이하여 광주고보생 여남은 명이 한꺼번에 달려들어 일본인 학생들에게 주먹과 발길을 퍼부었다. 송정역에 정차하자 출동해 있던 경찰이 몰려왔다.

5

통학열차 속에서 조선 학생과 일본 학생 간의 크고 작은 충돌은 자주 일어났다. 충돌 이유는 사소한 자리다툼에서부터 여학생 희롱, 조선인 비하발언이나 비웃음 등 때문이었다. 사사건건 경찰이 출동했으며 일방적으로 조선 학생만 끌려가서 곤욕을 치르곤 했다. 이것을 알고 있는 조선 학생들의 항일감정은 날이 갈수록 팽배해졌다.

항일감정의 배후에는 사회과학 학습을 통해 의식화된 학생들이 있었다. 사회과학 학습은 계속되고 있었던 것이다. 그 무렵 성진회의 형식상 실체는 사라졌지만 그 뿌리는 여전히 살아있으면서 은밀하게 조직을 확대해가고 있었다. 광주고보에서는 28년 10월, 김봉길 · 여도현 · 김보섭(金普燮) · 김상환(金相奐) · 김시성(金時成) 등이 김시성의 하숙집에 모여, 학생들을 규합하여 사회과학 연구를 계속할 것을 협의했다. 이들 중 김시성과 김몽길은 성진회 회원이었다. 이들은 계속 모임을 갖고 활동을 벌였으며 29년 봄방학이 끝날 때쯤은 그 회원수가 20명에 달했다.

농업학교에서도 성진회 출신 주당석 · 유치오를 중심으로 사회과학 연구활동을 계속했다. 1년 전 동맹휴학 때 2개 반으로 시작했던 것이 지금은 조길룡(曺吉龍) · 정욱(鄭昱) · 권수동(權壽童) · 김남철(金南哲) · 이영범(李令範) · 김순복(金順福) 등이 3개 반으로 나누어 활동을 계속해, 그 수가 20여 명에 달했다.

성진회 창립에 가담하지 않았던 광주사범학교에서도 사회과학 연구를 위한 모임이 만들어졌다. 29년 4월, 송동식(宋東植) · 강문범(姜文範) · 황상남(黃相南) · 신명철(申明哲) · 신휴근 · 이춘수(李春洙) · 김종화(金鍾和) · 홍귀주(洪貴周) 등이 임종근(林鍾根) · 김기주(金基柱) · 최상호(崔相鎬) · 김태영(金泰泳) · 임종대(林鍾大) · 김필재(金弼載) 등 졸업생들과 연빈루(宴賓樓)에서 모임을 가졌다. 이 중에서 임종근은 성진회 회원이었다. 이들은 졸업생과 재학생이 단결하여 사회과학 연구활동을 계속할 것을 결의했다. 광주사범의 경우도 회원수가 20명이 넘었다.

이처럼 광주고보와 농업학교 동맹휴학 이후에도 성진회 회원들을 중심으로 각 학교마다 모임을 갖고 사회과학 연구를 통해 항일정신을 고취시켜오고 있었다. 이 무렵에 일본에서 장재성이 학업을 중단하고 광주에 왔다. 그는 일본에 유학 중에도 방학 때마다 사회과학 서적을 가지고 귀국하여 성진회 후배들에게 읽도록 하는 등 사회과학을 지도해왔다. 장재성은 6월 중순, 양림리 김기권의 집에서 광주고보를 비롯하여 광주농업 · 광주사범의 대표들을 모이게 했다. 이날 참석한 사람은 광주고보에서 김상환 · 김보섭 · 윤창하, 광주사범에서 송동식 · 강달모(姜達模), 광주농업학교에서 조길룡 · 김순복 등 모두 9명이었다.

"오늘 여러분들을 여기에 모이게 한 것은 그동안 분산되어 사회과학 연구에 매진해 온 학도들의 세력을 하나로 규합하여 조직화하기 위한 것입니다. 지금 식민지 지배의 모순이 날로 심화되고 있는 상황에서, 나라 안에서는 민족해방투쟁이 전진적으로 고양되어가고 있습니다. 지난 1월부터 원산에서는 4개월 동안이나 노동자들이 파업투쟁을 전개하여 국내외적으로 큰 주목을 끌었습니다. 일본인 감독이 조선인 노동자를 구타한 사건을 계기로, 원산 노동조합회 산하 24개 노동조합의 조합원 3,000여 명이 총파업을 단행한 것입니다. 일찍이 이렇듯 장기간에 걸쳐 대규모 집단 파업을 한 적이 없었습니다. 이 투쟁은 소련 · 프랑스 · 일본 노동자들의 지지와 성원을 뜨겁게 받았습니다. 이제는 노동계에서도 이와 같이 일제 탄압에 항거할 만큼 자주적 역량을 키운 것입니다. 따라서 우리 청년학도들도 언젠가는 조국의 독립을 쟁취하기 위해 역량을 쌓아가야 할 것입니다. 필연적으로 조직적인 투쟁을 전개해야 하기 전에 정신무장부터 튼실하게 하기 위해 독서 및 토론 등 사회과학연구 활동을 강화하지 않으면 안 될 것입니다. 그래서 오늘 이 자리에서 각 학교별로 활동하고 있는 모임을 연계 규합 및 관장하는 중심세력이 될 비밀결사를 조직할 생각입이니, 여러분들의 의견을 기탄없이 말해 주기 바랍니다."

장재성이 학생들에게 연설조로 말했다. 학생들은 긴장된 얼굴로 장재성의 말을 심도 있게 받아들였다.

"여기 모인 학도들은 그동안 여러 차례 만나서 충분히 의견을 교감하였기 때문에 모두 장 선배님의 취지에 찬동하리라고 믿습니다. 다른 이야기는 생략하기로 하고 비밀결사를 위해 회의를 진행을 했으면 합니다. 먼저 조직의 명칭부터 정하고 나서 임원선출을 하는 것이 좋겠습니다. 장 선배님께서 생각하고 있는 조직의 명칭에 대해 이야기 해주십시오."

광주고보 김기권의 말이다.

"조직의 명칭은 독서회로 하는 것이 어떻겠습니까. 그러니까, 각 학교에 독서회를 만들고, 오늘 이 자리에서는 독서회 중앙회를 창립하자는 것입니다."

장재성이 말하고 나서 주위의 반응을 살폈다.

"좋습니다. 단순하면서도 순수하고 학생들이 책을 읽기 위해 독서회를 만든다는데 누가 색안경을 끼고 보겠습니까."

광주고보 김보섭이 적극 찬성하자 모두들 박수로 동의를 표시했다.

"자, 그러면 앞으로 조직을 이끌어갈 책임자를 선출합시다."

"대표는 당연히 장 선배님이 맡으셔야 차지 않습니까 여러분 어떻습니까?"

"좋습니다."

장재성의 말끝에 강달모와 김순복이 제안했고 모두들 찬성했다. 이렇게 해서 장재성은 독서회 중앙회의 책임비서를 맡게 되었다. 조사선전부 위원에는 김상환과 김보섭, 조직교양부 위원은 송동식과 김순복이 선출되었다. 이 밖에 출판부 위원에 조길룡, 재정부 위원에 강달모와 윤창하가 담당하기로 했다. 조사선전부는 회원 모집과 선전 및 보급을, 조직교양부는 그룹의 편성과 사회과학 연구방법의 지도를, 출판부는 각종 인쇄물의 인쇄와 반포를, 그리고 재정부는 회비 징수와 회계 사무를 담당하기로 했다.

이날 회의에서는 주 1회 모임을 갖고 사회과학 연구는 물론 그때 그때 당면문제를 협의 결정하기로 했다. 특히 중앙회는 시급히 각 학교별로 비밀결사 독서회를 조직하는 것을 원칙으로 하되, 당분간은 학교 회원들에게 중앙회의 존재를 비밀로 할 것 등을 결의했다. 각 학교 독서회는 중앙회의 설립 목적과 동일해야 하며 중앙회와 각 학교별 조직의 연락을 통일하기로 했다.

"그러면 이 자리에 모인 회원 여러분들이 소속된 학교에서 비밀결사 조직이 어느 정도 진행되고 있는지 말씀해보십시오."

책임비서가 된 장재성이 진지하게 말했다.

"먼저 광주고보의 경우를 이야기 하겠습니다. 우리학교에서는 유월 하순에 조직할 것을 목표로 회원확보에 주력하고 있습니다. 현재 회원은 이십 명입니다만 창립 일까지는 보다 많은 회원들을 확보할 자신이 있습니다. 우리학교 독서회 창립 일에는 책임비서께서도 꼭 참석해주시기 바랍니다."

재정부 위원으로 선출된 윤창하가 말했다.

"창립 일까지는 모든 것을 비밀리에 진행하시기 바랍니다. 창립 장소는 결정했습니까?"

"비밀을 유지하기 위해서 가급적이면 시내보다는 교외에서 가질 예정입니다."

장재성의 말에, 조직의 핵심 멤버인 김상환이 설명했다.

"농업학교에서 말씀드리겠습니다. 우리학교 역시 유월 중에 조직을 완료할 계획입니다. 우리는 회원을 네 개 그룹으로 나누어 그룹별로 소모임을 갖고 사회과학 연구를 할 생각입니다. 그리고 창립하는 날에는 노래도 배우고 시위하는 연습도 할 계획입니다. 모든 준비가 끝나, 날짜와 장소만 결정하면 됩니다."

처음부터 광주농업학교 독서회 조직에 온몸으로 뛰고 있는 조길룡이 자신감 넘치는 목소리로 말했다.

"우리 사범학교는 조직이 칠 월쯤에나 가능할 것 같습니다. 예상보다 약간 늦어지게 된 것은 보다 많은 회원 수를 확보하기 위해서입니다. 조직은 네 개 그룹으로 나눌 것이며, 조직을 원활하게 운영하기 위해 회비를 거출할 것입니다. 우리도 비밀유지 차원에서 가급적이면 산이나 들에서 창립을 할 계획입니다."

송동식이 말했다.

"세 학교에서는 차질 없이 진행이 잘 되고 있네요. 문제는 다른 학교에서 아직 조직이 구체화되지 못하고 있다는 것입니다. 나도 노력을 하겠습니다만 여러분들께서 적극 나서서 다른 학교에서도 조직이

가시화되도록 힘써주시기 바랍니다. 다행히 광주여고보에서는 지난 해 십일 월에 여섯 명의 학생들이 광주사범 뒷산에 모여 소녀회를 조 직한 바 있습니다. 앞으로 이 소녀회의 명칭을 독서회로 바꾸어 확대 시키도록 종용하겠습니다."

장재성은 그러면서 광주에서 숭일학교와 수피아여학교에서도 금 년 안으로 비밀결사가 조직될 수 있도록 함께 노력하자고 역설했다.

장재성이 일본에서 돌아와 광주에 머무는 동안 각 학교마다 독서 회 조직이 활발하게 진행되었다. 광주고보는 6월 24일에 김상환·김 보섭·윤창하·김대원(金大元)·오쾌일(吳快一) 등이 장재성과 함께 광주 서남리(瑞南里)에 있는 최규문(崔圭文)의 집에 모여, 다음날 무등 산 중머리재에서 독서회를 조직하기로 결의했다.

25일 무등산에는 전날 최규문의 집에서 모였던 학생들 외에, 김종 섭(金鍾燮)·최병연(崔丙淵)·박기원(朴基源)·조계현(曺繼鉉)·김동은 (金東垠)·주경석(朱庚錫)·박석훈(朴錫壎)·김용준(金容俊)·김무삼(金戊 三)·이형우(李亨雨)·김홍남(金鴻南)·문학연(文學淵)·김병기(金炳基) ·강문영(姜文永)·이영범(李榮範) 등이 모여, 광주고보 독서회를 결성 했다. 장재성도 자리를 함께 했다. 대표는 김상환이 맡고 조사선전부 위원에 윤창하·박기원·이영범이, 조직교양부 위원에는 김상환· 오쾌일·김대원이, 그리고 재정부 위원은 김보섭·이형우가 각각 맡 기로 했다. 모든 회원은 5개 그룹으로 나누었는데, 오쾌일·김상환· 윤창하·김대원·김보섭 등이 각 그룹의 책임을 맡아서 사회과학을 연구하기로 했다. 회비는 월 20전으로 하고 조직에 대한 내용은 철저히 비밀에 부치기로 했다.

"드디어 광주고보 독서회가 정식 발족이 되었습니다. 오늘은 참으로 역사적인 날입니다. 앞으로 이날은 역사에 길이 기록될 것입니다. 광주고보 독서회에 기대가 매우 큽니다. 앞으로 이 지역의 학생운동에 기수가 되어줄 것을 당부합니다. 바야흐로 조선의 현 사회조직에서 무산대중은 자본계급 때문에, 그리고 조선민족은 일본제국 때문에, 압박을 받고 있습니다. 앞으로 무산대중과 조선민족이 이 압박으로부터 벗어나기 위해 사회과학을 연구하여 현 제도를 타파하고 민족의 해방과 신사회를 실현시킬 필요가 있습니다. 무산대중과 조선민족은 같은 운명에 처해 있음을 우리는 잘 알고 있습니다. 그러므로 무산대중이 계급투쟁에 성공한다 해도 조선민족이 압박에서 풀려나지 못하면 아무 의미가 없고 또한 조선민족이 독립을 쟁취한다고 해도 무산대중이 계급투쟁에 실패한다면 이 또한 소용이 없습니다. 그러니 무산대중을 위한 계급투쟁과 조선독립은 함께 이루어져야 하는 것입니다. 이렇게 해야 완전한 민족해방이 이루어지게 된다 이 말입니다. 따라서 앞으로 이 비극적 운명의 족쇄를 풀어주기 위해 우리 청년학도들이 각오를 단단히 하고 사회과학 연구에 매진해야 하겠습니다."

결성이 끝나자, 앞으로 외곽에서 조직을 지도하기로 한 장재성이 역설했다. 광주고보 독서회 회원들은 장 선배의 이야기를 진지하게 받아들였다. 이날 그들은 무등산 중머리재에서 장재성의 지휘를 받아, 해가 설핏할 때까지 목청을 높여 노래도 부르고 스크럼을 짜고 시위하는 연습을 했다.

그로부터 3일 후, 광주농업학교에서도 독서회를 조직했다. 김순복 · 조길룡 · 이영범 · 권수동 · 정욱 · 김남철 등 그동안 몇 차례 준비 모임을 가졌던 학생들 외에, 정해두(鄭海杜) · 최차도(崔次道) · 최정기(崔貞基) · 송두현(宋斗鉉) · 김복근(金福根) · 김종기(金鍾基) · 김문일(金文一) · 홍원표(洪元杓) · 박종주(朴鍾柱) · 김현수(金玄洙) · 박석진(朴石珍) · 윤익하(尹益夏) 등은 무등산의 약사암 앞산에 모였다. 농업학교 독서회 결성 모임에도 장재성이 참석했다. 이들은 조길룡을 대표 겸 재정위원으로 선출했다. 조사선전부 위원에 이영범 · 권수동 · 정해두를, 조직교양부 위원에 김남철 · 정욱 · 최정기 · 김순복을 선출했다. 또한 회원을 4그룹으로 나누어 조길룡 · 이영범 · 정욱 · 김순복이 책임을 맡아 그룹별로 사회과학 연구를 하기로 했다. 장재성은 이날도 광주고보가 그랬던 것처럼 스크램을 짜고 시위연습을 하도록 했으며 시위 때 부를 노래도 가르쳤다.

한편 광주사범학교에서는 광주고보와 농업학교보다 2주 후에 독서회를 결성했다. 송동식 · 강달모 · 강문범 · 신명철 · 황상남 · 신휴근 · 김종화 · 이춘수 · 홍귀주 외에, 이신형(李信珩) · 이덕우(李德宇) · 이영백(李迎百) · 김재용(金在瑢) · 박노기(朴魯洪) · 곽찬신(郭贊信) 등이 수피아여학교 뒷산에 모여 독서회를 조직했다. 회원을 4개 그룹으로 나누었다. 이날 역시 장재성이 참석했으나 마을이 가까워 시위연습과 노래는 부르지 못했지만 장차 독서회의 취지와 방향에 대한 충분한 토론이 있었다.

광주고보와 농업학교에 이어 광주사범학교까지 독서회가 결성되자, 장재성은 비로소 마음이 놓였다. 일본에서 귀국하여 불과 한 달 만에 세 학교에 비밀결사를 조직하였으니 큰 성과가 아닐 수 없었다. 그는 세 학교의 독서회 결성 때마다 참석하여 조선민족이 처한 현실과 이를 극복할 방향에 대해 역설하는 것을 잊지 않았다. 물론 세 학교의 독서회 결성에는 그동안 내부적으로 정신을 이어온 성진회의 영향이 컸다. 그동안 썩지 않고 있었던 성진회의 뿌리가 마침내 새싹을 틔우게 된 것이다.

장재성은 광주사범 독서회가 조직된 다음날, 저녁을 먹고나서 누이동생 장매성을 데리고 집을 나섰다. 누이와 둘이 할 이야기가 있어서다. 막상 누이를 데리고 집을 나섰으나 이야기할 만한 장소가 별로 없었다. 그렇다고 아직 여학생인 누이를 데리고 깃싸덴(다방)에 갈 수는 없었다. 장재성은 하는 수 없이 흥학관 부근에 있는 다루마야(오뚜기)로 갔다. 다루마야에서는 앙꼬빵과 단팥죽, 우동을 팔고 있어 학생들이 자주 드나들었다.

"금방 저녁밥을 묵었는디 여기는 왜?"

장매성은 잠시 전 집에서 배불리 저녁을 먹고 나왔기 때문에 다소 의아해하였다. 더욱이 장매성은 전에 없이 오빠가 빵집까지 데려오자 무슨 일인가 싶어 매우 궁금했다. 지금까지 이런 일이 없었기 때문이다. 장재성은 누이가 묻는 말에는 대답을 하지 않고 가게 안으로 성큼 들어서서 구석에 자리를 잡고 앉았다. 남매가 이렇듯 집 밖에서 마주앉아 본 적이 처음인 것 같았다. 장재성은 크림빵 네 개를 주문했다. 저녁식사 무렵이라 가게 안은 손님들이 가득했다. 대부분 학생들이거나 젊은이들이었다.

"오늘은 오빠가 너한테 긴히 할 이야기가 있어서 그런다."

"할 이야기? 집에서 하지 왜?"

"부모님께는 비밀이거든."

"무슨 이야긴데?"

"그동안 광주고보 · 농업학교 · 사범학교 등 세 학교에 비밀결사를 조직했거든. 명칭은 독서회인데 중앙본부도 만들었다."

장재성은 주위를 의식하여 한껏 목소리를 낮추고 속삭이듯 말했다.

"오빠가 갑자기 귀국해서 한 일이 그거였어? 그것 때문에 귀국한 거야?"

장매성은 오빠의 귀국 후의 행적에 대해 은근히 관심을 갖고 있던 터였는데, 비밀결사를 조직했다는 말에도, 충분히 예상했던 일이라 별로 놀라지 않았다.

"앞으로 다른 학교에도 조직을 확대하려고 하는데 매성이 네 도움이 필요해서. 니네 학교 사정은 어떠냐?"

"작년에 소녀회 만든 건 오빠한테 내가 말했었지?"

장재성은 고개를 끄덕였다. 지난해 11월 광주여고보의 장매성(張梅性) · 박옥련(朴玉連) · 고순례(高順禮) · 장경례(張慶禮) · 암성금자(岩城錦子) · 남협협(南俠俠) 등은 광주사범 뒷산에서 소녀회를 조직하고 매월 한 번씩 모여 사회과학을 연구할 것을 결의한 것은 알고 있는 터였다.

"참 지난 달에 5명이 소녀회에 새로 가입했어."

그러면서 장매성은 오빠한테 자신의 권유로 소녀회에 새로 들어온 박계남(朴繼男)·박채희(朴采熙)·박현숙(朴賢淑)·김금연(金錦娟)·김귀선(金貴先)의 이름을 말해주었다.

"이달 중에 스무 명으로 확대할 계획이야."

"여학생들이라 쉽지는 않겠지."

"그렇지만 지금 11명은 회비도 꼬박꼬박 내고 매월 모여 연구 활동도 잘 하고 있어."

"그래서 말인데, 광주여고보 소녀회를 독서회 중앙본부 산하조직으로 흡수하고 싶은데 네 생각은 어떠냐?"

장재성은 조심스럽게 누이의 생각을 물었다. 아무리 친동기간이라고는 하지만 사상적인 문제는 상대의 의사를 존중해야 한다고 생각했기 때문이다.

"그렇게 하지 뭐. 일단 우리 회원들 의사를 타진해 봐야겠지만 아마 모두들 찬성할 거야. 그동안 우리 회원들이 철저하게 사회과학 연구활동을 해왔기 때문에 사상적으로 무장이 잘 되어 있으니까. 그리고 우리 회원들은 오빠를 존경하거든."

장매성은 자신 있게 말했다. 그것은 그녀가 바라는 바이기도 했다.

"사상적으로 무장이 잘 되어 있다니 다행이다. 그동안 학습을 많이 한 모양이구나. 그런데 누가 사회과학 연구지도를 했지?"

"내가 했지."

"매성이 네가 어떻게?"

"그동안 오빠 방에 있는 사회과학 서적 몽땅 읽었거든."

"그럼. 고토쿠 슈스이 저서는 물론 카타야마센의 사회주의, 노동운동 관련 저서도 모두 읽었고 또 마르크스 자본론과 공산당선언도 읽었지."

장재성은 크게 놀랐다. 작년에 누이가 중심이 되어 광주여고보에 소녀회를 조직했다는 이야기를 들었을 때까지만 해도 단순히 소녀 취향적 낭만에서 비롯되었을 것으로 짐작하고 그렇게 심도 있게 받아들이지 않았다. 그런데 장재성 그가 읽었던 사회과학 서적을 다 읽었다니 놀라지 않을 수가 없었다. 그때서야 그는 누이가 소녀회를 지도한다는 말을 믿을 수가 있었다. 그가 읽은 서적을 다 읽었다면 누이는 사상적으로 충분히 성숙되어 있을 것이라 생각했다.

장재성은 잠시 눈을 지그시 감고 깊은 생각에 잠겼다. 그는 책의 힘이 얼마나 큰가를 새삼 실감하고 있었다. 김철수 선생이 읽은 책을 양만석 선생이 도서관에서 읽고 영향을 받아 신사회 건설의 역사적 당위성을 깨달았다고 했던 것처럼, 장재성 자신 또한 양만석 선생한테서 그 책들을 빌려 읽고 새로운 이상 세계에 눈을 뜨게 되었지 않은가. 그런데 이제 누이 장매성이 자신이 읽은 책을 통해 사회과학의 중요성을 알게 되었다니, 이 얼마나 운명같은 책의 인연이란 말인가. 역시 사회과학 연구는 독서와 학습이 중요하다는 것을 실감했다.

"참, 오빠 일본에는 언제 다시 돌아갈 거야? 일본으로 돌아가기 전에 우리 소녀회 모임에 한 번 참석해서 격려를 해주었으면 하는데."

"좋은 생각이다. 언제라도 좋으니 시간과 장소만 알려줘."

"광주에는 언제까지 있을 건데?"

"나 다시 일본 안 들어갈 생각이다."

"그래? 부모님도 아셔?"

"당연히 부모님은 모르시지."

"부모님께서는 오빠가 곧 일본으로 들어갈 것으로 알고 계시던데."

"지금이 아주 중요한 시기이거든. 그래서 독서회 조직에도 박차를 가한 거고. 암튼, 이 중요한 시기에 내 일신의 영달만을 위해 마음 편하게 공부나 하고 있을 수가 없어. 지금 광주를 떠날 수는 없다."

"부모님은 어떡하고?"

매성의 물음에 장재성은 한동안 대답을 못하고 미적거렸다. 그는 일본으로 돌아가 학업을 계속할 것인지, 아니면 고향에 남아서 신사회 건설투쟁에 매진할 것인지 결정을 내리지 못하고 고민해왔다.

"부모님이 아시면 난리가 날 텐데. 오빠가 유학을 포기하겠다면 아마 의절하시겠다고 나오실 것이 뻔해."

"나도 그것 때문에 고민이 많다. 그렇다고 이 시점에서 손을 떼고 떠날 수도 없다. 너도 잘 알겠지만 이경채 사건 이후로 노예적 교육 철폐를 내세워 동맹휴학까지 확장시켰지 않느냐. 동맹휴학투쟁을 통해서 항일민족의식을 일깨웠고 민족해방운동의 필요성을 깨닫게 되었지. 더욱이 학생과 시민들이 항일의지의 공감대를 확보하기도 했지 않냐. 또 그동안 성진회 활동을 통해 학생들의 사회주의 사상교육도 많은 성과를 얻어냈고 학교별로 독서회 조직도 완성단계에 있지 않으냐. 이제 이 시점에서 신사회 건설운동에 박차를 가해야 한다고 생각한다. 무산계급을 통해 대대적인 신사회운동이 필요하지. 이제 계기를 만들어서 불을 댕기기만 하면 조직적인 투쟁의 불길이 맹렬하게 치솟을 수가 있게 되어 있다. 우리가 이대로 주저앉을 수만은 없다. 이대로 보고만 있으면 우리시대에 해방된 조국을 찾을 수가 없다. 나 한 사람 일신 편하자고 어찌 역사적인 흐름을 외면할 수가 잇겠느냐. 그러니 매성이 네가 나를 좀 도와다오. 너도 신사회 건설을 원하고 있지 않으냐."

장재성은 긴 말로 매성을 설득했다. 매성이도 오빠의 군건한 생각을 이해할 수 있었다.

"방법이 있을 거야. 나도 오빠를 도울게."

"그래서 말인데 결혼을 하면 광주에 머무를 수 있지 않겠냐? 부모님께서는 내가 결혼을 하겠다면 좋아하시겠지."

"결혼을 한다고 유학까지 포기하는 데 동의하실까?"

"결혼을 하고도 내 뜻이 관철 안 되면 투쟁기간만이라도 집에서 나와 살 각오가 되어 있다."

"헌데 상대는 있어? 오빠 나 모르는 사이에 교제하는 여자라도 있는 거야?"

장매성은 무슨 비밀이라도 탐지해내려는 듯 상반신을 앞으로 꺾고 오빠의 눈을 가까이서 짯짯이 들여다보았다. 장매성이 알고 있기에 그동안 오빠가 여자를 사귀고 있는 것 같지는 않았다. 그런데 갑자기 결혼을 하겠다니 궁금하지 않을 수 없었다.

"그래서 부탁인데, 네 친구들 중에서 색싯감 하나 찾아서 소개해라."

장재성은 막상 그 말을 뱉고 나서 어색하게 씩 웃었다. 자신이 생각해 보아도 실없는 농말처럼 들려 누이의 얼굴을 똑바로 볼 수가 없었다.

"오빠, 정신 나갔어?"

장매성은 허파에서 바람 빠지는 소리를 내며 어처구니없는 표정으로 실소했다.

"진정이다. 매성아 나 좀 도와줘."

장재성은 진지한 얼굴을 하고 똑바로 누이의 눈을 보았다.

"솔직하게 부모님한테 혼인 하고 싶으니 신붓감을 골라달라고 말씀 드려."

누이의 그 말에 장재성은 강하게 고개를 가로 저었다. 그는 어머니가 보통 까다로운 분이 아니라는 것을 잘 알고 있었기 때문이다.

장매성은 친구들 중에서 색싯감을 소개해 달라는 오빠의 청을 가벼운 농말로 받아들일 수만은 없다는 것을 알았다. 오빠의 태도가 너무 진지했기 때문이다. 오빠의 말대로 일본에 들어가지 않고 광주에 계속 머무르자면 혼인을 하는 방법 밖에 없을 것 같았다. 오빠가 결혼을 하겠다고 한다면 부모님은 우선 크게 환영할 것이기 때문이다. 장매성은 잠시 자신의 친구들 중에서 오빠의 색싯감으로 적당한 사람이 누구일까 생각을 굴려보았다. 지금 여고보에 다니는 친구들은 학업을 중단하면서까지 혼인을 하지 않을 것이므로 대상을 찾기 어려울 것 같았다. 그렇다면 보통학교 동창 중에서 여고보에 진학하지 않고 가사를 배우고 있는 조신하고 착실한 친구가 누구일까 생각해보았다. 서석보통학교 친구들이라면 오빠한테 맞는 좋은 색싯감이 있을 것 같았다.

"저…… 얼마 전까지만 해도 너한테 자주 놀러오던 친구 있지 않으냐. 금계리에 산다는……."

"우리 동네 사는 친구?"

"야리야리한 몸매에 곱상하고 눈이 깊은 친구."

"꼬막눈 박옥희?"

장재성은 고개를 두 번씩이나 거듭 끄덕였다.

"걔 요즘에는 통 우리 집에 놀러오지 않던데?"

"내가 여고보에 진학한 후부터는 자격지심 때문인지 의식적으로 나를 피하는 것 같아."

장매성은 잠시 박옥희에 대해서 생각해보았다. 오빠가 그동안 옥희를 마음속에 두고 있었다니 놀라웠다. 옥희는 마음씨 곱고 다소곳한 성격에 말이 없는 편이었다. 공부도 상위권에 있었으나 안타깝게도 상급학교에 진학을 하지 않았다. 유학자인 할아버지가 여자가 신학문을 하게 되면 남편을 존중할 줄 모른다면서 한사코 반대했기 때문이라고 했다.

"옥희라는 그 애, 너하고 동갑이면 지금 열일곱 살인데 시집갔을지도 모르겠구나."

"글쎄…… 허지만 시집갔다는 소식은 아직 못 들었는데."

"당장 한 번 만나볼래? 그리고 나서 나한테 소개시켜주면 좋겠구나. 아니 언제 부모님 계실 때 우리 집에 한 번 데리고 와라. 그렇게 해줄 수 있지?"

장재성은 매달리듯 다급한 목소리로 말했다. 매성은 옥희를 만나고 집에 데려오는 일은 어렵지 않을 것 같았다. 다만 옥희 할아버지 때문에 당사자끼리 교제를 한 연후에 혼인을 하기는 어려울 듯싶고, 오빠와 부모님 마음에만 든다면, 정식으로 부모님이 매파를 넣어 청혼을 하는 편이 좋을 것 같았다.

"서둘렀으면 좋겠다. 곧 여름방학이 끝나는데, 방학 안에 혼담을 매듭지어야겠다."

"우선 내일이라도 옥희부터 만나볼 테니 걱정 마."

이렇게 하여 장재성은 누이로부터 확약을 받아냈다. 그는 누이를 먼저 집에 보낸 다음 광주천 건너 양림리에 있는 김기권의 집으로 향했다. 김기권을 만나 소비조합 설립에 대한 이야기를 하기 위해서다. 앞으로 비밀결사 독서회를 정상적으로 운영하자면 자금이 필요할 것이고 그러자면 소비조합을 만드는 것이 좋은 방법이라 생각했다. 김기권은 가정형편도 넉넉하거니와 상업수완이 뛰어났다. 양만석 선생이 추진한 청년학원 고학생 공제회도 김기권이 참여하여 본궤도에 올려놓았다는 것을 장재성은 잘 알고 있는 터였다. 무엇보다 김기권은 그동안 사회과학 연구활동에도 열심이었으며 신의가 두터운 후배였다. 독서회 중앙본부를 결성할 때 장소를 김기권의 집으로 선택한 것도 그를 그만큼 믿고 있었기 때문이었다.

마침 김기권은 집에 있었다. 그는 뜻밖에 집으로 찾아온 장재성을 보자 놀라면서도 반갑게 맞았다. 잠시 후 두 사람은 광주천으로 나와 버드나무 밑 둑에 앉았다. 강바람이 시원했다. 아직 초저녁이라 간간이 행인들이 지나고 있었다. 장재성은 김기권에게 앞으로 독서회를 운영하기 위해서는 재정이 필요하다는 것과 그 문제를 해결하기 위해 소비조합을 설립하는 것이 어떻겠느냐고 조심스럽게 의견을 타진했다.

"이 문제라면 양 선생님을 한 번 만나보면 어떨까요? 출자금 도움도 받을 겸."

김기권의 제안에 장재성은 선뜻 대답을 하지 않고 한참 동안 생각을 했다.

"선배님 왜 그래요?"

"아니야. 요즘 양 선생이 전 같지 않은 것 같아서. 적극적이고 투쟁적이지 못한 것 같아서."

"생각이 깊은 분이라서 그럴 거야. 그래도 양 선생님을 만나면 출자금 후원자 도움을 받을 수가 있지 않겠어요?"

"그래. 그렇게 하자."

두 사람은 다음날 저녁 금성관으로 양만석을 찾아갔다. 양만석은 밤이 늦어서야 돌아왔다.

장재성이 양만석에게 소비조합 설립취지를 설명했다.

"앞으로 독서회를 운영하고 신사회 건설운동을 펼치자면 자금이 필요할 것 같아서요."

김기권이 양만석의 눈치를 살피며 조심스럽게 입을 열었다.

"조합을 설립하자면 가장 중요한 것이 출자금인데, 구체적인 계획이 있는 건가?"

양만석이 두 사람을 보며 물었다.

"아직은……."

"조합만으로 재정이 충당 되겠어요?"

김기권은 조합설립과 함께 수익사업을 하는 것이 어떻겠느냐고 했다.

"수익사업이라니 우리 처지에 무엇을 할 수 있겠는가."

장재성은 김기권의 말에 귀가 솔깃했지만 그것은 현실적으로 어려운 문제가 아닐 수 없었다. 소비조합설립 하나만으로도 벅찼다.

"앞으로 독서회 운영자금도 있어야 하고 또 은밀하게 모이자면 비밀장소도 필요하다고 생각합니다. 그러자면 소비조합만으로는 어렵지요. 그래서 말인데, 내 생각으로는 소비조합 옆에 문방구 같은 것을 열었으면 합니다."

"문방구라…… 하긴 문방구라면 큰 자본 없이도 가능하겠구만."

양만석이 고개를 끄덕였다.

"어차피 소비조합을 설립하자면 공간이 필요할 텐데, 문방구를 함께 열면 되지 않겠어요? 당장 적당한 집을 찾아봅시다."

"그래도 소비조합 설립자금에다 문방구까지 열자면 못해도 일천원 이상이 필요할 텐데, 그 자금을 어떻게 조달하면 좋겠는가?"

"자금 걱정은 차차 합시다. 내가 한 오백 원 정도 출자하겠습니다."

"기권이 자네가? 오백 원이나? 그렇다면 나도 오 백원은 출자할수 있네."

양만석의 말에 장재성의 얼굴이 활짝 피어났다. 기실 그가 걱정한것은 소비조합 설립출자금이었던 것이다. 소비조합을 설립하자면 최소한 2,000원 이상 필요할 것 같았기 때문이다. 그런데 양 선생과 김기권이 오백 원씩을 내놓겠다니, 한시름 놓게 된 것이 아닌가. 하기야 김기권에게는 그만한 능력이 있었다. 남다른 사업수완을 갖고 있는 그는 부모 도움을 받지 않고도 그 자신이 여축해 놓은 돈이 꽤 있었다. 그는 학교를 졸업하면 장사를 해서 돈을 벌겠다는 말을 입버릇처럼 해왔다.

"나머지 자금은 독서회 회원들로부터 십시일반으로 걷고 또 능력이 있는 회원들한테서 출자금을 모은다면 그리 어렵지만은 않을 것 같은데요."

김기권은 다른 것은 몰라도 자금을 모으는 데에는 자신이 있다고 말했다. 그는 다음날부터 각 학교 독서회 대표들을 만나 소비조합설립의 취지를 설명하고 자금을 모으도록 하겠다고 약속했다. 그로부터 사흘 후에 김기권이 장재성을 찾아왔다. 김기권은 소비조합과 문방구를 열 만한 집을 찾아냈다고 했다. 김기권이 안내한 집은 본정에서 가까운 대로변의 허름하기는 해도 아담한 2층 판잣집이었다.

"일층에 소비조합을 내고 이층에 문방구점을 내면 좋을 것 같은데요."

김기권이 집을 구경시켜주고 나서 말했다. 집은 장재성의 마음에 들었다. 밖에서 보기보다는 깨끗했고 공간도 그만하면 널찍했다. 주변에 아직 점포들이 들어차 있지 않고 공터가 많아 한갓지고 가격도 저렴했다.

"옆집도 비어있는데 너무 낡아서……."

김기권이 전봇대가 앞을 가리고 있는 2층집을 턱 끝으로 가리키며 건성으로 말했다. 2층 유리 창틀이 청색 페인트를 칠했는데 오래되어 하늘색으로 빛이 바래보였다.

"값은 더 싸겠구만."

"약간, 별 차이는 없어요. 한 번 구경해 보시겠어요?"

장재성은 김기권과 함께 청색 유리창 집을 구경했다. 오랫동안 비워둔 탓인지 집안이 너무 지저분했지만 깨끗이 정리를 하면 꽤 쓸모가 있을 것 같았다.

"내가 이 집을 얻겠네."

"선배님이 이 집을요?"

"먼저 본 집은 소비조합과 문방구점으로 쓰고 이 집은 이층은 독서회 비밀장소로 쓰고 싶네. 그리고 아래층은……."

"아래층은 뭣하시게요?"

"나도 이제 먹고 살아야 할 것이 아닌가. 결혼을 하게 되면 아래층을 이용해서 먹고 살 궁리를 좀 해봐야겠네. 언제까지 부모님 신세를 지고 살 수는 없으니까."

"결혼하시게요?"

김기권이 묻자 장재성은 희미하게 웃고만 있었다.

두 사람은 서둘러 목조 2층집 두 채를 사글세 계약을 끝내고 소비조합 설립준비를 했다. 출자금 모금은 김기권이 나섰다. 장재성과 김기권은 가 학교 독서회 대표들을 만나 1인당 3원씩 출자금을 걷기로 했다. 독서회 회원들 100명으로부터 1인당 3원씩 총 300원을 모으기로 했다. 김기권이 500원, 나승규가 100원을 출자하기로 했다. 이리

하여 각 학교대표들이 노력한 결과, 광주고보에서 90원, 농업학교와 광주사범에서 50원, 광주여고보에서 30원을 모았다. 여기에 김기권과 나승규의 출자금을 합해 770원을 모았다.

이 돈으로 1929년 9월 9일, 광주지방법원 앞에 소비조합을 개설했다. 소비조합을 개설한 날 문방구점도 함께 문을 열었으며 운영은 김기권이 맡았다. 소비조합과 문방구점이 문을 연 날, 독서회 회원들은 물론, 졸업한 성진회 회원들, 청년회 간부들이 대거 참석했다.

이날 양만석과 지용수도 참석해서 격려의 말을 해주었다. 동아일보 강진지국을 맡고 있던 왕재일도 일부러 올라왔다. 왕재일과 장재성은 오랜만에 만나 회포를 풀었다.

"나도 빨리 광주로 올라오고 싶다."

왕재일은 장재성을 한참 동안이나 말없이 바라보며 말했다. 동경유학마저 중단하고 독서회를 이끌어가고 있는 장재성이 부러웠다. 왕재일은 이날 오랜만에 장재성과 함께 최규창의 하숙방으로 갔다. 그들은 최규창의 하숙집에서 함께 저녁을 먹고 나란히 잠자리에 들었다.

"내가 신문배달을 끝내고 이 방에 와서 네들을 만나, 울분을 토하며 민족의 장래를 이야기하던 때가 생각난다. 지금 생각하면 참으로 소중한 기억들이다."

왕재일이 한숨을 섞어 탄식하듯 말했다. 강진에 내려가 있는 그는 요즘 너무 외로웠다. 처음에 강진으로 내려갈 때 계획은 잠시 조용한 곳에서 머리도 식히고 쓰고 싶은 글도 좀 써보려고 했었는데, 낯선 곳에서 새로 터전을 마련하기 위해 동분서주하다보니, 심신만 고단하고 아무런 성과를 얻어낼 수가 없었다. 오랜만에 만난 세 사람은 밤이 늦도록 밀린 이야기를 하느라 자정이 훨씬 넘어서야 잠이 들었다.

다음날 아침 날이 밝자 장재성은 서둘러 진남관을 나섰다. 최규창도 함께 따라갔다. 그들은 소비조합 옆에 장재성이 세를 얻어놓은 집으로 가서, 문짝을 손질하고 칠하다 만 창틀에 페인트도 칠했다. 그들은 열두 시가 다 되어서야 아침 겸 점심을 먹고 나서, 청년학원에서 쓰다 버린 낡은 책상 하나와 나무장의자 4개를 가져다 2층에 올려놓았다. "이만하면 작은 모임은 가질 수 있겠지?"

책상과 걸상을 들여놓고 나서 장재성이 만족스러운 얼굴로 2층을 둘러보며 말했다. "못해도 이삼십 명은 모일 수 있겠는데요?"

그로부터 사흘 후, 장재성은 자그마한 빵집가게를 열었다. 빵집이라야 직접 빵을 만든 것이 아니라, 앙꼬빵과 크림빵, 가스테라, 호떡 등을 기무라야와 다루마야에서 받아다 팔았다. 그것도 김기권이 다리를 놓아서 청년학원 고학생공제회에 주는 가격으로 받아올 수 있게 되어, 똑같은 빵을 기무라야 빵집과 같은 값으로 팔아도 배 가까이 이익이 있었다. 아래층은 빵집이고 2층은 독서회 비밀장소로 쓰기로 했다. 빵집 문을 여는 날에도 독서회 회원들과 청년회 사람들, 그리고 옛날 성진회 멤버들이 대거 참석해주었다. 졸업 후 한동안 볼 수 없었던 정남균과 박인생, 문승수도 와 주었다.

정남균은 광주농업학교를 졸업하고 고향인 완도 약산에 돌아가 사립학교 약산학교에 재직하고 있었다. 정남균은 1928년 사립 약산학교에 있으면서, 배일사상을 담은 유인물을 배포하였다가 체포되기도 했었다. 그는 광주지방법원 장흥지원에서 벌금형을 받고 풀려났다. 성진회 활동에서도 남다른 열정을 갖고 있었던 정남균은 광주고보를 졸업하자 고향으로 내려가 약산학교에서 아이들을 가르치면서 섬 주민들과 학생들에게 "독립만이 우리 민족의 살길이다"고 강조하면서 항일정신을 일깨우는데 신명을 바치고 있었다.

개업식이 끝나갈 무렵에는 뜻밖에 장매성이 박옥희를 데리고 나타났다. 장재성은 박옥희를 첫눈에 잘 알아보지 못했다. 보통학교 학생일 때 자주 보아온 탓인지 그의 머릿속에 자리 잡은 박옥희의 모습은 작달막한 키에 눈이 깊고 앳되어 보이기만 했는데, 이제 보니 어엿한 처녀가 되어 있었다. 키도 누이보다 훌쩍 크고 체격도 육감적이었다. 장재성이 상상했던 것보다는 훨씬 미모가 뛰어나 보였다. 보통학교를 졸업한 후 엄한 할아버지 밑에서 부덕을 쌓고 있다는 누이의 말을 듣고 장재성은 나름대로 그녀의 모습을 상상해왔었다. 그런데 박옥희는 신여성차림이 아닌가. 댕기머리만 길게 땋았을 뿐, 검정 통치마에 흰 블라우스를 입고 있었다. 우묵한 눈만 아니었더라면 알아볼 수 없었을 것이다. 아직 댕기머리인 것을 보니 시집을 가지 않은 것이 분명했다.

"오빠, 내 친구 옥희. 우리 집에 가는 길에 개업식에 잠간 들렀어."

장재성이 옥희를 선뜻 알아보지 못하자 누이가 옆구리를 질벅거리면서 소개해주었다.

"저 옥희여요. 동경유학 중이라는 소식은 들었어요."

"응, 그래. 옥희로구나. 오랜만에 보는 것 같구나."

오히려 당황한 것은 장재성 쪽이었다. 그는 가게 안이 너무 비좁아서 누이와 옥희를 2층으로 올려보낸 후, 앙꼬빵 한 접시를 들고 올라갔다. 이상하게 마음이 설레었다. 그러면서 마음 한구석에서는 저절로 오달진 미소가 피어났다. 생각보다 미모가 출중한 옥희가 마음에 들었기 때문이다.

"오빠, 옥희를 데리고 왔는데 빵 가지고 되겠어?"

장재성이 빵 접시를 들고 올라가자 누이가 의미 깊게 눈을 흘기며 말했고 옥희는 얼굴이 붉어져 고개를 숙였다.

"그러면 이따가 청요리집에 가서 저녁을 사줄까?"

장재성은 되도록 당황해하는 빛을 감추고 누이의 농을 받아넘겼다.

"참말이우? 옥희야 네 덕분에 청요리 얻어먹게 생겼구나."

"아이, 왜 그래?"

옥희는 흰 고무신 신은 발로 매성의 정강이를 가볍게 툭 찰 뿐 좀처럼 고개를 들지 못했다.

"아니야, 우리 오빠가 그동안 너를 얼마나 보고싶어했는데?"

매성의 농담이 점점 짙어지자 장재성은 매우 당황해하였다. 숫기가 없어 그동안 한 번도 여자와 사귀어본 적이 없는 그로서는 누이의 농말에 심장이 덜컹거리면서 얼굴이 화끈거렸다. 장재성은 용기를 내어 옥희에게 앙꼬빵을 손에 들어 권했고 그녀는 마지못해 빵을 받아들고는 아주 조금씩 베어 물고 천천히 먹기 시작했다.

6

양만석은 호남은행 창설자인 현준호 저택에서 가까운 호남정에 네 칸짜리 기와집을 샀다. 지은 지 3년쯤 된 새 집에 마당도 널찍했고 문간채도 딸려 있었다. 순식이 모자가 살기에는 너무 휑한 기분이 들지는 모르나, 그렇다고 오두막집을 장만하기가 무엇해서 큰 집을 샀다.

문간채 옆 꽤 오래된 감나무에 접시감이 주황빛으로 익어가고 있었다. 호남은행 임원들의 사택과 사원들 합숙소가 있는 동네였다. 금성관에서 걸어서 5분도 안 걸리는 가까운 거리였고 광주고보까지도 그리 멀지 않았다.

더위가 한풀 꺾인 9월 둘째 주 일요일을 택해 순식이의 짐이 호남정 새 집으로 먼저 옮겨지고 나서, 다음날 영산포 부르뫼에서 순식이 어머니가 소달구지에 이삿짐을 잔뜩 싣고 왔다. 순식이 어머니가 남동생과 함께 이삿짐을 싣고 오는 날, 양만석은 아침부터 새로 장만한 호남정 집에 와 있었다. 순식이는 새 집이 마음에 드는지 휘파람까지 불며 몇 번이고 집안을 휘돌아다녔다.

"아버지, 뽐부 샘에서 물이 잘 나와요."

순식이가 샘에서 펌프질을 하여 물을 뿜어 올리며 말했다. 목소리만 들어도 기분이 좋다는 것을 알 수 있었다.

"뒤꼍에 남새밭이 있어서 푸성귀는 넉넉허게 심어 묵을 수 있겠네요."

순식이 어머니도 집이 마음에 드는 모양이었다. 매형이라면 설레설레 고개를 흔들며 두억시니 대하듯 하던 남동생 앞에서도, 남편에 대한 그녀의 태도가 전 같지 않게 싹싹했다. 그러나 양만석은 아내의 그런 태도가 오히려 겁이 났다. 이제 와서 혹시 세 식구가 옛날처럼 한 집에서 붙어살기를 바라는 것은 아닐지 걱정이 되었다. 아내에 대한 양만석의 마음은 이제 돌이킬 수 없을 만큼 멀리 떠나 있었기 때문이다. 그는 다만 그녀의 남편이 아닌, 순식이의 아버지 역할만 하고 싶었다.

양만석은 이삿짐이 대강 집 안으로 옮겨진 것을 보고 그만 가봐야겠다 싶어 기둥에 걸어둔 윗도리를 손에 들었다.

"순식아, 아버지 저녁 드시고 가시라고 해라."

양만석이가 윗도리를 꿰는 것을 보자 마루에 걸레질을 하고 있던 박 씨 부인이 방 안에 있는 순식을 향해 큰 소리로 말하고 부엌으로 들어갔다. 그 소리에 순식이가 밖으로 뛰어나오더니 제 어머니 말을 그대로 전했다.

"아버지, 어서 들어가세요."

순식이의 말에 양만석은 한동안 망설이고 서 있었다. 아들의 권유를 뿌리치고 갈 수도 없고 그렇다고 밥상머리에서 처남과 얼굴을 마주하고 싶지도 않았다. 그는 난감했다.

"그렇게 허세요."

그때 문간채에서 빗자루를 들고 마당으로 나오던 처남이 뚜벅 내뱉었다. 그동안 양만석을 보기만 하면 눈을 까뒤집으며 사나운 얼굴로 으르렁거렸던 처남이 어쩐 일인가 싶었다. 세 사람 모두 양만석을 대하는 태도가 전 같지 않게 달라졌음을 알 수 있었다. 양만석은 하는 수 없이 안방으로 들어가 아랫목에 앉았다. 순식이도 따라 들어와 윗목에 벽을 등지고 앉아 고개를 숙인 채 손을 만지작거렸다. 부자간의 분위기가 침묵 속에 어색했다.

"집이 마음에 드느냐?"

"예."

"학교 길은 전보다 더 가까워졌지?"

"예."

"백년이 백석이 형제는 만나느냐?"

"아니오."

"자주 만나서 친하게 지내거라."

양만석은 오래 전부터 순식이가 장개동 형의 두 아들들과 가깝게 지내기를 바라고 있었던 터라 기회 있을 때마다 되풀이해서 말했다.

이날 양만석은 아들 순식이와 처남 등 셋이 얼굴을 맞대고 같이 저녁상을 받았다. 그는 아내가 차려준 밥상을 받아본 지 몇 년 만인가 하고 잠시 헤아려보았다. 어머니가 세상을 등진 후 동경으로 떠나기 전이었으니 십 년이 다 된 것 같았다. 양만석은 오랜만에 아내가 차려준 저녁을 먹으면서 잠시 뼈저린 회한에 젖었다. 아내와의 사이가 버그러지지 않았다면 그는 그대로 나주에 머물러 있었을 것이고, 여전히 한 집에서 살고 있을 것이었다. 어쩌면 그 사이에 순식이 밑으로 자식이 두어 명 정도 태어났을지도 모른다. 그렇지만 그는 전혀 달라지지 않은 삶을 살게 되었을 것이었다. 새끼내 사람들한테 여전히 지악스럽게 굴었을 것이고 더욱 악랄한 친일분자가 되었을 것이 뻔했다. 아니, 더 거슬러 올라가, 그 자신이 종의 핏줄을 받고 태어난 사실이 밝혀지지 않았더라면 어떻게 되었을까 생각해보았다. 양만석은 밥을 먹다 말고 눈을 감고 몸을 떨었다.

"아버지 왜 그러셔요? 어디 편찮으셔요?"

양만석의 이상한 행동에 순식이가 놀랐다.

"아니다. 그냥……."

양만석은 천천히 밥숟갈을 뜨기 시작했다. 이 모든 것을 운명으로 받아들일 수밖에 없었다. 그는 참 알 수 없는 것이 인생이라고 생각했다. 한 가지를 얻으면 한 가지를 잃게 되는 것이 인생인지도 모르겠다 싶었다. 그러나 그는 지금의 삶과 십여 년 전의 삶을 바꾸고 싶지는 않았다. 이 모든 것이 그가 받은 인연풀기의 업보로 받아들이고 싶었다. 누구를 탓하고 원망할 일이 아니었다. 따지고 보면 아내가 무슨 잘못이란 말인가. 양만석이가 아닌 다른 남자와 혼인을 했더라면 지금은 한 남자의 지어미로 어연번듯하게 잘 살고 있을 것이 아닌가.

처남은 밥 먹는 동안 한마디도 하지 않았다. 그리고 밥상을 물릴 때까지 아내는 방에 들어오지 않았다. 아내는 순식이가 부엌 쪽을 향해 물을 달라고 소리를 쳐서야 숭늉그릇을 들고 방에 들어와서도 한사코 그의 시선을 피했다. 양만석은 숭늉그릇을 받으며 연민의 눈으로 아내를 보았다. 한때는 자신을 받아주지 않은 아내를 원망하고 비난한 적도 있었지만 지금은 애잔한 생각이 들었다. 아내를 볼 때마다 측은하고 가엾다는 생각이 앞섰다.

"저녁 잘 먹었소."

양만석은 숭늉그릇을 받아 든 채 한마디 하고 한참 동안 아내를 쳐다보았다. 아내는 무표정하게 서 있다가 나갔다. 아내가 나가자 그도 곧 일어섰다.

"자네는 얼마 동안 더 있으면서 여기저기 집에 손도 좀 봐주고 천천히 내려가소."

양만석이 방을 나오면서 처남에게 말했다. 그때서야 처남이 자리에서 일어서며 얼핏 고개를 숙여보였다. 양만석이 토방에 내려와 구두를 신는 사이 순식이 옆에 와 있었다.

"아버지 간다. 어머니 잘 모시고 공부 열심히 하거라."

양만석은 아들을 향해 당부하고 몸을 돌려세우면서 얼핏 부엌 쪽을 보았다. 아내는 부엌문 밖으로 나오지 않았다. 양만석은 서둘러 집을 나와 큰길을 향해 걸음을 재촉했다. 가로등 불빛 속을 걷는 동안 같이 살면 안 되느냐고 묻던 아들 순식의 말과 함께, 아내의 모습이 자꾸만 뇌리에서 맴돌았다. 마음이 약해지려고 했다. 그렇지만 그는 머릿속에서 아내의 애잔한 모습을 지워버리려고 애썼다.

그는 아내 대신 조선애를 생각했다. 양만석은 조선애의 집으로 갔다. 그는 조선애가 부모한테 이끌려 진주로 내려간 후 그녀의 집에서 혼자 지내고 있었다. 날마다 애타게 조선애가 돌아오기만을 기다렸다. 그는 분명 조선애가 돌아올 것이라고 믿고 있었다. 조선애는 진주로 끌려간 지 사흘 후에 '곧 돌아갈 테니 기다려줘요' 라는 전보를 보내 온 후 아직 아무 소식도 없었다. 그냥 '기다려 달라'는 것보다 '기다려줘요'라는 표현 속에 애절함과 간절한 호소가 깃들어 있는 것 같아 마음이 더 무겁고 아팠다. 그는 그날이 언제가 될지 모르겠으나 조선애가 돌아올 때까지, 그녀가 바라는 대로 포기하지 않고 기다릴 작정이었다.

양만석은 불이 꺼진 조선애의 집 앞을 한참이나 서성대다가 대문을 땄다. 불이 켜져 있지 않은 것을 보니 오늘도 조선애는 돌아오지 않은 것 같다. 아니, 돌아오지 못한 것이리라. 그가 집을 비운 새 그녀가 진주에서 돌아와, 깜짝 놀래주려고 집 안에 있으면서도 일부러 불을 켜지 않은 것일지도 모른다는 생각을 해보면서, 신경을 곤두세우고 천천히 대문 안으로 들어섰다.

그는 두어 차례 헛기침을 하고 마당을 가로질러 멈칫멈칫 현관문 가까이 걸어갔다. 현관문을 열고 구두를 벗을 때까지도 집 안에서는 아무 기척도 없었다. 순간 양만석은 가슴 깊은 곳으로부터 절망의 한숨이 터져 나왔다. 더듬거리며 거실의 불을 켠 다음, 등에 지고 있던 무거운 짐을 부리듯 소파에 몸을 파묻고 앉아 눈을 감았다. 눈을 감고 머릿속에 조선애의 모습을 그려보았다.

한 시간쯤 거실 소파에 앉아 있던 양만석은 2층으로 올라가려다가 아래층 조선애의 방문 앞으로 다가갔다. 방문을 열고 침실로 들어가 전등불을 켰다 오랫동안 비워둔 탓인지 방에서는 습윤한 냉기가 돌았다. 그래도 여전히 그녀의 체취만은 남아 있는 듯했다. 숨을 깊숙이 들이마시자 솔잎 향처럼 날카로우면서도 상큼한 냄새가 뇌리에 스며

들었다. 그는 방에서 나가지 않고 오랫동안 그렇게 서 있었다. 방에서 나가고 싶지가 않았다. 그녀의 체취 때문인지도 몰랐다. 조선애가 이 집에 살고 있을 때는 한 번도 들어와 보지 못한 방이다. 그녀가 한 번 도 그를 그녀의 방으로 불러들인 적이 없었던 것이다. 조선애가 잠깐 집을 비울 때도 그는 2층에 있어야만 했다. 그만큼 두 사람은 냉정할 정도로 철저하게 스스로의 감정을 절제했다. 그녀가 유별나게 내외 가 심한 탓이었다. 어쩌다가 두 사람이 밤늦도록 거실 소파에 앉아서 이야기를 하던 중에, 서로의 눈길이 쫀득하게 엉키고 욕정의 불길이 당겨질라치면 그녀는 갑자기 기분이 좋지 않다거나 피곤하다면서, 그의 존재 따위는 안중에도 없이 부리나케 침실로 들어가 방문을 걸 어 잠가버리곤 했다.

한 번은 두 사람이 밤에 같이 있으면서 위스키를 마시고 취했다. 양만석은 자연스럽게 그녀 옆으로 바짝 다가앉아 손을 잡았고 주체 할 수 없을 정도로 감정이 뜨거워지자, 허리를 껴안은 팔에 힘을 주었 다. 처음에 그녀는 가만히 있었다. 오히려 그녀 쪽에서 화끈거리는 얼 굴로 윗몸을 밀착시키며 양만석의 가슴으로 파고들었다. 두 사람 모 두 뜨겁게 뻗질러 오르는 욕망의 불길을 잠재울 수 없게 되었다. 몸이 몸을 원하고 있다는 것을 그들은 서로 알아차리고 있었다. 몸과 마음 이 격정적으로 달아오르는 순간, 그녀가 갑자기 용수철처럼 팅겨 오 르더니 자기 방으로 들어갔다. 양만석도 지체하지 않고 그녀의 뒤를 따랐다. 그런데 방문이 굳게 잠겨 있는 게 아닌가. 그가 방문을 두드 리며 문을 열어달라고 보챘으나, 그녀는 냉정한 목소리로 그만 돌아가달라고 소리쳐댔다. 양만석은 쉽게 돌아서지 못해 계속 문을 열어 달라고 매달렸다.

그로부터 조선애는 한동안 양만석을 만나주지도 않고 의식적으로 피하는 것 같았다. 이유를 따져 물어도 대답해 주지 않았다. 두 사람의 관계가 정상으로 회복되기까지는 많은 시간과 노력이 필요했다. 그 후, 양만석은 그녀와 함께 있을 때 먼저 손을 잡는 것조차도 조심하지 않을 수 없었다. 그는 조선애의 마음을 존중해주었다. 그녀가 승낙하지 않는 한 절대 그녀의 몸을 탐하지 않기로 했다.

양만석은 그녀와 같은 공간에서 숨을 쉬고 이야기를 나누며 살아가는 것만으로도 행복했다. 사랑의 감정은 얼마든지 키우되, 상대를 탐욕의 대상으로 생각하지 않기로 했다. 그는 언젠가는 두 사람의 영혼과 몸이 하나가 될 수 있을 것이라고 믿었다.

양만석은 조심스럽게 조선애의 옷장을 열어보았다. 그녀의 철지난 옷가지들이 가지런히 개켜져 있거나 옷걸이에 걸려 있었다. 부모님한테 끌려가기 직전까지도 즐겨 입었던 베이지색 원피스도 정갈하게 옷걸이에 걸려 있었다. 그는 손으로 천천히 그녀가 입었던 옷을 쓸어보았다. 손에 그녀의 체취가 물씬 묻어나는 듯싶었다. 마치 조선애의 몸을 대하는 느낌이 들었다. 몸살 나도록 그녀가 그리웠다. 너무 그리워 가슴이 타는 듯했다. 순간 그는 솟구치는 욕정을 느꼈다. 그리움이 지나쳐 욕정이 생길 줄은 몰랐다.

그날 밤 그는 밤이 깊도록 조선애의 방에 머물러 있었다. 그리움을 동반한 욕정이 결코 싫지가 않았다. 이럴 때 그녀가 옆에 있어 주었더라면 목숨이라도 바치고 싶은 심정이었다. 당장 진주로 달려가고 싶었다. 진주로 가서 어떤 방법으로라도 그녀를 데리고 오고 싶었다. 자정이 넘어서야 양만석은 2층으로 올라가서 마시다 둔 술병을 찾아 안주도 없이 거푸 들이켰다. 날이 새는 대로 진주로 달려갈 결심을 굳히면서.

양만석은 아침에 눈을 뜨자 간밤의 생각이 바뀌고 말았다. 지난 저녁까지만 해도 날이 밝는 대로 진주로 달려가서 맞아죽는 한이 있더라도 조선애를 기어코 데려오고야 말겠다고 스스로에게 다짐을 했었는데, 아침에 눈을 뜨자, 그래서는 안 되겠다 싶은 생각이 들었다. 진주로 조선애를 찾아간다해도 그녀를 데려올 수가 없을 것이고 오히려 그녀의 입장만 더욱 어렵게 만들 수 있다는 것을 알게 되었다.

그는 어두웠을 때와 날이 밝을 때의 생각이 이렇듯 큰 차이가 있다는 것을 몰랐다. 하기야 그가 청년시절에 밤에 사랑을 고백하는 연서를 썼다가 막상 날이 밝자 생각이 바뀌어 전하지 못하고 찢어버렸던 적이 어디 한두 번이었던가. 밤은 감성의 시간이고 낮은 이성의 시간이란 말인가. 그러나 그는 밤의 왕성한 상상력과 순수한 감정 그리고 용기에 대해서 인정하고 싶었다.

암튼 양만석은 조선애를 만나기 위해 진주로 가겠다는 생각을 접기로 했다. 그냥 무작정 기다리기로 했다. 그에게 기다림은 절망이 아니고 희망이었다. 조선애를 기다리는 동안 그는 외롭지도 슬프지도 않았다. 양만석은 날이 밝자 아침을 먹기 위해 금성관으로 돌아왔다. 아침을 먹은 후 양만석은 홍학관에 잠깐 얼굴을 비쳤다가 개업한 지

며칠 안 되는 장재성 빵집에 들렀다. 아직 아침이라 그런지 빵집에는 손님이 한 사람도 없었다. 미닫이문을 열고 들어서자 카운터에 앉아 있던 장재성이 손님이 오는 줄 알고 벌떡 일어섰다.

"선생님이 어쩐 일이십니까."

"이 사람아, 빵집에 빵 먹으러 왔지, 뭣허러 왔겠는가. 앙꼬빵 몇 개 주소."

양만석은 빵을 주문하고 카운터에서 가까운 자리에 앉았다. 장재성도 앙꼬빵 네 개를 담은 접시를 탁자에 놓고 마주 앉았다.

"그래, 빵장사는 잘 되는가?"

"그럭저럭, 두 식구 밥 먹을 정도는 되는구만요."

"두 식구라니?"

"저 곧 결혼 할 것 같습니다요."

"그동안 사랑하는 여인이라도 숨겨두고 있었던 모양이지?"

"제 누이동생 친구 중에서 한 사람 선택했습니다."

장재성은 선택이라는 말을 했고 양만석은 장재성답지 않은 그 말에 다소 의아해하는 눈빛을 보냈다. 선택이라는 말이 조금은 거슬리게 들렸기 때문이다.

"마누라가 될 사람은 사랑 이전에, 부모님 잘 모시고 남편 공경하고 자식 낳아 잘 기르면 되지 않겠어요? 제 누이동생 친구 중에 믿을 만한 색싯감이 있어서 선택했습니다."

장재성이 선택이라는 말을 또 쓰자 양만석은 다시 한 번 어이없다는 듯 실소했다.

양만석은 결혼의 조건은 어디까지나 사랑과 믿음이어야 한다고 생각했다. 한 번 결혼에 실패했기 때문에, 더욱 그렇게 생각하는 것인 지도 몰랐다. 그러기에 장재성의 보수적인 태도에 놀라고 실망하지 않을 수 없었다. 사회과학을 연구하는 젊은이가 아직도 가부장적인 권위만을 생각하는 것이 이해가 되지 않았다. 양만석은 남자와 여자 는 평등한 관계를 유지해야 원만하게 가정을 이룰 수 있다고 믿고 있 었다. 인격적으로 대등한 관계 속에서 사랑과 존경이 싹트게 될 것이 기 때문이다.

오전 10시쯤 광주고보 학생들 대여섯 명이 한꺼번에 빵집으로 우 루루 몰려들어와 테이블 하나에 빙 둘러앉았다. 학생들은 장재성을 보더니 모자를 벗고 꾸벅꾸벅 인사를 했다. 그들은 장재성이 선배라 는 것을 알고 있는 듯했다.

"제군들, 이분께 인사들 하게. 이분은 양만석 선생님으로, 오래 전 에 일본 유학을 마치고 돌아오셔서, 청년학원에서 역사를 가르치시고 계시네. 내가 사회과학을 연구할 때 많은 도움을 주신 분이라네."

장재성이 학생들에게 양만석을 소개시켰다. 학생들은 모두 모자 를 벗어들고 일어서서 정중하게 허리를 굽혀 인사를 했다. 양만석이 보기에 이들은 광주고보독서회 멤버들인 듯싶었다.

"일요일이라 놀러들 나왔구만."

양만석은 학생들 교복 윗도리 깃에 붙은 학년 표시를 하나하나 유 심히 살펴보며 말했다. 3, 4, 5학년들이 섞여 있었다.

"오늘 2층에서 광주고보독서회의 사회과학연구 모임이 있습니다."

장재성이 대신 말해주었다.

"그렇구만."

양만석은 다시 한 번 학생들의 면면을 살펴보았다. 모두 심지가 굳고 영민해보였다. 그는 학생들을 보자 문득 순식이가 떠올랐다. 이들 가운데 순식이가 있었으면 하는 상상도 해보았다.

"양 선생님 아드님도 광주고보에 다닌다네. 참, 아드님 이름이 뭐지요?"

장재성이 학생들에게 말하고 나서 양만석을 보며 물었다.

"2학년 양순식."

"양순식이라고 하셨습니까?"

몸피가 왜소하면서도 매부리코에 눈초리가 날카로운 3학년 학생이 펄쩍 놀라며 야릇한 표정으로 양만석을 보았다.

"왜? 양순식을 아는가?"

"학교에서 아주 유명해요."

장재성의 질문에 매부리코가 즉각 대답했다. 그런데 매부리코의 말투가 야죽거리는 것처럼 들렸다. 장재성이 의아해하는 눈빛으로 양만석을 보았다.

"유명하다니?"

"프락치 친일학생으로 낙인 찍혔어요. 지난번 맹휴 때도 주동자를 밀고한 게 누군데요."

그때 덩치가 크고 눈이 매달린 5학년 학생이 매부리코의 옆구리를 찔벅했다. 매부리코는 입을 굳게 다물었다. 잠시 어색한 침묵이 흘렀

다. 입장이 난처해진 장재성은 안절부절못하며 괜히 엽차잔과 주전
자를 들고 왔다 갔다 하며 서성거렸다. 양만석은 이들에게 순식이에
대해 자세하게 물어보려다가 입을 다물어버렸다. 더 이상 아무 이야
기도 듣고 싶지가 않았기 때문이다. 그는 아들이 학교에서 어떻게 처
신을 하는지 얼추 짐작할 수 있을 것 같았다. 학년이 다른 학생들이
순식이를 알고 있을 정도라면 어떤 성분의 아이인지 충분히 짐작이
갔다. 하필이면 프락치 친일학생이라니. 차라리 공부를 못하거나 말
썽꾸러기라면 이보다는 충격이 크지는 않을 것 같았다.

"선생님, 마침 여기 오셨으니까, 오늘 독서회 모임에서 격려말씀
좀 해주시지요."

한참 후에 장재성이 양만석 앞에 앉으며 조심스럽게 말을 꺼냈다.
그러자 학생들의 시선이 일제히 양만석에게 쏠렸다.

"아니네. 오늘은 이만 가 보겠네. 장사 잘 하게."

양만석은 벌떡 일어서며 말하고 학생들을 향해 손을 흔들어 보이
며 밖으로 나왔다. 장재성이 가게 문 밖까지 따라 나오며 배웅을 했
다. 양만석은 서너 걸음 걷다가 걸음을 멈추어 섰다.

양만석은 가슴이 찢어지는 듯한 통증을 느꼈다. 맥이 풀리고 다리
가 후들거렸다. 아들에 대한 실망감보다 그 자신이 그렇게 되도록 만
들었다는 죄책감이 더 컸다. 그는 죄책감에 대한 고통 때문에 몸을 제
대로 가눌 수가 없었다. 순식이를 탓하고 싶다기보다 측은지심으로
마음이 아팠다.

양만석은 심신을 추스른 다음 천천히 걷기 시작했다. 순식이를 만

나야겠다는 생각이 앞섰다. 그는 순식이가 젊었을 적 아비가 걸어온 삶의 궤적을 그대로 밟을까 걱정이 되었다. 자식만큼은 그렇게 살게 하고 싶지는 않았다. 양만석이 호남정 집 앞에 이르러 빗장이 벗겨진 대문 안으로 들어서자, 샘가에서 걸레를 빨고 있던 그의 아내가 일어 서더니 앞치마에 물 묻은 손을 닦으며 그가 서 있는 마당 가운데로 걸어 나왔다. 표 나게 반기는 표정은 아니지만 그렇다고 박대하는 눈빛도 아니었다.

"순식이 집에 있소?"

"방에 있을 겝니다요."

양만석이 묻고 아내가 대답했다. 그때 순식이가 방문을 열고 모습을 나타내더니 토방으로 내려서 고개를 숙였다. 예의를 갖추어 아버지를 대하는 그의 태도가 전 같지가 않았다. 부르뫼 외가로 찾아갔을 때까지만 해도 순식은 아비를 향해 눈인사조차 하지 않았었다. 광주로 와서 하숙을 하는 동안, 자주 만나면서부터 아버지와 아들 사이가 조금씩 좋아진 것이 분명했다. 그렇게 달라진 순식을 보니, 그는 더욱 회한이 커졌다. 그가 조금 더 일찍 순식이한테 관심을 가졌었더라면 이렇게 되지는 않았을 것 같은 생각이 들었다.

"일요일이라 마침 집에 있었구나."

"부르뫼 외가에는 다음 주에 가기로 했어요."

순식이의 말투도 전에 비해 한결 부드럽고 싹싹했다. 순식이 외삼촌은 시골로 내려갔는지 보이지 않았다.

"순식아, 같이 산책하면서 이야기 좀 하고 싶은데 괜찮겠느냐?"

"예. 좋아요. 어머님은요?"

"오늘은 우리 둘이서만."

양만석은 그렇게 말하고 먼저 몸을 돌려세웠다. 아내는 여전히 마당 가운데 손을 맞잡고 서서 우두커니 그를 바라보고만 있었다. 양만석이 대문을 나와 잠시 큰길가에 서서 순식을 기다렸다. 이윽고 순식이 헐근거리며 뛰어와 아버지 옆에 바짝 다가섰다.

"우리 다리 건너 공원에나 한 번 올라가볼까?"

아버지와 아들은 광주천변을 따라 내려갔다. 아버지가 앞서 걷고 두어 발짝 뒤에 아들이 따랐다. 양만석은 아들과 함께 이렇게 둘이서 나란히 걸어본 적이 언제 있었던가를 생각해보았다. 기억에 없었다. 순식이 입학식 때 세 식구가 본정을 걸어본 것이 처음이었던 것 같다. 이러고도 어찌 친일파 프락치 소리를 듣는 아들을 탓할 수 있으랴 싶었다.

공원다리에 이르자 양만석은 잠시 걸음을 멈추고 서서 다리 건너 공원을 바라보았다. 순식이도 아버지 옆에 섰다. 공원에는 벗나무며 떡갈나무 상수리나무 편백나무 등이 군락을 이루고 있었다. 푸르기만 하던 나뭇잎들이 어느새 엽록소를 잃어가고 있는 것을 보니 가을이 한창 무르익어가고 있는 듯싶었다.

"산에 숲을 보면 나무들이 서로 아무렇게나 뒤섞여서 사는 것이 아니라, 떡갈나무는 떡갈나무끼리, 소나무는 소나무끼리, 상수리나무는 상수리나무끼리 모여서 군락을 이루고 있는데 그게 이상하지 않으냐? 참나무 숲에서는 소나무가 잘 자라지 못하거든."

양만석이 공원의 숲을 바라보면서 말했다. 순식의 대답을 기다렸으나 아무 반응이 없었다.

"참 이상하지? 사람이 일부러 그렇게 심은 것도 아닌데 말이다."

"그거야 나무들도 같은 나무들끼리 집단을 이루며 살고 싶어 하는 거겠지요."

"그래 맞다. 나무가 수종이 같은 나무끼리 집단을 이루고 사는 것처럼 사람도 같은 민족끼리 모여 살고 싶어하지. 그래서 우리나라는 지금으로부터 4200여 년 전에 단군할아버지가 고조선이라는 나라를 세운 이래로, 수없이 외침을 받았지만 많은 피를 흘리며 물리쳤단다. 우리들 백의민족끼리 살기를 원했기 때문이란다."

양만석은 잠시 이야기를 멈추고 아들의 표정을 살폈다. 순식은 한참 동안 말없이 흐르는 광주천만 내려다보고 서 있다가 몸을 돌려 아버지를 보았다. 아버지를 보는 눈길이 결코 평온해 보이지가 않았다.

"아버지가 무슨 말씀을 하려는지 알고 있어요. 허지만 아버지, 산 전체를 보면 여러 가지 나무들이 서로 어울려 살고 있답니다. 무등산을 봐요. 무등산 안에 얼마나 많은 종류의 나무들이 서로 어울려 사는데요. 숲이 아름다운 것은 서로 다른 나무들이 한데 어울려 살기 때문이 아닌가요? 세상도 마찬가지라고 생각해요. 그리고 숲을 보면 울창하게 잘 자라는 나무가 있고 토양이 척박하고 햇빛을 잘 못 받아서 잘 자라지 않은 나무가 있는 법입니다. 인간세상도 마찬가지 아닙니까? 일본은 지금 욱일승천의 기세로 번창하는 나라고 조선은 쇠퇴하여 풍전등화 같은 존잽니다. 조선이 아무리 발버둥을 쳐도 대일본을 꺾을 수가 없습니다. 이럴 때는 대세에 따르는 것이 순리라고 생각합니다. 그것이 자연의 법칙이니까요."

순식의 거침없는 궤변에 양만석은 망연자실했다. 그는 아들을 설득하거나 생각을 바꾸는 것이 쉽지 않다는 것을 알아차렸다. 어쩌면 근본적으로 생각을 바꿀 수 없을지도 몰랐다. 그렇다고 시작도 해 보지 않고 포기할 수도 없는 일이었다.

"기왕에 나왔으니 함께 더 걷고 싶구나. 괜찮겠느냐?"

"예. 아버지."

순식은 아버지라는 말을 강조하는 듯했다. 양만석은 그것만으로도 기분이 좋았다. 그는 다리를 건너 공원 쪽으로 천천히 걷기 시작했다. 순식도 적당한 간격을 유지하고 뒤따랐다.

"너 혹시 학교에서 따돌림 당하지는 않느냐?"

"다들 저를 두려워하는 거지요."

"두려워한다고?"

양만석이 걸음을 멈추고 아들을 돌아보며 물었다.

"나한테 걸리면 끝장난다는 것을 알기 때문이지요."

"뭐라?"

"대일본제국에 항심을 품고 있는 불령학생들, 나한테 걸려서 여러 명 끝장났어요."

순식은 아무렇지도 않게 자랑스러운 듯 말했다. 그런 아들을 본 양만석은 가슴이 무너져 내리는 고통을 느꼈다. 그가 보기에 순식은 날이 갈수록 더욱 강팍져가는 것 같았다. 꼭 젊었을 적 안하무인으로 날뛰던 자신을 보는 것만 같아, 칼로 심장을 후비는 심정이었다. 양만석은 빠른 걸음으로 공원으로 올라갔다. 뒤따르던 순식이가 갑자기 아버지를 제치고 앞서 뛰어갔다. 순식은 공원 광장에 세워진 오꾸무라 이호꼬(奧村五百子)의 동상 앞에 걸음을 멈추더니 고개를 꾸벅거리며 거푸 절을 하는 것이었다. 순식의 갑작스러운 그 모습이 우스꽝스럽기도 하고 조금은 비정상적으로 보이기도 했다. 긴 장삼에 왼 손에 염주를 들고 오른손으로 지팡이를 짚고 서 있는 오꾸무라 이호꼬의 동상은 실물 크기로, 남자처럼 건장한 체격이었다.

양만석이 알고 있기에 이호꼬는 조선침략의 선봉장 역할을 한 여자였다. 1901년 일본 애국부인회를 창설한 그녀는 만주사변, 중·일전쟁이 진행되는 동안 전사자의 유족 보호와 상이군인의 구호 외에, 전방까지 찾아다니면서 일본군을 위문하는 등, 침략전쟁의 수행에 앞장서왔다. 그녀는 쿄토에 있는 본원사(本願寺)의 승려였던 오빠 엔싱(圓心)과 함께 일본 불교의 포교를 위해, 1897년에 광주에 왔다.

엔싱은 전국을 돌아다니며 일본 불교 사찰을 세워 일본문화 이식에 앞장서오고 있었다. 엔싱은 이전에 부산에 본원사 별원을 세우고 한말 정계에도 깊숙이 파고들어, 박영효·김옥균 등 개화 인사들과도 교류를 했고 통도사 승려 이동인도 그의 주선으로 일본을 다녀오기도 했다. 그런가 하면 엔싱과 이호꼬 남매가 대륙낭인이라 부르는 흑룡회(黑龍會)의 보호를 받으며 광주에서 포교활동을 시작한 지 얼마 안 되어, 이호꼬의 둘째 딸 미쓰꼬(米子)와 사위 두끼따로(時太郎)가 광주에 왔었다.

미쓰꼬는 양잠 기술자였고 도끼따로는 농업학교 출신이었다. 이렇게 하여 처음으로 8명의 일본인이 광주에 정착하게 된 것이다. 이들 이호꼬 가족은 잠업과 새로운 농법을 보급한다는 명분으로 광주 보작촌에 실업학교를 세웠다. 1898년 4월 이호꼬는 목수·미장이·우물 파는 사람 등 건축 인부들 외에 두부장수를 비롯하여 생활필수품을 파는 상인들까지도 광주로 불러들였다. 반년 만에 어린이까지 합쳐 일본인이 100명으로 늘어났다. 그해 11월, 31평의 건물이 준공되었고 '홍간지 오꾸무라 실업학교'라는 간판이 걸리게 되었다. 이호꼬가 이 학교의 초대교장으로 취임하였다.

오꾸무라 실업학교에는 일본인 외에 조선인 학생들도 다녔다. 조선 학생들에게는 주로 일본문화를 가르쳤고 일본 학생들에게는 새로운 농법과 양잠 기술을 가르쳐, 그들이 조선 땅에 적응하여 살아갈 수 있도록 했다. 일본식 교육으로 일관한 오꾸무라 실업학교는 일본 침략을 규탄하는 광주 시민들로부터 심한 반감을 살 수밖에 없었다. 시민들은 학교에 투석을 하는가 하면 이 학교에 다니는 조선인 학생들을 비난하기 일쑤였다.

결국 광주 보작촌에 세워진 오꾸무라 실업학교는 러일전쟁 후 폐교하고 말았다. 폐교한 이 건물은 한동안 일본인 숙소로 이용되기도 했고 의병을 소탕하기 위해 파견된 헌병의 주재소로 사용하는 등, 일본침략자들의 광주 활동 본거지가 되었다. 엔싱과 이호꼬 남매가 학교와 사찰을 세우고 포교활동을 시작하자, 일본인들이 대거 광주로 몰려들었다. 이호꼬는 광주에 일본인들이 정착할 수 있도록 직업을 알선해주는 등 적극적으로 보살폈다. 그리고 광주 북쪽에 극락촌이라고 하는 이상적인 일본인 집단부락을 만들었다.

한편 목포 일본영사관에서는 이호꼬의 사업을 돕고 신변을 보호하기 위해 광주에 순사주재소를 설치하고 일본인 경찰이 주둔하게 되었다. 엔싱과 이호꼬가 광주에 정착하면서 교육사업과 포교활동을 한 것은 조선인을 일본에 동화시키기 위한 목적에서였다. 오꾸무라 엔싱이 일본의 본원사에 제출한 보고서를 보면 이 같은 목적이 확연히 드러난다. 이 보고서에는 조선인들을 일본에 동화시키기 위해 세 가지 방안을 제시하고 있는데 그 내용은 다음과 같다.

1. 식산흥업(殖産興業)을 장려하여 가능한 한 물적 개발에 힘쓸 것.
2. 승속(僧俗)을 불문하고 지방의 저명인사에게 일본을 시찰케 함으로써 일반에게 일본 소개를 도모할 것. 단 조선 내에서 일본 불교의 포교에 힘을 쓴 자가 일본을 시찰할 때는 승속을 불문하고 특별 취급을 할 것.
3. 학교를 설립하여 청년의 계발에 힘쓸 것. 처음에는 조선인의 호감을 사기 위해 조선인 교사 1인을 채용하고 학생으로부터는 수업료를 받지 않으며 지필묵을 대주면서 재래의 학예만을 수업시키다가 차차, 지리·역사 등을 수업하고 마지막으로 종교 윤리를 교육시킬 것. 학생은 10명 정도로 하고 관찰사나 지방공무원 등과 교섭하여 가급적 상류생활을 하는 뛰어난 자를 발탁할 것.

이 보고서만 보더라도 이들 남매는 조선침략의 선봉 역할을 하기 위해 광주에 정착한 것이 분명하다. 그런데도 오꾸무라 이호꼬가 광주를 개화시켰다는 공으로 광주공원에 그녀의 동상을 세워놓은 것이다. 그러나 이호꼬의 신분을 알고 있는 광주 사람들은 공원에서 그녀의 동상 앞을 지날 때는 의식적으로 얼굴을 찌푸리거나 외면을 하기 마련이었다. 그런데도 순식이가 이호꼬의 동상 앞으로 달려가서 경건한 자세로 서서 고개를 주억거리는 모습을 본 양만석은 억장이 무너지는 듯 실망이 컸다.

"너, 동상의 주인이 누구인지 알고 있느냐?"

"오꾸무라 이호꼬 여사님을 모르는 사람이 있습니까? 우리 조선, 특히 광주를 개화시킨 일등공신일 뿐만 아니라 내선동화를 위해 헌신하는 은인이 아닙니까."

"너 지금, 내선동화가 무엇인지나 알고 하는 말이냐?"

"일본인과 조선인이 하나가 되어 다 같이 천황폐하의 백성이 되자는 것 아닙니까?"

"그러면, 우리 민족은 어떻게 되고 단군자손의 미래는 어찌될지 생각은 해보았느냐?"

"단군자손이면 어떻고 천황폐하의 백성이면 어떻습니까? 조선사람이 일본사람과 같이 잘 살면 되는 것 아닙니까?"

"잘 산다는 게 뭔데?"

"그거야 잘 먹고 잘 입고 호의호식하는 것이고…… 또 개화세상에서 사는 것이지요."

"주인이 잘 산다고 머슴도 잘 살 수 있다고 생각하느냐? 그리고 일제치하에서 머슴이 주인이 될 수 있겠느냐? 그것은 우리가 장차 이 땅에 건설해야 할 신사회에서나 가능하단다."

"그것은 사회주의자들이나 하는 소리가 아닌가요? 아버지 사회주의자입니까?"

순식은 정색을 하고 따지듯 물었다.

양만석은 아들의 대답에 선뜻 대답을 못하고 한참을 미적거리다가 이호꼬의 동상을 등지고 무등산이 바라보이는 돌 위에 엉거주춤 앉았다. 그는 아들의 물음에 당당하게 대답하지 못하는 자신이 부끄러웠다. 아니, 자신이 신사회 건설의 꿈을 안고 있는 사회주의자임을 떳떳하게 대답할 수 없는 오늘의 현실이 안타깝고 싫었다. 아들 앞에서 자신의 신념을 당당하게 밝히지 못하고 어떻게 사회주의 이상을 실현시킬 수 있을지가 심히 의심되기도 했다.

"아버지 사회주의자 맞습니까?"

순식이가 다시 물었으나 양만석은 여전히 대답을 망설였다.

"사회주의자 맞군요. 선량한 학생들을 항일투쟁으로 무장시켜 세상을 뒤집어엎으려고 한다는 사회주의자."

흥분한 듯 순식의 목소리가 높아졌다.

"여기 앉거라. 흥분하지 말고 차분하게 앉아서 애비 이야기를 들어 보거라."

양만석은 그가 앉아 있는 옆의 돌을 턱 끝으로 가리키며 나지막한 목소리로 말했다. 그는 순식이가 옆에 앉기를 기다렸다.

"저기 높은 무등산을 보거라. 무등이라는 말은 높고 낮음, 많고 적음, 크고 작음의 차별이 없다는 뜻이다. 차별이 없음은 평등하다는 거다. 아버지는 무등산이 갖고 있는 의미와 같은, 차별이 없는 평등세상을 만들고자 하는 사람이다. 너도 그런 아버지의 꿈을 이해해주었으면 한다."

양만석은 그렇게 밖에는 달리 아들을 설득할 만한 이야기를 찾을 수가 없어 안타깝고 답답할 뿐이었다. 그런 말로 아들을 설득할 수 없다는 것을 그는 알고 있었다.

"해발 1,000미터가 더 되는 저 높은 산을 깎아내려서 옆에 다른 산들과 같이 평평하게 만들기보다 더 어렵다는 것을 모르서요? 세상을 뒤집기가 그리 쉬운 줄 아서요? 세상을 뒤집는 것은 무등산을 평지로 만드는 것보다 어렵다고요. 그건 불가능해요. 괜한 망상이라고요? 차별이 없는 세상이 된다고 해서 노비의 핏줄이 달라지나요? 사회주의자들은 망상에 사로잡힌 파괴주의자들이라고요."

순식은 거침없이 아버지를 공격했다. 양만석은 아버지의 공격에 할 말을 잊은 채 잠시 우두커니 앉아있기만 했다. 어떤 방법으로도 현재로서는 아들의 생각과 자신의 생각의 차이를 좁힐 수 없다는 것을 알았다.

"네가 사회주의에 대해서 뭘 안다고 그런 말을 해."

아들을 나무라듯 양만석의 목소리가 다소 높아졌다.

"우리학교 불령학생들은 거의가 광신적이고 파괴적인 사회주의 피로 물들어있다는 것을 알고 있어요. 그런 사람들이 이 나라의 주인이 된다면 어떻게 되겠어요. 세상이 끝장나는 겁니다. 아버지가 사회주의자라니, 실망입니다. 아니, 실망이 아니라 절망입니다."

순식은 한바탕 거칠게 자기 생각을 내뱉고 나서 벌떡 일어섰다. 그리고 뒤도 돌아보지 않고 빠른 걸음으로 공원에서 내려갔다. 양만석은 아들을 붙잡지 않았다. 그는 망연히 앉아서 도망치듯 공원을 내려가는 아들의 뒷모습을 맥없이 바라보고만 있었다. 아들을 설득하려고 했다가 오히려 일방적으로 비난만 받은 입장이 된 그의 심정은 참담했다. 아들과의 논쟁은 아무런 성과도 희망도 없었다. 그는 한 시간쯤 그렇게 공원에 앉아 있다가 휘청거리는 기분으로 내려왔다.

1

1929년 10월 30일. 광주발 목포행 통학열차가 출발하는 5시가 가까워지자, 좁은 광주역 대합실은 북새통을 이루었다. 게다가 이날은 개찰구 입구를 일본 학생들이 거의 독차지하다시피 했다. 언제나 개찰구 앞은 일본 학생들 차지였다. 먼저 차에 올라 좌석을 잡기 위해서다. 그들은 한 학생이 좌석을 서너 개씩 잡고 앉아서 조선 학생들을 앉지 못하게 했다. 조선 학생들이 먼저 역에 도착해서 개찰구 앞을 차지하려고 해도 소용이 없었다. 그동안 이 문제로 여러 차례 일본 학생들과 조선 학생들 사이에 마찰이 있어, 역무원에게 시정을 요구해 보았지만 소용이 없었다.

개찰 역무원의 호루라기 소리와 함께 개찰구가 열리자 일본 학생들부터 한꺼번에 우루루 몰려들어 구내를 빠져나갔다. 백년이가 영산포 친구들과 같이 객차에 올랐을 때는 이미 일본 학생들이 자리를 다 차지해버린 뒤였다. 백년이와 그의 친구들은 하는 수 없이 의자에 등을 기대고 엉거주춤 서 있었다. 남학생들은 견딜만 하지만 여학생들은 도착할 때까지 이리 밀리고 저리 밀리며 고역을 치러야만 했다. 책보를 매거나 손에 들고 시렁을 잡고 버티자면 까치발을 딛고 팔을 길게 늘여야하기 때문에 보통 힘이 드는 게 아니다. 게다가 기차가 출발할 때나 급정거라도 할라치면 영락없이 몸이 앞뒤로 쏠리면서 쓰러지기가 십상이다.

백년이는 인숙이라도 자리에 앉을 수 있도록 하려고 객차 안을 다 둘러보았으나 비집고 앉을 만한 데가 없어 포기하고 말았다. 이날은 어쩐지 여느 때보다 일본 학생들 수가 많아 보였고 객차 안이 유난히 북적거렸다. 기차가 출발하자 일본 학생들은 언제나 그랬던 것처럼 목청껏 떠들어대기 시작했고 여기저기서 합창을 하기도 했다. 그들이 부르는 노래는 광주중학교 교가와 군가였다. 조선 학생들은 숫자가 많았으나 잔뜩 주눅이 든 채 입을 다물고 참았다. 어떤 학생은 통학열차 안에서는 아예 솜으로 귀를 틀어막고 있기도 했다.

조선 학생들은 되도록이면 일본 학생들과 마찰을 피하려고 했다. 충돌을 해봤자 언제나 잡혀가는 쪽은 조선 학생들이었기 때문이다. 날마다 하루에 두 차례씩 일본 학생들과 부대끼며 학교에 다니는 통학생들은 나라를 빼앗긴 식민지 민족의 설움을 뼛속 깊이 느끼며 살아가고 있었다. 이 때문에 누구보다 독립에 대한 열망이 간절할 수밖에 없었다.

백년은 출입구 가까운 옆자리 일본 학생들이 큰 소리로 군가를 부르는 소리가 듣기 싫어, 인숙과 함께 자리를 옮기기 위해 약간 헐렁한 듯 해 보이는 객차 중앙에 여학생 몇 명이 서 있는 것이 보여 가까이 다가갔다. 그곳에 광주 여고보 학생 세 명과 광주고보 남학생 두 명이 시렁에 손을 잡고 매달리듯 힘겹게 서 있었다. 여고보학생 중에 3학년인 박기옥(朴己玉)과 암성금자(岩城錦子)는 장백년과 같은 학년이라 아는 처지였다. 특히 박기옥은 광주고보 2학년인 박준채(朴準埰)의 사촌 누이라서 전부터 알고 있었고 암상금자는 장재성 빵집에서 한 번 만났는데 성이 독특해서 이름과 얼굴을 금방 기억했다.

장백년은 박준채와 아는체를 하고 그 옆에 매달렸다. 그런데 그들이 매달려 있는 바로 앞 좌석에 평소에 조선 학생들과 시비걸기를 좋아하는 광주중학교 3학년 후쿠다(福田修三)와 늘 그림자처럼 붙어 다니는 스에요시(末吉克己)·다나카(田中)가 나란히 앉아서는 조선여학생들을 흘금거리는 것이었다. 백년은 자리를 다시 옮기려다 그냥 서 있었다. 마른 체격의 근육질에 제법 말끔하게 생긴 후쿠다가 얼핏 백년을 올려다보는 것 같더니 시선을 박기옥 쪽으로 돌렸다. 그는 두 명의 친구들과 뭐라고 숙덕거리면서 키들거리고 웃어댔다.

조선 학생들은 후쿠다가 무슨 말을 지껄여대는 지 얼추 짐작을 했다. 일본 학생들은 박기옥의 댕기머리를 가지고 흉을 보고 있었다. 후쿠다가 옆에 앉은 스에요시를 보며 박기옥의 댕기머리를 한 번 잡아 당겨보라고 하자 스에요시가 손을 길게 뻗어 박기옥의 머리 가까이 올리다가 거두어버렸다.

　이 광경을 본 세 명의 일본 학생들이 키득거렸다. 박기옥은 이를 눈치채지 못했다. 그것을 본 사람은 백년과 박준채였다. 박준채가 스에요시를 째려보며 달려들려는 것을 백년이 막아섰다.

　5시 30분쯤 기차가 나주역에 도착했다. 일본 학생들이 내리자 백년은 김인숙과 나란히 자리에 앉았다. 백년은 후쿠다 일행의 뒤를 따라 박기옥 등 광주여고보 여학생 3명과 함께 내리는 박준채를 보면서, 어쩐지 예감이 좋지 않게 느껴졌다. 그는 인숙의 손을 잡고 부리나케 따라 내렸다. 백년의 예감대로 이날 나주역에서 급기야 일이 벌어지고 말았다. 박기옥 등이 출구를 나오는데 바로 뒤따라오던 후쿠다·시에요시·타나카 등 3명의 일본 학생이 약속이나 한듯 동시에, 박기옥과 암성금자·이광춘의 댕기머리를 잡아당기며 놀려대는 것이었다. 댕기머리를 잡힌 세 여학생들이 비명을 질러댔고 한동안 댕기머리를 잡고 놓아주지 않은 일본 학생들은 좋아라고 낄낄댔다.

　일본 학생들이 사촌 누이의 댕기머리를 잡아당기며 희롱하는 광경을 목격한 박준채가 주먹을 불끈 쥐고 후쿠다 앞으로 다가갔다. 박준채는 키는 그리 크지 않았으나 어깨가 떡 벌어진데다 몸피가 다부졌다.

　"야, 후쿠다, 너는 명색이 중학생인데 야비하게 여학생을 희롱해."

　박준채가 날카롭게 후쿠다를 째려보며 따졌다.

　"뭐야? 센징 주제에 뭐라고 까불어."

　후쿠다가 박준채를 향해 비아냥거렸다. '센징'이라는 말에 박준채는 더 참지 못하고 힘껏 주먹을 날렸다. 얼굴에 주먹을 맞은 후쿠다는 휘청하더니 두 손으로 얼굴을 감싸 쥐었다. 그리고 잠시 후 박준채에게로 달려들었다.

두 사람은 서로 치고 받으며 난투극을 벌였다. 옆에서 지켜보고 있던 장백년이 미처 말릴 겨를도 없었다. 잠시 안절부절못하고 있는데 후쿠다와 함께 있던 다나카의 주먹이 백년의 얼굴로 날아왔다. 백년은 헉하고 얼굴을 감쌌다. 여학생들이 비명을 질러댔고 그것을 본 조선 학생들이 달려들었다. 나주역 광장을 가로질러 나가고 있던 일본인과 조선인 학생들이 우루루 몰려왔고 한바탕 얼크러졌다. 조선 학생들은 30명 정도였고 일본 학생들은 50명 쯤 되었다. 수적으로는 조선 학생들이 열세였으나 싸움은 결코 한쪽으로 기울지 않았다. 오히려 일본 학생들이 더 두들겨 맞았다.

패싸움은 20분쯤 계속되었다. 나주역전 파출소 모리다(森田松三郎) 순사가 달려와 호루라기를 불어대며 싸움을 저지시켰다. 모리다는 싸움의 발단에 대해서는 따져 묻지도 않고 박준채의 뺨을 때리며 마구 욕설을 퍼부어댔다. 이 광경을 본 광주고보 학생들이 모리다에게 항의하며 따졌다.

"싸움의 발단은 후쿠다가 여학생의 댕기머리를 잡아당기며 희롱을 한데서 비롯된 것인데, 왜 일방적으로 박준채 학생만 때리고 나무라는 것입니까?"

"맞아요. 후쿠다가 박준채 누이의 댕기머리를 잡아당겼어요."

"후쿠다와 그 친구들은 기차 속에서부터 조선여학생들을 희롱했다구요."

얼굴이 피투성이가 되거나 퉁퉁 부어 오른 광주고보 학생들은 모리다를 에워싸고 항의를 했다. 그곳에 있던 광주고보생들은 장백년을 비롯해서, 최희선(崔熙善)·김보섭(金普燮)·서형윤(徐炯允)·정세면(鄭世勉)·오쾌일(吳快一)·최희연(崔熙連)·승우일(昇于一)·손동출(孫東出)·이태규(李泰圭)·김만섭(金晚燮)·이순태(李淳泰)·서형수(徐炯洙)·이경련(李鏡鍊)·김정수(金正洙) 등이었다. 그들은 흩어지지 않고 모리다 주위를 둘러싼 채 계속 항의했다.

"빨리 해산하지 않으면 모조리 체포하겠다."

당황한 모리다는 호루라기를 불어대면서 해산하라고 소리쳤지만 학생들은 한 발짝도 물러서지 않았다.

"이건 명백한 조선인 탄압이 아니고 무엇입니까."

"맞습니다. 아무 잘못이 없는 박준채 학생의 뺨을 때린 것은 잘못입니다. 사과할 때까지 물러서지 않을 것입니다."

학생들의 요구가 드세어지자 모리다는 기세가 꺾인 듯했다. 이때 순사 두 명이 달려왔고 학생들을 강제로 해산시켰다. 학생들은 더 이상 항의하는 것을 중단하고 저마다 흩어져 집으로 돌아갔다.

장백년과 김인숙도 영산포로 가기 위해 역 광장을 나와 영산강 둑길 쪽으로 걸었다. 다나카한테 얻어맞은 얼굴이 부어오르면서 욱신거렸다. 영산강 둑에 이르러 백년은 둑 아래로 내려가 강물로 얼굴을 씻었다. 옆에 있던 인숙이가 책보를 풀더니 얼굴을 닦으라면서 내밀었다. 백년이 인숙의 책보로 얼굴의 물기를 닦고 있는데 인숙이가 갑자기 풀섶에 쪼그리고 앉더니 두 손으로 얼굴을 감싸 쥔 채 소리를 내어 울기 시작했다. 백년은 인숙이의 갑작스러운 울음에 당황했다.

"인숙아 왜 울어, 나 하나도 아프지 않아. 그리고 나도 그 자식 두들겨 패주었잖어."

"무서워. 야비하게 댕기머리를 잡아당기다니."

백년은 그때서야 인숙이가 우는 연유를 알 수 있었다. 일본 학생들이 여학생의 댕기머리를 잡아당긴 것을 끔찍하게 생각하고 있는 것이었다. 처녀들의 댕기머리를 잡아당긴다는 것은 있을 수 없는 일이었다. 부모라 할지라도 다 큰 딸의 댕기머리를 잡아당기지는 않는다. 그것은 여자가 남자의 상투머리를 잡아당기는 것만큼이나 금기시되고 있었다. 그런데 남자들이, 그것도 일본 남학생들이 여학생의 머리를 잡아당긴 것을 보았으니 충격이 컸던 것이다.

"왜놈들은 야비해. 어떻게 여자 머리를 잡아 댕겨? 그거는 상대의 인격을 모독하는 거나 마찬가지야. 아니, 인권을 유린한 거야."

백년은 인권유린이라는 말에 공감했다. 그는 가까스로 인숙을 어르고 달래어서야 둑으로 올라와 다시 걷기 시작했다.

어느덧 해가 기울면서 산 그림자가 어슴푸레 강물에 젖어 있었다. 그들은 나주에서부터 강둑을 타고 영산대교까지 걸었다. 단둘이서 이렇듯 오랜 시간을 함께 있어본 것은 처음이었다. 백년은 다리를 건너 인숙을 집까지 바래다주고 나서 다시 대교 쪽으로 나왔다.

그는 날이 완연히 어두워지기를 기다리며 다리 난간에 서서 한동안 어슬렁거렸다. 부어오른 얼굴을 동네 사람들한테 보이기 싫었기 때문이다. 그는 생각할수록 그날 무방비 상태로 있다가 다나카 놈한테 주먹을 얻어맞은 것이 분하고 억울했다. 조선 여학생들의 댕기머리를 잡아당긴 세 명의 일본인 중학생들의 행동에 대해 도저히 분을 삭일 수가 없었다. 김인숙의 말마따나 그것은 조선 여학생의 인권을 유린하는 것이라고 생각했다. 그리고 이 문제를 그냥 지나칠 수 없다고 다짐했다. 백년이 다리 난간에서 그날 있었던 일을 떠올리며 어슬렁거리고 있는데 자전거가 그 옆에 바짝 멈추었다. 고개를 들어보니 아버지였다.

"아버지."

"백년이 너, 여기서 뭣하고 있는 거냐. 네 얼굴은 또 왜 그러냐? 누구하고 싸운 거냐?"

장개동은 자전거에서 내려 백년의 얼굴을 가까이 들여다보며 거듭 물었다. 아직까지 누구하고 주먹질하며 싸워본 일이 없는 백년이었기에 장개동은 놀라지 않을 수 없었다.

다음날 통학열차 안에서는 아무 일도 일어나지 않았다. 조선 학생들이 의식적으로 일본 학생들을 피했다. 전날 후쿠다 일행한테 곤욕을 치렀던 광주여고보 박기옥과 그의 두 친구들도 아무렇지도 않게 통학열차에 탔다. 박준채도 보였다. 마찰은 없었지만 열차 안은 긴장감이 팽팽하게 감돌았다. 언제나 노래를 부르고 시끄럽게 떠들어대던 일본 학생들도 이날만은 조용했다. 그러나 조용한 것이 더 불안하게 느껴지기도 했다.

장백년은 박준채가 보이자 적당한 거리를 두고 그를 지켜보았다. 그런데 일본 학생들이 박준채 옆으로 하나 둘 모여들고 있는 것을 발견했다. 장백년은 갑자기 불안해지기 시작했다. 드디어 또 사건이 터지고 말았다. 통학열차가 나주역을 출발하여 송정리가 가까워지자, 일본인 학생들이 떼를 지어 박준채를 둘러싸더니 시비를 걸기 시작한 것이다.

"어제 후쿠다한테 시비를 걸었던 게 네놈이냐?"

덩치가 크고 어글어글하게 생긴 일본 학생이 박준채의 어깨에 손을 얹은 채 시비조로 나왔다. 박준채는 순간 표정을 일그러뜨리며 자신보다 큰 일본 학생을 당당하게 노려보았다.

"후쿠다란 놈이 내 누이 댕기머리를 잡아당겼기 때문에 따진 것인데 그게 뭐가 잘못이냐? 조선에서는 남자가 처녀의 머리를 잡아당기는 것은 치욕 중에 치욕이라는 것 모르느냐?"

박준채가 큰 소리로 따졌다.

"후쿠다한테 사과하지 않으면 그냥 두지 않겠다."

"사과할 사람은 후쿠다야."

박준채는 꿀리지 않고 응수했다. 그러자 덩치 큰 일본 학생이 박준채의 멱살을 잡았고 그를 둘러싸고 있던 일본 학생들이 혼을 내주라고 뚱기치며 을러댔다. 영락없이 박준채가 집단폭행을 당할 판이었다. 이 때 옆에 있던 장백년이와 그의 영산포 친구들이 몰려와 일본 학생들과 대치하게 되었다. 결국 더 이상의 충돌은 일어나지 않았다. 열차가 광주에 도착한 후에도 일본 학생들과 조선 학생들은 서로 으르렁거렸지만 지각을 할세라 서둘러 흩어졌다.

이날 학교에 간 장백년은 첫 시간이 끝나자, 광주고보 5학년 교실로 독서회 대표 김상환을 찾아갔다. 그는 김상환에게 급히 전할 말이 있다고 하면서 교실 모퉁이로 갔다. 그리고 통학열차에서 있었던 일을 가감 없이 그대로 이야기했다.

"이대로 넘어갈 수 없는 문제라고 생각해서 김 선배한테 보고하는 것이니 숙고해서 처리해주시오. 문제 삼지 않으면 언제 또 이 같은 일이 발생할지 모르는 일이기에."

장백년은 결연하게 말했다. 김상환도 그대로 넘길 수 없는 문제라면서 점심시간을 이용하여 장재성 선배를 만나 보고를 하자고 했다. 약속대로 장백년과 김상환은 점심시간을 이용하여 장재성 빵집으로 달려갔다. 장재성은 그 무렵 결혼을 하여 신혼살림을 차리고 있었다. 그의 부모는 장재성이 결혼을 하자 다시 일본으로 들어가 학업을 계속하라고 독촉했다. 그러나 장재성이 이런 저런 변명을 늘어놓으며 시간을 끌어왔다. 종당에는 그의 아버지로부터 당장 일본으로 들어가지 않으면 내쫓겠다고 하여 할 수 없이 집을 나와 빵집에 신혼살림을 차린 것이었다.

점심시간이라 빵집에는 손님들이 북적거렸으며 장재성 혼자 손님들을 맞느라 바빴다. 하는 수 없이 김상환과 장백년이 장재성을 도왔다. 한참 손님들을 접대하다보니 점심시간이 훌쩍 넘어갔다. 그때서야 김상환은 장백년한테 들었던 대로 전날 통학열차 안에서 있었던 일을 보고했다.

"그 일이라면 다 알고 있네."

장재성이 빙긋이 웃으며 말했다.

"어제 오후 늦게 일어난 일인데 어떻게?"

"봉변을 당했던 광주여고보 암성금자가 아침에 내 누이동생한테 말해주었다네. 암성금자가 광주여고보 소녀회 멤버라는 것 모르고 있었는가? 그 이야기 듣고 각 학교 독서회 대표들을 소집하기로 했네."

"오늘 아침에 있었던 일도 아시겠네요."

"충돌할 뻔했다면서?"

장재성의 말에 두 사람은 약간 맥이 빠졌다. 더욱이 장재성을 돕다가 점심시간마저 넘기고 말았으니 지각을 할 수밖에 없었다. 학교에 와보니 5교시 수업이 시작된 지 한참이나 지났다. 장백년은 시골에서 올라오신 어머님을 역까지 바래다드리고 늦었노라고 거짓말을 하여 처벌을 모면할 수 있었다.

그날 수업이 끝날 때까지 장백년은 기분이 꿀꿀해 있었다. 독서회 중앙회에 보고를 하자고 제안했던 것이 성급했던 것이 아닌가 싶어서다. 괜히 김상환 선배만 귀찮게 한 것 같기도 했다. 그는 아버지의 당부 말씀대로 앞으로는 매사에 보다 신중을 기해야겠다고 생각했다.

10월31일 오후 5시. 광주를 떠나 송정리로 가던 통학열차 안에서 광주고보생들과 광주중학교 학생들 사이에 패싸움이 벌어졌다. 싸움의 발단은 후쿠다가 먼저 박준채를 붙들고 시비를 건 데서 비롯되었다. 박준채가 친구들과 함께 열차에 오르자, 후쿠다를 비롯한 광주중학교 학생들이 미리 기다리고 있다가 어깨를 밀치더니, 다짜고짜 전날 있었던 일에 대해 사과를 하라고 요구했다. 박준채는 어이가 없어 실소하며 후쿠다를 노려보았다.

"네가 먼저 사과를 해야지. 우리 누이한테 잘못했다고 사과해라."

박준채가 따지자 후쿠다가 주먹부터 뻗었다. 박준채는 잽싸게 주먹을 피하며 후쿠다의 팔을 잡았다. 그는 일본 학생들과 충돌하는 것이 싫어 되도록 참으려고 했다. 순간 후쿠다와 같이 있던 광주중학생 두 명이 박준채의 양팔을 잡아 비틀었고 그 사이에 후쿠다의 주먹이 박준채의 면상을 쳤다.

이 광경을 보고 있던 광주고보 학생들이 일본 학생들한테 달려들었고 10여 명의 학생들이 한데 얼크러져 치고받았다. 시간이 갈수록 학생들이 자꾸 싸움 현장으로 몰려왔으며 순간에 통학열차 안이 온통 싸움판으로 변했다. 20분쯤 지나, 일본인 차장이 호루라기를 불며 달려와 싸움을 벌이고 있던 학생들에게서 통학승차권을 압수한 다음, 박준채와 후쿠다, 그리고 광주고보 학생들 3명을 2등 칸에 있는 차장실로 끌고 갔다. 장백년도 함께 끌려갔다. 2등 칸에는 일본인 승객들이 대부분이었다. 차장실에 끌려간 박준채와 광주고보 학생들은 먼저 시비를 건 것은 일본 학생들인데 왜 조선 학생들만 끌고 오느냐고 큰 소리로 항의했다.

"이놈들, 조용히 못해. 네놈들이 뭘 잘했다고 떠들어."

승객들 중에서 광주일보 일본인 기자가 벌떡 일어서더니 차장한테 항의를 하고 있는 광주고보 학생들을 나무랐다. 그는 당장 조선 학생들에게 달려들어 뺨이라도 후려칠 기세였다.

"여러분들, 여기 있는 후쿠다가 어저께 우리 누이의 댕기머리를 잡아 당겨서 내가 항의를 했습니다. 그런데 나한테 사과를 하라니 말이 됩니까?"

　박준채가 승객들을 향해 하소연하듯 말했다.

　"센징 주제에 말이 많구나."

　"학생들끼리 머리를 좀 잡아당긴 것이 무슨 잘못이냐?"

　"센징 학생들이 잘못했다."

　"센징 주제에 , 저런 놈들은 퇴학을 시켜야 해."

　여기저기서 일본인 승객들이 비아냥거리며 통겨댔다. 그들은 일방적으로 일본 학생들을 두둔하여 조선 학생들의 반일감정을 부추겼다. 박준채를 비롯한 광주고보 학생들은 뻗질러 오르는 분노를 삭이느라 어금니를 앙다물고 주먹을 쥐었다. 차장은 학생들의 이름이며 학년, 주소 등 인적사항을 적고 나서, 돌려보냈다. 그들이 2등 칸에서 나올 때 일본인 승객들은 그들의 뒤통수에 대고 한마디씩 폭언을 던졌다. 그들은 못들은 척 통학열차 칸으로 돌아왔다.

　결국 이들 광주고보생 4명은 차장한테 통학승차권을 압수당한 채 열차에서 내렸다. 장백년도 박준채와 함께 나주역에서 내렸다. 나주역에서 내릴 때 박준채가 일본 학생들한테 봉변을 당할까 걱정이 되었기 때문이다. 장백년은 통학을 하기 전부터 박준채와 알고 지냈다. 박준채는 장백년보다 한 학년이 낮기는 해도 동갑내기인데다가 공부도 잘하고 심성이 착해, 통학차 안에서는 물론 학교에서도 각별히 대해온 터였다.

　나주역에서 내린 학생들은 역 구내를 빠져나가지 않고 조선 학생들은 조선 학생들끼리, 일본 학생들은 일본 학생들끼리 무리를 지어

덤벙거렸다. 조선 학생들은 박준채를 에워쌌고 일본 학생들은 후쿠다 주변에 몰려 있었다. 조선 학생들 중에는 전날 봉변을 당했던 박기옥과 암성금자, 이광춘도 끼어 있었다.

"백년이 형, 영산포까지 안 가고 왜 또 나주역에서 내렸어."

일본 학생들이 하나 둘 흩어져 역 광장을 빠져나가자 박준채가 백년을 보고 말했다.

"마음이 안 놓여서. 후쿠다 저 놈이 언제 또 너를 괴롭힐지 모르지 않아."

장백년은 그렇게 말하며 박기옥과 나란히 서 있는 암성금자를 힐끔 보았다. 그는 암성금자가 독서회 회원이라는 것을 알고 나자 친근감이 느껴졌다. 그들은 나주역 광장에 10분쯤 더 있다가 헤어졌다. 영산강 둑길 쪽으로 가기 위해 역 모퉁이를 돌아 혼자 걷던 장백년은 개울가에 김인숙이 서 있는 것을 발견하고 달려갔다. 그러고 보니, 장백년은 나주에서 급하게 박준채와 함께 내리느라 김인숙에게 미처 아무 말도 하지 못했던 것이 생각났다. 아마도 그가 나주에서 내리는 것을 보고 김인숙도 뒤따라 내린 모양이었다. 설마, 김인숙이 그의 뒤를 따라 내릴 줄은 상상도 못했다. 백년은 그런 김인숙을 보자 반갑기도 하고 한편으로는 미안하기도 했다.

"인숙아."

장백년은 숨을 헐근거리며 인숙에게 가까이 갔다.

"말 한마디 없이 야속하게 혼자 내리다니."

"몰라."

김인숙은 툭 내뱉고는 새치름한 표정으로 강둑을 향해 폴짝거리며 뛰어갔다. 장백년은 인숙의 이름을 부르며 뒤따라 뛰었다. 먼저 강둑에 당도한 김인숙이 오이풀이며 고마리 띠 풀이 우북하게 자란 풀밭에 앉았다.

"나는 네가 냉갈령부릴 때가 더 귄이 있더라."

장백년이 둔치 아래로 내려가서 짙은 남보라 색 물봉선 꽃을 꺾어 김인숙의 귀에 꽂아주며 말했다. 장백년은 귀에 물봉선 꽃을 꽂고 활짝 웃고 있는 김인숙의 얼굴을 가까이 들여다보았다. 두 사람의 시선이 찐득하게 엉키자 김인숙 쪽에서 고개를 돌려 영산강 물을 바라보았다. 장백년도 그녀의 얼굴에서 시선을 거두어 강물 쪽으로 던졌다. 산 그림자가 엷게 드리워진 강물은 검은빛으로 보였다. 두 사람은 한동안 말없이 강물만 바라보았다.

"언제쯤 나도 영산강이 우는 소리를 들을 수가 있을지 모르겠다."

"영산강이 우는 소리?"

장백년의 말에 김인숙이 강에서 시선을 거두며 되물었다.

"우리 아버지가 그러시는데 할아버지께서는 영산강이 우는 소리를 들으셨다더라."

"언제? 어떻게 우는데?"

"백성들이 괴로워할 때, 땅속 깊숙한 곳에서 울려오는 것처럼, 무겁고 깊은 소리로."

"그렇다면 지금도 영산강이 계속 울고 있겠는데? 일본한테 나라를 빼앗기고 고통을 당하고 있으니 말이야. 그런데 왜 우리 귀에는 안 들리는 거지?”

“우리 아버지 말로는 아무한테나 들리는 것이 아니라더라.”

“그럼 어떤 사람들한테 들리는데? 니네 아버지는 들으셨다던?”

“영산강을 사랑하는 사람들 귀에만 들린다더라.”

“영산강을 사랑하는 사람들?”

“자기 몸처럼 강을 사랑하는 사람들.”

“백년이 너는 들을 수 있겠구나. 너야말로 영산강을 사랑한다고 했잖어.”

“나는 아직 멀었어. 영산강 시를 여러 편 쓰신 우리 아버지도 못 들었는데. 우리 아버지는 영산강이 우는 소리를 듣기 위해서 한밤중이나 새벽에 강가에 오랫동안 앉아 있어보기도 했다더라.”

“그래도 못 들으셨어?”

장백년은 김인숙의 물음에 영산강을 바라본 채 천천히 그리고 무겁게 고개만 끄덕였다. 잠시 두 사람은 흐르지 않는 강물처럼 무거운 침묵 속으로 가라앉았다. 나주 들녘을 휩쓸고 달려온 가을바람이 강물 쪽으로 굽어들면서 소리를 내고 있었다. 휘휘휘 대밭을 흔드는 소리 같기도 하고 쏴쏴쏴 강물이 봇돌을 넘쳐흐르는 소리 같기도 했다. 두 사람은 동시에 귀를 모아 그 소리를 듣고 있었다.

“저 소리…… 저 소리가 영산강 우는 소리가 아닐까?”

인숙이 속삭이듯 낮은 목소리로 말했다.

“아니야. 저 소리는 바람소리일 뿐이야. 어쩌면 영산강 우는 소리는 강물이 우는 소리를 듣고 싶어 하는 사람의 심곡에서 울려나오는 것인지도 몰라."

그러면서 장백년은 눈을 감고 앉아서 바람소리에 귀를 기울였다.

11월 1일. 박준채는 수업이 끝나자 와다나베(渡邊) 교감에게 불려갔다. 후쿠다가 전날 패싸움의 전말을 학교에 보고하였고 광주중학교에서 이를 광주고보에 알렸던 것이다. 후쿠다가 학교에 보고한 내용은 박준채가 일방적으로 시비를 걸어왔고 먼저 주먹질을 하여 싸움이 벌어졌으며, 조선 학생들이 집단으로 일본 학생들에게 덤벼든 것이라고 되어 있었다. 와다나베는 광주중학교가 알려온 내용을 그대로 믿었다.

"빠가야로, 박준채 너는 왜 통학열차 안에서 가만히 있는 후쿠다한테 시비를 걸어서 패싸움이 벌어지도록 했느냐?"

와다나베는 박준채를 보자마자 벌컥 화부터 냈다.

"제가 먼저 시비를 건 것이 아닙니다."

"잘못을 뉘우치지 않고 변명부터 하는 것을 보니, 너는 아주 못돼먹은 놈이로구나."

와다나베는 교무실이 쩌렁쩌렁 울리도록 소리를 내질렀다. 박준채는 변명을 해봤자 먹혀들 것 같지가 않아, 입을 다물어버렸다. 일본인 교사들은 언제나 매사에 조선 학생들의 이야기를 들어주지 않고 일방적으로 일본 학생들 편만 들어준다는 것을 너무도 잘 알고 있는 터라, 이럴 땐 차라리 입을 다물어버리는 것이 상책이라 싶었던 것이다.

"박준채, 네 잘못을 인정 못하겠다는 건가? 왜 대답이 없어? 잘못을 인정 못하겠다는 거냐?"

와다나베 교장이 거칠게 거듭 물었으나 박준채는 대답을 하지 않았다. 다짜고짜로 잘못을 인정하라니, 이거야 말로 언어도단이 아닌가.

"왜 대답이 없어?"

박준채가 대답을 하지 않자 와다나베 교감이 의자에서 벌떡 일어서며 윽박질렀다.

"예."

"분명하게 대답해. 잘못을 인정하는 거냐?"

"예."

"기차 통학생들의 충돌은 민족 감정의 충돌이며 이는 중대한 문제를 야기 시킬 수가 있다. 그러니 앞으로는 경거망동 하지 말고 은연자중하기 바란다. 만약에 열차 안에서 통학생들의 충돌로 문제가 커지면 어떻게 수습을 할 건가. 내선일체를 위해서도 민족적 감정의 충돌은 절대 있어서는 안 된다. 앞으로 통학생들을 철저히 감독하기 위해 선생님을 광주역에 파견하여 같이 기차를 타도록 조치했으니 조심해라. 특히 선생님들이 너의 행동을 세심하게 지켜볼 것이다. 다시 이런 일이 발생할 때는 퇴학처분을 시키겠다."

와다나베는 목소리를 가라앉히고 설교를 하기 시작했다. 박준채는 무겁게 고개를 숙인 채 조용히 듣고만 있었다. 와다나베의 설교를 듣고 나온 박준채는 너무도 분해서 울고 싶었다. 자기 잘못이 아닌데도 성화에 못 이겨 결국 잘못을 인정한 것이 너무도 억울했다. 다시 교무실로 들어가서 자기 잘못이 아니라고 따지고 싶었다.

박준채는 잔뜩 풀이 죽어 통학열차를 타기 위해 광주역에 도착했다. 그는 광주고보 친구들과 함께 기차에 오르면서 후쿠다와 마주쳤다. 그가 의식적으로 피하려하자 후쿠다가 앞을 막아서며 살쾡이 같은 미소를 보내왔다. 그래도 박준채는 고개를 숙인 채 후쿠다 앞을 지나쳤다. 심장이 덜컹거리면서 분노가 치밀어 올랐지만 애써 참았다.

그런데 이날, 기차가 출발하기 30분쯤 앞서, 광주중학교 학생 30여명이 유도교사 이다(伊田)의 인솔로 야구방망이와 죽창. 죽검 등을 들고 광주역으로 몰려왔다. 그들 중에는 단도를 빼어들고 칼날을 번득이며 당장 찌를 것처럼 흥분하는 학생도 눈에 띄었다.

"센징 새끼들 나와라. 어제 일을 복수하러 왔다."

"겁쟁이 센징 새끼들아 야구 뺏다 맛을 좀 봐라."

광주중학교 유도부학생들이 개찰구에서 열차를 향해 소리쳤다. 그러자 열차에 타고 있던 조선 학생 20여명이 기차에서 뛰어내려 개찰구 쪽으로 몰려갔다. 일본 학생들과 조선 학생들은 개찰구의 나무 울타리를 사이에 두고 대치했다.

일본 학생들이 야구방망이와 단도를 휘두른 대신 조선 학생들은 맨주먹으로 허공을 치며 맞섰다. 충돌하기 일촉즉발의 위기가 한동안 계속되었다. 기차에 타고 있던 학생들이 모두 내려 가세하자 숫자가 차츰 불어났다. 통학열차 출발시간이 되었으나 개찰구 목책을 사이에 두고 대치한 학생들은 한 발짝도 물러나지 않았다.

5시가 되자 통학열차가 여러 차례 기적을 울렸다. 학생들은 잠시 술렁였으나 어느 한편에서도 대치 상황을 풀려고 하지 않았다. 열차가 출발하기 직전, 오히려 조선 학생 여남은 명이 기차에서 내려 합세했다. 통학열차는 1백여 명의 학생들을 남겨둔 채 절겅거리며 역을 빠져나갔다. 장백년을 비롯한 영산포 친구들과 박준채 등도 기차를 타지 않았다. 역에 남아 일본 학생들과 대치한 학생들은 거의 광주고보 학생들이었다.

통학열차가 출발하고 20분쯤 후에 경찰들이 출동했고 뒤이어 광주중학교와 광주고보 교사들이 모두 몰려왔다. 경찰과 합세한 교사들이 학생들에게 해산할 것을 설득에 나섰다. 광주중학교 교사들은 역 대합실 쪽에서, 광주고보 교사들은 개찰구 밖에서 각기 자기네 학생들을 떼어냈다.

광주고보 학생들은 교사들의 적극적인 설득으로 하나 둘 목책에서 떨어져나가기 시작했다. 그러나 광주중학교 학생들은 기세등등하여 광주고보 학생들을 향해 욕설을 퍼붓는 등 좀처럼 물러서지 않았다.

"이대로는 절대로 물러설 수 없습니다. 어저께 광주고보 학생이 우리 광주중학교 학생에게 시비를 걸고 이유없이 구타했습니다. 어제 우리 학생에게 폭력을 휘두른 학생을 찾아내어 벌을 주기 전에는 돌아설 수 없습니다."

유도부 학생들을 몰고 왔던 유도 교사 이다가 학생들을 제지하는 광주중학교 교사들에게 소리쳤다. 그 말에 일본 학생들이 야구 방망이를 휘두르며 호응했다. 그러자 광주 중학교 교사들이 광주고보 교사들한테, 폭력을 휘두른 광주고보 학생을 색출하라고 요구했다. 광주고보 교사들이 불응하자 광주중학교 교사들이 광주고보 학생들 쪽으로 와서 자기들이 직접 수색을 하겠다고 했다.

　한동안 두 학교 교사들 사이에 옥신각신 분위기가 어수선해졌다. 그러자 목책에서 물러서 있던 광주고보 학생들이 다시 몰려왔고 광주중학교 학생들과 대치상황이 또 일어나고 말았다.

　"통학생들 중에서 광주중학교 학생을 구타한 사람이 있습니까?"

　광주고보 교사가 학생들에게 물었다. 모두들 아니라고 큰 소리로 대답했다.

　"어제, 광주고보 학생한테 폭행을 당한 학생이 누굽니까?"

　이번에는 이다가 광주중학교 학생들을 향해 물었다.

　"접니다."

　손을 번쩍 들고 큰 소리로 당당하게 대답한 학생이 있었다. 광주중학교 2학년 후쿠다였다. 그것을 본 박준채와 장백년은 가슴이 철렁 내려앉았다. 아무래도 또 후쿠다가 엉뚱한 수작을 부리고 있다는 것을 직감했기 때문이다.

　"때린 학생을 알고 있나?"

　"예, 이름은 모르지만 분명 광주고보 모표를 달고 있었습니다."

　"얼굴을 기억하겠는가? 찾아낼 수 있겠는가?"

　"분명히 기억합니다. 지금 이들 중에 있습니다."

　양쪽 학생들과 교사들은 광주 중학교 유도교사 이다와 후쿠다의 주고받는 말을 듣고만 있었다. 목책 앞으로 나온 후쿠다가 고개를 삐딱하게 돌려 뱁새눈으로 광주고보 학생들을 주욱 훑어보았다. 그의 시선이 박준채의 얼굴에서 멈춘 듯하더니 잠시 후 장백년에게로 옮

거왔다. 그리고 한동안 장백년을 꼬나보았다.

"찾아냈는가?"

"예. 저기 있습니다."

후쿠다의 시선이 장백년의 얼굴에 못 박히듯 움직이지 않았다. 순간 장백년의 가슴이 심하게 덜컹거리기 시작했다. 무슨 연유로 후쿠다가 생사람을 잡으려고 하는 것인지, 억울함보다 분노가 뜨겁게 치밀었다. 그동안 장백년이 박준채 옆에 붙어 있었기 때문인지도 몰랐다.

"생트집입니다. 저 놈이 오히려 시비를 걸고 주먹질을 했습니다."

이 때 박준규가 나서서 손으로 후쿠다를 가리키며 큰 소리를 쳤다.

"맞습니다. 언제나 저 놈이 먼저 시비를 걸고 싸움을 걸어왔습니다."

"광주고보생이 폭력을 쓴 적이 없습니다."

광주고보 학생들이 여기저기서 한마디씩 거들었다. 그러자 기세 등등하던 후쿠다가 풀이 죽어 한 발짝 뒤로 물러섰다. 그는 뒷걸음질을 하면서도 여전히 장백년을 무섭게 노려보았다.

후쿠다가 나서는 바람에 분위기는 다시 험악해졌다. 일본 학생들과 조선 학생들이 서로 목소리를 높이며 당장 목책을 뛰어넘어 달려들 기세였다. 이대로 가다가는 필시 충돌을 면할 수가 없을 것 같았다. 이 때 광주고보의 와다나베 교감이 광주중학교 교사들을 설득하였다. 전날 조선 학생이 후쿠다에게 폭행을 했다는 사실은 가려낼 수가 없으므로, 그 일은 없었던 일로 하고 일단 양쪽 모두 해산을 시키자고 한 것이다.

일본 학생들이 먼저 물러나기로 하였다. 이렇게 하여 이날의 충돌

위기는 간신히 넘어가게 되었다. 그러나 일본 학생들이 물러간 후에도 광주고보 학생들은 역 광장에 집결한 채 흩어지지 않았다. 결국 광주고보 학생들은 이번 사태를 그대로 묵과할 수 없다면서, 앞으로의 대책을 논의하기 위해 학교로 돌아가기로 했다.

통학생 2백여 명은 강당에 집결했다.

"자, 기왕에 우리가 이렇게 모였으니 이 문제를 어떻게 대처해야 좋을지 서로 의견을 말해봅시다."

역에서 해산하여 학교에 집결하자고 주장했던 5학년 을조(乙組) 급장 노병주(盧秉柱)가 앞으로 나가 대책회의를 진행하였다.

"최근 들어 통학열차에서 조선 학생들과 일본 학생들 사이에 분위기가 험악해져가고 있습니다. 이는 일본 학생들이 여학생들을 희롱하고 우리를 센징이라고 모독을 하면서 시비를 걸어오기 때문에 생긴 일입니다. 더욱이 차장들이나 경찰, 그리고 교사들까지 사사건건 일방적으로 일본 학생들 편을 들어주고 있어, 참을 수가 없습니다. 이것은 근본적으로 일본인들이 우리 조선사람들을 하시하는 데서 비롯된 것입니다. 민족적 차원에서 볼 때, 이대로 묵과할 수는 없습니다."

통학생 대표 채규호(蔡奎鎬)가 앞으로 나가 그간에 통학열차에서 일어났던 양쪽 학생들의 충돌사건에 대한 경위에 대해 설명했다.

"통학생들은 하루하루가 불안합니다. 더욱이 여학생들은 더욱 말할 것이 없지요. 이러다가는 여학생들이 학교에 다니는 것을 포기하게 될지도 모릅니다. 사실 오늘 일만 해도 그렇습니다. 광주중학교 유도부 학생들이 야구방망이를 휘두르며 역까지 몰려와서 싸움을 자청

하지 않았습니까. 이런 일이 언제 또 일어날지 모릅니다. 다시는 이런 일이 일어나지 않도록 철저한 대책을 강구해야 한다고 생각합니다.”

장백년이 일어서서 발언을 했다. 학생들이 박수를 쳤다.

“오늘 후쿠다라는 놈이 한 말은 모두 거짓입니다. 그 자식이 먼저 시비를 걸어왔고 그쪽에서 주먹을 휘둘렀습니다. 그런데도 저는 교감선생님한테 불려가서 제가 잘못한 것으로 강제로 인정을 할 수밖에 없었고 심한 꾸중을 당했습니다. 너무 억울하고 분합니다. 학교에서도 일본 학생들 편만 들어줄 것이 아니라 냉정하게 시시비비를 가려주어야 한다고 생각합니다. 우리학교 교사들까지 진상을 파악하지도 않으면서 무조건 광주중학교 학생들 편을 들어준다는 것은 배신감을 느끼지 않을 수 없습니다.”

박준채도 일어나서 한마디 했다. 통학생들은 하나같이 통학차를 타기가 불안하다고 했고 앞으로의 대책이 필요하다는 것에 공감하고 있었다. 그러나 어떻게 대책을 세워야 할지에 대해서는 뚜렷한 방안이 제시되지는 않았다. 기껏해야 교사들이 통학차에 동승하여 미연에 충돌을 방지하는 것에 기대를 걸어보자는 정도였다.

“해도 저물었으니 오늘은 일단 여기서 해산하는 것이 좋겠습니다. 오늘 논의된 내용은 채규호 통학생 대표가 정리하여 학교당국에 요청하도록 합시다.”

오쾌일의 제의로 일단 그날의 모임은 해산하기로 했다. 이날 통학차를 타지 못한 많은 학생들은 광주에 있는 친척집으로 돌아가거나, 야간열차를 타기 위해 광주역으로 갔다. 장백년은 박준채를 데리고 장재성 빵집으로 향했다. 박준채가 한사코 9시에 출발하는 야간열차를 타겠다고 하는 것을 반강제로 끌고 갔다.

그날 저녁 장재성 빵집 2층에서는 독서회 중앙회 모임이 있었다. 최근 학생들의 충돌이 빈번하게 일어나자 책임비서 장재성이 긴급회의를 소집한 것이다. 이날 회의에는 각 학교 독서회 대표들도 참석했다. 부서 책임자들과 각 학교 대표들을 포함해서 16명이 자리를 같이 했다. 회의 시작에 앞서 장재성의 처 박옥희가 빵을 담은 접시를 들고 올라왔다. 새댁이 된 박옥희는 결혼하자마자 장재성의 빵가게 일을 도왔다.

"자, 시장하실텐께 요기부터 허세요. 참, 재정부 강달모 위원은 회비로 빵 값 충당허는 것 잊지 마시고요."

박옥희가 그렇게 말하며 빵 접시를 내려놓자 회원들은 저마다 다투어 빵을 집어 들고 허겁지겁 먹기 시작했다. 저녁을 먹지 않고 나온 터라 모두들 배가 고팠던 모양이다. 장재성의 처는 곧 아래층으로 내려갔다.

"오늘 긴급하게 회의를 소집하게 된 것은 최근에 잇따라 발생하고 있는 학생들의 집단 충돌 사건 때문입니다. 처음에는 통학열차에서 발생했습니다만 요즘에는 거리에서도 자주 충돌사건이 일어나고 있습니다. 지금 광주의 분위기는 살벌해서 조선 학생과 일본 학생들은 몇 명씩 짝을 지어 다니는 형편입니다. 더욱이 양쪽 학생들끼리 패싸움이 벌어져서 많은 학생들이 다쳤고 칼에 찔려 중상을 입은 학생이 여러 명이라는 소문이 파다합니다. 독서회 중앙회에서는 이 문제를 간과할 성질의 것이 아니라, 민족적 감정을 잘 활용하여 항일정신을 함양하고 필요에 따라서는 우리들의 행동을 보여주기 위한 대책을 세우자는 생각에서입니다. 좋은 의견이 있으면 기탄없이 이야기해주시기 바랍니다."

장재성이 회의 소집 배경을 설명한 끝에 의견제시를 부탁했다.

"오늘 광주일보를 보았더니 지나치게 편파보도를 했더군요. 발단의 원인이 광주고보 학생들 때문이라는 것이죠. 당장 광주일보에 항의해야 한다고 생각합니다. 사장이 일본인이고 일제 기관지나 다름없는 광주일보라고는 하지만, 이건 너무 심하지 않습니까? 학생들이 광주일보로 몰려가서 항의하도록 합시다."

독서회 광주고보 대표이며 중앙회 조사선전부 위원 김상환이 흥분된 목소리로 광주일보를 비판하고 나섰다.

"아까 장 비서님 말씀대로 지금 거리는 긴장감이 고조되어 있습니다. 소문에는 일본 학생들이 모두 단도를 몸에 지니고 다닌다고 합니다. 일본 학생들이 너도 나도 단도를 사가는 바람에 철물점에 단도가 동났다고 합니다. 이것은 조선 학생들과 시비가 붙으면 찌르겠다는 것 아닙니까?"

농업학교 대표 조길룡의 말에 모두 고개를 끄덕였다. 그 소문을 들어 알고 있기 때문이다.

"지금까지 보면 일본 학생들 측에서 먼저 싸움을 걸어왔습니다. 조선 학생들은 되도록 충돌을 피하려고 했어요. 오늘 광주역에서도 광주중학교 유도부가 복수를 하겠다고 몰려왔지 않습니까. 이제부터는 우리도 적극적으로 공세를 취해야 한다고 봅니다. 우리도 집단적으로 움직여서 선제공격을 할 필요가 있습니다. 전략적으로 선제공격을 하여 집단충돌을 야기하는 것도 생각해볼 문제입니다."

장백년이 말했다.

"이번 사태가 폭력사태로 일관해서는 안 된다고 봅니다. 또 단발성으로 끝나서도 안 됩니다. 어떤 의미로 보면 이런 충돌은 좋은 기회가 될 수도 있습니다. 대대적인 민족적 감정으로 이끌어내어 항일투쟁을 행동으로 보여줄 계기로 만들어야 한다고 생각합니다. 이 사태를 통해 민족적 감정을 유발시키도록 해야 합니다. 내일 모래 3일은 일제의 4대 명절중의 하나인 명치절이 아닙니까? 작년에 그랬던 것처럼 올해도 학생들이 광주신사를 참배하도록 할 것입니다. 모래 명치절 날 학생들이 신사참배를 거부하도록 합시다."

장재성이 명치절(明治節) 신사참배를 거부하자는 제의를 했다. 명치절은 일본 근대화의 시작을 의미하는 명치천황의 탄생기념일로 일본인들에게는 손꼽히는 경축일이다. 그때문에 일제는 이날이 일요일임에도 학생들을 등교시켜 학교마다 기념식을 치르도록 했다. 또한 이날은 일제가 식민지 수탈의 성공을 자축하기 위해 마련한 전남산견(全南産繭) 6만 석 돌파 경축대회가 광주공원 신사(神社) 앞에서 열릴 예정이어서, 거리마다 현수막과 애드벌룬이며 일장기가 휘날리고 있었다. 더욱이 이날은 음력 10월 3일로 개천절이었으며 성진회 창립 3주년이 되는 날이기도 했다.

8

명치절 아침, 학생들은 일요일인데도 등교를 했다. 지난해까지만 해도 학생들은 명치절 날에는 수업이 없는데도 아무런 불만 없이, 기념식에 참석하기 위해 학교에 갔었다. 그런데 올해는 분위기가 달랐다. 일요일이라서 그런 것도 아니다. 어쩐지 남의 집 잔치에 억지로 끌려가는 기분이 들었던 것이다.

1년 사이에 그만큼 학생들의 생각이 달라진 것이다. 오랫동안 얼어붙어 있었던 그들 마음속에 마침내 자의식이 발아한 것이라고나 할까. 그것은 지난 3년 동안 성진회와 독서회를 중심으로 열렸던 꾸준한 학습의 결과 때문이었다. 암튼, 명치절을 맞는 학생들의 마음가짐이 1년 전 하고는 몰라보게 달라진 것이 분명하다.

오전 9시. 광주고보에서는 전교생 5백여 명이 모여 명치절 기념식을 가졌다. 식순에 따라 일본국가인 기미가요를 부를 차례였다. 음악선생이 구령대에 올라가 지휘봉을 흔들었다. 분명 노래를 시작할 대목인데도 합창이 터져 나오지 않았다. 구령대에 서 있는 음악선생과 학생들 앞에 줄지어 선, 교사들의 입에서만 노래가 흘러나왔다. 학생들은 입을 다물고 있었던 것이다.

예기치 않은 침묵의 저항에 지휘자는 물론 교사들의 얼굴에 경악과 당황하는 빛이 역력했다. 학생들도 놀란 얼굴로 두리번거리며 주변 학생들의 표정을 살폈다. 몇몇 학생들을 제외한 전교생이, 약속이나 한 것처럼 기미가요를 부르지 않은 것은 참으로 놀라운 일이 아닐 수 없었다. 여느 때와 같이 노래를 부르던 학생들도 이내 입을 다물고 말았다. 크게 당황한 음악선생은 시라이 교장의 표정부터 살폈다. 누구보다 당황한 것은 시라이 교장이었다. 그날 광주고보의 명치절 기념식은 학생들의 기미가요 합창도 없이 서둘러 끝났다.

학생들의 분위기가 심상치 않음을 눈치 챈 시라이 교장은 즉각 교사들을 교무실로 모이게 하여 긴급회의를 열었다. 다른 때 같았으면 기념식이 끝나고 곧장 단체로 신사참배를 하기 위해 교문을 나섰을 것이었다. 그러나 이날은 학생들을 모아둔 채 교직원회의를 소집한 것이다.

"이게 어찌된 일입니까? 명치절 기념행사에 기미가요를 부르지 않다니, 어찌 이런 일이 일어날 수 있다는 말입니까? 누구 정보를 아는 선생님 없습니까?"

시라이 교장은 교직원들을 모아놓고 흥분을 감추지 못했다. 교사들은 아무도 섣불리 입을 열지 못했다.

"아무래도 학생들 분위기가 이상합니다. 따라서 오늘 단체로 신사참배를 하는 것은 취소하는 것이 좋을 것 같습니다."

와다나베 교감이 조심스럽게 자신의 생각을 말했다.

"신사참배를 취소하다니? 그걸 말이라고 합니까?"

시라이 교장이 와다나베 교감을 향해 버럭 소리를 내질렀다.

"집단적으로 움직이게 해서는 안 될 것 같아서…… 전교생이 함께 움직였다가 만약 집단행동이라도 하게 된다면…… 오늘 신사참배는 개별의사에 맡기도록 하는 것이……"

와다나베는 끝까지 자신의 의견을 굽히지 않았다. 몇 몇 교사들도 와다나베 의견에 동조했다.

이렇게 해서 이날 신사참배는 개별의사에 맡기기로 하고 학생들을 모두 귀가조치 했다. 시라이는 그날 기념식장에서 있었던 학생들의 분위기를 광주중학교 교장에게 알려주고, 광주고보와 광주중학교 전 교사들이 시내 곳곳에서 학생들의 동태를 감시하자고 제의했다.

신사참배를 하지 않아도 된다는 것을 안 학생들은 환호하며 만세까지 불렀다. 대부분의 학생들이 교정을 빠져나간 후, 변소 모퉁이에 김상환을 비롯한 일부 독서회 회원들과 학생들 30여 명이 모여 웅성거렸다. 이들 중 통학생들이 상당수 포함되어 있었다. 박준채와 장백년도 함께 있었다.

"광주일보로 갑시다. 일방적으로 조선 학생들을 매도한 광주일보에 가서 항의 합시다."

독서회 조직교양부 위원 오쾌일이 큰 소리로 말하자 모두들 박수로 호응했다. 그들은 일제히 교문을 빠져나갔다. 천변을 따라 올라가고 있었기에, 학생들이 광주공원으로 신사참배를 가는 것으로 알고, 시민들은 이들의 행동을 별로 눈여겨보지 않았다.

그들은 공원다리에서 본정 쪽으로 방향을 꺾었다. 광주일보에 당도한 학생들은 일부는 편집국으로 일부는 공장으로 몰려갔다. 갑작스럽게 학생들이 밀어닥치자 광주일보 사원들은 크게 당황했다. 그렇다고 물리적으로 내쫓지는 않았다. 학생들은 1일에 있었던 통학생들 충돌사태를 편파적으로 보도한 사실에 대해 항의하고 즉각 정정

보도 해줄 것을 요구했다. 이 때 누구인가 윤전기에 모래를 뿌렸다.

오전 10시 30분. 신사참배를 마치고 돌아가던 기차통학생 사이토오(齊藤敏夫). 마스나가(松永良雄) 등 열대여섯 명의 광주중학교 학생들이 광주신사 앞 천변에서 광주고보생 최쌍현(崔雙鉉)을 만나 시비를 걸었다. 최쌍현은 학교에서 천변로를 타고 집으로 가고 있는 중이었다. 신사참배를 하기 위해서는 마땅히 공원다리를 건너야 하는데도 최쌍현은 계속 광주천을 거슬러 올라가고 있었다. 참배를 마치고 다리를 건너오다 이것을 본 사이토오 등이 최쌍현에게 뛰어가 팔을 잡았다.

"너는 왜 신사참배를 하지 않고 그냥 가는 거냐?"

사이토오가 최쌍현의 팔을 잡고 흔들며 시비조로 따졌다.

"신사참배를 하건 안 하건 네가 뭔데 참견이냐?"

"황국신민이라면 명치절 날 당연히 신사참배를 하는 것도 모르고 있단 말이야?"

옆에 있던 마스나가가 최쌍현의 어깨를 툭 쳤다.

"오늘 우리 학교는 신사참배를 안 하기로 했다. 따지고 싶으면 시라이 교장한테나 가서 따져라."

최쌍현은 그러면서 그의 오른팔을 잡고 있는 사이토오의 손을 거칠게 뿌리쳤다. 이때 마스나가가 최쌍현의 뺨을 후려쳤고 최쌍현도 지지 않고 마스나가의 얼굴에 주먹을 날렸다. 그러자 사이토오가 단도를 빼들고 휘두르는 바람에 최쌍현의 오른쪽 뺨이 찔리고 말았다. 눈 꼬리에서부터 귀 아래까지 길게 찔린 상처에서 피가 멎지 않고 줄줄 흘러내렸다.

이것을 본 광주중학생들은 그곳에서 도망을 쳤다. 마침 그 앞을 지나가던 광주고보 학생들이 칼에 찔린 최쌍현을 부축해서 병원으로 데리고 갔다. 광주고보 학생이 광주중학교 학생한테 칼을 맞았다는 소문은 순식간에 퍼져나갔다. 이 소식을 들은 광주고보 학생들이 수기옥정(須奇屋町) 우편국 앞으로 속속 몰려들었다. 그리고 우편국 근처에서 광주고보생들과 한 무리의 광주중학생들이 마주쳤다. 이들 중에 최쌍현을 칼로 찌른 사이토오와 마스나가도 끼어 있었다. 순식간에 모여든 광주고보생들 20여 명은 광주중학생들을 에워싸고 길을 막았다.

"칼로 찌른 놈이 어떤 놈이냐?"

우람한 덩치에 얼굴이 어글어글한 광주고보 황남옥(黃南玉)이 앞으로 나서며 광주중학생들을 훑어보았다. 그러자 광주중학교 학생 두 명이 한판 붙겠다는 듯 어깨를 으쓱대며 황남옥 앞으로 다가섰다. 순간 황남옥의 주먹과 발길이 동시에 날아 두 명을 쓰러뜨렸다. 그러자 이번에는 사이토오와 마스나가가 나섰다.

"센징을 찌른 건 나다. 자, 죽고 싶으면 덤벼라."

사이토오가 단도를 휘두르며 황남옥 앞으로 거리를 좁혀왔다. 이때 황남옥의 발길이 허공을 날아 사이토오의 오른쪽 옆구리를 걷어찼고 그 순간 사이토오는 칼을 떨어드린 채 앞으로 푹 꼬꾸라지고 말았다. 옆에 있던 마스나가가 주먹을 휘두르려고 하자 광주고보 최상을이 이를 막았다. 마스가나 역시 최상을의 주먹을 맞고 쓰러졌다. 수세에 몰린 광주중학생들은 대항을 포기하고 광주역 쪽으로 도망치기 시작했으며 광주고보생들은 끝까지 이들을 추격했다.

광주고보 학생들한테 쫓기던 몇몇 일본 학생들이 광주중학교로 가서 급박한 상황을 유도부에 알렸다. 유도교사 이다는 즉각 유도부 학생 30여 명을 이끌고 교문을 나섰다. 그들의 손에는 죽검과 야구방망이가 들려 있었다. 그들은 광주고보생 타도를 외치며 광주역으로 몰려갔다. 이틀 전에 광주고보생들에게 복수를 하기 위해 광주역으로 몰려갔으나, 죽검 한 번 휘두르지 못하고 돌아왔던 그들은 이번에야 말로 광주중학교 유도부의 본때를 보여주고야 말겠다고 단단히 벼르며 발걸음을 재촉했다.

유도부 학생들이 광주역으로 몰려가는 도중에 여러 무리의 일본 학생들이 이들과 합류했다. 일본 학생들은 마치 약속이나 한 듯 길목마다 떼를 지어 기다리고 있다가, 유도부와 합세하였다.

이즈음 광주역에는 명치절 기념식에 동원되었다가 수업이 없어 하교한 조선 학생 수십 명이 일찍 집으로 돌아가기 위해 기차를 기다리고 있었다. 광주중학교 학생들이 떼지어 몰려오는 것을 본 조선 학생들은 한동안 우왕좌왕하다가 역구내 한쪽 구석에 모여 방어태세를 갖추었다. 그러나 중과부적으로 맞서 싸울 자신이 없었다. 만약 싸움이 벌어진다면 일방적으로 당할 수밖에 없을 것 같았다.

조선 학생들은 저마다 돌멩이와 몽둥이를 들고 일본 학생들과 싸울 태세를 갖추고 일본 학생들을 기다렸다. 그곳에는 기념식이 끝나자 광주일보로 몰려가서 항의를 했던 광주고보 학생들도 있었지만 수를 다 합해도 30명 안팎에 불과했다. 백여 명이 넘는 광주중학교 학생들과 대적할 수 없는 숫자였다. 더욱이 일본 학생들은 죽검과 야구 방망이, 단도까지 지니고 있었으니 싸움의 결과 예측은 뻔했다.

"이대로는 안 되겠다. 이 숫자로는 일본새끼들과 싸울 수 없어. 우리 둘이 당장 학교 기숙사에 알려야겠다."

장백년이 박준채에게 다급하게 말했다. 박준채도 같이 가겠다고 했다.

"나도 농업학교에 알려야겠다."

옆에 있던 오병태가 말했다. 그들은 통학생 대표 채규호에게 말하고, 일본 학생들 눈에 띄지 않게 역 뒤쪽으로 달려 나갔다.

"조금만 버티자. 곧 우리를 지원하기 위해 광주고보와 농업학교 학생들이 몰려올 것이다."

누구인가 소리쳤다. 잠시 후, 일본 학생들이 조선 학생들을 에워쌌다. 수적으로 우세를 보인 일본 학생들은 조선 학생들이 몽둥이와 돌멩이를 들고 있는 것을 보자, 함부로 달려들지 못하고 잠시 주저한 듯싶었다. 일본 학생들이 달려들 기세를 보이면 조선 학생들이 일제히 소리를 지르며 돌멩이를 던졌다. 그러기를 한 시간 가까이 계속되었다.

그 사이, 급보를 접한 광주고보 기숙사에 있던 학생들 50여 명이 창고에서 농기구와 야구방망이를 꺼내 들고 달려왔고 뒤이어 농업학교 학생 30여 명도 몰려왔다. 잠시 후에는 광주중학교 학생 1백여 명이 무기를 들고 와서 가세했다. 주춤해있던 일본 학생들은 100여 명의 광주중학교 학생들이 몰려오자 힘을 얻은 듯 일시에 공격해왔다. 조선 학생들도 이에 맞서 싸웠다. 처음에는 돌멩이를 던지다가 거리가 좁혀지자 저마다 손에 들고 있던 몽둥이며 죽검, 농기구, 야구방망이를 휘저으며 달려들었다.

투석전에 이어 육박전이 벌어진 것이다. 양쪽 학생들이 한데 얼크러지면서 일대 난투극이 벌어졌다. 역 부근은 아수라장이 되었다. 여기저기서 비명이 터져 나왔고 피를 흘리는 부상자가 속출했다. 일본 학생들과 조선 학생들 사이에 편싸움이 벌어졌다는 소문을 듣고 시내에 흩어져 있던 학생들이 속속 광주역으로 몰려들었다.

광주역 광장에는 양측 각각 200여 명씩, 총 400여 명의 학생들이 한 덩어리가 되어 치고 받으며 싸웠다. 30여 명의 유도부학생들이 전방에서 죽검과 야구방망이를 휘둘러대는 바람에, 초반에는 조선 학생들이 다소 밀리는 듯했다. 그러나 죽검에 맞서 몽둥이와 쇠스랑, 괭이를 휘두르며 앞으로 나가자, 광주중학교 유도부도 어쩔 수 없이 뒷걸음질을 치기 시작했다. 조선 학생들은 그동안 참아왔던 울분이 무섭게 폭발한 듯 결사적으로 싸웠다. 싸움은 시간이 갈수록 조선 학생 쪽으로 승세가 기우는 듯했다. 싸움을 구경하던 군중들이 조선 학생들을 응원해주었다.

"왜놈들을 모두 죽여라."

"쪽바리 새끼들을 죽여라."

군중들 사이에서 이따금씩 조선 학생들을 응원하는 소리가 터져 나오기도 했다. 싸움을 구경하던 군중들도 점점 불어나, 수천 명이 되었다. 군중들이 불어날수록 조선 학생들의 사기도 올라갔다. 어떤 아주머니는 학생들에게 마실 물과 김밥을 가져다주기도 했고 나이 많은 할머니는 붕대와 구급약품을 가지고 와서 부상당한 학생을 치료해주기도 했다.

싸움이 벌어지는 동안 광주여고보와 수피아여학교 학생들 수십명이 조선 학생들을 지원하기 위해 달려왔다. 이들은 치마에 돌을 담아서 날라다주었고 부상자들을 치료해주기도 했다. 일본여학교인 대화(大和)고등여학교 학생들도 50여 명이나 몰려와서 일본 학생들을 도왔다.

시간이 흐를수록 싸움은 더욱 치열해졌고 부상자도 많아졌다. 전쟁터를 방불할 정도로 아비규환을 이루었다. 광주역 대합실에서는 부상당한 일본 학생들이 치료를 받았으며 건너편 남철자동차회사 대합실은 조선 학생들 부상자들이 차지했다.

그런데 이상한 일이었다. 싸움이 시작된 지 꽤 오랜 시간이 흘렀는데도 경찰이 나타나지 않은 것이다. 다른 때 같았으면 양쪽 학생들이 사소한 시비가 붙어 옥신각신하기만 해도 역에서 가까운 주재소에서 경찰이 달려오곤 했는데 이날은 경찰이 코빼기도 보이지 않은 것이었다. 싸움의 규모가 너무 커서 지레 겁을 먹고 도망을 친 것인지, 아니면 또 다른 꿍꿍이속이 있는 것인지 알 수 없는 일이었다. 꽤 오랜 시간 동안 이들의 싸움은 제지당하지 않은 채 계속되었다.

수천 명의 군중들로부터 응원을 받은 조선 학생들은 사기가 올라 두려움 없이 저돌적으로 앞으로 나갔다. 이와 반대로 일본 학생들은 시간이 흐를수록 기세가 꺾여 자꾸 뒷걸음질을 치고 있었다. 조선 학생들이 일방적으로 공세를 취하자 구경꾼들이 환호와 함께 갈채를 보냈다. 여기저기서 "쪽바리 새끼들을 죽여라"는 소리가 계속 터져 나왔다. 어쩌면 일본 학생들은 수많은 구경꾼들 때문에 위협을 느끼고 전의를 잃게 되었는지도 모른다.

완전히 기세가 꺾인 일본 학생들은 역 광장으로부터 차츰 밀려나기 시작했다. 일단 승세를 잡은 조선 학생들은 더욱 기세등등하여 일본 학생들을 계속 추격했다. 광주중학교까지 밀어붙일 계획인 것 같았다. 역에서부터 쫓기기 시작한 일본 학생들은 성저리(城底里)의 십자로에서 일단 전열을 가다듬고 방어하기 시작했다. 그곳은 광주중학교에서 시내로 들어오는 길목이었기 때문에 더 이상 밀린다면 학교 밖에는 갈 곳이 없다는 것을 알고 있었기 때문이다.

일본 학생들의 완강한 저항으로 조선 학생들은 더 나가지 못하고 대치상태를 취했다. 성저리 십자로 동문다리 부근에는 수백 명의 구경꾼들이 몰려와 있었다. 십자로 모퉁이 관동여관 주인이 왜놈들을 몰아내라면서 담 너머로 장작개비를 던져주었다. 이것을 본 구경꾼들이 일제히 박수를 치며 만세를 외쳤다.

"쪽바리 새끼들 한 놈도 남기지 말고 줘여라."

"광주에서 왜놈들을 몽땅 몰아내라."

구경꾼들이 조선 학생들에게 장작개비를 나누어주며 소리쳤다. 어느덧 십자로 부근에는 수천 명의 군중들이 모여들었다. 역에 있던 구경꾼들까지 모두 이곳으로 이동해 왔다. 시간이 흐를수록 군중들의 수가 불어났다. 소문을 들은 성저리 주민들이 몰려나온 것이다.

사기가 오른 조선 학생들이 장작개비며 농기구와 몽둥이를 휘두르며 일본 학생들을 향해 돌진하고 있을 때, 기마경찰대와 소방대가 들이닥쳤다. 기마경찰은 조선 학생들의 진로를 차단하고 소방대는 학생들을 향해 물을 끼얹었다. 차가운 날씨에 물세례를 당한 학생들은 몸을 움츠리며 도망치려고 했다.

"나쁜 놈들아, 왜 조선 학생들한테만 물을 퍼부어대는 거냐."

"조선 학생들만 막지 마라."

여기저기서 군중들의 항의가 터져 나왔다. 그래도 여전히 조선 학생들을 향해 쏘아대던 소방대의 물 호스는 거두어지지 않았다. 학생들은 모두 미꾸라지처럼 쫄딱 물에 젖고 말았다. 게다가 기마경찰들이 길을 막고 있어 도망칠 수조차 없었다. 일본 학생들은 광주중학교로 통하는 북쪽 도로에 진을 치고 있었고 시내로 통하는 서쪽 도로에는 조선 학생들이 흠씬 물에 젖은 채 우왕좌왕하고 있었다.

조선 학생들은 기마경찰과 소방대가 북쪽 도로를 차단, 조선 학생들의 진로를 봉쇄했다. 경찰과 소방대뿐만 아니라, 광주고보와 광주중학교 교사들까지 합세하여 조선 학생들이 북쪽 도로 쪽으로 한 걸음도 나가지 못하도록 철저하게 진로를 막았다. 그런 상황에서도 일본 학생들은 광주중학교로 돌아가지 않고 북쪽 도로를 막은 채, 조선 학생들이 물세례를 맞는 것을 보고 야유하며 욕을 퍼부어댔다. 한참 후, 일본 학생들은 교사들과 함께 유유히 광주중학교로 돌아가기 시작했다. 조선 학생들은 물을 뒤집어쓰면서도 일본 학생들을 추격하려고 했다. 그들은 일제히 함성을 지르며 기마경찰들의 저지선을 뚫고 돌진하려고 했다. 연도를 가득 메우고 있던 군중들이 기마경찰과 소방대원들을 향해 야유했다. 그러나 소방대의 물줄기는 더욱 드세어졌으며 기마경찰들은 채찍을 휘두르며 조선 학생들의 진로를 막았다.

이 때 한 청년이 손을 흔들며 조선 학생들 앞으로 나서고 있었다.

"중지하시오. 그만 학교로 돌아가시오. 나는 여러분들의 선배인 장재성이오."

학생들 앞에서 손을 흔드는 사람은 바로 독서회 중앙회 책임비서 장재성이었다. 장재성 옆에 독서회 중앙회 위원들의 얼굴도 보였다. 장재성과 독서회 임원들이 앞을 막아서자 학생들은 잠시 주춤했다.

"오늘 여러분들은 조선의 젊은이답게 아주 용감하게 잘 싸웠습니다. 조선인의 기상을 잘 보여준 것입니다. 오늘 싸움은 여러분들이 크게 승리한 것이오. 이제 그만 학교로 돌아갑시다. 일단 학교로 돌아가서 앞으로의 대책을 강구하는 것이 좋을 것 같소. 자, 이제 그만 학교로 돌아갑시다. 모두 나를 따르시오."

장재성이 말하며 방향을 돌리자 모든 학생들이 그를 뒤따르기 시작했다.

광주고보 학생들이 학교로 돌아온 시각은 정오가 조금 넘어서였다. 성저리 십자로에서 양쪽 학생들이 대치할 때까지만 200여 명쯤 되었던 학생들이 학교에 돌아와 보니 300여 명이나 되었다. 뒤늦게 소식을 들은 학생들이 학교로 몰려온 것이다.

학교에 돌아오자 싸움에 지친 학생들은 온몸이 물에 젖은 채 아무데나 널브러져 있었다. 이날 싸움에서는 칼을 맞은 최쌍현을 비롯해서 장석진(張錫鎭) · 김의원(金毅源) · 최상봉(崔祥鳳) · 이인규(李仁揆) ·

고광신(高光信) · 임한길(任漢吉) · 구용우(具龍佑) · 정상열(鄭相烈) 등 10여 명이 부상을 입었다. 일본 학생들은 이보다 배가 많은 20여 명이 다쳤다. 학교로 돌아온 광주고보생들은 강당에 모여 5학년 을조 급장인 노병주의 사회로 그날에 있었던 사건의 경위를 설명한 다음, 앞으로의 대책을 논의하기로 했다.

먼저 광주중학교 사이토오의 칼에 맞은 최쌍현이 얼굴상처에 거즈를 붙인 채 앞에 나와 자신이 당한 전말을 보고했다. 그는 병원에서 간단하게 치료를 받은 후 곧 학생들과 합세했다.

"일본 아이들이 칼을 지니고 다닌다는 것이 사실로 드러났다는 데 놀랐습니다. 저 놈들은 이제 주먹이 아닌 칼로 우리를 위협하고 있다는 사실입니다. 그래서 나도 이제부터는 칼을 지니고 다녀야겠습니다."

최쌍현은 말을 마치고 칼에 찔린 상처를 보여주었다. 다음으로 광주역에서 광주중학교 유도부 학생으로부터 머리에 죽검을 맞아 피를 흘리고 쓰러졌던 정상열이 등단하여 당시 상황을 이야기했다. 그리고 다섯 명의 학생들이 차례대로 그날 자신들이 겪은 일을 소상하게 보고했다. 그들 중에는 몽둥이로 광주중학생을 후려쳐서 부상을 입혔다는 학생도 있었다. 그는 일본 아이들과 맞닥뜨렸을 경우, 대처하는 방법을 이야기해주기도 했다. 사태 경위 보고가 끝나자 앞으로의 대책에 대한 논의가 시작되었다. 먼저 나주에서 통학을 하는 오쾌일이 연단으로 올라갔다.

"아까 장재성 선배님의 말대로, 오늘은 우리가 승리를 했습니다. 오늘의 대승리를 신천지의 동포들에게 널리 알리고, 이 기회에 일제

타도의 굳은 의지를 천명하기 위한 시위를 전개해야 한다고 생각하는데 여러분들의 의견은 어떻습니까?"

오쾌일의 말에 모두 박수와 환호로 찬성하였다.

"내일부터 당장 일제 타도를 위한 시위를 시작합시다."

"광주중학교로 쳐들어가서 박살을 내버립시다."

여기저기서 흥분된 목소리가 터져 나왔다. 이 때 광주농업학교 5학년 최태주(崔泰周)가 등단했다. 그는 광주─나주 간 기차통학 단장이기도 했다. 그가 단상에 올라가자 그곳에 함께 왔던 수십 명의 광주농업학교 학생들이 일제히 박수를 보냈다.

"나는 농업학교 최태주입니다. 이 자리에는 오늘 왜놈 학생들과 싸운 광주농업학교 학생들 상당수가 와 있습니다. 내가 하고자 하는 말은 광주고보생만 조선 학생이 아니고 우리 농업학교 학생들도 단군의 피를 받은 동포라는 것입니다. 우리는 한 피를 받은 동포이니 생사를 같이하여 시위대열에 동참하겠다는 것을 말하고자 합니다. 우리 광주농업학교 학생 여러분, 내 의견에 찬성하십니까?"

최태주의 말에 농업학교 학생들뿐만 아니라 광주고보생들까지 강당이 삐걱거릴 정도로 환호와 갈채를 보냈다.

"일제를 타도하기 위한 시위를 전개할 것을 만장일치로 찬성을 했으니, 당장 거리로 나가는 것이 어떻겠습니까?"

"좋소. 당장 시위를 전개합시다."

학생들은 거리로 뛰쳐나가자고 하였다. 이 때 광주고보 교직원들은 교무실에서 학생들의 동태만을 살피고 있었다. 학생들이 워낙 흥분해 있는데다가 태도가 완강하여 교직원들은 강제로 해산시킬 수도 없었다. 시라이 교장이 출장중이라서, 와다나베 교감은 사태수습을 위해 전전긍긍하고 있었다.

한편 홍학관에는 장석천·나승규·국채진 등이 장재성이 돌아오기를 기다리고 있었다. 그들은 광주고보생들과 광주중학교 학생들이 광주역에서 집단 난투극이 벌어지고 있을 때 긴급 대책회의를 열었다. 회의 모두에서 장재성은 그날 일어난 사건의 경위를 대충 설명하고 나서 앞으로의 대책에 대한 의견을 들었다. 광주역에 나가서 사건을 목격하고 곧장 돌아온 장재성은 그때까지도 거칠게 숨을 몰아쉴 정도로 흥분해 있었다.

"오늘 사건의 발단은 일본 학생들이 먼저 싸움을 걸었다는 거 아니겠어?"

"그것보다 더 중요한 것은 쪽바리 학생이 신사참배를 하지 않았다는 이유로 조선 학생을 칼로 찔렀다는 사실입니다."

나승규에 이어 장재성이 말했다.

"그렇지, 이것은 충분히 민족적 감정을 자극시킬 수 있는 호재야. 절대로 유야무야 이대로 넘어갈 수 없는 문제야. 여기서 끝낼 문제가 아니라고."

장석천은 게슴츠레 눈을 뜨고 손으로 턱을 만지작거리며 진지한 표정으로 말했다. 그는 무엇인가 생각을 쥐어짜고 있는 얼굴이었다.

"지금 광주고보 학생들은 어떻게 하고 있지?"

"조금 전에 광주동중학생들이 성저리 쪽으로 밀리고 있다는 연락을 받았습니다."

장석천이 심각한 표정으로 물었고 장재성이 대답했다.

"싸움이 곧 끝날 것 같은가?"

장석천이 다시 물었다.

"경찰이 출동하면 상황이 달라질 수도 있겠지요. 경찰은 일본 학생들 편이니까요. 문제는 오늘의 사건을 단순한 학생들 충돌로 축소해서는 안 된다고 봅니다. 어디까지나 민족적 입장에서 항일투쟁으로 봐야합니다. 오늘 역에서는 수천 명의 군중들이 나와서 학생들을 지원했습니다."

"그렇다면 우리가 먼저 결의를 다져서 학생들한테 용기를 주는 것이 좋겠지."

"맞습니다. 이번 기회에 민족적 감정을 불러일으켜서 일제타도 투쟁을 전개해야 합니다."

나승규와 국채진은 장석천과 장재성이 주고받는 말을 듣고 나서 찬동하고 나섰다. 장재성은 이날 긴급회의에서 결의된 내용을 다음과 같이 정리했다.

1. 우리의 투쟁 대상은 광주중학생이 아니라 일본 제국주의이니 투쟁방향을 일제로 돌릴 것.

2. 광주중학생에 대한 적개심과 투쟁을 일제에 대한 증오와 독립투쟁으로 바꿀 것.

3. 광주중학생들과 대치 중인 광주고보생들을 해산시키지 말고 광주고보로 집합시켜서 적개심에 불타는 학생들을 식민지 강압정책 반

대 시위운동으로 돌릴 것.

　4. 장재성이 시위운동을 직접 지도할 것.

　5. 우리는 앞으로 동지들과 연락하여 다음 투쟁을 준비하고 계획
할 것.

　이렇게 하여 장재성은 회의가 끝나자 곧장 성저리 현장으로 달려
가서 광주고보 학생들을 일단 학교로 돌려보낸 것이다. 그는 학생들
이 학교로 돌아가는 것을 보고 독서회 회원 오쾌일을 급히 불러, 청년
회 결의 사항을 적은 쪽지를 전해주며 학생들이 집으로 돌아가는 것
을 막고, 당장 일제타도를 위한 시위투쟁을 전개하라고 지시했다. 그
리고 학교로 돌아간 오쾌일은 장재성의 지시대로 행동했다.

　"조금 전에 학생들이 광주고보 강당에 집결해 있다는 연락을 받았
습니다. 광주고보 강당에는 농업학교 학생들도 상당수 같이 있다고
합니다. 우리가 결의한 대로 학생들은 일제타도를 위한 시위투쟁에
나서게 될 것입니다."

　장재성은 장석천에게 오쾌일을 만난 이후 상황에 대해서 말했다.

　"그렇다면 우리도 이러고만 있을 것이 아니라, 광주고보 가까운
거리로 나가보는 것이 어떻겠는가?"

　"조금만 참으십시오. 제가 광주고보에 다녀와야겠습니다."

　그러면서 장재성이 다급하게 일어섰다. 장재성이 흥학관을 나서
자 국채진이 같이 가겠다면서 뛰어나왔다.

　"장석천이 자네를 따라가 보라고 하드만."

　"그래요? 그럼 같이 갑시다. 어쩌면 지금쯤 연락을 하러 오고 있을

것입니다.”

장재성은 걸음을 재촉했다. 그는 오쾌일을 기다리고 있었다. 학교에서 학생들의 움직임에 변동사항이 생길 때는 오쾌일이 즉각 장재성에게 연락을 하기로 약속이 되어 있었기 때문이다. 아니나 다를까, 두 사람이 홍학관을 나서 천변 길에 다다랐을 때 오쾌일이 하류 쪽에서 헐근거리며 반달음으로 뛰어오고 있는 모습이 보였다. 그도 장재성을 발견했는지 한결 걸음걸이가 빨라지기 시작했다.

“잘 만났네. 지금 어쩌고 있는가.”

“예. 일제타도를 위해 시위를 전개하기로 결의하고 지금 대기 중에 있습니다. 그런데 문제는 지금 학생들이 시위를 위해 한꺼번에 몰려나가면 필시 학교에서 경찰을 동원해서라도 우리를 막을 것이 분명한지라, 어찌해야 좋을지 망설이고 있습니다. 지금 학교에는 교직원들이 그대로 남아서 우리를 지켜보고 있습니다.”

오쾌일은 강당에서 대기하고 있는 학생들의 동태를 보고했다.

“알았네. 내가 지금 교무실로 가서 와다나베 교감을 만나고 갈 테니 학생들은 그때까지 조용히 강당에서 기다리고 있으라고 하게.”

장재성은 그렇게 말하고 오쾌일에게 빨리 뛰어가서 독서회 김상환 대표에게 전하라고 당부했다. 오쾌일은 몸을 돌려세우고 있는 힘을 다해 뛰었다.

잠시 후, 학교에 도착한 장재성은 국채진에게는 교무실 밖에서 기다리라고 하고 혼자서 와다나베 교감을 만나러 들어갔다. 교장도 없는 상황에서 어떻게 이 사태를 수습해야 좋을지 몰라 전전긍긍하고 있던 와다나베는 뜻밖에 장재성이 나타나자 반갑게 맞아주었다. 와다나베는 성저리 십자로 충돌 직전의 상황에서 광주고보 학생들을 설득하여 학교로 돌아올 수 있게 한 장재성을 구세주 대하듯 했다.

"장 군, 잘 와주었네. 나 좀 도와주게. 지금 강당에서 300여 명이 집결하여 시위에 나서겠다고 하니 이를 어쩌면 좋겠는가. 학생들을 나누어서 귀가를 시키려고 해도 도무지 말을 들어주지를 않고 있다네."

와다나베 교감은 걱정스러운 얼굴을 하고 장재성에게 매달렸다.

"분산시켜 귀가시킨다고 해도 다시 만나게 될 텐데요."

"그렇겠지? 그렇다고 한꺼번에 귀가를 시키면 더 위험하지 않겠는가. 절대로 집단으로 교문을 나서게 할 수는 없네."

와다나베의 태도는 단호했다. 그는 학생들이 집단적으로 교문을 나서게 되는 것을 매우 위험하다고 판단하고 있는 것 같았다. 한꺼번에 내보내게 되면 필시 그대로 광주중학교로 몰려갈 것이 뻔하다고 생각했다.

"이렇게 하면 어쩔까요?"

와다나베가 교문을 열고 학생들을 일시에 집단적으로 교문을 나서게 하지 않으리라는 것을 감지한 장재성이 순간적으로 머리를 짜냈다. 그의 생각은 어떻게 해서든지 300여 명의 학생들이 일시에 교문을 나서게 하는 것이었다. 그렇게 해야 시위투쟁을 전개할 수 있기 때문이다.

"일단 굳게 잠긴 교문을 열고 전체 학생들이 밖으로 나가게 하십시오. 그리고 교문 밖 네거리에서 각 방면별로 귀가하도록 하면 됩니다."

"글쎄…… 위험하지 않을까. 학생들이 집단으로 교문을 나가는 것은……."

"제가 책임을 지고 학생들이 방면별로 귀가하도록 하겠습니다. 일단 광주에서 다니는 학생들 먼저 내보내고 통학생들은 교사들이 광주역까지 인솔하면 어떻겠습니까?"

"자신 있는가?"

"잘 될 것입니다. 그 대신 교감선생님께서 학생들에게 한 말씀 해주십시오."

"뭐라고?"

"사실 오늘의 불상사는 광주중학교 학생들이 계획적으로 도발한 것이기 때문에, 모든 책임은 전적으로 광주중학교에 있습니다. 학생들에게 그것을 말씀하신다면 학생들은 순순히 귀가를 할 것입니다."

이야기를 듣고 난 와다나베 교감은 반신반의 한 듯 장재성의 제안을 선뜻 수락하지 않았다.

"요씨."

한참 동안 눈을 지그시 감은 채 깊은 생각에 잠겨있던 와다나베가 벌떡 일어섰다.

"장 군 말을 한번 믿어보겠네. 자네 말대로 강당으로 가서 학생들부터 만나보겠네."

와다나베는 그러면서 교직원들에게 교문을 열어 학생들을 방면별로 귀가시키겠다는 말을 하고 모두 강당으로 가자고 했다. 와다나베가 강당에 모습을 나타내자 학생들이 일시에 우우하며 야유를 보내왔다. 이때 장재성이 나서서 화를 내며 야유를 중지시켰다. 강당 분위기가 조용해지자 와다나베는 장재성이 말했던 대로 이날의 사태는 전적으로 광주중학교에 잘못이 있다는 것을 분명히 했다.

와다나베의 예기치 않았던 말에 학생들이 박수를 보냈다. 그러자 오랫동안 딱딱하게 굳어져있었던 와다나베의 얼굴에 희미한 미소가 감돌았다.

"지금 교문을 열어주겠으니 귀가하기 바란다. 교문을 나서 큰길 네거리에서 방면별로 귀가하기 바란다. 만약 내 지시를 어기고 집단 행동을 취하게 되면 모두 적발하여 퇴학조치를 취하겠다. 지금부터 질서정연하게 강당에서 나가 교문을 나가기 바란다. 교직원들도 함께 나가주시기 바랍니다."

이렇게 해서 굳게 잠긴 교문이 열리게 되었다. 그러나 일부 50여 명의 학생들이 물밀 듯이 활짝 열린 교문을 빠져나간 사이, 나머지 학생들은 농기구실과 운동기구실의 자물쇠를 부수고 괭이며 곡괭이 · 삽자루 · 목검 · 야구 방망이 등을 들고 교문 밖으로 몰려나갔다. 학생들은 장재성이 미리 오쾌일을 통해 지시해 놓은 대로 행동했다. 강당을 나온 학생들이 시위대로 돌변하자 와다나베를 위시한 교직원들은 크게 당황했다. 학생들을 만류해보았지만 막을 수가 없었다. 학생들이 노도처럼 밀려나가고 있는 교문을 다시 잠글 수도 없었다. 와다나베는 다급하게 장재성을 찾았으나 그는 이미 교문을 빠져나간 후였다.

그때가 오후 2시를 조금 넘었다. 점심도 굶은 학생들은 배고픈 것도 모르고 함성을 지르며 거리로 뛰쳐나갔다. 시위대열은 4 · 5학년이 앞장을 서고 하급생들은 그 뒤를 따랐다. 김향남(金向南)·강윤석 (姜潤錫)·김병기(金炳基)·김용대(金容大)·김무삼(金武森) 등 체격이 튼실한 상급학생들과 김상환·김보섭·오쾌일 등 독서회 간부들이 선두에서 시위대를 이끌었다. 그들이 교문을 나서 큰길에 이르자, 농기구로 무장한 농업학교 학생들 수십 명이 대기하고 있다가 합세하였다. 학생들은 목청껏 행진가를 합창하며 시내로 들어갔다.

신천지에 휘날리는 우리 동포야
길이길이 기다리던 오늘이 왔구나
무등산에서 단련한 기술로
용감히 적군을 물리치세

교사들은 속수무책으로 학생들을 따르고 있었다. 학생들이 거리를 지날 때, 시민들이 나와서 환호와 박수로 격려했다. 이들은 학생들에게 작대기와 장작개비를 던져주면서 왜놈들을 쫓아내라고 소리쳤다.

광주고보 입구에서 호떡장사를 하던 절름발이 아저씨는 먹고 힘을 내라면서 학생들에게 호떡을 나누어주었다. 학생들이 시내로 들어가자, 좌판을 벌여놓고 있던 감 장수는 감을, 떡 장수는 떡을 송두리째 학생들에게 나누어주기도 했다. 어떤 시민은 생고구마와 계란을 들고 니의 학생들의 손에 적어주었다.

학생들은 시민들의 격려에 더욱 힘을 내어 목이 터져라 행진가를 불렀다. 수백 명의 시민들이 학생들 뒤를 따랐다. 학생들처럼 손에 뭉둥이를 들고 있는 시민들도 눈에 띠었다.

시간이 흐를수록 뒤를 따르는 시민들의 숫자가 늘어났다. 학생들과 시민들이 한 덩어리가 되어 움직였다. 자신들을 따르는 시민들이 많아질수록 학생들의 사기는 더욱 고조되었다.

"식민지 노예교육을 철폐하라."

"일본인 학교를 폐쇄하라."

시위대는 구호를 외치고 애국가와 응원가를 부르며 행진을 계속했다. '조선독립만세'를 부를 때는 시민들도 함께 목이 터져라 외쳐댔다. 집에 있던 학생들도 시위소식을 듣고 거리로 뛰쳐나와 합세했다.

광주여고보 학생들 수십 명은 물과 호떡·빵을 들고 와서 시위학생들에게 나누어주었다. 시위대는 점점 불어 학생과 시민들을 합해 1,000명이 가까웠다.

세가 불어난 시위대가 광주중학교를 습격하기 위해 담양으로 통하는 성저리 십자로에 이르렀을 때, 미리 출동하여 길목을 지키고 있던 경찰과 마주쳤다. 경찰은 소방대와 재향군인들까지 동원하여 시위대를 저지하였다.

그곳은 오전에도 광주고보생들이 광주중학교 학생들을 추격하다가 경찰과 소방대가 저지하는 바람에 학교로 돌아오고 말았던 지점이었다. 주민들을 포함한 시위대는 돌멩이를 던지고 농기구를 휘두르며 경찰의 저지선을 돌파하려고 하였지만 끝내 성공하지 못했다. 철통같은 저지선은 쉽게 뚫릴 것 같지가 않았다. 그렇다고 언제까지나 대치상태를 계속할 수만은 없었다.

"본정으로 가자. 본정으로 가서 왜놈들 상점을 박살내자."

시위대에서 누구인가 소리쳤다. 그 소리와 함께 선발대가 본정 쪽으로 방향을 틀었다. 시위대는 본정으로 성난 파도처럼 휩쓸어 들어갔다.

시위대가 몰려온다는 소식을 듣고 겁에 질린 일본사람들은 부랴부랴 상점 문을 닫고 숨을 곳을 찾기에 정신이 없었다. 한 무리의 경찰들이 본정 가가야(加架屋) 상점 앞에서 시위대를 저지하려고 했지만 막아낼 수가 없었다. 시위대가 함성을 지르며 노도처럼 밀려오자 20 여 명의 경찰들은 곧 뒷걸음질을 치기 시작했다.

본정의 일본인 상점들은 모두 굳게 문이 잠겨있었고 거리에서 일본인들은 자취를 감추었다. 시위대 중에서 일부가 상점 문을 부수고 들어가려고 했으나 지도부에서 파괴는 안 된다면서 말렸다. 시위대는 구호를 외치거나 노래를 부르면서 굳게 잠긴 상점 앞을 지나갈 뿐이었다.

우편국 앞에 이르자, 물러났던 경찰들이 대오를 갖추고 다시 막으려고 했다. 시위대는 간단히 저지선을 돌파하였다. 시위대가 도청 앞에 이르렀을 때, 백여 명의 사범학교 학생들과 합류했다. 그들의 손에도 몽둥이가 들려 있었다. 사범학교 학생들은 시위대가 본정을 행진하고 있다는 소식을 듣고 시내로 진출하려고 했으나 교사들이 교문을 잠그고 막고 있어, 한동안 우왕좌왕하고 있다가 담을 뛰어넘고 교문을 무너뜨린 후 몰려나왔다고 했다.

시위대의 숫자는 자꾸 늘어 1천 명이 훨씬 넘었다.

"다시 광주중학교로 가자."

선발대에서 소리치면서 방향을 다시 틀었다. 숫자가 불어 사기가 높아진 시위대는 다시 광주중학교 기습을 시도하려고 했다. 도청 앞에서 남쪽으로 방향을 튼 시위대 선발대는 네거리에서 길 모퉁이를 휘어 돌아 도립병원 앞에 이르렀다. 그곳에는 조선인 상점들이 많았다. 상점 주인들이 마실 물과 먹을 것을 가져다주면서 시위대를 격려했다. 어떤 시민들은 눈물을 글썽이며 학생들의 손을 잡아주고 등을 다독여주면서 왜놈들을 몰아내달라고 부탁하기도 했다.

도립병원 앞 광장에는 광주경찰부 고등계주임인 나베지마가 1백여 명의 경찰과 함께 진을 치고 시위대의 진로를 막았다. 이곳에서 시위대와 경찰 사이에 밀고 밀리는 힘겨루기를 계속했다. 숫자로는 시위대가 몇 배나 더 많았으나 경찰과 맞싸우게 되면 많은 부상자가 나올 것이 뻔하므로, 되도록이면 육박전을 벌이지 않으려고 했다.

시위대는 경찰의 저지선을 뚫기 위해 돌멩이를 던지며 돌진했다가도, 경찰들이 내닫아 올라치면 하는 수 없이 후퇴할 수밖에 없었다. 어쩌다가 시위대와 경찰 사이가 몸이 부닥칠 정도로 가까워지면 경찰들은 교복을 입은 학생들의 등짝에 백묵으로 동그라미를 그려 표시를 했다. 뒤에 검거하기 위해서라는 것을 안 학생들은 물로 백묵자국을 닦아냈다.

대치상태가 장시간 계속되자, 경찰들은 학생들에게 야구방망이며 장작개비 농기구 등을 버리고 해산할 것을 종용했다. 그때마다 학생들은 야유를 보냈다.

"들고 있는 농기구와 몽둥이를 버리지 않으면 칼로 팔을 잘라버리겠다."

고등계주임 나베지마가 앞으로 나서며 시위대를 향해 소리쳤다.

"좋다. 쪽바리들아, 어디 팔을 자를 테면 당장 덤벼봐라."

"우리는 죽을 각오가 되어 있다."

"이 몽둥이로 나베지마 네놈의 대갈통을 부셔버리겠다."

시위대가 여기저기서 소리쳤다. 약이 오를 대로 오른 나베지마는 시위대를 향해 칼을 휘두르며 씨근덕거렸다. 이때 시위대 지휘부 몇 명이 더 이상 학생들의 희생이 있어서는 안 된다면서, 나베지마의 요구대로 몽둥이며 농기구를 버리자고 했다. 죽기를 무릅쓰고 경찰의 저지선을 뚫고 광주중학교로 쳐들어가자는 학생들도 있었다.

끝까지 몽둥이를 버리지 않겠다고 버티던 시위대 중 일부가 다시 경찰의 저지선을 돌파하기 위해 돌을 던지며 앞으로 돌진하였다.

이때 백년이도 몽둥이를 들고 함성을 지르며 앞으로 나아갔다. 그의 눈에 동생 백석이의 모습이 눈에 들어왔다. 백석이는 경찰을 향해 돌을 던지고 있었다. 백년은 동생을 보자 너무 놀랐다. 집에 가 있는 것으로 믿고 있었던 백석이가 시위대와 함께 있다니, 그는 발걸음을 주춤거리다가 잽싸게 백석이 쪽으로 달려갔다. 그리고 돌멩이가 들린 동생의 팔을 잡았다.

"왜 집에 안 가고 여기 있는 게냐?"

백년이가 동생의 팔을 와살스럽게 잡아끌며 물었다. 그는 동생을 끌고 큰길 모퉁이, 전봇대가 서 있는 조붓한 골목으로 들어갔다.

"너, 여기서 뭣하고 있냐니께?"

백년이 다그치듯 다시 물었다. 오전에 학교에서 기념식이 끝나자, 백년은 학생들 분위기가 심상치 않은 것을 눈치 채고 따로 동생을 만나서 곧장 집으로 돌아가라고 당부했었다. 백석이도 형의 말대로 일찌감치 집으로 돌아가기 위해 학교를 나섰다. 같은 학급의 다른 친구들이 한데 어울려 놀자며 한사코 붙잡았으나 백석은 '숲실 사랑' 아이들에게 한글을 가르쳐 주러 가야겠기에 서둘러 집으로 향했다. 그가 교문을 나서 천변길로 접어들 무렵, 순식이가 다급하게 백석의 이름을 부르며 달려왔다.

지금까지 순식이는 학교에서 한 번도 그에게 먼저 말을 걸어본 일이 없었던 터라, 백석은 다소 의아하게 생각하면서 걸음을 멈추고 서서 가까이 올 때까지 기다렸다. 둘이는 한동안 말없이 천변길을 따라 올라갔다. 그리고 순식은 공원 앞 대교 앞에서 걸음을 멈추었다. 백석은 집으로 가기 위해 그냥 다리를 지나쳐 걷고 있는데, 순식이가 뒤쫓아 와서는 백석의 팔을 잡으며 같이 신사참배를 가자고 했다. 백석은 가지 않겠다고 했고 순식은 끝까지 함께 가자며 억지를 쓰다시피 했다.

그들은 같이 가자거니 가지 않겠다거니 하면서 한참 티격태격 실랑이질을 했다.

"너도, 네 아부지를 닮아서 불령분자가 맞구만. 황국신민이라면 반드시 신사참배를 해야 하는데 말이야. 니네 삼부자는 왜 다 그 모양이냐?"

순식은 백석에게 함부로 험담을 지껄여댔으나 그와 다툼질하기가 싫어서 참았다. 그때 신사참배를 하러 가는 한 무리의 광주중학교 학생들이 가까이 오자, 순식은 그들을 따라 다리를 건너갔고 백석은 집 쪽으로 걸었다. 백석은 혼자 집으로 가면서 순식이가 지껄여댄 말이 자꾸만 머릿속에서 부스럭거려 기분이 몹시 언짢아 있었다. 광주중학생들만 나타나지 않았더라면 순식이를 그냥 놔두지는 않았을 것이었다. 그는 언제든 순식이를 다시 만나면 혼을 내주어야겠다고 생각했다.

"순식이와 헤어져 그냥 집으로 갈 일이지 왜 다시 나왔어?"

백석이로부터 이야기를 듣고 난 백년이가 벌컥 소리를 질렀다.

"집에 갔었지. 집에서 점심을 먹고 숲실로 가려고 나왔는데, 광주고보생이 왜놈 학생한테 칼을 맞았다는 소문을 듣고 나도 모르게 우편국 쪽으로 뛰어갔어."

그랬다. 우편국 앞으로 뛰어간 백석은 그곳에서 광주고보 학생들과 만났으며 조선 학생들과 일본 학생들이 부딪쳐 시비가 벌어진 것을 보았다. 그리고 조선 학생들이 광주중학교 학생 사이토오와 마스나가를 구타할 때도 그곳에 있었다. 그곳에서 백석은 놀랍게도 순식이가 광주중학교 학생 무리 속에 같이 어울리는 것을 보았다. 순식은 광주중학교 학생들이 광주역 쪽으로 도망칠 때도 그들과 함께 행동했다. 백석은 순식이의 행동을 계속 지켜보기 위해서 광주고보 학생들과 함께 광주중학교 학생들을 추격했다. 그 후 백석은 줄곧 시위대와 행동을 같이 해왔다.

"그렇다면 왜 네가 내 눈에 띄지 않았을까?"

"내가 일부러 형의 눈을 피했으니까 당연하지."

백석은 지청구를 들을까봐 시위대와 함께 행동하는 동안 형을 피해왔다고 솔직하게 말했다.

"그만 돌아가라."

"그럴 수 없어."

"순식이는 여기 없어. 그러니 돌아가."

"그 자식 광주중학교 학생들과 같이 있을 거야. 광주중학교에 가서 확인하겠어."

백석은 형의 말을 들으려고 하지 않았다. 백년은 동생을 쫓다시피 집으로 돌려보냈다.

시위대는 결국 지휘부의 결정에 따라 농기구와 몽둥이 등을 버렸다. 경찰은 시위대가 버린 몽둥이들을 수거해갔다. 학생들은 경찰의 요구대로 했으니, 평화적인 시위를 할 수 있도록 진로를 터달라고 했다. 그러나 경찰은 시위대의 요청을 묵살하고 즉각 해산하지 않으면 모두 체포하겠다면서 으름장을 놓았다. 이렇듯 경찰이 오히려 더 강경하게 나오자, 끝까지 싸워 경찰의 저지선을 뚫자고 주장했던 강경파들이 몽둥이를 버리자고 했던 쪽을 비난하고 나섰다.

잠시 시위대 지휘부의 강경파와 온건파 사이에 실랑이가 있었다. 학생들은 경찰의 요구에 응하지 않고 진로를 바꾸어 양림리 쪽으로 향했다. 나베지마가 지휘하는 경찰도 시위대 뒤를 따랐다. 천변로를 따라 내려가던 시위대는 뒤따르는 경찰을 의식하지 않고 계속 행진을 하다가, 부동교를 건넜다.

경찰은 가깝게 거리를 유지하며 계속 뒤를 따르면서 해산할 것을 종용해왔다. 이 때문에 시위대를 따르던 시민들 상당수가 흩어졌고 광주사범과 광주여고보 학생들이 해산했다. 광주고보생 300여 명은 끝까지 해산하지 않고 다시 학교로 돌아왔다. 그때까지도 수백 명의 시민들이 광주고보 정문까지 오는 동안 시위대와 행동을 같이 했다. 그들은 학생들이 모두 강당으로 들어간 후에도 교문 밖에 모여 있었다. 그때가 오후 5시를 조금 넘었다. 학생들은 3시간 동안 광주시내를 누비며 시위를 한 셈이다. 물론 경찰과 충돌을 피했기 때문에 큰 부상자는 없었다.

수천 명의 학생과 시민들이 시내를 일주하다시피 하며 시위를 벌인 동안, 시내에서 일본인들의 모습은 한 명도 찾아볼 수가 없었다. 그들은 모두 상점문을 닫아걸고 혼비백산 도망을 친 것이다.

오랜만에, 참으로 오랜만에 조선인의 세상이 된 것이다. 광주 시민들은 오랜만에 학생들과 함께 애국가를 부르고 '조선독립만세'를 외칠 수가 있었다. 이날 박상기(朴相琦)·최상을 등 30여 명의 광주고보생들은 통학차를 타기 위해 지도교사들과 함께 광주역에 왔다가, 노무라(野村)와 나카자와(中澤) 경찰과 광주역원인 소도야마(外山)를 구타하였다. 또 그들은 광주중학교 통학생 12명을 집단구타 하여 부상을 입히기도 했다.

우시장 앞에서 일본인 경찰 뉴다(入田)가 광주고보생들에게 뭇매를 맞은 일이 있었다. 학생들이 다시 학교로 돌아와 강당에 집결해 있을 때, 와다나베 교감은 즉각 교직원회의를 열었다.

"어찌 된 일입니까? 왜 학생들을 방면별로 귀가시키지 못한 것입니까? 도대체 선생님들은 뭣들 한 것이오?"

와다나베는 교사들을 모아놓고 화부터 냈다. 교직원들은 할 말이 없어 굳게 입을 다물고 침묵을 지킬 따름이었다.

"교장 선생님도 안 계시는데 이 일을 어찌 수습하면 좋겠습니까?"

와다나베가 약간 목소리를 가라앉히며 한숨을 쉬었다.

"장재성 그놈한테 속은 것 아닙니까?"

교사들 중에서 누구인가 와다나베에게 따지듯 물었다. 와다나베는 대답을 하지 못했다.

"문제는 시민들이 가세하는 바람에 일이 커졌습니다. 이런 일은 있을 수 없어요. 문제는 학생들 동태가 갈수록 심각해져가고 있다는 것입니다. 오늘 보니까, 우리 광주고보생들 뿐만 아니라, 농업학교와 사범학교, 심지어 광주여고보 학생들까지 가세한 것 같았는데, 만약에 학생시위가 다른 학교에까지 파급된다면 큰일입니다. 그리고 더욱 심각한 문제는 학생들뿐만 아니라, 일반 시민들까지도 가세하고 있다는 것입니다. 그래서, 이 같은 분위기에서 수업을 해봤자 효과도 없고 오히려 사태를 확대시킬 소지가 있을 것 같아서, 평온을 되찾고 정상적인 면학 분위기가 조성될 때까지 휴교하는 것이 좋을 것 같습니다. 앞으로 3일 동안 휴교조치를 할 것이니 그리 아시기 바랍니다. 학생들에게 이 사실을 알리고 사고 없이 귀가시키도록 하십시오."

와다나베는 상황이 이미 학교 차원에서 해결할 문제가 아니라는 것을 알고 있었다.

한편 강당에 모인 학생들은 자유발언 시간을 가졌다. 그날 겪었던 일과 소회(所懷)를 털어놓는 시간을 가진 것이다. 학교로 다시 돌아올 때까지만 해도, 광주중학교를 습격하기로 했던 목표가 좌절된 것 때문에, 다소 흥분해 있었던 학생들은 차츰 기분이 가라앉은 듯싶었다. 점심도 제대로 먹지 못한데다가 여러 차례의 충돌로 힘이 소진되었기 때문이다. 대부분 학생들은 지쳐 있었다. 김향남, 오쾌일에 이어 정명섭(丁明燮)이 등단하여 발언을 했다.

"학교 강당에서 밤을 새울 수는 없으니 일단 해산하는 것이 좋겠습니다. 그 대신 상황에 따라 언제든지 다시 모여서 집단행동을 하기로 합시다. 그러자면 지역별로 대표를 선정하여 비상연락망을 만들어 놓는 것이 좋겠습니다."

정명섭의 발언대로 방면별로 대표를 뽑아 비상 연락망을 만든 다음 해산하기로 했다. 방면별 대표는 독서회 회원들이 자진해서 맡았다. 해산하기 직전에 장백년이 손을 들고 할 말이 있다면서 단 위에 올라섰다.

"잠깐만 내 말을 들어주시오. 학교당국이 3일 동안 휴교하기로 결정했다는데, 학교가 일방적으로 결정한 방침을 그대로 따라야만 하겠습니까? 3일 동안 우리는 그냥 집에 있으라는 말입니까? 수업을 하든지 말든지 우리는 학교에 나와야 한다고 생각합니다."

장백년의 발언에 잠시 분위기가 술렁였다. 휴교령에 따르자거니, 휴교령을 무시하고 등교를 해야 한다거니 의견이 둘로 갈라졌다. 그러나 결국 냉각기를 갖자는 의견이 많아, 3일 동안 학교에 나오지 않는 것으로 결론이 났다.

오후 6시쯤 학생들은 각 방면별로 집단을 이루어 귀가했고 만일의 사태에 대비하여, 통학생들은 기숙사생들이 광주역까지 같이 가주었다. 장백년은 이날 광주역까지 가서 통학차를 타지 않고 영산포 친구들과 헤어진 다음 금성관으로 향했다. 당분간 금성관에 있으면서 사태의 추이를 지켜볼 생각이었다. 그리고 동생과도 이야기를 나누고 싶었다. 그는 아직 어린 동생이 시위투쟁에 나서는 것을 원치 않았다.

"휴교를 했다는데 왜 집에는 안 가고 여기로 왔어?"

백석이 집에 있다가 형 백년을 보자 의아해하며 물었다.

"휴교령이 내렸다는 것을 어떻게 벌써 알았어?"

"형이 휴교령을 무시하고 등교해야 한다고 발언한 것도 알고 있는데?"

"뭐라고? 너 혹시 곧장 집에 돌아오지 않고 학교에 있었던 것 아니냐? 너도 지금까지 강당에 있었구나?"

백년의 물음에 백석은 웃고만 있었다.

9

휴교가 시작되자 광주 거리는 살벌한 기운이 감돌았다. 시내 요소마다 무장경찰이 배치되어 거리에 나온 조선 학생들을 검문검색하고 학생들 네댓 명만 모여도 불문곡직하고 잡아갔다. 계엄령을 방불케 하는 삼엄한 경계로 시민들을 불안과 공포에 떨게 했다. 특히 휴교령이 시작된 다음날인 4일, 광주와 나주, 영산포 등지에 살고 있는 일본 학생 학부형들이 도지사와 경찰부장, 학무국장 등을 면담하고, 3일 본정의 일본상인들이 공포에 떨며 피신을 했던 일을 상기시키면서, 불안하여 살 수가 없으니 군대를 주둔시켜줄 것을 진정하는 등, 보복적인 강경책을 요구하였다. 일제는 이를 빌미로 시위참가 학생을 탄압하기에 이르렀다. 4일 오후 5시부터 삼엄한 경계 속에 전도(全道)에 걸쳐 검거선풍이 불기 시작했다.

신문들은 3일의 시위를 3·1운동 이후 처음 있는 큰 사건으로 보도했다. 시위행렬에 참가한 사람이 학생과 주민을 합해 3만 명에 이른다고 보도한 신문도 있었다. 시위대가 시내를 한 바퀴 도는 동안에 일본인들이 모두 혼비백산 도망을 쳐, 거리에서 일본인의 모습이 완전히 사라진 하루였다고도 보도했다.

타 지역 사람들도 신문보도를 통해 광주에서 대규모 시위투쟁이 일어난 사실을 알게 되었다. 전국의 관심이 광주로 쏠리자, 총독부는 광주의 사태에 대한 보도를 전면 금지시켰다.

휴교령이 내려지자, 장재성의 주선으로 신간회 광주지회와 광주청년동맹 등, 광주의 사회·청년단체 간부들이 흥학관에 모여 학생시위투쟁에 대한 대책을 협의했다. 모임은 4일에 이어 5일에도 열렸다. 모임에 나온 사람들은 전남청년동맹 위원장 장석천, 전남청년동맹 위원 강석원, 전남인쇄노조 책임자 박오봉, 전남청년동맹 집행위원 국채진, 비금면 보통학교 교사 임종을, 장성청년동맹 집행위원 나승규, 강영석 등이었다.

이들은 독서회를 통해 학생시위투쟁을 은밀하게 지도해 온 사람들로 사태의 중요성을 공동인식하고 있었다.

"이번 학생시위는 항일독립투쟁을 위한 불씨가 만들어진 것이라는 점에서 매우 그 의미가 크다고 생각합니다. 이제 우리가 할 일은 이 불씨를 키워서, 독립의 그날까지 국토 전체가 항일투쟁의 불꽃으로 타오르도록 하는 것입니다. 앞으로 우리가 어떻게 해야 할지 의견들을 말씀해주시기 바랍니다."

4일 첫 모임에서 장재성이 먼저 3일의 학생시위에 대한 경과를 설명하고 나서 앞으로의 대책을 물었다.

"민족의식을 바탕으로 민족의 해방과 식민지 노예교육, 민족동화교육의 철폐를 위한 학생들의 저항은 이제 맹휴투쟁 단계에서 진전되어 집단적인 가두투쟁으로 발전했다는 점을 높이 평가해야 합니다. 그리고 무엇보다 주민들의 적극적인 호응과 지원이 있었다는 것도 새롭게 기대되는 현상이었습니다."

"지금 삼엄한 경계 속에 검거선풍이 불고 있습니다. 이는 일제가 이번 사태의 심각성을 인식하고 시위가 더 확대되지 않도록 강경대책을 편 것이라 예상됩니다. 분명 앞으로 시위학생들에 대한 탄압이 더욱 심해질 것입니다. 그렇다고 위축되어서는 안 됩니다. 모처럼 살려낸 항일투쟁의 불씨를 여기서 꺼지게 해서는 안 될 것입니다."

장석천에 이어 강석원이 발언했다. 이날 회의에서 이들은 보다 강력하고 조직적인 투쟁을 전개할 것과 앞으로 전국적인 학생시위로 확산시킬 것을 결의하였다. 또한 앞으로의 투쟁을 효과적으로 지도하기 위해 시내 금정(錦町)에 학생투쟁지도본부를 만들어 다음과 같이 그 업무를 분담하기로 했다.

1. 광주 및 전조선 학생의 지도 : 장석천

2. 광주 조선인 학생의 지도 : 장재성

3. 전남도내 지방학생의 지도: 국채진

4. 직공 및 노동단체의 지도 : 박오봉

5. 전남 도내 공립보통학교 교사와의 연락 : 임종근

6. 외래동지와의 연락 :강석원

7. 운동자금의 조달; 나승규.

그날 저녁 장석천은 광주의 상황을 신간회에 알리기 위해 서울행 기차를 탔다.

경찰은 시위투쟁에 참가했던 학생들을 검거하기 위해 혈안이 되었다. 70여 명의 조선 학생들을 검거하였으며 이들 중 60명을 구속 송치했다. 경찰은 광주중학교학생 사이토오한테 칼을 맞은 최쌍현을 비롯하여, 김의원. 장석진 등 일본 학생들로부터 중상을 당해 병원에 입원하여 치료를 받고 있는 학생들까지 연행해갔다.

그런가하면 일본 학생들은 겨우 7명을 구속했다가 검사국에 송치 하지도 않고 곧 석방했다. 경찰이 편파적으로 조선 학생들을 탄압하고 있음이 여실히 드러난 셈이다.

또한 경찰은 부상당한 일본인 학생들에게 도립 광주의원에서 치료를 받도록 채주었으나 조선 학생들에 대해서는 전혀 신경을 쓰지 않았다. 하는 수 없이 부상이 심한 9명만이 개인 의사에 따라서 개인병원인 태양의원에서 치료를 받았다. 광주경찰부 사법주임은 도립의원 원장을 대동하고 태양의원에 나타나, 입원가료 중인 조선 학생들의 부상 상태를 일일이 확인하고 입원할 정도로 상처가 심하지 않으니 퇴원시키라는 압력을 넣기도 했다. 이에 대해 환자의 학부형들이 분개하며 항의하기도 했다. 경찰의 이와 같은 일방적이고도 편파적인 처사에 대해 동아일보와 조선일보가 일제히 비판하는 보도를 했다.

경찰은 11월 3일 광주학생 시위투쟁을 단순히 '내선(內鮮) 학생간의 사소한 충돌' 사건으로 축소하여 조기에 수습하려고 했다. 그러나 살벌한 검거선풍으로 학생들이 잠시 몸을 도사렸을 뿐, 언제든지 다시 폭발할 수 있을지 모를 만큼 분위기가 긴장되어 있었다. 그 같은 상황에서는 학생들을 등교시킬 수가 없을 정도였다. 등교시키게 되면 경찰의 편파적인 처사에 대해 학생들이 집단행동을 하게 될 것이 불을 보듯 뻔했다.

결국 광주고보와 광주중학교는 다시 9일까지 3일 동안 휴교를 연장했다. 한편 11월 3일의 사태를 전국적인 시위투쟁으로 확산시킬 것을 결의한 바 있는 광주학생투쟁지도본부에서는 신간회와 조선청년동맹 등 서울에 있는 사회단체와 청년단체에 지원을 요청했다.

마침내 11월 7일, 조선청년동맹의 소속단체로 서울지역 대표단체인 중앙청년동맹에서 조사위원으로 부건(夫健)을, 조선 학생과학연구회에서는 권유근(權遺根)과 박일(朴日), 조선 학생회에서는 중앙집행위원 이한성(李漢星) 등을 광주에 파견했다. 서울에서 온 이들은 7일 저녁 흥학관에서 장석천, 국채진, 강영석, 장재성 등과 만나, 사건의 진상을 들었다.

"이번 사태에 대한 경찰의 편파적인 처사를 크게 부각시키면서 민족적 항일정신에 불을 당겨야 한다고 봅니다. 이번 시위투쟁이 광주고보와 광주중학교의 단순한 충돌사건으로 평가절하하려는 일제의 수법에 넘어가서는 절대 안 됩니다."

진상을 듣고 난 중앙청년동맹의 부건 조사위원이 강한 어조로 말했다.

"이번 광주학생들의 시위투쟁이 광주만의 시위로 끝나서는 절대 안 되지요. 우리가 광주에 내려온 이유는 광주의 진상을 전국에 알려서 전국적인 항일투쟁으로 확산시키기 위한 것이 아닙니까. 지금 조선 학생들의 격앙된 민족적 감정은 전국 어느 학교나 마찬가지로 고양되어 있습니다. 어떤 계기만 맞는다면 행동으로 투쟁을 보여줄 것입니다."

"막연하게 추상적으로 이야기하기보다는 구체적으로 어떻게 전국적으로 조직적인 투쟁을 펼쳐나갈 것인가에 대한 의견이 나와야 합니다."

조선 학생과학연구회의 권유근에 이어 조선 학생회 중앙집행위원인 이한성이 말했다.

"어떤 일이 있어도 학생 중심의 시위투쟁이 전국적으로 파급되도록 해야 합니다. 이제는 경제적 계급투쟁에서 방향 전환하여 혁명운동의 정치적 투쟁으로 이행하지 않으면 안 됩니다. 그런 의미에서 이번 기회를 잘 활용하도록 합시다."

신간회 광주지회 상임간사를 맡고 있는 장석천이 서울에서 내려온 사람들에게 당부했다. 그는 11월 3일 시위가 시작되자, 기회 있을 때마다 항일투쟁이 전국으로 확산되어야 한다고 여러 차례 강조해왔다. 그는 학생투쟁 지도본부를 만들 때, 광주 및 전조선 학생지도를 맡겠다고 스스로 나서기도 했다.

"가능하면 노동자들도 투쟁에 참여할 수 있도록 적극적으로 지도하는 것이 좋을 것입니다."

직공 및 노동단체 지도를 맡은 박오봉도 한마디 했다. 그는 학교를 다니지 못하고 인쇄소에서 일 해오면서 광주지방의 노동운동에 앞장서 왔다.

"우리가 돌아가면 각 학교 사회과학연구 모임의 대표들과 만나서 광주의 실상을 알리고 우리들의 뜻을 전해야겠지요. 구체적인 투쟁 내용에 대해서는 우리가 서울에 올라가서 협의하기로 합시다."

잠자코 있던 조선 학생과학연구회 박일이 한마디 했다.

"보다 조직적이고 한 차원 발전된 형태의 전국적인 항일투쟁을 전개하기 위해서는 민족운동 단체와도 연계하는 것이 좋을 듯합니다. 그러기 위해서는 신간회 간부들의 적극적인 지원이 필요합니다."

부건 조사위원의 말에 모두 찬동했다. 그들은 서울에 올라가서 함께 신간회 중앙집행위원장인 허헌(許憲)을 만나기로 했다.

"그런데, 앞으로 광주에서는 어떻게 대처하기로 했습니까? 광주 사태가 여기서 중지해서는 안 된다고 생각하는데요. 전국적으로 확산시키기 위해서는 광주에서도 다시 보다 조직적인 투쟁이 전개되어야 하지 않겠습니까?"

부건 조사위원이 장석천에게 물었다.

"광주는 이미 각 학교에 사회과학을 연구하기 위해 독서회라고 하는 학생조직이 되어 있습니다. 독서회를 활용하면 언제든지 시위투쟁에 나설 수 있습니다. 그리고 지난 3일의 분노와 흥분이 아직 가라앉지 않고 기회만을 엿보고 있는 상태입니다. 지금은 휴교령이 내려져 있는데다가 검거선풍이 불어 잠잠합니다만, 휴교령이 풀리고 등교를 하게 되면 학생들의 분노가 다시 폭발할 것입니다."

장재성의 말에 서울에서 내려온 사람들의 얼굴에 기꺼워하는 빛이 역력했다.

다음날 장재성은 독서회 중앙회 간부들과 각 학교 대표들을 빵집 2층에 모이게 했다. 그는 학교 대표들을 통해 휴교령이 내려진 동안의 상황을 점검하고 앞으로의 대책에 대한 논의를 했다. 독서회 회원들 상당수가 검거되기는 했으나 조직에는 이상 없음이 확인되었다. 그리고 등교와 함께 다시 시위투쟁에 임할 것을 결의했다.

그들은 시위가 시작되면 독서회가 조직되어 있지 않은 숭일학교와 수피아 여학교 학생들도 참여할 수 있도록 연락을 취하기로 했다. 그들은 10일 다시 만나기로 하고 한 사람씩 돌아갔다.

독서회 조직의 점검을 끝낸 장재성은 10일 오후, 박기석(朴紀錫)의 집에서 다시 각 학교 대표들과 만났다. 이날 모임에는 광주고보의 오쾌일·이영범(李榮範), 광주농업학교에서 김남철(金南哲)·정욱·조길룡이, 광주사범학교에서는 황상남(黃相南)·이신형이 참석했다. 광주여고보는 회의 결과를 장재성이 그의 누이인 장매성에게 전하기로 했다.

"내일 당장 수업 시작과 함께 일제히 궐기합시다. 시간이 흐르면 학생들 감정이 해이해질 수가 있습니다."

"오쾌일의 말대로 더 미룰 이유가 없지 않습니까."

광주고보의 오쾌일에 이어 농업학교의 조길룡이 즉각 시위돌입을 주장했다.

"11일보다는 장날인 12일을 거사일로 결정하는 것이 어떨까요."

사범학교 이신형이 하루 늦추자고 제안했다.

"이신형의 말대로 12일로 하지. 그날이 사람들이 많이 모이는 장날이라 일반인들의 호응도 기대할 수 있고 파급효과도 크지 않겠어? 대신 11일에 시위가 있을 것이라는 헛소문을 내는 것이 좋겠구만. 11일에 시위가 있을 줄 알고 경찰이 잔뜩 경계를 하고 있다가 허탕을 치고 맥이 빠지게 만들었다가 다음날 기습적으로 거사를 하면 허점을 이용할 수가 있지."

장재성이 말했다. 이렇게 해서 시위투쟁 일을 12일로 결정했다. 12일 9시 반에 시내 모든 중등학교가 동시에 궐기하기로 한 것이다. 11일이 되자 장재성이 예상했던 대로 시위가 있을 것이라는 소문과 함께 각 학교 앞의 거리에는 무장경찰들의 삼엄한 경계가 이루어졌다. 그러나 이날 등교한 학생은 소수에 지나지 않았다. 광주고보의 경우 10분의 1도 못 되는 40명 정도만이 학교에 나왔다. 온종일 아무일도 일어나지 않자 경찰들은 긴장이 풀려 해산했다.

장재성은 11일 오후 느지막이 오쾌일을 빵집으로 불렀다. 그가 생각하기에 오쾌일은 신념도 확고하고 가장 믿을 수 있는 후배였다. 장재성은 오쾌일에게 은밀하게 격문을 전해주며 인쇄를 하도록 부탁했다. 빵집에는 광주여고보 소녀회 대표격인 장매성이 나와 있었다. 오쾌일이 등사기 걱정을 하자 장매성이 나서며 당장 흥학관에서 등사판을 빌려오겠다고 했다. 장매성은 잠깐만 기다려 라고 하고는 혼자 밖으로 나가더니, 20분도 지나지 않아서 혼자 등사판을 들고 왔다. 장매성과 오쾌일은 격문을 어디서 등사할 것인지 고심하다가 전날 독서회 대표들이 모였던 박기석의 집을 떠올렸다. 장매성도 한사코 같이 가자고 했으나 말렸다. 오쾌일은 장매성을 집으로 돌려보내고 등사판을 박기석의 집으로 가지고 갔다. 그리고 이형우, 김홍남, 강민섭, 박기석과 함께 밤을 새우면서 격문 2천 장을 등사하였다. 그들은 장재성으로부터 전해 받은 네 가지의 격문을 근간으로 세분화하여 더 많은 격문을 준비했다

12일 아침. 광주고보로 통하는 길에는 등교하는 학생들로 붐볐다. 하루 전까지만 해도 등교하는 학생이 평소에 비해 10분의 1도 안 되었었는데, 이날은 대부분의 학생들이 학교에 나왔다.

마침내 오전 9시 조회가 시작되었다. 이날의 조회는 10분 만에 끝났다. 학교 당국은 학생들이 한데 모여 있는 것은 위험하다고 생각했기에 서둘러 조회를 빨리 끝낸 것이다.

학생들이 모두 교실로 들어가자, 5학년 을조 김향남이 갑자기 교단으로 뛰어올라갔다. 김향남은 성적도 상위권이었고 잘 생긴데다가 체격이 크고 성격이 웅숭깊어 학우들과의 교제가 두터웠다. 평소에 나서기를 좋아하지 않은 김향남이 교단에 올라서자 학생들의 시선이

일제히 그에게로 쏠렸다.

"여러분, 주목하십시오. 지금 우리 교실을 한 번 둘러보십시오. 여섯 자리나 비어있습니다. 지금 교실에 우리와 함께 있어야 할 급우들은 싸늘한 철창 속에 갇혀 있습니다. 그 친구들이 무엇을 잘못했습니까. 지난 3일 우리들과 함께 거리에서 식민지 노예교육 제도를 철폐하라고 외치며 시위를 했던 친구들이 아닙니까. 분명 함께 시위를 했는데 왜 그들만 철창 속에 갇혀 있고 우리는 여기에 있는 것입니까. 그들을 철창 속에 둔 채 이 자리에서 편하게 공부를 할 수가 없습니다. 그들이 지금 이 시간에도 고통 속에 신음하고 있는데 어떻게 공부가 되겠습니까. 훗날 어떻게 그들의 얼굴을 대할 수 있겠습니까. 지금 당장 거리로 뛰쳐나가 친구들을 석방시키라고 외치며 시위를 해야 하지 않겠습니까. 내 생각이 잘못되었습니까? 여러분들이 내 생각이 틀렸다고 하면 조용히 앉아서 공부를 하겠습니다."

김향남은 말을 중단하고 급우들을 둘러보았다.

"향남이 말이 백번 맞습니다. 친구들이 지금 철창 속에서 신음하고 있는데 우리만 공부할 수 없습니다."

"거리로 뛰쳐나갑시다."

"옳소. 이대로는 공부를 할 수가 없습니다."

여기저기서 급우들이 호응하며 박수를 쳤다.

"자, 그렇다면 지금 거리로 나갑시다."

김향남이 말하고 교실을 나가자, 급우들도 우루루 한꺼번에 뒤따라 몰려 나왔다. 이와 때를 같이하여, 김안진, 최상을, 김삼석, 김동섭,

송만수, 김홍남 등도 각각 자기 반에서 학생들에게 격문을 나눠주며 호소하자 모두 교실을 박차고 밖으로 나갔다. 교실을 뛰쳐나온 학생들은 학교 창고와 체육실로 달려가 농기구며 야구 방망이 등을 들고 교문 밖으로 몰려나갔다.

이때 김홍남은 교정에서, 김동섭과 송만수는 교문 앞 도로에서 학생들과 주민들에게 격문을 나눠주었다. 교문을 나선 광주고보 학생들은 얼추 3백여 명이 되었다. 그들은 질서 있게 대오를 지어 행진가를 부르며 중심가를 지나 수기옥정 우편국 앞까지 행진했다. 그들의 목적지는 교우들이 갇혀있는 형무소였다. 형무소에 가서 갇혀있는 교우들을 구출하기 위해서였다. 학교에서 우편국 앞까지 오는 동안 많은 시민들이 박수와 환호를 보내며 격려해주었다. 광주고보생들은 농업학교 학생들이 뒤따라온다는 소식을 듣고 우편국 앞에서 잠시 기다렸다. 행진을 멈춘 그들은 계속 구속된 학생들을 석방하라는 구호를 외쳤다.

한편 농업학교에서도 9시 15분쯤 조회가 끝나 학생들이 교실에 들어가자, 김현수(金玄洙), 김양수(金陽洙), 최달봉(崔達鳳), 김남철, 최정기 등 10여 명이 각 교실을 돌며 격문을 나눠주고 "철창에서 신음하는 교우를 구하러가자"면서 학생들을 선동했다. 학생들 1백50여 명이 이에 호응하여 교실을 박차고 거리로 쏟아져 나왔다. 농업학교 학생들은 광주고보 앞 큰길에 뒤늦게 출동한 무장경찰과 충돌했다. 저지선을 뚫는 과정에서 60여 명의 학생들이 잡혀가고 나머지 90여 명만 광주역 쪽으로 향했다.

그들은 광주역을 지나 격문을 뿌리면서 계속 행진하여 사범학교 앞에 이르렀다. 우편국 앞에서 행진을 멈추고 있던 광주고보생들은 농업학교 시위대가 사범학교 앞까지 와 있다는 정보를 입수하고 곧장 형무소로 향했다. 형무소로 행진하는 길에 광주여고보에 이르러 시위에 합류하자고 소리쳐댔다. 김삼석은 여고보 앞 도로에, 강민섭은 여고보 숙직실 앞에 격문을 뿌렸다. 교실에 있던 여고보 학생들은 시위대가 교문 앞에 와 있음을 알고 밖으로 뛰쳐나갔다.

"시위대가 왔다. 우리도 합세하자."

장매성 등 소녀회 회원들이 외치며 먼저 교문으로 달려갔으나 이미 경찰과 교직원들이 문을 굳게 잠그고 그들 앞을 막아섰다. 교문을 열고 나가려는 여학생들과 교직원들 사이에 한동안 실랑이가 계속되었다. 끝내 교문을 열지 못한 그들은 모두 교정에 모였다. 전교생이 교정에 모여 수업을 거부한 채 연좌시위를 벌였다.

광주여고보 학생들의 지원을 얻지 못한 광주고보 시위대는 농업학교 학생들이 사범학교 쪽으로 행진한다는 소식을 듣고 그들과 합류하기 위해 서둘러 움직이기 시작했다. 사범학교 앞에는 조길룡의 지휘로 농업학교 학생들 90여 명이 사범학교 학생들이 교문 밖으로 나오기를 기다리고 있다가, 광주고보 시위대가 오는 것을 보고 환성을 지르며 맞았다.

시위대 30여 명이 사범학교 학생들을 끌어내기 위해 학교 안으로 뛰어들어갔다. 그러나 교문 안에서 사범학교 전체 교직원들의 완강한 저지로 되돌아 나올 수밖에 없었다. 이때 사범학교 3학년 학생들은 부속 보통학교에서 교생실습 중이었다. 둘째 시간이 끝나자, 시위대가 학교 앞에 몰려와 있다는 소식을 들은 30여 명의 교생들이 학교로 달려가는 등 동요를 보였다. 그러자 부속보통학교 교직원들이 나와서 교문을 잠그고 교생들이 뛰쳐나가는 것을 제지시켰다. 이 때문에 사범학교 교장은 교생실습을 중단했다.

광주고보와 농업학교 학생 4백여 명은 사범학교 앞에서 동참할 것을 호소하며 외쳐댔으나 끝내 학생들은 교문 밖으로 나오지를 못했다.

"더 이상 여기서 시간 낭비를 하지 말고 형무소로 갑시다."

"옳소. 형무소에 가서 급우들을 구합시다."

시위대 여기저기서 소리쳤다. 시위대는 형무소로 향했다. 비록 광주여고보와 사범학교 학생들의 지원을 받지 못했으나 그들의 사기는 조금도 꺾이지 않았다. 그들은 목청껏 행진곡을 부르고 격문을 뿌리면서 목적지로 향했다. 그러나 형무소 앞에는 이미 대규모의 경찰병력이 그들을 기다리고 있었다. 시위대가 형무소 앞에 도착하자 무장 경찰이 순식간에 에워싸고 간격을 좁혀왔다. 가까운 거리에서 총검을 들고 시위대를 압박해오는 바람에 미처 대적할 여유조차 없었다. 만약 여기서 경찰과 맞싸웠다가는 엄청난 희생을 당할 수밖에 없었다.

이때 광주고보 오쾌일과 농업학교 조길룡이 앞으로 나섰다.

"손에 들고 있는 농기구를 버릴 테니 무력을 쓰지 않겠다고 약속해주겠습니까?"

오쾌일이 경찰을 향해 소리쳤다.

"조오타. 약속을 지킬 테니 몽둥이부터 버려라."

광주경찰부 고등계 주임 나베지마였다. 시위대는 나베지마의 말을 믿고 저마다 들고 있던 농기구며 몽둥이를 땅에 내려놓았다.

그러자 나베지마는 학생들 몇 명을 시켜 그것들을 경찰진영 쪽으로 옮겨오도록 했다. 학생들이 버린 농기구 등을 모두 옮겨놓자, 갑자기 호루라기 소리와 함께 경찰들이 학생들을 향해 돌진해왔다. 그들은 닥치는 대로 개머리판으로 학생들을 후려치고 발길질을 해대며 한 명씩 붙잡아 대기해 놓은 트럭에 싣기 시작했다. 돌변한 경찰의 태도에 대해 따질 여유조차 없었다.

일부 학생들이 붙들려가지 않으려고 끝까지 저항하다가 피투성이가 되도록 두들겨 맞았다. 형무소 앞은 일시에 아수라장이 되었다. 여기저기서 울분을 토하는 고함소리와 비명이 터졌다. 여기서 1백 90명의 학생들이 경찰에 끌려갔다. 장백년도 돌멩이를 던지려다 붙잡히고 말았다. 시위대 반수가 잡혀가고 반수는 뿔뿔이 흩어졌다.

형무소 앞에서 도망친, 2백 명 남짓한 시위대는 다시 광주여고보 앞으로 되돌아왔다. 광주여고보 운동장에는 그때까지도 전교생이 모여 강강수월래를 합창하고 있었다. 굳게 잠긴 교문 안에서는 교직원들이 겹겹이 지키고 있는 모습이 보였다.

시위대는 다시 우편국 앞으로 돌아왔다. 그때는 정오가 가까웠다. 교실에서 뛰쳐나온 후 세 시간 가까이 시내 중심가를 행진한 셈이다. 모두들 지친 몸으로 우편국 앞 길바닥에 앉아 있는데 주변 상인들이 물과 먹을 것을 가져다주며 위로했다. 수기옥정의 한 조선인 식당에서는 종업원들이 장사도 포기한 채 주먹밥을 한 소쿠리 만들어 가지고 와서 나눠주기도 했다. 시위대 중에서 몇 명은 주먹밥을 먹으면서 눈시울을 적셨다.

"광주여고보와 사범학교 학생들만 동참했더라도 실패하지는 않았을 텐데."

"나베지마 개자식. 약속을 어기다니."

오쾌일과 조길룡은 나베지마 주임한테 당한 것 때문에 분을 삭이지 못해 거푸 물만 마셔대며 씨근덕거렸다. 특히 오쾌일은 많은 학생들이 붙잡혀가게 된 것이 마치 자기 잘못 때문이기라도 한듯, 자책감으로 괴로워했다.

2백여 명의 시위대는 우편국 앞에서 장시간 연좌하다가 무장경찰이 그들을 잡으러 몰려온다는 소식을 듣고, 다시 학교로 돌아가 대책을 세우기로 했다. 그러나 시위대가 학교 가까이 이르렀을 때 미리 학교 앞에서 그들을 기다리고 있던 무장 경찰대로부터 포위를 당하고 말았다. 시위대를 에워싼 경찰들은 형무소 앞에서처럼 무차별 학생들을 검거하여 트럭에 실었다. 기진맥진해 있던 시위대는 저항조차 할 수 없었다.

많은 학생들이 경찰에 붙들려 트럭에 실려 갔으며 그곳에서 간신히 도망친 소수의 학생들만이 집으로 돌아갈 수가 있었다. 장백석은 우편국 앞에서 연좌를 할 때 형의 모습이 보이지 않는 것을 알았다. 상급생들한테 물어보았더니 붙잡혀갔다고 했다.

학교 앞에서 가까스로 도망쳐 혼자 집으로 돌아가게 된 그는 울컥 울음이 솟구쳤다. 차라리 자신도 형과 함께 붙잡혀갔더라면 이렇듯 마음이 아프지 않을 것 같았다.

　2차 시위가 있은 뒤 광주 상황은 더욱 긴장으로 치달았다. 모든 조선인 중등학교에는 휴교령이 내려졌고 무차별 검거선풍이 불어닥쳤다. 경찰은 시위에 참여했던 학생들을 한 명이라도 더 검거하기 위해 혈안이 되어 있었다. 이번에는 학생뿐만 아니라, 사회인들까지 검거대상이 되었다. 전라남도 각 군의 사회청년단체 간부 1백60여 명이 광주의 시위사건과 관련이 있다는 이유로 검거되었다. 3백 명에 가까운 학생들과 사회단체 간부 1백60여 명을 붙잡아 한꺼번에 감금할 수가 없자, 도청 앞에 있는 경찰 무도훈련장 무덕전(武德殿)에 집단 수용했다.

　2차 시위에서 학생들은 비교적 평온한 분위기에서 구호를 외치고 노래를 부르면서 행진을 했을 뿐이다. 그들은 손에 농기구며 장작개비를 들고 있었으나 단 한 명도 경찰을 다치게 하지는 않았다. 그러나 이날 경찰의 행동은 시위대를 해산시키는 데 목적이 있었던 것이 아니라, 처음부터 검거에 전력했다. 시위가 더 확산되는 것을 막고 일반 시민들의 가담을 처음부터 차단하기 위해 강경책을 쓴 것이다.

　11월 12일의 2차 시위투쟁에 대해 신문은 다음과 같이 보도했다.

　'3일에 대 충돌사건이 생기자 각 학교 당국에서는 6일간 휴학을 선언하여 학생들은 충돌될 기회가 없었으나 11일이 개학일임에도 불구하고 중학교에는 학생 전부가 등교하였으나 고보에는 등교생이 40여 명에 불과하였던 것이 그 이튿날인 12일에는 의외로 학생 전부가 등교를 하므로 고보 당국에서는 의외로 생각하고 있었는데, 아침 조회식을 하려고 운동장에 총집합할 때 돌연히 400여 고보생이 학교 창고 속에 있는 팽이와 장작 등을 하나씩 갖고 역시 5열로 열을 지어 가지고 "용감히 싸우라 학생 대중아"라는 격문 등 세 종류의 격문을 살포하며 시중으로 나오자, 형세가 험악하여 아무 효과가 없었고 혁명가를 고창하며 행렬을 하고 시위를 마치고 학교로 다시 돌아가자 준비했던 경찰대가 포위하고 조선 학생 280여 명을 일시에 검거하여 무덕전에 수용하였는데 동 행렬에 농업학교 학생과 사범학교 학생도 일시에 가담하였고 여자고보생들도 일시에 나가다가 경찰과 학교 당국자에게 감금을 당하여 방성통곡을 하며 혁명가와 「강강수월래」를 병창하였다.'

2차 시위투쟁이 일어난 이틀 후인 11월 14일 장석천 강석원 장재성 최규창 등이 금성관으로 양만석을 찾아왔다. 그들은 2차 시위투쟁 이후 검거선풍이 불어닥쳐 홍학관도 안전한 장소가 아니어서 금성관에서 모이게 된 것이라고 했다. 네 사람은 양만석의 방에 심각한 얼굴로 앉아 있었다.

좁은 방 안에 잠시 무거운 침묵이 고였다. 양만석은 세 사람 모두 자신을 대하는 태도가 예전 같지 않게 다소 서먹하다는 것을 눈치챘다.

"이차 시위투쟁 이후 많은 학생들이 붙잡혀갔습니다. 그렇다고 우리의 투쟁이 여기서 중단되어서는 안 된다고 생각합니다. 이번 기회에 전국 확산을 성공시켜야합니다. 그래서 학생투쟁지도본부에서는 앞으로 산발적으로나마 계속적으로 시위투쟁을 전개해나가기로 했습니다. 그러니, 청년회 선배님들께서는 광주투쟁을 전국적으로 확산시킬 수 있도록 해주십시오."

학생투쟁본부 지휘를 맡고 있는 장재성이 비장한 목소리로 말했다.

"그래서 내일이라도 강석원 동지와 같이 상경을 할 생각이네. 서울에 가서 신간회 허헌 집행위원장과 전번에 광주에 왔던 조선청년동맹 부건 동지를 만나서 그 문제를 협의할 생각이네. 신간회는 물론 조선청년동맹에서 광주에서 타오른 불길을 전국적으로 확산시키는 데 적극 협조해주리라고 믿네."

장석천의 말에 강석원은 거듭 고개를 끄덕였다.

"그리고 당분간 비밀회의는 금성관에서 했으면 합니다만. 이제 흥학관이나 조합은 안전하지 않을 것 같아서요. 양 선생님 괜찮으시겠습니까?"

잠시 후 강석원이 양만석의 눈치를 살피며 물었다.

"왜요? 제 하숙방도 안 됩니까?"

"그것은…… 최 군 자네 말로 엿보는 사람이 있다고 하지 않았는가."

최규창이 물음에 강석원이 말했다. 얼마 전 최규창이 장재성에게 양순식을 조심하라는 장백년의 말을 귀띔해 주었기 때문이다.

"이 방에서 만나기로 하지 뭐."

양만석은 그렇게 말은 하면서도 흔쾌한 기분은 아니었다. 자칫 금성관에 폐를 끼치게 될지도 모른다는 우려 때문이다.

"그리고 양 선생님, 오늘 여기서 모이기로 한 것은 양 선생님께 특별히 드릴 말씀이 있어섭니다."

장재성이 고개를 쳐들고 양만석을 똑바로 보며 입을 열었다. 금성관에 오기 전에 장석천과 강석원은 언질을 받았기에 장재성의 입에서 무슨 말이 나오리라는 것을 알고 있었다.

"우리 학생투쟁본부에서는 이번 일이차 시위투쟁에서 보여준 선배님들과 어른들의 태도에 큰 실망을 하고 있습니다. 많은 학생들이 거리로 뛰쳐나와 죽을 각오로 투쟁했습니다. 많은 주민들도 동조를 해주어 큰 힘이 되었습니다. 그런데, 그런데 말입니다. 여기 계시는 장 선배님과 강 선배님을 제외한 다른 분들한테 실망이 큽니다. 그동안 신사회건설을 부르짖던 많은 선배님들 그리고 우리가 존경하고 믿어왔던 어른들은 이번 투쟁 때 철저히 방관하는 태도를 보여주었습니다. 그동안 신사회건설과 계급투쟁을 입이 닳도록 이야기했던 것이 모두 구두선에 불과한 것이었습니까?"

장재성의 말에 양만석은 얼핏 눈을 감았다. 자신을 두고 하는 말로 받아들였기 때문이다. 방 안의 공기가 무거워졌다.

"양 선생님께도 실망이 큽니다. 일이차 시위투쟁 때 어디 계셨습니까? 거리에 한 번이라도 나와서 학생들을 격려해준 적이 있습니까? 아니면 홍학관에 나오셔서 대책회의에 참석하신 적이 한 번이라도 있었습니까? 머릿속에 아무리 견고한 사상이 넘치면 무엇합니까? 행동하지 않는 신념은 죽은 사상이 아닙니까? 더욱이 우리 학생투쟁지도부에서는 양 선생님에 대해 도덕적 문제로 비난하는 학생들도 있습니다. 이런 말씀은 드리지 않을 생각이었습니다만, 아드님에 대해서도 광주고보 학생들 간에 말이 많습니다."

그때 강석원이 장재성의 허구리를 가볍게 찔렀다. 장재성은 잠시 머뭇거리더니 밖으로 나가버렸다. 방 안 분위기가 이상해졌다.

"선생님, 장 군 말을 너무 고깝게 생각지 마십시오."

강석원이 조심스럽게 말했다. 양만석은 얼굴이 굳어진 채 아무 말이 없었다. 장석천이 일어나자 강석원과 최규창이 따라 일어섰다. 양만석은 그들이 방에서 나갈 때까지도 말없이 앉아 있었다.

순식은 아침 해가 벌겋게 솟아오를 때까지 늦잠을 잤다. 그동안 어머니가 여러 차례 순식의 방을 들락거리며 깨웠지만 그는 꼼짝도 하지 않고 깊은 잠에 빠져 있었다. 간밤에 그는 자정이 훨씬 넘을 때까지 잠을 자지 않고 책상에 앉아 있었다. 그날, 느지거니 아침을 먹은 순식은 간밤에 밤새도록 기록해 놓은 종이쪽지를 주머니 깊숙이 넣고 집을 나섰다. 그는 법원에서 가까운 네거리에서 경찰들이 길을 지키고 검문하는 것을 보았다. 경찰들은 지나가는 행인들 중에서 학생으로 보이는 젊은이들을 불러 세우고 검문을 했다.

순식은 조금도 망설임 없이 당당하게 앞으로 걸어갔다. 예상했던 대로 경찰이 그를 불러 세우자 거리낌 없이 고개를 세우고 가까이 갔다. 경찰은 그에게 이름과 나이, 사는 곳, 다니는 학교를 차례로 물었고 순식은 거침없이 대답했다. 광주고보에 다닌다고 하자 등짝에 백묵으로 동그라미를 치더니, 어디서 무엇하고 오는 길이냐면서 거칠게 물었다.

"지금 어디 가는 길인가?"

"고등계 나베지마 주임님을 만나러 갑니다."

"뭐라? 나베지마 주임님을? 무슨 일인데?"

"주임님께 꼭 드릴 말씀이 있어서 그렇습니다."

"무슨 말인데? 여기서 나한테 말하라."

"그건 안 됩니다. 제가 갖고 있는 정보를 주임님을 만나서 직접 말씀드리겠습니다. 저를 주임님한테 데려다 주십시오."

뚱뚱한 경찰은 검문이 끝날 때까지 잠시 기다려 달라고 말하고 천변 쪽에서 네거리 가까이 오다가 잽싸게 몸을 돌려세워 오던 방향으로 줄달음치는 젊은이들 붙잡기 위해 뛰어갔다. 그러나 경찰은 씨근덕거리며 혼자 돌아왔다. 순식은 트럭 옆에 서서 경찰들이 검문하는 모습을 지켜보고 있었다. 경찰은 한 시간 가까이 검문을 하여 네 명의 학생차림 젊은이들을 붙잡아 트럭에 태웠다. 순식도 그들과 함께 트럭에 실려 광주경찰부에 갔다. 순식은 뚱뚱이 경찰을 따라 고등계 형사 사무실로 들어갔다. 뚱뚱이가 차렷 자세를 하고 나지막한 목소리로 나베지마에게 보고를 하는 것 같더니, 턱 끝으로 순식을 불렀다. 순식은 나베지마가 삐딱하게 앉아있는 책상 앞으로 갔다. 작달막하고 깡마른 체격에 신경질적인 얼굴을 한 나베지마는 면도날처럼 매서운 눈으로 순식을 훑어보더니 할 말이 무엇이냐고 물었다.

"주임님, 장재성의 빵집과 그 옆에 있는 소비조합을 수색하십시오. 그리고 흥학관은 불령선인들의 소굴인데 왜 그대로 내버려둡니까?"

나베지마는 순식의 말에 표정이 조금도 변하지 않았다. 그는 여전히 날카로운 눈으로 순식을 쩔러보고 있을 뿐이었다. 순식이 머쓱해졌다.

"그 말을 하려고 나를 찾아왔나?"

"아닙니다. 전해드릴 것이 있습니다."

순식은 저고리 주머니에서 종이뭉치를 꺼내 나베지마의 책상에 놓았다. 그것은 순식이가 간밤에 자정이 넘도록 기록한 2차 시위에 참가한 학생들의 명단이었다. 그 명단 속에는 장백년과 장백석 형제는 물론 최규창 하숙방에 자주 들락거리던 학생들 이름도 들어있었다.

2차 시위에 가담했던 많은 학생들이 검거 되었다. 무섭게 불어 닥친 검거선풍은 쉽게 가라앉지 않았다. 시위로 구속된 학생 수가 200명이 넘었다. 광주지역 중등학교의 전체 학생수가 1,000명 정도에서 200명이 구속되었으니 5분의 1에 해당되는 숫자였다.

순식이가 나베지마에게 넘겨준 60여 명도 대부분 검거되었다. 그 중에는 장백석도 포함되었다. 검거된 시위 학생들을 취조하는 과정에서 각 학교의 비밀결사 조직이 모두 탄로 나, 성진회는 물론 독서회와 관련된 학생들이 속속 검거되었다. 심지어 동경에 가 있었던 오쾌일 · 유치오 · 임주홍까지도 잡혀왔다.

2차 시위투쟁을 배후에서 지도했던 '학생투쟁지도본부'도 들통이 났다. 장재성은 구속 되고 장석천과 강석원은 시위투쟁을 전국으로 확산시키기 위해 서울로 갔다. 투쟁지도본부 위원이었던 국채진과 박오봉· 나승규 등도 체포되었다.

각 학교에서는 시위에 가담했던 학생들을 무더기로 징계했다. 광주고보에서는 전체 학생의 절반이 훨씬 넘는 300여 명을 무기정학에 처했다. 학생들이 무더기로 징계를 당하자 나머지 학생들이 술렁이기 시작했고 학교당국은 휴교령을 내렸다.

1학년을 제외한 전교 재적생 460명 중에서 300여 명이 무기정학을 당했으니 2학년 이상은 150여 명만이 처벌을 받지 않은 셈이다. 이들 중 대부분은 처벌을 받지 않은 자신을 부끄럽게 생각하여, 기회만 있으면 시위를 벌일 태세였다.

광주농업학교 역시 시위에 참가한 전체 학생을 무기정학으로 징계했다. 광주여고보는 장매성을 비롯하여 박계남·박옥련·암성금자·장경례 등 17명을 무기정학에 처하자 이에 항의하여 동맹휴학을 감행했다. 학교당국은 동맹휴학을 주도한 64명에 대해서도 무기정학에 처했다. 광주사범은 시위에 동조한 37명을 일시 귀향시켰다가 결국 퇴학시켰다. 학교마다 무거운 처벌이 내려지자 분위기가 무겁게 가라앉았다. 그런 상황에서 제대로 수업이 이루어질 수가 없었다. 그렇다고 투쟁의 불씨가 완전히 꺼진 것은 아니었다. 언제 어디서 다시 시위투쟁의 불꽃이 타오르게 될지 몰랐다.

총독부는 2차 시위가 일어나자 13일부터 철저하게 보도통제를 하였다. 12월 27일까지 보도통제기간 동안에는 광주학생 시위에 관해 보도하는 것을 금지시켰다. 이는 시위가 전국으로 확산되는 것을 차단시키기 위한 조치였다.

이렇듯 보도가 통제되자 오히려 갖가지 유언비어가 전국으로 퍼지기 시작했다. 광주에서 폭동이 일어나 시내가 쑥대밭이 되었다거니, 시위대가 일본인 상점을 습격하여 모두 박살을 내자 일본인들이 도망을 갔다느니 하는 소문들이 떠돌았다. 일본순사가 조선 학생들을 닥치는 대로 칼로 쳐 죽였다는 소문도 나돌았다.

이 같은 유언비어는 서울을 비롯한 다른 지역 사람들을 자극하였고 결국 전국 각지에서 항일 시위투쟁을 촉발시키게 되었다.

막음례는 뒤늦게야 장백년이가 검거된 사실을 알고 질급을 했다. 새끼내 본가에 가 있는 줄만 알았던 백년이가 시위 현장에서 붙들려 갔다는 것을 알게 된 것은 장개동이 광주에 올라와서였다. 장개동이 시위로 많은 학생들이 검거되었다는 소식을 듣고 자식들 걱정으로 부랴부랴 광주로 올라왔을 때 막음례 모자는 서로에게 백년이 소식을 물었고 백년이가 금성관에도 새끼내 집에도 없다는 것을 알게 된 것이다.

막음례는 당장 경찰부에 가서 아는 형사에게 부탁을 해야겠다면서 서둘러 옷을 갈아입었다. 장개동도 그의 생모를 따라갈 요량으로 방에서 나와 신발을 꿰고 있는데 서너 명의 경찰들이 들이닥치더니 다짜고짜 마루에 앉아있던 백석에게 수갑을 채웠다. 막음례와 장개동이 경찰들을 붙들고 늘어지며 무슨 일이냐고 따졌다.

"이번 학생소요에 연루가 되어 잡아가는 것이오. 취조를 해서 죄가 없으면 돌려보낼 것이니 그리 아시오."

경찰은 퉁명스럽게 뱉어내고 나서 백석을 앞세우고 금성관에서 나가더니 차에 태웠다. 막음례와 장백년은 넋이 나간 얼굴로 대문 밖에 서서 백석을 싣고 간 트럭만 멀뚱히 바라보고만 있었다.

"안 되겠다. 이 놈들이 우리 손자를 함부로 잡아가다니. 당장 내가 가서 데려와야겠다."

잠시 후 막음례는 다시 들어와 신발을 바꿔 신고 장개동을 불러 집을 나섰다. 그녀는 경찰부에 가는 것이 죽기보다 더 싫었다. 그러기에 광주에 사는 동안, 몇 년 전 양만석이 붙잡혀갔을 때 처음 가봤고 이번이 두 번째였다.

그들 모자는 경찰부에 가서 고등계 경부 노주봉을 찾았으나 자리에 없어 정광모 형사를 만났다. 평소 막음례와 잘 알고 지내는 정광모는 자기 힘으로는 어쩔 수 없다고 했다. 그러자 막음례는 장개동에게 밖에서 기다리라고 하고 혼자 나베지마 주임 방으로 갔다. 나베지마는 영산원에 자주 오는 터라, 막음례와 아는 사이였다.

"아니, 영산원 마나님께서 어쩐 일이시오?"

"주임님을 뵐라고 왔구만요."

막음례는 나베지마를 따라 사무실로 들어가 책상을 사이에 두고 마주 앉았다. 그녀는 갑자기 조갈증으로 목이 타고 입 안이 바싹바싹 탔다. 손자들 이야기를 꺼내기가 싫었다. 그녀는 나베지마에게 고등계 형사들을 대접하고 싶으니, 짬을 내어 영산원에 한 번 와달라는 인사치례의 말부터 했다.

"이 늙은이가 주임님을 찾아온 것은 우리 손자들 땜시……."

막음례는 여러 차례 입맛을 다셔가며 혀에 침을 바른 다음, 백년이와 백석이 이야기를 꺼냈다.

"장백년 학생은 두 번의 소요에 모두 적극 가담했을 뿐만 아니라, 기차통학을 하면서 일본 학생들과 여러 번 시비를 건 자로, 질이 좋지 않아 재판에 회부될 것이고, 장백석은 밀고가 들어와서 데려온 것이니 취조를 한 다음에 조처할 것이오."

나베지마는 극히 딱딱하고 메마른 어조로 말했다.

"주임님 두 놈 다 공부밖에 모르는 놈들입니다요. 워쩌다가 나쁜 친구 놈들 꼬임에 넘어간 것 같구만이라. 선처를 부탁드립니다. 은혜는 평생 잊지 않을 것잉께요."

막음례는 머리까지 조아리며 간절하게 애원했다.

"장백년은 죄상이 드러났으니 마땅히 처벌을 받게 될 것이고, 장백석은 오늘 중으로 취조가 끝날 것이니 그리 아시고 돌아가시오."

"하이고, 주임님 지발 부탁헙니다요. 그러고 작은 놈은 아무것도 모르는 철없는 아그덜인디 누가 뭣 땜시 밀고를 했으끄라우?"

막음례는 나베지마로부터 백석이를 고발한 사람이 양순식이라는 사실을 알고 더욱 놀랐다.

10

2차 시위투쟁 이후 많은 학생들이 검거된 광주는 숨을 죽이고 납작하게 엎드려 있었지만, 항일시위투쟁은 전국으로 확산되었다. 광주에서 타오른 학생독립운동의 불씨가 들불처럼 전국을 휩쓸고 있었다. 광주에서 타오른 불꽃은 먼저 목포와 나주로 번졌다.

19일 아침 목포상업학교 임성춘과 이광우·이인형 등은 등교하자마자 학생들을 모아놓고 즉석연설을 했다. 광주의 사태를 이야기하자 일본인 학생들은 눈살을 찌푸리며 지나쳤고 조선 학생들은 모두 걸음을 멈추고 경청했다.

"여러분, 광주에서는 지난 3일에 이어 12일에 수많은 학생들이 거리로 뛰쳐나가 식민지교육철폐와 피압박민족 해방을 부르짖으며 시위투쟁을 전개했습니다. 그리고 투쟁에 가담했던 수백 명의 학생들이 지금 구금을 당해 철창 안에서 신음하고 있습니다. 우리도 같은 단군의 핏줄인데 어찌 보고만 있어야 합니까. 더욱이 광주는 우리 목포와 가까운 이웃이 아닙니까. 이웃집 친구들이 민족의 해방을 부르짖다가 고통을 당하고 있는데, 외면한다면 금수와 다를 것이 무엇이겠습니까. 이러고도 부끄러워 대명천지에 어찌 고개를 들고 다닐 수 있다는 말입니까. 우리도 지금 당장 거리로 뛰쳐나가 구금당한 이웃 친구들을 석방하라고 요구합시다. 이웃 친구들이 신음하고 있는데 우리만이 편하게 공부를 한다면 민족과 역사 앞에 죄를 짓는 것이나 다를 바 없습니다."

이인형이 간절한 목소리로 목메이듯 호소했다.

"우리도 시위투쟁을 전개합니다."

"지금 거리로 뛰쳐나갑시다."

옆에 있던 이광우와 임성춘이 호응을 했다.

"광주를 도웁시다."

여기저기서 학생들이 환호하며 호응을 해주었다. 그러나 그때 시작종이 울렸고 교직원들이 학생들을 해산시키는 바람에 모두들 교실로 뿔뿔이 흩어지고 말았다. 점심시간이 지나 1시 30분쯤에 박상준·양재욱·이재실·이인형·박종식 등이 교실을 돌며 거리로 나가자고 호소했다.

1학년 학생 50여 명이 이들을 따라 교문을 나섰다. 거리로 뛰쳐나간 그들은 정명여학교 앞에서 모였다. 박사배는 학교 교문을 뛰쳐나올 때 학교당국이 경찰에 연락을 하지 못하도록 외부로 통하는 전화선까지 절단했다. 그때문에 그때까지도 경찰들이 그들을 저지하지 못했다.

학생들은 이인형이 미리 준비해 온 붉은색 대형 목면기(木棉旗)와 붉은 종이로 만든 깃발을 앞세우고 구호를 외치면서 시위를 시작했다. 시위대는 조선인 거주지인 무안통(務安通)을 거쳐 일본인들이 집단을 이루어 살고 있는 중심지로 격문을 뿌리며 행진했다. 그들은 중심가를 지나 목포역을 뒤로하고 공설시장까지 왔을 때, 뒤늦게 출동한 100여 명의 경찰들에 포위당하고 말았다. 경찰이 해산할 것을 요구하자 10여 명만 돌아갔고 끝내 해산을 하지 않은 나머지 40여 명은 연행되어갔다. 당시 목포상업학교 전체 학생수는 조선인 학생 120명에 일본인 학생 130명으로 모두 250명이었다.

한편 이날 오후 2시쯤 조창섭·박사배·이광우·정찬규·오상록 등 목포상업학교 학생들 수십 명은 약속했던 시위장소인 송도공원에 모였다. 격문을 뿌리며 시위를 하려다가 긴급출동한 경찰의 급습을 받자 흩어지고 말았다. 목포상업학교 시위투쟁은 계속되었다. 송도공원에서 시위가 실패로 돌아가자, 박사배 이광우 등은 은밀하게 모여 2차 시위투쟁 준비를 했다.

그 즈음 학교와 거리에서는 경찰들의 감시가 한층 날카로워져 단체 행동을 하기가 쉽지 않았다. 학교에서 조선인 학생들에 대한 경계도 심해졌다. 교직원들과 일본인 학생들은 구금당하지 않고 학교에 나오는 80여 명의 조선인 학생들 한 사람 한 사람 일거수일투족을 감시했다.

"이 상태로는 도저히 학교에 다닐 기분이 아니다."

"구금당한 급우들을 구하지 않고는 학교에 다니고 싶지 않다."

박사배와 이광우는 조선인 학생 80여 명이 참가하는 시위투쟁을 감행하기로 결심했다. 5학년 학생 상당수로부터 시위투쟁에 동참하겠다는 약속을 받았다. 미리 날짜는 정해놓지 않고 적당한 기회를 봐서 일시에 교문을 뛰쳐나가기로 했다.

19일의 1차 시위가 있은 사흘 후, 오전 9시. 조회가 끝나자 5학년들을 선두로, 조선 학생들이 일시에 함성을 지르며 교문을 뛰쳐나갔다. 그들은 교문 앞에서 대오를 정비하고 검속된 학생들의 석방을 요구하는 구호를 외치며 질서정연하게 중심지로 행진했다. 시위대가 무안통을 지날 무렵 경찰이 출동했고 강제해산을 당하고 말았다.

장날인 27일, 나주 농업보습학교와 나주 보통학교 학생들이 시위를 약속한 날이다. 동이 트기도 전에 일어난 농업보습학교 학생 홍민후와 이창신은 급우인 이채후의 집으로 갔다. 학교 가까이에서 살고 있는 이채후도 일찍 일어나 문 밖에서 두 친구를 기다리고 있었다. 그들은 곧장 학교로 향했다. 학교에 가서 보습학교 학생들에게 시위참여를 선동하기 위해서다. 홍민후와 이창신은 교문 앞에 서서 등교하는 학생들을 일일이 붙들고 정오가 되면 교문 밖으로 뛰쳐나오도록 당부했다. 대부분의 학생들은 적극적으로 호응하는 태도를 보여주었다.

이날이 오기를 기다리고 있었다는 듯 주먹을 불끈 쥐며 결의를 다져 보이기도 했다. 이채후는 교문 밖 멀찍이 서 있다가 교직원이 출근하는 모습을 발견하면 휘파람으로 신호를 해주었고 신호를 들은 두 사람은 잠시 몸을 피하곤 했다. 같은 시각, 이성환과 원복준도 나주보통학교 교문에서 등교하는 학생들에게 시위에 참여하도록 권유했다. 보통학교에서는 5 · 6학년에게만 시위를 알렸다.

마침내 정오가 되자 농업보습학교 학생 47명과 보통학교 5 · 6 학년 학생 130여 명이 일시에 교문을 뛰쳐나왔다. 그들은 함성을 지르며 나주장으로 향했다. 홍민후 · 이창신 · 이채후가 선두에서 손을 흔들고 구호를 외치며 시위대를 이끌었다. 그들은 격문을 뿌리고 조선민중 및 학생만세를 부르며 나주장까지 진출했다. 집 안에 있던 주민들이 모두 연도에 나와 시위대를 향해 손을 흔들어주었다. 장터에는 수천 명의 사람들이 모여 있었다. 장꾼들 중에서 상당수가 시위대를 향해 환호와 함께 격려의 박수를 보내주었다. 시위대는 잠시 장터에 머물러 있다가, 과원정(果院町) 쪽으로 우회하여 중심지로 가기 위해 행진을 계속했다. 그때까지 아무도 그들의 진로를 막지 않았다. 그러나 중심지로 통하는 갈림길에 이르자 경찰이 출동하여 진로를 막았다.

시위는 목포와 나주 외에 전남의 여러 곳에서 계속 되었다. 11월 29일 영산포보통학교에서는 학생들이 구속학생들 석방을 요구하며 맹휴투쟁에 들어갔다.

또한 11월30일에는 송정리에 있는 공민학교 학생들이 구속학생 석방을 외치며 거리를 행진하였다. 송정리에서는 9명의 학생이 잡혀 갔고 학교는 무기한 휴교에 들어갔다.

함평에서도 함평 농잠보습학교 학생들과 함평 보통학교 학생들이 연대하여 시위를 일으켰다. 이들은 격문과 태극기를 준비하여, 12월 12일 함평장날을 맞아 시위를 하기 위해 교문을 나섰다가 강제 해산 당했다. 이 과정에서 4명이 구속되었으며 학생들은 구속자 석방을 요구하며 동맹휴학 투쟁에 들어갔다.

전남지방의 시위는 계속 되었다. 1930년 1월 18일 강진 대구보통학교에서는 전교생이 격문을 뿌리고 동맹휴학에 돌입했다.

다음날인 19일에는 창평 보통학교 5 · 6학년 학생들이 격문을 만들고 만세시위를 계획하였으나 사전에 발각되어 17명이 검거되었다.

이밖에 여수 보통학교, 여수 수산학교, 옥과 보통학교, 담양 보통학교, 목포 정명학교, 보성 보통학교, 순천 농업보습학교에서도 격문을 살포했거나 시위를 준비했다가 발각되고 동맹휴학에 들어가는 등 전남지역 곳곳에서 민족혼을 일깨우고 일제에 항거하는 목소리가 드높아졌다. 중요한 것은 광주를 제외한, 중등학교가 없는 지방에서는 보통학교 학생들이 시위에 참여했다는 사실이다. 어린 학생들이 두려움

없이 시위에 참여했다는 것은 그들의 가슴속에 일찍부터 항일민족의 식을 심어주었다는 점에서 눈여겨보지 않을 수 없다. 그리고 그들 배후에서 지역의 사회단체와 청년 운동가들이 지도를 했다는 것도 새로운 양상이다. 이것은 지역적 확산뿐만 아니라, 참여층의 확산, 조직력의 확산, 운동이념의 확산을 의미하는 것이다. 이 때문에 일제를 긴장하게 만들었고 경계를 위한 탄압이 더욱 심해지기도 했다.

12월 2일 서울의 학교마다 발칵 뒤집힌 일이 일어났다. 이날 오후부터 다음날 새벽 사이에 경성제국대학을 비롯, 서울 시내 각 중등학교 학생들 책상 서랍에 격문이 뿌려진 것이다.

'조선 청년들 대중이여, 궐기하라. 제국주의적 침략에 대한 반항적 투쟁으로서 광주학생사건을 지지하고 성원하라. 우리는 이제 과거의 약자가 아니다. 반항과 유혈이 있는 곳에 승리가 있다는 것은 역사적 조건이 입증하지 않았던가? 조선청년대중이여, 당신들은 저 제국주의 이민배(移民輩)의 광만적(狂蠻的)인 폭거를 확실히 들었을 것이다. 이것은 광주 조선 학생 동지들의 학살의 음모인 동시에 조선 학생대중들의 압살적 시위이다. 전세계 약소민족에 대한 강압적 백색 테러의 행동이다. 보아라. 저들의 언론기관은 여기에 선동하지 않고 저들 횡포배(橫暴輩)들은 "일본인을 위하여 조선인을 학살하라"는 슬로건 아래 소방대와 청년단을 무장시키고 재향군인 연합군을 소집하여 횡포무쌍한 만행을 자행한 뒤, 소위 저들의 사법경찰을 총동원하여 광주 조선 학생동지 400여 명을 참혹한 철쇄에 묶어 넣었다. 여러분, 궐기하라, 우리들의 선혈의 최후의 한 방울까지 조선 학생의 이익과 약소민족의 승리를 위하여 항쟁적 전투에 공헌하라. 미래의 세계를 소유해야만 하는 피압박 대중에게는 자신에 채워진 철쇄 이외에는 상실할 것이 아무것도 없다. 조선의 전초군(前哨軍)인 피압박 학생대중이여, 단결하여 궐기하라. 전투적 반항으로 학살당한 광주사건을 지지하고 성원하라. 지금 이후의 역사는 우리의 것이다. 1. 검속당한 광주조선 학생을 즉시 석방하라. 1. 식민지 노예교육을 반대하라. 1. 살인적 폭도 일본 이민군(移民群)을 방축(放逐)하라. 1. 신간회. 청총에 민족적 환기를 호소하라. 1. 세계피압박 대중 건투만세.'

학생과 일반대중의 총궐기를 촉구하는 격문이 각 학교에 뿌려지자 일제는 크게 긴장했다. 고등형사대가 20여 개 서울시내 모든 학교의 학생들 동태를 감시하는가 하면, 사회운동단체와 요시찰인물들에 대한 행동을 엄중히 관찰하기 시작했다.

경찰은 일시에 120여 명을 검거했다. 격문을 인쇄하고 살포하는 데 주도적 역할을 했던 장석천을 비롯해서 차재정·곽양훈·권유근·유축운·장병창 등도 잡혔다. 삼엄한 감시와 검거선풍 속에서도 서울의 항일투쟁 불길은 좀처럼 사그라지지 않았다.

12월 9일, 서울에서는 대대적인 시위가 시작되었다. 이날 경신학교 학생 300여 명은 오전 9시30분쯤 아침조회 때, 갑자기 학생대표가 구령대 위로 올라서서 광주학생사건에 대해 격렬한 연설을 한 뒤 전

학생들이 만세를 외치며 교문 밖으로 뛰쳐나갔다. 시위대는 기마경찰의 저지선을 뚫고 창경원 앞을 지나, 혜화동 남대문상업학교 앞에 이르렀다. 그들은 남대문상업학교 앞에서 만세를 부르며 시위에 동참해 줄 것을 외쳤다. 교문이 굳게 잠겨 있어 남대문상업학교 학생들은 밖으로 나오지 못하고 교정에 모여 목청껏 만세를 불러댔다.

경신학교 시위대는 남대문상업학교 맞은편에 있는 보성고보로 향했다. 보성고보생 400여 명은 시위대를 보자, 수업을 중지하고 운동장에 모여 연설을 끝내고 만세를 외치며 경찰들이 에워싸고 있는 교문을 열고 물밀듯 밖으로 몰려나와, 경신학교 시위대와 합류했다.

연합시위대는 총 1,100명에 달했다. 이들 시위대는 두 패로 나누어 한 패는 경성제국대학 앞을 지나 종로 5정목 큰길로, 나머지 한 패는 박석고개를 넘어 창경원 앞을 종로로 행진하려고 했다. 행진도중에 950명이 잡혀갔다.

12월 9일 서울의 시위는 동시다발로 마치 지뢰밭이 터지듯 여기저기서 일어났다. 같은 날 중앙고보에서도 불꽃이 터졌다. 오전 9시, 조회시간에 학생 네댓 명이 갑작스럽게 구령대 앞으로 나가 광주학생사건에 대한 진상보고 연설을 했다. 광주의 진상을 들은 학생들 700여 명은 함성을 지르며 교문 밖으로 뛰쳐나가려고 몰려나갔다. 그러나 이미 교문에는 백여 명의 경찰이 막고 있었다.

학생들은 학교 뒤쪽의 철조망을 뚫고 취운정(翠雲亭)에 모였다. 이때 시위에 나섰다가 경찰의 추격을 받고 취운정 쪽으로 쫓겨 온 경신고보와 보성고보 학생들과 만났다.

세 학교 학생들은 효자동 쪽으로 행진하다가 경복궁 뒤 경무대에 이르렀을 때 경찰에 포위당하고 말았다. 경찰은 40여 대의 트럭과 소방차까지 동원하여, 해산하지 않고 버티던 600여 명의 학생들을 붙잡아 차에 싣고 갔다.

같은 시각 휘문고보 학생 400여 명도 만세를 부르며 안국동으로 진출하려다가 경찰의 저지를 당하자 다시 학교로 돌아와 교정에 모여 연좌시위를 했다. 경찰은 학교까지 따라왔다. 학생들은 한 사람씩 일어나서 광주학생시위사태에 대한 소견을 발표했다.

경찰은 소견 발표를 한 학생들을 붙잡아갔고 그때마다 또 다른 학생이 일어나서 소견을 발표했다. 경찰이 소견을 발표한 학생을 붙잡아갈 때마다 학생들이 함성과 함께 만세를 외쳤다. 학생들은 경찰에 붙잡혀가는 것을 두려워하지 않고 계속하여 소견 발표를 했다. 그들은 끝까지 한 사람도 흩어지지 않고 교정에 앉아 소견 발표를 중지하지 않았다. 목이 터져라 외쳐대는 학생들의 만세소리가 학교 담장 너머 큰길까지 퍼져나갔다.

제일여자고보에서는 시험을 치르는 중에, 몇몇 학생들이 일어서서 광주학생사태에 대한 진상을 보고하자 모두 울음을 터뜨렸다.

협성실업학교 학생 150여 명은 교정에 모여 보고회를 갖고 만세를 외친 후 동맹휴학에 들어갔다.

9일 서울에서는 시위에 참가한 학생들 1,200여 명이 경찰에 붙잡혀갔다. 10일에도 학생들의 저항은 그치지 않았다. 전날 시위에 참여했던 중앙 · 보성 · 휘문고보와 경신 · 협성실업학교는 대부분의 학생들이 등교하지 않았다. 배제고보 2·3·4학년들은 시위행진을 위해 교문을 나섰다가 경찰에 저지당했으며 주동자 74명이 잡혀갔다.

11일에는 서울시내 대부분의 학교가 동맹휴학투쟁을 했다. 이화여자상업학교와 동덕여고보·실천여학교 학생들이 맹휴투쟁에 들어가 주동자 20여 명이 검거되었다. 경성농업학교와 법정학교·고등예비학교·전기학교 등도 맹휴를 감행했다.

맹휴는 13일에도 이어졌다. 배화여고보를 비롯하여 진명여고보·정신여학교·중앙보육학교·간이공업학교가 맹휴에 들어갔다.

16일에는 선린상업학교의 조선인 학생들이 학교에 나가지 않았다. 근화여학교의 휴교결정에 이어 서울시내 대부분의 학교에 휴교령이 내려졌다.

동맹휴학투쟁은 전문학교로 확대되었다. 12일 경성의학전문학교의 조선인 학생들이 동맹휴학에 들어갔으며 법학전문학교에서는 2학년 조선인 학생전부가 등교하지 않았다. 전문학교 학생들의 행동이 심상치 않자, 보성전문학교와 연희전문. 세브란스의학전문학교 등은 앞당겨 동기방학에 들어갔다.

12월 2일부터 13일까지 서울시내 각급학교의 시위와 동맹휴학투쟁에는 총 1만 2,000여 명의 학생들이 참여했는데 그 중에서 1,400여 명이 경찰부에 잡혀갔다.

조선일보는 당시 상황을 아래와 같이 보도했다.

'서울학생사건이 돌발하여 1,400여 명의 조선인 학생을 검거한 경찰당국에서는 5일부터 도지사·경찰부장·각서 서장이하 경관 수백 명이 밤을 밝히며 유치장 혹은 격검장에서 취조한 결과 행동이 그렇게 과격하지 않았던 학생들은 하룻밤 혹은 이틀 밤 뒤에 엄중한 다짐을 받고서 방면하기 시작하여 15일에 이르러서는 수모자 36명을 내놓고는 대개 방면이 되었는데 어쨌든 검거학생 총수가 일시는 1,400여 명의 다수에 달하였던 것만큼, 검거 당시의 광경은 실로 소란한 광경을 이루었다. 즉 날이 밝기 무섭게 오늘은 수송동 학교 내일은 어느 학교, 아까는 화동 방면 지금은 혜화동 방면이라 하여 전광석화 같이 뛰어가는 불꽃 때문에 검거 총본부인 경기도 경찰부에서는 부내 각과의 경관과 시내 각 서의 경관을 전부 무장시켜 현장에 급거 출동시키는 것은 물론 수송동 기마경관대 50여 명까지 자동차 120여 대에 분승시켜 수송하는 등 거리 곳곳마다 붉은테 모자에 패검 소리가 자못 소란하여 30만 시민의 신경을 극도로 흥분케 한 바 있으며……

신간회는 9일 서울시위가 터진 다음날 모임을 가졌다. 10일 광화문에 있는 허헌의 집에는 천도교 원로 권동진(權東鎭)·송진우(宋鎭寓) 동아일보사장·안재홍(安在鴻) 조선일보사장·이시목(李時穆) 중외일보조사부장 외에 손재기(孫在基)·조병옥(趙炳玉)·홍명희(洪命熹)·이관용(李灌鎔)·한용운(韓龍雲)·주요한(朱耀翰)·이원혁(李源赫) 등이 모였다. 이날 모임에는 광주사정을 보고하기 위해 특별히 강석원도 자리를 같이했다.

"여러분들이 다 아시는 바와 같이 지난 달 광주에서 일어났던 시위가 마침내 서울로 번지기 시작했습니다. 우리 학도들이 교문을 박차고 거리로 나와 만세를 외치다가 붙잡혀가고 있는데 우리 어른들이 이를 관망하고 있을 수 만은 없다고 생각합니다. 언론통제로 아직도 대부분 서울사람들은 광주사태를 모르고 있습니다. 해서 지금이라도 광주학생사건을 일반인들에게 널리 알리고 시위학생들에 가해진 경찰의 탄압을 마땅히 규탄해야 한다고 생각합니다. 여러분들의 고견을 말씀해주시지요."

집주인이며 신간회 중앙집행위원장인 허헌이 먼저 말했다.

"그래서 오늘 이 자리에 나와 있습니다만 광주에서 올라온 강석원 동지와 구금당한 장석천 동지를 앞세우고 당초에 광주학생사건보고 대연설회를 갖기로 하지 않았습니까. 허지만 경찰에 의해 금지되고 말았지 않았습니까. 그러나 포기하지 말고 대중을 모아서 보고회를 갖는 것이 당연하다고 봅니다."

송진우 사장이 허헌의 말을 이었다.

"항일시위를 민중운동으로 발전시키기 위해서는 민중대회를 열기로 합시다."

이시목 중외일보 조사부장도 대중집회를 여는 것을 적극 주장했다. 이렇게 해서 이날 광주시위를 서울시민들에게 널리 알리고 시위학생들에 대한 경찰의 탄압을 규탄하기 위한 대규모 민중대회를 열기로 결의했다.

그러나 신간회의 광주학생사건 진상발표 대연설회 및 민중대회 계획은 경기도 경찰부에 알려지고 말았다. 연설회를 하루 앞둔 12일,

경기도 경찰부는 홍명희와 김항규(金恒圭)를 불러 민중대회를 취소하라고 강력하게 경고했다. 홍명희는 경찰부 요구를 단호하게 거절했다. 민중대회를 강행할 경우, 주모자들을 모두 검거하겠다고 으름장을 놓았지만 홍명희는 이를 두려워하지 않았다.

결국 민중대회가 열리기로 한 13일 새벽 6시를 기해 경찰은 대대적인 검거령을 발동하기에 이르렀다. 허헌을 비롯하여 이종린·한용운·정칠성·권동진·오화영·김병로·홍기문 등 신간회 관계자 30여 명이 대거 검거되었다. 다행히 이관용·홍명희·조병옥·김동준·이원혁 등은 피신을 하여 검거를 모면했다.

결국 신간회는 조선청년동맹과 함께 손잡고 광주학생 독립운동을 전국적으로 확대하기 위해, 대대적인 민중대회를 열려고 했지만, 일제의 탄압으로 열리지 못하고 40여 명의 신간회 주요 인물들이 검거되고 말았다.

민중대회는 열리지 못했지만 신간회가 항일투쟁에 절대적인 영향력을 미칠 수 있는 단체로 주목을 받게 되었다. 그리고 그 영향으로 신간회 각 지회가 중심이 되어 학생들의 항일투쟁을 배후에서 지도하게 되었다. 그 결과 학생운동이 전국적으로 확산되는데 있어서 조선청년동맹·근우회와 함께 큰 역할을 담당하기에 이르렀다. 신간회가 계획했던 민중대회 이후 서울에서는 제2차 항일시위투쟁이 전개되었다.

11

순식은 사흘 동안 집에 들어가지 않고 거리를 방황했다. 그동안 그
는 종일 발길닿는 대로 떠돌다가 밤이면 광주역 대합실에서 잠을 잤
다. 거리를 헤매다가 지치면 광주공원에 올라가 시간을 보내기도 했
다. 외롭고 괴로웠다. 시위에 나섰던 학생들의 명단을 만들어 나베지
마 주임에게 전달한 후로, 왠지 온몸에 힘이 빠졌다. 나베지마 주임을
만나러 갔을 때까지만 해도 용기와 힘이 솟구치는 것 같았었는데, 막
상 경찰부를 나오는 그 순간부터 가슴이 덜컥 내려앉은 기분을 느꼈
다. 자신이 한 일에 대해 부끄럽거나 후회스러운 것은 아니었다. 그는
마음속으로 몇 번이고 잘 한 일이라고 다짐을 했다. 그러면서도 마음
이 무거웠다. 화가 났을 때 화풀이를 한 후의 허전한 기분이랄까, 실
컷 울고 났을 때의 가라앉은 마음이랄까. 세상으로부터 따돌림 당한
듯 심한 위축감을 느꼈다. 암튼, 순식은 아무도 만나기 싫었다. 어머
니마저도 만나기 싫고 혼자 있고 싶었다.

그는 사흘 동안 아무도 만나지 않고 홀로 거리를 방황하면서 많은
것들을 생각했다. 먼저 학교 문제부터 가닥을 추리고 싶었다. 학교를
계속 다닐지, 아니면 그만둘지를 생각해보았다. 학교를 다니게 되면
그가 고변한 학생들의 적개심을 어떻게 감당해야 좋을지 몰랐다. 언
젠가는 그의 고변 사실이 알려지게 될 것이기 때문이다. 자신에게는
그들이 모두 적이 될 것이라고 생각했다.

시위 기간 동안에도 그는 광주고보생들과 함께 있지 않고 광주중

학교 학생들과 같이 있었던 것도 알려지게 될 것이 뻔하지 않은가. 시라이 교장과 와다나베 교감이 자신을 돌봐주는 것도 한계가 있지 않겠는가 싶었다. 그렇다고 학교를 그만둔다면 어머니의 실망은 또 얼마나 크겠는가. 학교를 그만둔다고 해결될 문제도 아니지 않은가. 광주바닥에 살자면 적들과 부딪히게 될 것이 뻔할 텐데, 어떻게 그들을 이겨낼 수 있을 것인가. 순식은 결국 세상으로부터 소외당한 자신을 극복하고 자신의 적들을 이겨내기 위해서는 강해져야 한다는 결론을 얻어냈다.

강해지는 길은 여러 가지가 있을 수 있다고 생각했다. 공부를 잘해서 실력으로 제압하는 것, 권투나 유도 등 운동을 하여 힘으로 이기는 것도 한 방법이다. 그러나 그 보다 더 큰 위력을 갖고 싶었다. 사람을 마음대로 부리는 힘, 아니 그보다 사람의 목숨을 좌지우지 할 수 있는 생살지권(生殺之權)을 손에 쥐고 싶었다. 어떻게 하면 그런 힘을 가질 수 있을까를 곰곰이 따져보았다. 그런 힘을 가질 수만 있다면 그 누구도 자신을 비방하거나 해하지 못할 것이라고 믿었다. 순식은 그런 힘을 갖기 위해 다시 한 번 용기를 내어, 나베지마를 찾게 된 것이다.

그날도 그는 광주역 대합실에서 쪼그리고 밤을 새우고 나서, 느지거니 우동 한 그릇으로 아침을 때우고 경찰부로 나베지마를 만나러 갔다. 점심도 굶은 채, 고등계 사무실 문 밖에서 세 시간을 기다려서야 나베지마를 만날 수가 있었다.

"아, 자네 왔구만. 이름이…… 그렇지 양순식. 자네 이름을 잊어서는 안 되지. 지난번에 자네가 준 정보는 매우 도움이 컸네. 이번에는 또 어떤 정보를 가지고 왔는가.”

나베지마는 순식을 반갑게 맞아주었다. 그는 찌그러진 나무의자까지 손수 가져다 놓고 옆에 앉으라고 했다.

“주임님, 부탁이 있어서 찾아왔습니다.”

“부탁? 말해 보게. 그렇지 않아도 시라이 교장한테 말해서 자네한테 적절한 포상을 해주려고 했던 참이라네.”

“저도 경찰이 되고 싶습니다.”

순간 나베지마는 의외라는 듯 다소 놀라는 얼굴로 순식의 얼굴을 한참 동안 말없이 들여다보기만 했다.

“자네는 아직 학생이 아닌가. 공부를 해야지.”

“이번에 시위를 일으킨 주동자들 뒤에는 반드시 이들을 조종한 배후세력이 있다고 생각합니다. 저는 경찰이 되어서 이들 배후세력들을 캐내고 싶습니다.”

순식의 말에 나베지마의 표정이 굳어졌다. 순식의 부탁을 받은 나베지마는 참으로 난감했다. 학생의 일본제국에 대한 충성심으로 봐서는 조금도 부족함이 없으나 이제 겨우 중학교 2학년이 아닌가.

“고보를 졸업하고 난 후에 나를 다시 찾아오면 안 되겠는가? 그때는 자네의 청을 꼭 들어주겠네.”

나베지마는 여전히 부드러운 목소리로 순식을 설득하려는 듯 말했다.

“안됩니다. 안 되는 이유로, 첫째는 고보를 졸업하면 제 생각이 바뀔 가능성이 크고, 둘째는 나베지마 주임께서 영전해서 내지로 돌아

가게 될 지도 모를 일이고, 셋째, 저는 지금 이번 일로 더 이상 광주고
보를 다닐 수 없을 것 같기 때문입니다. 아니 학교에 다니고 싶지가
않습니다. 대일본제국과 천황폐하께 충성하는 데에 학벌과 나이가
무슨 상관이 있습니까?"

나베지마는 더 할 말이 없었다.

"요씨."

나베지마는 잠시 눈을 지그시 감고 결심을 굳힌 듯 얼굴에 밝은 미
소를 떠올리며 고개를 두어 차례 커다랗게 끄덕였다.

"그렇다면 경찰 보조원을 하게."

이렇게 하여 순식은 광주경찰부 고등계 주임 나베지마의 보조원
이 되었다. 나베지마는 그의 사무실에 순식의 자리까지 마련해주면
서 당장 내일부터라도 출근을 하라고 했다. 그길로 순식은 사흘 만에
집으로 돌아왔다. 집에는 아무도 없었다.

그는 어머니의 장롱 속에서 돈을 훔쳐, 광주에서 제일 유명한 와다
베(渡部) 양복점으로 달려갔다. 보통학교를 졸업하고 이 양복점에 들
어가면 1년이 지나야 다리미에 불을 이루는 일을 하고 다시 1년 후에
야 겨우 단추달기를 할 수 있다는, 까다롭기로 이름난 최고급 양복점
이었다.

순식은 당장 내일부터 경찰부에 나가자면 복장을 갖춰야 했기에,
기왕이면 멋진 옷을 입고 첫 출근을 하고 싶었다. 우편국 옆에 있는
와다베 양복점을 찾은 순식은 쥐색 탱크바지에 짙은 밤색 신사복 저
고리를 맞췄다. 주문한 옷을 입으려면 빨라도 사흘 후에나 가능하다

는 나사점 주인의 말에, 옷값으로 배를 더 줄 테니 내일 입고 출근할 수 있도록 해달라고 떼를 쓰다시피 했다. 순식은 옷이 만들어질 때까지 나사점에서 기다리겠다고 했다. 그때서야 주인은 늦어도 새벽 5시까지는 옷을 완성시켜놓겠다고 하여 나사점을 나왔다.

옷을 맞추고 나서, 시호야(鹽屋)에 가서 저고리 색깔과 같은 도리우찌 모자와 검정 구두도 한 켤레 샀다. 그는 새 양복에 도리우찌를 쓰고 경찰부에 출근할 자신의 모습을 상상하면서 집으로 돌아왔다. 기분이 너무 좋아 휘파람까지 불었다.

순식이가 달뜬 마음으로 다시 집에 돌아와 보니 아버지 어머니가 나란히 마루 끝에 앉아 있었다. 이제 막 밖에서 함께 집에 돌아온 듯 어머니는 두루마기 차림이었고 아버지는 중절모자에 양복을 입고 있었다. 순식은 부모님이 나란히 앉아 있는 모습이 보기에 너무 좋아, 오랜만에 마음 편안함을 느꼈다. 부모님이 나란히 앉아 있는 모습이 그에게 왜 평화로움을 가져다주는지, 그 연유가 무엇인지는 알 수 없지만, 기분이 좋은 것은 분명했다. 처음 느껴본 감정이었다. 그런 모습을 또 언제 보았던가. 그의 기억에는 단 한 번도 없었다. 그가 생각하기에 그의 부모는 언제나 등을 돌린 채 다른 길을 가고 있었다.

"너, 어찌된 일이냐? 그동안 어디에 있었어?"

대문 안으로 들어서는 순식을 보자 마루 끝에 앉아 있던 어머니가 벌떡 일어나 댓돌 아래로 내려서며 물었다. 양만석은 그대로 앉은 채 교모 대신 도리우찌를 삐딱하게 눌러쓴 아들의 얼굴에서 무슨 비밀이라도 탐지하려는 듯 아들의 표정을 되작거려 살피고만 있었다.

아버지의 얼굴에 순식에 대한 알 수 없는 불만스러움이 가득 묻어났다. 순식은 아버지를 향해 건성으로 꾸벅 고개를 숙이고 나서는 방으로 찬바람을 일으키며 들어가 버렸다. 그의 어머니가 서둘러 아들을 뒤따라 들어갔다. 그녀는 아들이 도리우찌 모자를 쓰고 있는 것을 보고 다소 의아해하는 눈빛으로 짯짯이 살폈다. 그동안 순식의 얼굴이 몰라보게 핼쑥해진 것이 마음에 걸렸다.

"아버지는 어쩐 일이시래요?"

"네놈 땜시 걱정이 되야서 오셨단다."

순식은 혼자 있고 싶었다. 새벽에 양복을 찾으러 가려면 미리 잠을 자두어야겠다고 생각했다. 그는 두루마기를 벗어 횃대에 걸고 소세를 하기 위해 밖으로 나갔다. 조금 전까지만 해도 마루 끝에 냉랭한 표정으로 앉아 있었던 아버지가 보이지 않았다. 혹시 뒷간에 가셨는가 싶어 마당을 서성거리다가 노크를 해보기까지 했다. 아버지는 뒷간에도 없었다. 아버지는 한마디 말도 없이 사라져버린 것이 분명했다.

순식의 표정이 갑자기 울연해졌다. 조금 전까지만 해도 부모님이 마루 끝에 나란히 앉아 있는 모습을 보고 안정감을 느꼈던 마음의 평화가 순식간에 깨져버렸다. 소세를 하려고 나갔던 순식은 한동안 마당을 서성거리다가 마루에 앉았다. 그는 아버지 때문에 또 마음이 혼란스러웠다. 왜 아버지는 언제나 자식의 심사를 어지럽히는 것인지 몰랐다 그가 아버지에게 한 발짝 다가가고 싶다가도 아버지의 말 한마디나 그에 대한 무관심한 태도 때문에 마음이 곤두박질 칠 때가 어디 한두 번이었던가.

나이가 들수록 이렇듯 자꾸만 심사가 꼬이고 세상을 보는 눈이 송곳처럼 날카롭고 오기를 부리고 싶어진 것도 따지고 보면 아버지 때문이라고 생각했다. 그러기에 아버지 말에 순순히 따르기보다는 한사코 어깃장을 놓고 싶어진 것이다.

순식은 새벽 4시에 일어나 본정 양복점으로 갔다. 양복점 앞에서 반시간 이상 기다려서야 가게 문이 열려 주문한 양복을 찾을 수 있었다. 그는 양복점에서 새 옷으로 갈아입고 거울에 달라진 자신의 모습을 비춰보았다. 그는 새 구두에 양복을 차려입고 도리우찌 모자까지 쓴 자신의 모습에 놀랐다. 언뜻 봐서는 아무도 그를 몰라볼 것만 같았다.

순식은 여전히 싱글거리며 입고 갔던 옷을 보자기에 싸 들고 양복점을 나왔다. 희번하게 날이 밝아오고 있었으나 아직 상점 문은 열리지 않았다. 그는 두 어깨에 잔뜩 힘을 주고 목을 빳빳하게 세운 채 아무도 없는 본정 거리를 혼자 거닐었다. 두 발이 허공에 붕 떠 있는 것처럼 날아갈 듯한 기분이었다. 누구에겐가 자신의 달라진 모습을 보여주고 싶었지만 을씨년스러운 거리에는 행인 하나 눈에 띄지 않았다. 무엇보다 평소에 그를 비방하던 학생들 앞에 달라진 자신의 모습을 보여주고 싶었다. 특히 장백석이가 그를 보면 얼마나 놀랄까 기대되기도 했다.

순식은 하릴없이 본정 새벽 거리를 왔다 갔다 하다가, 완연히 날이 밝자 공원으로 올라갔다. 공원의 아침 공기는 달떠 있는 순식의 기분만큼이나 신선하고 쾌적했다. 그는 단숨에 오꾸무라 이호꼬 동상 앞에 서서 머리를 조아렸다. 그리고 마음속으로 이제야 떳떳하게 오꾸무라님 앞에 나타날 수가 있게 되었습니다. 앞으로 자신의 꿈이 펼쳐질 수 있도록 도와달라고 충심으로 빌었다.

그는 출근시간이 될 때까지 오꾸무라 이호꼬 동상 앞에 서 있다가, 해가 떠올라서야 천천히 공원에서 내려갔다. 그는 일부러 흥학관 앞으로 돌아 다시 우편국 쪽으로 향했다. 거리에는 상점마다 손님 맞을 준비를 하느라 바빴고 하루를 시작하는 행인들의 발걸음이 빨랐다. 그는 출근하기에는 너무 이른 것 같아 본정 1정목에서 4정목까지 내려갔다가, 다시 올라온 다음에야 경찰부 쪽으로 향했다. 출근 첫날이라 기왕이면 누구보다 빨리 자리에 앉아 있어야겠다고 생각했다.

순식이가 광주경찰부 고등계 나베지마 주임의 보조원이라는 사실은 곧 그의 아버지 양만석에게 알려졌다. 막음례가 손자들 석방을 위해 경찰부로 나베지마를 만나러 갔다가 순식과 마주친 거였다. 그녀는 이 사실을 양만석에게 알려야 한다고 생각했다. 순식이가 나베지마의 보조원이 된 것만은 말려야 하지 않겠는가 싶었다. 양만석이가 이 사실을 알면 얼마나 절망하고 마음 아파할까 생각하니 망설여지기도 했지만, 순식의 장래를 위해서도 이대로 두어서는 안 된다고 생각했다.

막음례는 순식이가 지난날 아버지의 전철을 밟게 되지나 않을까 걱정되었다. 막음례는 끝내 양만석에게 순식이의 이야기를 털어놓고 말았다. 아들의 근황을 들은 양만석은 두 손바닥으로 얼굴을 감싸안은 채 깊은 한숨을 몰아쉬었다.

"이런 경우를 인과응보라고 하지요. 옛날 제가 철이 없을 때 지악스럽게 행동했던 것이 생각나는군요."

"그런 소리는 그만 하고, 어떻게 해서든지 순식이를 그 자리에서 끌어내야 하지 않겠는가. 학업은 계속해야지."

"아닙니다. 스스로 깨달을 때까지는 내버려두겠습니다. 제 경우를 봐도 어떤 말도 귀에 들어오지 않을 겁니다. 언젠가는 깨닫게 되겠지요."

"그때는 너무 늦지 않겠는가."

"영영 깨닫지 못하고 그 길을 가게 될 수도 있겠지요. 그러다가 인생 망치는 거지요."

양만석은 괴로운 듯 얼굴을 찌푸린 채 거푸 술잔을 기울였다. 그는 어떤 말로 타이르고 설득시킨다 하더라도 순식이가 아버지의 말을 듣지 않으리라는 것을 알고 있었다. 그는 그것이 더 괴로웠다. 자식이 잘못된 길을 가고 있는 것을 보고도 바로잡을 수 없음이 뼈저리도록 고통스럽고 슬펐다.

양만석은 문득 생전의 어머니가 떠올랐다. 지난날 어머니의 심정이 지금의 자신과 같았으리라 생각하니 더욱 가슴이 옥죄이듯 아팠다. 그때 어머니는 양만석이 동척 소작인들한테 행패를 부릴 때마다 그를 탓하면서 악을 행하지 말고 선을 베풀라는 말을 버릇처럼 되뇌이곤 했다. 그때 어머니의 말은 한마디도 그의 귀에 들어오지 않았다.

12

양만석은 한동안 두문불출 금성관 방안에서만 들어박혀 지냈다. 너무 부끄럽고 괴로웠다. 불면증에 시달리면서 밥맛도 떨어졌다. 장 재성으로부터 비판을 받은 후 누구도 만나고 싶지 않았고 세상에 얼굴을 내밀고 싶지도 않았다.

그는 광주에 머물러 살아온 동안 자신의 궤적을 되돌아보고 크게 반성했다. 사상적으로나 도덕적으로나 결함이 많다는 것을 인정했다. 사회주의 사상을 받아들인 후 그의 인생이 백팔십도 뒤바뀐 것은 분명하나, 그 사상을 밑거름으로 새로운 삶을 살아가기는 많은 것이 부족하다는 것을 비로소 깨달았다. 서적을 통한 사상의 탑은 언제 허물어지고 물거품처럼 사라져버릴 지도 모를 만큼 공소하다는 것도 알게 되었다. 실제적 삶을 통해 체득된 사상이 참된 사상이며 실천력이 뒤따를 수 있다는 것을 깨달은 것이다. 그는 일본에 가서 독서를 통해 사회주의를 배웠고 그 사상이 인생에 전환점을 가져다준 것은 분명하나, 그 사상을 실현시키기 위한 방법에 대해서는 알고 있지 못했다. 공부와 투쟁과는 다르다는 것을 안 것이다. 생각에 거기에 미치자 그동안 자신의 삶이 얼마나 허위의식에 매몰되어 있었는가 싶어 뼈저리게 후회되었다.

며칠 후 양만석은 무작정 기차를 탔다. 머릿속이 복잡해진 그는 잠시 멀리 떠나 있고 싶었다. 오랫동안 동경에 있을 때처럼 모든 것을 잊고 자유로워지고 싶었는지도 모른다. 그는 6년 동안 일본에 있으면서 고향과 가족의 인연을 완전히 잊고 지냈었다. 할 수만 있다면 다시 그때로 돌아가고 싶었다.

밤새도록 눈발이 불불 날리더니 어느새 하늘이 맑아지면서 햇살이 탐스럽게 쏟아졌다. 차창 밖으로 산과 들에 눈이 포실하게 쌓여 있는 것이 보였다. 눈 위에 내리꽂히는 햇살이 눈부셨다. 양만석은 자꾸만 머릿속에서 부스럭거리는 아들 순식의 모습을 털어버리려고 버릇처럼 가볍게 고개를 흔들었다. 아들의 일은 생각하고 싶지가 않았다. 그러나 생각을 떨쳐버리려고 할수록 "아버지는 사회주의자지요?"라고 따지듯 묻던 순식의 도전적인 모습이 떠올랐다. 아들을 설득하려고 부자가 함께 공원에 올라갔다가 오히려 공격을 받고 말았던 그날의 일이 폭풍처럼 되살아났다.

양만석은 머릿속에서 순식을 떨쳐버리기 위해 대신 조선애를 생각했다. 조선애는 오랫동안 소식이 없었다. 두 차례나 편지를 썼으나 답장도 없었다. 불현듯 그녀가 그리웠다. 그동안 그는 여러 차례 조선애를 만나기 위해 진주로 달려가고 싶었지만 참았다. 사랑하는 사람을 기약도 없이 무작정 기다린다는 것은 참으로 견딜 수 없는 고통이었다. 그는 언젠가는 조선애가 꼭 돌아오리라고 믿었다. 그러나 시간이 갈수록 그 믿음이 약해지려고 했다. 조선애가 지금 어찌 지내고 있는지 근황이라도 알고 싶었다. 먼발치서 얼굴이라도 한 번 보고 싶었다. 혹시 부모들이 강제로 결혼을 시키지나 않았을까 하는 노파심마저 생겼다.

기차는 논산과 강경을 지나 대전을 향해 거친 숨소리를 뿜어내며 달렸다. 조금 전까지 만해도 차창 밖에 햇살이 묶음으로 쏟아지더니, 금세 하늘이 무겁게 내려앉았다. 다시 눈이 내릴 것만 같았다. 햇살이 숨어버리자 마음이 음울하게 가라앉았다.

기차가 대전역에 멈추자 양만석은 서둘러 내렸다. 그는 조선애를 만나야 한다는 한 가지 생각뿐이었다. 조선애를 만나기 위해 진주로 갈 생각을 한 것이다. 기차에서 내린 그는 부산행 기차표를 샀다. 그는 두 시간쯤 대합실에 앉아 있다가 부산행 기차를 탔다. 그가 탄 기차는 하얼빈에서 부산으로 가는 히카리였다. 당시 경부선에는 부산 —하얼빈, 부산—신의주, 부산—북경 등의 특급열차가 운행되고 있었다. 눈은 내리지 않았다.

부산역에 내렸을 때는 서쪽 하늘에 하루의 마지막 햇살이 붉은 꽃 잎 같은 석훈을 뿌리고 있었다. 양만석은 전차를 타고 동래로 가서 봉래관에 투숙했다. 봉래관에 여장을 풀고 나니, 문득 7년 전 동경에서 귀국했을 때가 생각났다. 그때 양만석은 김준형, 안광철과 함께 형평사 주최로 강연을 하러 진주에 가기위해 부산에서 하룻밤을 묵었다. 그리고 이른 아침 뜻밖에도 귀국길에 처음 만나 동행했던 조선애가 숙소로 찾아오지 않았던가. 그날 아침, 그녀가 찾아오지만 않았더라도, 아니 귀국길에 여객선에서 눈빛이 마주치지만 않았더라도, 그들의 사랑의 역사는 이루어지지 않았을지도 몰랐다.

지금 생각하니 두 사람의 인연이 결코 우연이 아니고 필연인 것만 같았다. 우연은 인간의 연출이고 필연은 신의 연출이라고 했던가. 두 사람의 인연이 필연으로 맺어졌기에 이토록 고통스러운 것인지도 몰랐다. 양만석은 봉래관에 누워 조선애를 만나러 진주까지 갈 것인가, 아니면 포기하고 다시 광주로 돌아갈 것인가를 생각하고 또 생각했다.

밤늦도록 뒤척이던 그는 부산까지 와서 비굴하게 그냥 되돌아갈 수는 없다고 생각했다. 언제까지 그녀한테서 소식이 올 때까지 기다리고만 있을 수 없다는 결론을 내렸다. 그는 용기를 내어 정면도전하기로 결심했다. 진주로 가서 조선애의 집에서 그녀를 만나기로 결심을 한 것이다. 가서, 당당하게 그녀를 만나보고 전후 사정 이야기를 듣고 싶었다. 만약 조선애의 부모가 딸을 만나지 못하게 막는다면 몇 날 며칠이고 그 집 문 앞에 서서 기다릴 각오를 했다. 그렇게 마음을 굳히고 나니 오히려 기분이 홀가분해졌다.

양만석은 날이 밝기를 기다렸다가 서둘러 택시를 불러 타고 진주로 향했다. 그는 택시를 타고 가는 동안에도 혹시 마음이 변해 되돌아서지나 않을까 조바심이 일었다. 그는 자신의 결심이 흔들리지 않도록, 오로지 조선애만을 생각하기로 했다. 정오가 가까워서야 진주에 도착한 양만석은 일단 택시를 조선애 집 앞에 대기시켜 놓고, 마음을 진정시키며 집 안으로 들어갔다.

집안 분위기가 이상할 정도로 고즈넉했다. 양만석은 주위를 두리번거리며 마당을 가로질러 안채 쪽으로 걸어갔다. 연신 헛기침을 토해내며 인기척을 알렸으나 얼굴을 내미는 사람이 없었다. 한참 동안 마당 가운데 서성거리고 있는데 안방 문이 열렸고 조선애의 어머니가 쭈뼛쭈뼛 마루로 나왔다. 얼핏 양만석을 내려다본 그녀의 얼굴에 수심이 가득해보였다. 처음에 조선애의 어머니는 양만석을 알아보지 못한 듯, 눈을 꿈적거린 채 반응이 없었다. 그녀는 눈으로 누구냐고 묻고 있는 것 같았다. 집에 다른 사람은 없어 보였다.

"그간 안녕하신지요."

양만석이 마루 쪽으로 가까이 다가가서 허리를 굽히고 정중하게 인사를 해서야 조선애의 어머니는 그를 알아보고 주춤 놀랐다.

"이렇게 불쑥 찾아와서 죄송합니다. 선애 씨를 잠깐만 보고 갈 수 있게 해주십시오."

양만석이 마루 끝으로 다가가서 애원했다. 조선애 어머니는 잠시 멀뚱하게 서 있다가 힘없이 마루에 앉아 시선을 멀리 던졌다. 여전히 얼굴이 밝지 않았다. 그렇다고 불시에 찾아온 양만석에게 적대감을 보이거나 화난 표정을 짓지는 않았다.

양만석은 순간 집안에 좋지 않은 일이 생겼음을 직감적으로 느꼈다. 혹시 조선애한테 무슨 일이 있는 것은 아닐까 하는 생각이 들기도 했다.

"선애 씨를 만날 수 있게 허락해주십시오. 잠깐만 보고 그냥 가겠습니다."

양만석은 다시 한 번 허리를 굽적거리며 사정을 했다.

"우리 선애 만날 수 없소."

"어디 멀리 갔습니까? 혹시 그간 결혼이라도 했습니까?"

양만석이 다급하게 물었다. 그때 방에서 여자의 기침소리가 간헐적으로 들려왔다. 환자의 기침소리가 분명했다. 양만석은 순간 혹시 조선애가 병들어 앓아누워있지나 않을까 싶은 생각이 머리를 스쳤다. 그는 기침소리가 들려온 방 쪽으로 눈과 귀를 모았다.

"혹, 선애 씨가 아픕니까? 선애 씨한테 제가 왔다고 전해주십시오."

양만석이 간절한 눈빛으로 조선애의 어머니를 보며 다급하게 말했다. 그러나 조선애 어머니는 마루에 앉은 채 아무런 반응도 보이지 않았다. 그때서야 양만석은 지금 조선애가 병이 들어 앓고 있다고 확신했다.

"선애 씨, 내가 왔소. 양만석이 선애 씨를 보려고 달려왔소. 선애 씨. 어서 문을 열고 나와 보시오. 선애 씨."

양만석이 방에 대고 물기 젖은 목소리로 조선애의 이름을 거듭 불러대며 소리쳤다. 그러나 방문은 열리지 않았다. 이내 기침소리마저 멎어버렸다.

"우리 선애, 시방 아무도 만날 수가 없으이 그만 돌아가시이소."

조선애 어머니가 슬픈 얼굴에 가느다란 눈빛으로 양만석을 바라보았다.

"아닙니다. 제가 왔다고 하면 금방 일어날 것입니다. 제발 부탁입니다."

그때서야 조선애 어머니가 힘겹게 몸을 일으키더니 방으로 들어갔다. 방에서는 아무 소리도 들리지 않았다. 그리고 한참 후에야 조선애 어머니가 밖으로 나오더니 방문을 닫았다. 조선애는 모습을 나타내지 않았다.

"만날 수 없다카네예. 그러이, 그만 돌아가시이소. 쪼매 있으면 우리 바깥양반 오시머 난리가 날끼라예."

조선애 어머니가 마루 기둥에 손을 짚고 서서 힘없는 목소리로 말했다. 그러자 양만석이 구두를 벗고 마루로 올라서더니 조선애가 누워 있는 방으로 뛰어들어갔다. 조선애 어머니는 말리지 않고 보고만 있었다.

양만석이 조선애의 방으로 들어서자 그녀는 이불을 머리끝까지 뒤집어 쓴 채 미동도 하지 않았다. 앓아누운 지 꽤 오래되었는지 환자 방 특유의 역한 냄새가 훅 덮쳐왔다. 양만석은 조선애의 머리맡에 앉았다. 그는 한동안 말없이 이불 속의 조선애를 보고만 있었다. 그녀의 몸이 얇고 조그맣게 보였다. 그때 이불 속에서 가느다란 흐느낌 소리가 들려왔다.

양만석은 조선애의 흐느낌 소리를 듣자 애틋한 마음이 뼛속을 후비는 것 같았다. 그는 참을 수 없는 그리움과 연민으로 눈물이 솟구치려고 했다. 이윽고 떨리는 손으로 이불을 젖히고 말았다. 조선애는 반듯하게 누운 채 두 손바닥으로 얼굴을 포옥 가렸다. 그녀를 보는 순간 양만석은 온몸이 슬픔으로 질척하게 녹아내리는 것 같았다. 접시꽃처럼 도톰했던 얼굴이 핏기하나 없이 창백하고 피골이 상접한데다가, 오랫동안 누워만 있어서 그런지 머리칼이 헝클어져 뒤통수에 개떡처럼 달라붙어 있었다. 그녀의 몰골로 보아 꽤 오랫동안 중병을 앓고 있었던 것이 분명했다.

양만석은 할 말을 잊고 애잔한 얼굴로 조선애를 내려다보고만 있었다. 조선애는 여전히 손바닥으로 얼굴을 가린 채 가냘픈 어깨를 들먹이며 흐느꼈다.

"이런 줄 몰랐소. 이렇게 병이 들어 있는 것도 모르고…… 다 내 잘못이오."

양만석은 가슴이 와르르 무너져 내리는 것처럼 참담해졌다. 그는 조심스럽게 그녀의 두 손을 잡아 얼굴에서 떼어냈다. 그때서야 조선애가 눈을 뜨고 양만석을 올려다보았다. 쾡하게 내려앉은 두 눈에 눈물이 가득 고여 있었다.

"선생님, 미안해요."

조선애는 울면서 말했다. 그녀의 파리한 얼굴에 눈물범벅이 되었다.

"내 잘못이오. 이런 줄도 모르고…… 자 어서 병원에 갑시다. 무슨 병인지 모르겠으나 내가 꼭 병을 낫게 해주겠소."

양만석은 도대체 조선애가 무슨 병이 들었기에 병원에 입원도 시키지 않고 이렇게 방치해두고 있는 것인지 그녀의 부모가 원망스러웠다.

"선생님, 저 좀 일으켜주세요."

조선애가 손등으로 눈물을 훔치며 말했다. 양만석은 조심스럽게 그녀를 일으켜 벽에 베개를 놓아 등을 기댈 수 있게 해주고 나서 손으로 눈물을 닦아주었다. 구겨진 속치마 밑으로 살짝 드러난 그녀의 다리가 겨릅처럼 깡말라 보였다. 양만석은 슬프기도 하고 화가 나기도 해서 방문을 열고 나가 마루에 앉아 있는 그녀의 어머니 옆으로 다가갔다.

"도대체 어찌 된 것입니까. 왜 병원에 입원을 하지 않았습니까?"

양만석이 다소 언성을 높이며 따지듯 물었다.

"밥도 안 묵고 이대로 죽겠다고 고집을 부린다 아닙니꺼."

조선애 어머니 말로는 조선애가 한사코 병원에 가지 않겠다고 하여 이 지경에 이른 것이라고 했다.

"선애 씨를 제가 데리고 가겠습니다. 당장 서울 큰 병원에 입원시켜 꼭 완쾌시키겠습니다. 동경에서 저와 함께 공부했던 친구가 서울 세브란스병원에 있습니다. 저를 믿고 허락해주십시오. 어서 준비해주세요. 옷을 갈아입히고 몇 가지만 싸주세요. 지금 택시가 집 밖에 대기하고 있습니다."

양만석은 대급한 목소리로 조선애 어머니를 재촉했다. 조선애 어머니는 가부간 말이 없었다. 망설이는 것 같았다.

"아무 생각하지 마시고 허락해주십시오. 우선은 목숨을 살리고 봐야 하지 않겠습니까. 어서 서둘러주세요."

양만석은 다시 한 번 당부를 하고 조선애의 방으로 들어갔다. 그 사이 조선애는 보릿대 같은 몸을 이끌고 화장대 거울 앞에 앉아, 떡진 머리에 빗질을 하고 있었다. 양만석이 다가가서 헝클어진 머리를 빗겨주었다. 그리고 당장 서울로 떠날 차비를 하라고 말했다. 그때 조선애의 어머니가 방으로 들어왔다.

"선애야, 어쩔낀데? 양 선생 따라가서 서울 벵원에 입원하고 싶나? 아부지도 안 계시는데 우야면 좋노."

조선애 어머니가 조심스럽게 딸의 의견을 물었다. 양만석의 제안을 일언지하에 거절하지는 않았다. 다만 남편의 허락도 없이 딸을 양만석한테 딸려 보내는 것을 저어하는 듯했다.

"어머니, 양 선생님을 따라가겠어요. 준비해주세요."

조선애가 시울이 크렁하게 젖은 눈으로 양만석을 보며 말했다. 양만석은 숨 돌릴 여유도 없이 채근하여 조선애를 택시에 태웠다. 어머니의 도움을 받아 급하게 물을 데워 머리를 감고 물수건으로 얼추 몸을 닦은 다음 나들이옷으로 갈아입고 택시에 오른 조선애는 조금은 기분이 좋아진 듯 표정이 밝아보였다.

그 몸으로 서울까지 가기에는 무리일지도 몰라 걱정을 했던 양만석은 그녀가 기분이 좋아진 것을 보고 다소 안도했다. 워낙 서두르는 바람에 조선애 어머니는 넋이 나간 듯 양만석의 부축을 받으며 마당을 가로질러 나가는 딸을 우두커니 바라보기만 했다. 그녀는 두 사람이 택시에 올라서야 부리나케 뛰어나와서 같이 따라가겠다고 했다. 양만석이 병원에 입원하는 대로 연락을 하겠다면서 가까스로 말렸다.

"우리 선애가 저리 된 기는 순전히 이 못난 에미 탓인기라. 양 선생, 꼭 우리 선애를 살려주이소. 부탁합니대이. 그라고 선애야, 아부지캉은 내가 알아서 설득을 할거구마. 그라이 아무 걱정 말고 꼭 병을 낫그래이."

조선애 어머니는 딸의 손을 붙잡고 눈물바람을 했다. 그대로 죽겠다고 버티던 딸이 선뜻 양만석을 따라나선 것을 본 선애 어머니는 한편으로는 다행이라 싶기도 했다. 우선 딸을 살려놓고 봐야 하기 때문에 남편한테 당할 일은 생각하고 싶지가 않았다. 자신이 남편한테 쫓겨난다 해도 딸을 살릴 수만 있다면 달게 받아들일 각오가 되어 있었다.

조선애 어머니는 딸이 이렇게 된 것이 모두 부모 탓이라고 생각했다. 억지로 집으로 끌고 온 딸을 남편이 방에 가두고 밖에서 열쇠를 채웠을 때도 조선애 어머니는 그냥 구경만 하고 있었다. 남편은 딸이 부모가 정혼한 남자한테 시집을 가겠다고 하기 전에는 절대로 방문을 열어주지 않겠다고 했다. 딸은 방에 갇힌 채 단식으로 버텼다. 어머니한테 방문을 열어달라고 애원했으나 그녀는 딸의 부탁을 들어주지 않았다. 광주로 돌아갈 수 있게 도와달라고 하면서 울고 애원했지만 끝내 못 들은 척했다.

기력이 쇠진할 대로 쇠진한 후에야 의사를 불러 진찰을 했을 때는 이미 병이 깊어진 후였다. 의사 말로는 오랫동안 잠을 못자고 너무 마음의 고통이 심해서 생긴 병이라고 했다.

서둘러 진주를 떠난 양만석은 택시로 부산까지 가서 곧장 기차를 탔다. 조선애는 부산역에 도착했을 때까지만 해도 잘 참고 견뎌내다가 기차에 오른 후부터는 갑자기 온몸이 땅 속으로 가라앉은 것 같다면서 괴로워하더니 잠이 들었다.

그녀는 서울역에 도착할 때까지 물 한 모금 마시지 않고 계속 잠만 잤다. 양만석은 잠든 조선애의 손을 꼭 잡고 잠시도 놓지 않았다. 그는 진주에 가 보기를 잘했다고 생각했다. 그렇지 않고 곧장 서울로 가 버렸더라면, 살아서는 조선애를 다시 볼 수 없게 될 뻔했다 싶은 생각이 들자 아찔한 기분이 들면서 저절로 안도의 한숨이 흘러나왔다. 기차를 타고 서울로 가다가 갑자기 대전에서 내리고 싶었던 것은 알 수 없는 힘이 그의 생각을 바꾼 것이라고 믿고 싶었다. 어쩌면 그 알 수 없는 힘이 조선애의 간절한 마음이 그에게 전달된 것인지도 몰랐다.

양만석은 그윽한 눈빛으로 잠든 조선애의 얼굴을 보면서, 조선애의 간절한 마음을 그에게 전달해 준, 초월적인 예지의 힘에 고마움을 보냈다. 그는 그 초월적인 능력을 가진 존재를 신이라고 믿고 싶었다. 지금까지 그는 철저한 무신론자였지만, 조선애를 무사히 병원에 데리고 가서 살려낼 수 있다면, 신의 존재를 믿고 싶었다. 그렇게 되기를 빌었다. 그는 조선애의 잠든 얼굴을 보면서, 제발 병원에 도착할 때까지만 견뎌 달라고 간절한 마음으로 신에게 빌고 또 빌었다.

기차가 절겅절겅 소리를 내며 한강철교를 지날 때 조선애가 게슴츠레하게 눈을 뜨고 힘겹게 옆으로 고개를 돌려 양만석 쪽을 돌아보았다. 객실의 희미한 전등 불빛에 비추어보인 그녀의 표정은 기력이 없는지 눈을 뜨고 있기에도 힘이 드는 것 같았다.

"서울에 다 왔어. 곧 서울역에 도착할 거야."

양만석이 소곤거리듯 말하자 조선애는 눈만 한 번 꿈적거렸을 뿐이다. 마침내 기차가 서울역에 도착했다. 두껍게 얼어붙어 있었던 밤이 서서히 밝아오기 시작했다. 기차에서 내린 양만석은 짐꾼을 불러 가방을 맡기고 그녀를 업었다. 그녀의 몸이 너무 가벼웠다.

등에 업힌 조선애가 자꾸 기침을 토해냈다. 차가운 새벽바람 때문이었다.

세브란스 병원은 서울역 바로 앞에 있었다. 1904년에 지은, 지상 2층 벽돌 건물의 멋진 위용이 한눈에 들어왔다. 양만석은 조선애를 업고 세브란스 병원까지 갔다. 그는 병원에 도착하자마자 동경에서 안광철을 통해 알게 된 외과의사 정동술부터 찾았다. 이른 새벽이라 닥터 정은 출근하지 않았고 젊은 당직의사가 대신 진찰을 했다.

양만석이 닥터 정 집에 전화를 하자 1시간쯤 후에 나타났다. 그때는 조선애가 이미 당직의사의 진찰이 끝나고 병실에 입원해 있었다. 닥터 정은 조선애가 영양실조로 몸이 극도로 쇠약해졌다면서 링거주사를 놓아주었다. 다행히 큰 병이 아니라서 마음이 놓였다.

"왜 이 지경이 되었소?"

양만석이 침대에 누워서 주사를 맞고 있는 조선애를 내려다보며 입을 열었다.

"살고 싶은 생각이 전혀 없었으니까요. 정말이지 죽고만 싶었어요. 죽을 지경에 이르면 부모님이 저를 놓아주실지 모른다고 생각했기 때문이죠. 이렇게 되지 않았더라면 부모님은 저를 벌써 강제로 혼인을 시키고 말았을 거예요. 허지만 이제는 살고 싶어요. 빨리 전처럼 건강해지고 싶어요. 건강해지면 우리 멀리 가요. 다시는 헤어지지 않겠다고 약속해줘요."

조선애는 기력이 살아난 듯 약간 달뜬 기분으로 말했다. 그러면서 조선애는 처음으로 살포시 웃었다. 그녀의 웃는 모습을 보자 양만석의 심신도 비로소 가벼워졌다. 그는 간밤에 기차 속에서 조선애를 지켜보느라 한숨도 자지 않아서인지 졸음이 폭포처럼 쏟아졌다. 의자에 앉아 자울자울 졸다가는 병상 모서리에 머리를 처박은 채 코를 골기 시작했다. 양만석은 두 시간 가까이 그렇게 앉은잠을 잤다.

그는 닥터 정이 병실을 찾아와서야 눈을 떴다. 닥터 정이 양만석에게 같이 점심을 먹으러 가자고 했다. 그러고 보니 양만석은 전날 점심부터 세끼를 내리 쫄쫄 굶고 있었다. 그런데 이상하게도 전혀 배고픈 것을 느낄 수가 없었다. 양만석은 조선애 혼자 병실에 남겨두고 점심을 먹으러 가기가 무엇해서 난처한 표정을 지어보였다.

"환자에게는 병원에서 환자음식이 주어질 것이니 걱정 말고 나갑
시다."

닥터 정은 그러면서 양만석의 등을 떼밀다시피 하여 병실에서 나
갔다. 양만석은 닥터 정을 따라 병원 옆 청요리집으로 갔다. 삐걱거리
는 나무층계를 올라 2층 다다미방으로 들어가자, 뜻밖에 안광철이 와
있었다. 닥터 정이 그에게 전화를 한 것이 분명했다.

"광철이 자네?"

"에끼 이사람, 서울에 왔으면 먼저 내게 연락부터 했어야지."

두 사람은 와락 끌어안은 채 오랫동안 떨어지지 않았다.

"여자 환자분하고 왔다던데?"

"자네도 아는 여자일세."

양만석은 안광철에게 병원에 와 있는 여자가 조선애라는 것을 밝
혔다. 언젠가는 알려질 일인데 군이 친구들에게 숨길 필요가 없다고
생각했기 때문이다. 안광철은 음식을 씹다 말고 놀란 눈으로 한참이
나 양만석을 바라보고만 있었다.

"조선애라면 진주에 사는 그 여자? 헌데 그 여자가 어떻게?"

"그렇게 되었네. 실은 한동안 선애 씨가 광주에 와 있었다네."

"그랬어? 그렇다면 자네하고?"

양만석은 안광철의 질문에 어색하게 웃음을 삼켰을 뿐이다. 그는
자신과 조선애와의 관계에 대해서 더 이상 자세하게 말하고 싶지가
않았다.

"암튼, 점심 먹고 선애 씨 병문안부터 가야겠구만."

안광철은 김준형을 불러 같이 병원에 가야겠다고 하는 것을 양만석이 한사코 말렸다. 지금은 몸이 너무 말라 아무도 만나보고 싶어 하지 않으니 회복된 다음에 만나는 것이 좋겠다고 설득을 시켰다. 그 대신 저녁에 김준형에게 연락을 해서 오랜만에 세 친구가 함께 만나기로 약속을 했다.

그날 저녁 안광철의 초대로 셋이서 남대문 건너편에 있는 조촐한 요리집에서 자리를 같이했다. 8년 만에 만난 세 친구는 격의 없이 반가운 마음으로 그동안 켜켜이 쌓인 회포를 풀었다. 수원에서 올라온 안광철은 김병로의 주선으로 신간회 일을 보고 있었고 김준형은 정읍에 있는 전답을 팔아 서울 창덕궁 부근에 가게 딸린 집을 마련하여 미곡점을 열었으나, 석 달 만에 문을 닫았다.

2년 전 김준연이 동아일보 편집국장으로 있을 때 동아일보에 입사했으나 김준연이 공산당 사건으로 투옥되자 동아일보를 그만두고 지금은 조선일보에 들어가서 학예부에서 일하고 있다고 했다. 안광철은 서울에서 민중대회 준비 과정에서 40명 남짓 되는 신간회 간부들이 검거될 때 자신은 조부님 제사 때문에 잠깐 수원 집에 내려가 있어서 체포망을 벗어날 수가 있었다면서, 지금도 잔뜩 몸을 도사리고 있는 중이라고 했다.

식사가 끝나자 안광철과 김준형이 한사코 조선애한테 병문안을 가겠다고 한 것을 양만석이 퇴원할 때까지 기다려달라고 사정하여 간신히 막았다. 그 대신 안광철은 우유와 빵을, 김준형은 설탕 한 봉지를 사주었다.

　친구들과 헤어진 양만석은 곧장 병원으로 돌아왔다. 조선애한테 두 친구가 사 준 선물을 주자 그녀는 갑자기 시무룩해졌다. 혹시 그 친구들을 병원에 데리고 오지 않은 것 때문에 그러는가 싶어 넌지시 물어보았다.

　"그 친구 분들이 저를 부도덕한 여자로 생각하겠지요? 선생님은 엄연한 유부남이니까요."

　조선애는 그러면서 양만석의 대답을 기다리기라도 한 것처럼 뚫어져라 그를 바라보았다. 그러나 양만석은 말없이 희미하게 미소를 흘릴 뿐이었다. 그는 하루가 다르게 그녀의 병세가 호전되어가고 있는 것이 반가울 뿐이었다. 그녀는 병원에 와서 약을 복용한 후부터 음식도 잘 먹었다. 특히 빵과 우유를 많이 먹어 체중을 늘리도록 하라는 의사의 말에, 걸신들린 듯 먹어치웠다.

　이제 퇴원을 해도 된다고 했지만 양만석은 그녀가 완전히 기력을 회복할 때까지는 당분간 병원에 입원해 있는 것이 좋다고 생각했다. 양만석은 그날 조선애한테는 말하지 않고 병원 전화실에 내려와 그녀의 집에 전화를 걸었다. 병원에 입원하자마자 전화를 하려고 했으나 조선애가 다 나으면 직접 자신이 하겠다면서 한사코 말렸기 때문에 늦어지게 되었다. 그녀는 집에 전화를 하면 또 당장 그녀 부모님이 서울에 올라오게 될 것이라고 했다. 마침 그녀의 어머니가 전화를 받았다.

　"와 이제야 전화를 하는교. 그동안 을매나 속이 탔는지 마, 병이 다 날 것 같았는기라. 인자 병원 알았으니끼니 당장 올라갈끼구마."

조선애 어머니는 딸이 빠른 속도로 회복되어가고 있다는 말을 듣자 울음을 터뜨리고 말았다. 양만석은 조선애의 어머니가 당장 올라온다는 말에 찔끔 놀랐다. 그는 부모님이 올라오면 당장 다른 병원으로 옮기고 말겠으니, 다 나을 때까지 조금만 더 기다리면 딸을 데리고 진주로 내려가겠다고 약속하고 간신히 말렸다.

서울에서 2차 시위가 있었다. 15일 오전 9시 반을 전후해서 교실을 뛰쳐나와 일제히 시위를 시작하였다. 이날 이화여고보 · 배재고보 · 근화여학교 · 실천여학교 · 경성여자상업학교 · 여자미술학교 · 정신여학교 · 경성보육학교 · 태화여학교 · 보성전문학교 · 경신학교 · 중동학교 · 협성실업학교 · 휘문고보 · 배화여고보 학생들이 거리로 뛰쳐나와 격문을 뿌리고 만세를 고창하며 시위를 하거나, 교문 앞에서 경찰의 저지를 받고 실랑이를 벌였다.

서울시내 여러 학교에서 동시다발로 시위가 일어나자, 학생들이 교문 밖으로 나가지 못하도록 철통같이 막았다. 이 과정에서 많은 학생들이 경찰에 붙들려갔다. 경찰은 버스와 소방차까지 동원하여 검거한 학생들을 경찰부로 호송했다. 이날 붙잡혀간 학생은 모두 300여 명에 달했다.

경찰의 강력한 탄압에도 아랑곳하지 않고 서울시내 학생들 시위는 16일에 이어 18일에도 계속되었다. 16일에는 협성실업학교를 비롯하여 경성여자상업학교 · 숙명여고보 · 진명여고보 · 배재고보 · 중앙고보 · 중앙기독교청년학관 · 실업전수학교 · 경성전기학교 · 중동학교가 거리로 뛰쳐나와 시위를 벌이거나, 교문에서 저지를 당해 강당에서 연좌투쟁을 했다.

여러 학교에서 격문이 뿌려지기도 했다. 중동학교 예과 교실에서는 "고통 속에 있는 광주고보생들을 도우라"는 내용이 담긴 격문이 무더기로 뿌려졌다.

18일에는 향상여자예기학교 · 휘문고보 · 남대문상업학교 학생들이 거리에서 만세를 고창하다가 붙잡혀가거나 구속된 광주학생들을 석방하라며 시험을 거부하기도 했다.

서울시내 거의 모든 학교가 시위에 나서자 13개 학교에서는 짧게는 하루, 길게는 일주일 동안 임시휴교에 들어갔다. 학생들이 나오지 않은 학교에는 경찰들이 진을 치고 있었다.

17일에는 총독부에서 각 도의 경찰부장을 참석시켜 시위진압을 위한 비상대책회의를 열었다. 경찰은 학생시위 규모가 날로 확산되자 기마순사대 200명과 순사교습소생 300명을 포함, 총 1,700명을 동원한 것 외에도, 경성헌병대와 조선군사령부로부터도 병력지원을 받아 강력하게 시위를 진압했다. 경찰은 관용차와 부영(府營)버스 · 택시 등 모두 100여 대를 동원하여 검거된 학생들을 수송했다.

사회단체 인사들에 대한 검거선풍도 몰아쳤다. 경찰은 학생시위와 관련혐의로 박문희(朴文熹) 등 신간회 회원들과 사회단체 주요인물 20여 명을 검거했다. 허정숙도 붙잡혀갔다. 이 밖에도 학생들 동요와 시위를 미연에 차단한다는 명분으로 학생들 중에서 사상문제로 주의를 받아왔던 58명을 퇴학시켰다.

20일쯤 되자 학생들의 시위가 일단 진정된 분위기였다. 진정되었다기보다는 경찰의 철통같은 경계로 학생들이 잠시 숨을 죽이고 몸을 도사리고 있었다고 봐야 옳다. 이 무렵 동덕여고보 · 경성여자상업학교 · 실천여학교 · 이화전문 · 이화보육 · 고학당 등 6개 학교는 무기휴교를, 시위투쟁이 가장 치열했던 이화여고보는 1개월간 휴교령이 내려졌다.

휴교에 들어가지 않은 학교도 절반에 가까운 학생들이 수업을 거부하고 학교에 나오지 않았다. 중동학교의 경우 769명이 학교에 나오지 않았고 휘문고보 500명, 경신학교 406명, 배재고보 281명이 결석했다.

서울시내 중등학교 25개 학교가 휴교 또는 수업거부로 거의 정상수업이 이루어지지 않았다. 서울의 2차 시위운동에는 모두 30여개 학교 3000여 명이 참여했다.

1차 시위 때와 마찬가지로 연합투쟁의 형태로 조직적으로 전개되었다. 특히 2차 시위에서는 여학생조직과 여성단체인 근우회의 역할이 대단히 컸다. 그러나 2차 시위에서 406명의 학생들이 경찰에 잡혀갔다. 이들 중에서 남학생이 271명, 여학생이 135명이었다. 검거된 여학생 숫자가 많은 것은 2차 시위에서 여학생들이 맹렬하게 참여했기 때문이다.

50명이 퇴학을 당했고 330명이 무기정학을 받는 등 시위와 관련하여 많은 학생들이 징계를 당했다. 그러나 학생들은 무자비한 탄압에도 결코 굴하지 않고 항쟁을 계속했다.

1월28일 연희전문학교 학생 300여 명이 검거된 학생 전원을 석방하라는 등의 3개항을 결의하고 동맹휴학에 들어갔다. 이 결과 여러 학교에서 동맹휴학에 동조하고 나섰다. 중앙고보·경신학교·중동학교·휘문고보·동덕여고보·고학당·중앙기독교청년학관 등 10여 개 학교 학생들이 수업을 거부하고 동맹휴학에 돌입했다.

13

서울에서 2차 시위가 일어나면서 검거선풍이 불어닥치고 있을 때, 양만석과 조선애는 살림을 차렸다. 남대문에서 남산으로 올라가는 후미진 산기슭 양지쪽에 문간방을 사글세로 얻어, 보금자리를 마련했다. 이사를 한 첫날 저녁 조선애는 둘이 먹을 밥을 짓고 주인집에서 얻은 된장으로 두부찌개를 끓였다. 부엌은커녕 비를 가릴 거적 한 장 걸쳐져 있지 않은 난장 아궁이라, 매서운 칼바람이 온몸을 휘감았다. 그래도 조선애는 마음이 뜨거워서인지 전혀 추운 것을 느끼지 못했다. 비록 부엌도 없는 문간방이지만, 두 사람만의 보금자리를 마련하고 사랑하는 사람과 마주 앉아서 먹을 밥을 짓는다는 것만으로도 행복해하였다.

조선애가 밥을 짓는 동안 양만석은 가방에서 옷가지들을 꺼내 횃대에 걸고 나서 방을 쓸고 걸레질을 했다. 그가 비질과 걸레질을 해본 것도 처음 있는 일이다. 그는 걸레질을 하다 말고 방으로 솔솔 흘러들어온 된장찌개 냄새에 공복감을 느꼈다. 오랜만에 조선애가 정성스럽게 지어준 밥을 먹게 되어 가슴이 설레었다. 더욱이 이날은 두 사람이 처음으로 한방에서 한 이불을 덮고 자는 첫날밤이 아닌가.

그동안 그는 이날을 얼마나 애타게 기다려왔는지 모른다. 그는 보석처럼 가장 소중한 것을 꼭꼭 숨겨두고 싶은 마음에서 비롯된, 절절한 기다림으로 이날까지 참고 또 참아왔다. 날이 어두워지자 양만석은 방에 전깃불을 켜고 방문을 열었다.

"아직 멀었소?"

"다 되었어요. 문 닫지 말고 계셔요."

조선애가 개다리소반에 김이 모락모락 피어오르는 밥그릇을 놓으며 말했다. 잠시 후 두 사람은 밥상을 가운데 놓고 마주 앉은 채, 한동안 말없이 서로를 마주보며 얼굴 가득 싱긋이 웃었다. 고소한 쌀밥 냄새와 구수한 된장찌개 냄새가 방안에 가득 찼다. 반찬이라야 된장찌개와 배추김치가 고작이었지만 어떤 성찬도 부럽지 않았다.

"자, 먹읍시다."

양만석이 먼저 수저를 들고 된장찌개 맛을 보았다. 조선애는 양만석의 표정을 살피느라 얼굴에 시선을 집중했다.

"아, 서울에서도 고향 맛을 느낄 수가 있네요. 된장찌개 맛이 내 마음을 아주 편안하게 만들어주는구려. 맛이 일품이요."

양만석이 그렇게 말해서야 조선애는 비로소 숟가락을 들고 천천히 된장찌개 맛을 음미했다. 양만석은 걸신들린 듯 게걸스럽게 숟가락질을 하여 밥 한 그릇을 뚝딱 다 비웠다. 조선애의 밥그릇도 거의 비워지고 있었다.

"남은 밥 더 없소?"

양만석이 빈 밥그릇을 들고 바보처럼 웃으며 조선애를 보았다. 조선애가 양만석의 빈 밥그릇을 들고 나가더니 이내 수북하게 밥을 퍼들고 들어왔다.

"이렇게 맛있는 밥은 처음인 것 같소."

양만석은 그러면서 숟갈로 듬뿍 밥을 떠서 조선애의 밥그릇에 놓아주었다. 조선애는 사양하지 않았다. 그녀는 요즘 식성이 좋아 먹어도 먹어도 허기가 졌다. 먹성이 좋아진 때문인지 이제 아프기 전보다 오히려 몸집이 무거워진 듯싶었다.

"이러다가 뚱보가 될까 걱정 되네요. 선생님은 제가 절구통 같이 뚱보 되는 거 싫으시죠?"

조선애가 마지막 밥숟갈을 뜨며 물었다.

"먹서리 같은 뚱보가 되어도 좋으니 아프지만 말아요."

"그렇다면 저, 더 먹을래요."

"나도 더 먹고 싶소."

그러자 조선애는 다시 문을 열고 나가더니 누룽지 두 그릇을 들고 들어왔다. 두 사람은 얼굴 가득 넉넉한 희색이 되어 순식간에 누룽지 그릇을 비웠다. 그리고 배가 불러 나란히 벽에 등을 기대고 앉아 발을 뻗었다. 그들은 포만의 행복감으로 심신이 흐물흐물 녹아내리는 기분으로 서로를 보며 연신 히죽거렸다.

이제 더 바랄 것도 부족함도 없었다. 그냥 그대로 좋았다. 배부른 돼지의 동물적 평화로움을 마음껏 느꼈다. 부끄러움도 후회도 없었다. 어둠 속의 세상은 두 사람과 동떨어져 있는 듯 적막하기만 했다. 이따금 주인집 방에서 아이들이 떠들어대는 소리가 흘러들어와 적막을 깨트렸을 뿐이다. 두 사람은 눈을 감은 채 가장 편안한 자세로 그렇게 말없이 오랫동안 앉아 있었다.

두 사람은 잔뜩 배가 부른 몸으로 뜨끈뜨끈한 방바닥에 편하게 등을 기대고 앉아있자 곧 솔솔 잠이 쏟아졌다. 양만석은 실눈을 뜨고 조선애를 보았다. 그녀는 어느새 자울자울 졸고 있었다. 이대로 있다가는 그대로 앉은 채 잠이 들 것만 같았다. 그는 첫날밤을 이대로 보낼 수는 없다고 생각했다. 경건하면서도 엄숙한, 영원히 기억될 수 있는 밤이 되게 하고 싶었다. 그는 눈을 번쩍 뜨며 등을 곧추 세우고 앉았다.

"이봐요, 잠들지 말아요."

양만석이 큰 소리로 말하며 일어서서 외투를 걸쳤다. 그때서야 조선애도 자세를 고쳐 앉으며 눈을 크게 뜨고 양만석을 올려다보았다.

"잠깐, 나갔다 오리다. 역사적인 밤인데 이대로 꼬꾸라져 잠들기에는 억울하지 않아요?"

"이 밤에 어디를?"

"반 시간, 아니, 한 시간만 기다려줘요. 나 올 때까지 절대로 먼저 잠들지 말아요."

외투에 중절모자까지 쓴 양만석은, 잠들지 말라는 말에 힘을 주고 밖으로 나왔다. 밖은 어둠의 장막이 겹겹이 에워싸, 지척을 분간할 수 없었다. 산기슭이라 밤바람이 삵의 이빨처럼 날카로웠다. 양만석은 어둠을 더듬어 산자락 길을 따라 나와 가로등이 켜 있는 큰 길에 이르렀다.

잠시 후 남대문을 지나 서울역 앞 세브란스병원 근처 제과점에 도착했다. 양만석은 제과점에 들어가서 시루떡처럼 둥그스름한 생일파티용 케이크와 청주 한 병을 샀다. 그는 동경 유학시절, 부잣집 유학생들이 생일날 케이크에 촛불을 켜놓고 박수를 치며 축하파티를 하던 것을 자주 보았었다. 그날 밤 양만석은 그렇게 해서라도 조선애의 마음을 기쁘게 해주고 싶었다.

제과점을 나온 그는 불을 밝힐 양초도 한 갑 샀다. 그녀가 좋아하는 백합꽃도 사고 싶었지만 아직은 3월이라, 꽃을 살 수 없는 것이 안타까웠다. 양만석은 한달음에 조선애가 기다리고 있는 집으로 뛰어왔다. 조선애는 양만석이 케이크와 청주를 사들고 온 것을 보자 감격해하는 표정이었다.

"오늘밤이 우리에게는 기념비적인 날인데, 의미 있게 만들어야 하지 않겠소."

외투와 모자를 벗은 양만석은 개다리소반에 케이크를 올려놓고 두 개의 촛불을 켠 다음 전등불을 껐다.

"참, 술잔이 있어야지."

양만석이 청주병을 따자 조선애가 밖으로 나가더니 사기 국그릇 두 개와 접시를 들고 들어왔다. 양만석이 두 개의 국그릇에 청주를 가득 따라 밥상 위에 놓았다. 그리고 두 사람은 케이크를 사이에 두고 마주 앉았다.

"화려한 예식을 갖추지는 못할망정 이렇게 초라하게 선애 씨를 맞게 되어 참으로 미안합니다. 오늘은 비록 우리 두 사람의 영육이 하나가 되는 약속을 하게 되었지만, 훗날 기필코 떳떳하게 세상 모든 사람들 앞에서 의식을 갖추겠다는 것을 약속하리다. 다만 내가 선애 씨한테 분명하게 다짐할 수 있는 것은, 선애 씨를 사랑하는 이 마음 죽을 때까지 변치 않는다는 것입니다."

양만석은 진지한 얼굴로 조선애를 바라보며 그녀의 두 손을 맞잡았다.

"고마워요. 저는 선생님을 만나 이렇게 인연을 맺은 것을 절대로 후회하지 않을 것입니다. 저는 더 바랄 것이 없답니다. 세상 사람들이 저를 비난한다 할지라도 저는 지금 이대로 선생님과 함께 있는 것만으로 행복합니다. 앞으로 운명이 우리를 갈라놓는다 해도 선생님을 원망하지 않고, 지금 이 마음 언제까지나 간직하고 살 것입니다."

"어떤 운명도 우리를 갈라놓지는 못할 것이니 안심해요."

양만석은 팔에 힘을 주어 조선애의 손을 꼭 쥐었다. 그녀의 손은 앙증맞을 정도로 꽃잎처럼 작고 부드러웠다.

"우리, 상대의 인격을 존중하고 서로 평등함을 인정하기 위해 사랑과 존중하는 마음을 모아 맞절을 하는 것이 어떻겠소."

양만석의 제안에 조선애는 멀뚱한 표정을 지어보였다. 그가 촛불을 켜고 전깃불을 껐다.

"자, 마주 보고 절을 합시다."

양만석이 일어서며 재촉하자 조선애도 마지못해 엉거주춤 일어섰다. 그리고 두 사람은 서로를 마주보고 엎드려 큰절을 했다. 절을 끝내고 그들은 한동안 무릎을 꿇고 앉은 채 서로를 마주보고 앉아 있었다. 맞절을 끝내고 마주앉은 두 사람은 사뭇 진지한 눈빛으로 많은 이야기를 주고받았다.

그들은 서로의 찐득한 눈빛을 통해 서상대가 무슨 이야기를 하고 있는지를 읽을 수 있었다. 그들은 사랑과 존경의 마음을 넉넉하게 주고받았다. 양만석은 조선애의 눈시울이 그렁그렁 젖어 있는 것을 놓치지 않았다. 그녀의 젖은 눈을 보자 그도 기분이 조금은 울적하게 가라앉았다. 그는 조선애한테 한없이 미안함과 고마움을 느꼈다. 한참 후, 양만석이 먼저 칼을 가지고 와서 케이크를 잘랐다. 그는 접시에 케이크를 담아 조선애 앞에 놓았다.

"미안해요. 그리고 사랑해요."

양만석은 그렇게 말하고 먼저 케이크를 안주 삼아 청주사발을 들고 쿨럭쿨럭 마셨다. 그는 두 번에 걸쳐 청주 한 사발을 다 들이켰다. 그때서야 조선애도 술 사발을 두 손으로 받쳐 들더니 천천히 입술을 축이며 얼굴을 찡그렸다. 그녀는 겨우 서너 모금 마시더니 술 사발을 상에 놓고는 케이크를 한입 넣고 양만석의 빈 사발에 술을 가득 채웠다. 그는 지체하지 않고 술 사발을 기울였다.

청주 두 사발을 거푸 들이키고 난 양만석은 얼굴이 불콰해지기 시작했다. 그 사이 조선애도 술 한 사발을 다 비웠다. 술을 별로 좋아하지 않는 그녀가 청주 한 사발을 마신 것은 처음 있는 일이었다. 그녀는 술이 취하는지 게슴츠레하게 눈을 치뜨고 양만석을 보며 희끔희끔 미소를 날렸다. 부끄러움을 없애고 용기를 내기 위해 마신 것이 과음을 한 것 같았다.

"이제 그만 잡시다."

양만석이 상을 방 윗목으로 물리며 말했다. 그러나 조선애는 딸꾹
질까지 하면서 여전히 희끔거리고만 있었다.

"선애 씨 취해요?"

"벌써 자게요?"

"그만 잡시다."

"불 좀 꺼주시겠어요?"

조선애가 시렁에서 이불을 내려서 방바닥에 깔며 말했다. 비척거
리지도 않고 말끝이 말리지 않은 것을 보니 많이 취한 것 같지는 않
다. 양만석이 잠옷으로 입는 한복바지와 저고리로 갈아입고 나서 불
을 끈 다음, 먼저 이불 속으로 들어가 조선애를 기다렸다. 그러나 조
선애는 어둠 속 구석지에 웅크리고 앉은 채 한동안 꿈쩍도 하지 않았
다. 양만석은 조선애 쪽으로 돌아누워 숨을 죽인 채 눈을 뜨고 어둠
속의 조선애를 지켜보았다.

"어서 들어와요."

양만석이 속삭이듯 재촉을 했다. 그때서야 조선애가 앉은 채로 옷
을 벗기 시작했다. 사락사락 옷 벗는 소리가 신경을 자극시켰다. 이 세
상 어떤 음악보다 아름다운 소리였다. 그녀는 속치마 저고리 바람으로
한참을 숨소리도 없이 앉아 있을 뿐 이불 속으로 들어오지 않았다.

양만석은 재촉하지 않고 기다렸다. 한참을 기다린 끝에 그가 큼큼
헛기침을 해서야 조선애는 이불 끝자락을 조심스럽게 들추며 멈칫멈

첫 몸을 뉘었다. 순간 양만석이 두 팔로 덥석 그녀를 끌어안았다. 조선애는 몸을 웅크리며 양만석의 품에 포옥 안겼다. 팔에 힘을 주자 그녀의 젖무덤이 몽클하게 느껴졌다. 순간 두 사람의 숨결이 거칠어지기 시작했다. 양만석의 손이 조선애의 몸을 더듬기 시작했다. 혀와 손이 같이 움직였다. 뺨에서 입술로, 입술에서 쇄골과 목을 거쳐 가슴으로 옮겨가더니 배꼽 아래를 더듬었다. 갑자기 거칠어진 양만석에 대해 조선애는 가끔 가벼운 신음소리와 함께 몸을 뒤틀었을 뿐, 거부하지 않았다.

난생 처음으로 남자를 받아들이고 있는 그녀의 촉촉해진 몸은 새로운 세상에 눈을 뜨듯 현악기의 현처럼 떨리면서 가느다란 소리를 냈다. 그 떨림과 소리로 하여 온몸이 연체동물처럼 흐물흐물 녹아내렸다. 그녀의 몸은 이미 오래 전에 양만석이라는 한 남자를 받아들일 준비를 하고 있었던 것처럼 강한 흡입력으로 밀착해왔다. 단 한 번의 경험도 없는 그녀는 사랑하는 남자를 받아들이는데 비록 서툴기는 했으나 잘 호응하려고 애쓰는 것이 느껴졌다. 양만석은 조선애가 두 번째 여자이기는 하지만 이성을 처음 맞는 것처럼 새롭고 신비롭기까지 했다.

그는 아내와 헤어져 동경으로 건너간 이후 십수 년 만에야 비로소 여자와 잠자리를 하게 되었다. 그동안 여러 차례 기회가 있었지만 사랑하지 않는 여자와는 결코 살을 섞지 않겠다는 생각에, 지금껏 참선하듯 이성적 욕정을 참아왔던 것이다.

양만석은 다음날 아침 늦잠을 잤다. 눈을 떠보니 옆에 누워 있어야

할 조선애는 보이지 않고 눈부신 햇살이 문 틈새로 뱀의 혓바닥처럼 널름거렸다. 방문 밖에서 달그락거리는 소리가 들리는 것으로 보아, 조선애가 먼저 일어나 아침을 짓고 있는 것 같았다.

양만석은 이불 밖으로 기어 나와 문틈으로 밖을 내다보았다. 방문 맞은편에 그리 넓지 않은 화단이 보였고 앙상한 단풍나무 가지가 바람에 흔들리고 있었다. 앵앵거리는 바람소리로 보아 밖은 제법 쌀쌀한 모양이었다. 겨울 동안 얼어 죽지 않도록 짚으로 싸서 새끼로 동여맨 매화나무 서너 그루가 바람에 흔들리고 서 있는 화단 맞은편으로 작두 샘이 보였고 오십대 초반의 주인 남자가 세수를 하고 있는 모습이 눈에 들어왔다. 덩치가 크고 얼굴이 우락부락하게 생긴 주인 남자는 종로 왜 싸전에서 되쟁이 일을 하고 있다고 했다.

양만석은 뒤가 마려웠으나 주인 남자와 마주치기가 싫어 참았다. 앞으로 셋방살이를 하자면 불편한 점이 한두 가지가 아닐 듯싶었다. 그는 서울에 올라오자마자 막음례가 변통해 준 돈으로 오두막이라도 한 칸 사고 싶어했지만 한사코 조선애가 말리는 바람에, 셋방을 얻게 되었다. 조선애가 집 사는 것을 반대하는 이유는 앞으로 어디에 일자리를 얻게 될지 모르니 직장이 정해진 다음에, 가까운 곳에 집을 장만하자면서 당분간은 셋방살이를 하자는 것이었다. 양만석을 날씨가 풀리는 대로 일자리를 알아보겠다고 했다. 양만석은 주인 남자가 세수를 끝내고 방으로 들어가서야 허겁지겁 방문을 열었다.

"세숫물 데워 놓았으니 양치질부텀 하서요."

어느새 조선애가 환하게 웃으며 칫솔과 몽근 소금이 담긴 종지기를 들고 서서 말했다. 양만석을 대하는 그녀의 태도가 마치 두 사람 결혼생활이 오랫동안 몸에 베이기라도 한 것처럼 익숙해보였다. 양만석은 다급하게 손사례를 치며 뒷간으로 달음질쳤고 그런 그의 모습을 보고 조선애가 쿡쿡 웃음을 쏟았다. 마당 앞 오래된 오동나무 가지에서 까치가 낭자하게 울어댔다.

"부엌이 없어서 많이 불편하겠구만."

뒷간에서 나온 양만석은 느긋해진 모습으로 난장에서 밥을 짓고 있는 조선애를 안쓰러운 얼굴로 바라보며 말했다.

"어서 세수나 해요. 아침에 안광철 선생과 만나기로 약속했다면서요."

조선애가 칫솔과 소금종지기를 건네고 나서 큰 바가지에 뜨듯하게 데운 물을 가득 퍼 담아 주었다. 그는 양손에 물바가지와 칫솔을 들고 작두 샘가로 갔다. 바가지 물을 세숫대야에 붓고 나서 대충 양치질을 끝내고 서둘러 세수를 했다. 세수를 끝내자 어느새 조선애가 마른 수건을 들고 와 서 있었다. 양만석은 그를 위해 발 빠르게 움직이는 조선애의 그 같은 행동에 당황해하면서도 한편으로는 오달진 마음에 버릇처럼 싱글싱글 웃었다.

잠시 후, 두 사람은 밥상을 가운데 두고 마주 앉았다. 양만석은 조선애를 바라보며 이 여자가 나의 반쪽이구나 하고 생각했다. 하룻밤 사이에 자신의 한 부분처럼 느껴졌다. 쑥스러움이나 어색함이 말끔히 사라지고 애틋한 정이 솟구치면서 마음이 편안해졌다.

이 여자 앞에서는 감출 것도 숨길 것도 없다는 생각이 들었다. 양만석은 아침을 먹기 위해 숟가락을 든 채 한참 동안이나 그윽한 눈빛으로 조선애를 바라보면서 여러 가지 생각을 했다. 어쩐지 그녀가 달리 보였다. 어제까지만해도 전혀 보이지 않았던 또 다른 색깔로 비친 것이다. 그것은 여자만이 가지고 있는 가장 특별하고 선명한 빛깔이었다. 그것은 초록빛도 보랏빛도, 분홍빛도 아닌 다른 빛깔이었다. 세상의 모든 색깔이 하나로 합쳐져 만들어진 오묘하고 신비한 빛깔이었다. 예전에 그 어떤 여자에게서도 발견할 수 없는 색깔로 그에게 새롭게 다가왔다.

"왜 그러고 있어요? 내 얼굴에 뭐 묻었어요?"

양만석이 넋을 잃고 자신을 바라보고 있자, 그녀가 큰 소리로 채근을 했다.

"너무 아름다워서."

그것은 양만석의 진심이었다. 고분고분하면서도 당당하고 섬세한 듯 하면서도 도량이 넓고, 자기주장이 강하면서도 남을 배려할 줄 알고, 강한 듯 하면서도 한없이 부드러운 여자. 예전에는 그녀가 이토록 여자다운 매력을 지닌 여자인 줄 몰랐었다.

양만석은 안광철을 만나기 위해 집을 나섰다. 조선애가 대문 밖까지 따라 나와 배웅을 해주었다. 3월로 접어든 지 열흘이나 지났지만 아직 바람이 제법 쌀쌀했다. 그는 서둘러 남산 길을 내려와 조선호텔 끽다점으로 향했다.

안광철이 무슨 일로 갑자기 만나자고 한 것인지 궁금했다. 그는 친구들에게 조선애와 함께 셋방살이를 하게 된 것을 알리지 않았다. 되도록 조선애와의 동거사실을 비밀로 하고 싶었다. 호텔 끽다점에는 안광철이 신사복 차림의 처음 보는 청년과 같이 와 있었다. 그들과 비슷한 또래로 보이는 그 청년은 몸집은 다소 왜소해보였지만 근육질 얼굴에 눈빛이 날카로웠다.

"인사들 하게. 이 친구는 내 고향 친구인데 최근에 상해에서 귀국 했다네."

"처음 뵙겠습니다. 저는 이경수라고 합니다. 양 선생님에 대해서 는 광철이한테서 많은 이야기를 들었습니다. 광주학생 운동으로 고 생이 많으시겠습니다."

안광철을 소개하기가 바쁘게 이경수가 먼저 손을 내밀었다. 양만 석은 이경수의 입에서 광주학생 운동 말이 나오자 다소 마음이 경직 되는 것을 느꼈다.

"내가 이 친구를 소개시켜주려고 애타게 자네를 찾았었다네."

안광철은 잠시 주위를 경계하듯 두리번거리더니 양만석 가까이 상반신을 앞으로 꺾었다.

"이 친구는 오래 전에 상해로 들어가서 임시정부의 연통제 상해본 부에 있었다네."

안광철은 주위를 의식하며 속삭이듯 낮은 목소리로 말했다. 양만 석은 연통제에 대해서 알고 있었다. 상해임시정부 안에 국내외를 연 결하는 비밀조직으로, 교통국과 연통제라는 상설기구가 있다는 것을 들은 바 있었다.

교통부는 통신기관으로 정보의 수집 · 교환 · 연락 등 통신 업무에 치중하면서 독립운동의 자금 수집업무도 맡고 있었다. 한편 연통제는 임시정부내무총장인 안창호(安昌浩)가 중심이 되어 국내외를 연결하고 시행하는 지방행정제도인 동시에, 국내를 지휘 감독하기 위한 기본조직이었다. 연통제는 각 도에 감독부를, 군에는 총감부, 면에는 사감부를 두기로 했고 실제로 경기도를 비롯 9개 도와 1부 45군에 조직이 이루어져 독립운동을 위한 활동을 하고 있었다.

"이 친구는 처음에 연통제 본부에 있다가 안창호 선생을 따라 남경 동명학원으로 옮겨갔고 지금은 안창호 선생 밑에서 이상촌건설을 준비하고 있다네."

안광철이 부연 설명했다. 양만석은 이상촌 이야기를 처음 듣고 흥미를 느꼈다. 그는 이상촌에 대한 자세한 이야기를 듣고 싶어 이경수 쪽으로 눈길을 옮겼다.

"안창호 선생이 준비하고 있는 이상촌은 만주지방에 이주한 조선 농민들의 생활안정을 목표로 한 것입니다. 이념적 이상향 건설과는 무관하지요."

이경수가 말했다. 그는 사회주의에서 내세우고 있는 이상향과는 상관이 없다는 것을 분명히 했다. 그러면서 그는 안창호 선생이 만주에 이상촌건설을 위해서 농민호조사(農民互助社)를 결성하고 중국 화중(華中) 지방에도 10만 200호의 이상적 농촌을 건설, 포도원을 경영할 계획이라고 설명해주었다. 그리고 연말 안으로 생산과 신용의 합작운동을 널리 보급시키기 위해, 동인호조사(同人互助社)를 조직할 것이라고 했다.

"안창호 선생께서는 지난해, 그동안에 애써왔던 민족유일당 운동이 이념과 노선의 차이로 분열되고 말자, 이동녕 · 김구 선생과 함께 종래의 파벌적 투쟁을 청산하고 임시정부의 기초적 정당결성이라는 명분하에 한국독립당결성을 준비 중에 있습니다. 이와 함께 선생께서는 대공주의를 제창하셨지요."

이경수는 안창호 선생의 근황에 대해서도 이야기 했다. 이경수가 말하는 대공주의(大公主義)란 '개체는 전체를, 전체는 개체를 위하여'라는 명분아래, 소집단적이고 파벌적인 항일투쟁을 지양하고 독립을 쟁취하기 위해서는 임시정부 아래, 민족이 대동단결하자는 주창이었다. 안창호가 그동안 민족유일당건설을 위해 혼신의 노력을 기울여왔다는 것은 다 아는 일이었다.

"이상촌에 대해서 좀 더 구체적으로 말씀해 주십시오."

양만석은 안창호 선생이 계획하고 있다는 이상촌에 대해 관심을 나타냈다. 이미 만주 땅에 이상촌 후보지까지 마련했다니, 그 계획이 구체적인 실현단계에 와 있음을 알 수 있었다.

"아까도 이야기 했지만, 만주지방에는 많은 우리 민족이 이주를 했지 않습니까. 그런데 아직도 이주농민들의 생활이 안정되지 않고 있습니다. 그래서 안창호 선생께서는 먼저 이들의 생활을 안정시킬 목적으로 농민들이 서로 도우며 살아갈 수 있는 농민호조사를 결성하고자 한 것입니다. 이주농민들의 생활안정을 위해서는 먼저 의식주가 해결되어야 하겠지요. 먹고 사는 문제를 해결하자면 보다 과학적으로 농사를 짓는 것부터 시작해야겠지요. 그래서 포도원을 경영하려고 한 것입니다. 그 다음에는 서로 힘을 합해서 돕고 사는 모듬살이 조직, 즉 결집된 힘이 필요하지 않겠습니까. 스스로 안전을 지키기 위해서는 결집된 힘이 절대 필요합니다. 그 힘은 독립운동에도 도움이 되리라고 생각합니다."

이경수의 말에 양만석은 천천히, 여러 차례 고개를 끄덕이며 긍정을 표시했다. 비록 그 이상촌이 사회주의 이념과는 무관하다 할지라도, 잘만 운영한다면 이상촌에서 사회주의의 꿈을 얼마든지 실현할 수도 있다고 생각했다.

"이상촌건설을 성공시키자면 자금이 필요하겠군요."

양만석이 한참 동안 생각 끝에 입을 열었다.

"그때문에 안창호 선생의 부탁을 받고 이 친구가 은밀하게 귀국을 한 거라네. 해서 지금 서울과 우리 고향에서 유력인사들을 만나 도움을 요청하고 있다네. 아마 미구에 좋은 결과가 있을 거네."

안광철이 말했다. 양만석이 생각하기에 안광철도 이상촌 건립자금을 쾌척하기로 한 것 같았다. 그리고 안광철이 자신을 이경수에게 소개한 것도 자금 지원을 요청하기 위한 것이라고 받아들였다.

"헌데, 요즘 간도 사정은 어떻습니까?"

"글쎄요. 간도에도 하루가 다르게 일본의 마수가 구석구석 깊숙이 뻗치고 있지요. 일본은 이미 오래전부터 호시탐탐 만주를 노리고 있으니까요. 허지만 다른 지역에 비해서 독립투쟁하기가 용이한 것도 사실입니다. 어디에나 많은 조선민족들이 뿌리박고 있어서 도움을 받을 수가 있답니다."

"간도에서도 중국공산당 영향이 커지고 있다고 들었습니다만. 특히 길림지역에서는 폭동도 자주 일어난다지요?"

이경수의 말끝에 양만석이 낮은 목소리로 속삭이듯 물었다.

"허나 소문처럼 폭동의 규모는 아직까지는 그리 크지 않은 것으로 알고 있습니다. 주로 공청단·농민협회·반제동맹·반일회 등 군중단체가 만들어져 있어, 자주 소규모의 폭동이 일어난다는 이야기는 들었습니다만. 아직 심각한 정도는 아닙니다."

"우리 동포들도 상당수가 군중단체에 참여하고 있을 텐데, 혹시 그 같은 폭동이 이상촌건설에 방해가 되는 건 아닌가?"

두 사람의 이야기에 귀를 기울이고 있던 안광철이 버릇처럼 다시 상반신을 앞으로 꺾으며 심각한 얼굴로 물었다.

세 사람은 안창호 선생이 추진하고 있는 이상촌에 대해 많은 이야기를 나누었다. 그들은 이상촌 이야기에 시간 가는 줄도 몰랐다. 안광철도 양만석 못지않게 이상촌에 대해 관심이 많아 보였다. 그는 간도 땅에 가서 이상촌건설을 위해 일하는 것도 보람된 일일 것 같다는 이야기를 얼핏 내비치기도 했다.

양만석은 이경수로부터 이상촌에 대한 이야기를 듣는 순간부터 가슴 밑바닥으로부터 솟구치는 흥분을 감출 수가 없었다. 어쩌면 그는 오래전부터 안창호 선생이 준비 중에 있는 이상촌건설을 꿈꾸어 온 것인지도 몰랐다.

정오가 가까워지자 조선호텔 끽다점에 김준형이 모습을 나타냈다. 안광철과 미리 약속이 되어 있었다. 김준형은 이경수와는 초면이 아닌

듯 서로 반갑게 악수를 나누었다. 김준형이 나타나자 그들은 점심때가 되었는지라 호텔 뒤쪽에 있는 허름한 국밥집으로 자리를 옮겼다.

"이 형, 간도에는 언제쯤 들어가실려우?"

국밥집의 어두컴컴한 뒷방에 자리를 잡고 앉은 김준형이 물었다.

"늦어도 보름쯤 후에는 들어가야겠지요."

"그때 나도 따라가겠소."

김준형이 난데없이 이경수를 따라 간도에 가겠다는 말에 모두 놀라는 눈빛으로 서로의 얼굴을 번갈아보았다.

"나 말이오. 이 형한테서 이상촌 이야기를 듣고 어젯밤 한잠도 못 자고 고민을 했소. 어젯밤 고민고민 끝에 내린 결론은 나도 간도에 가서 이상촌 일을 하기로 한 것이오. 간도에 가서 신문을 발행하고 싶소. 신문 제호는 바로 '이상촌'으로 정했소. 신문으로 이상촌건설을 적극 돕겠소. 이상촌건설의 목적을 널리 홍보하고 여론을 결집시키는 한편 국내외 재력가들에게 지원을 호소한다면 도움을 받을 수 있을 거요. 내 생각이 어떻소."

김준형은 다소 흥분된 목소리로 열을 올려가며 말했다. 그의 말에 세 사람은 다시 놀랐다.

"김 형이 그렇게만 해주신다면 대환영이오. 도산 선생께서도 기뻐하실 겁니다. 그렇지만 신문을 발행하자면 상당한 시설자금과 인력이 필요할 텐데."

이경수가 다소 걱정스러운 얼굴로 김준형을 보았다.

"자금은 내가 준비해 볼 테니 걱정 마시오."

김준형은 어느 정도 계획을 가지고 있는 듯 자신감이 넘쳐보였다.

"나도 자네들한테 이야기할 것이 있네. 실은 나도 이번에 경수를 따라서 간도로 들어가기로 했다네. 나는 신문 생각은 하지 못했고 암튼 거기 가서 내가 할 일이 무엇인지 찾아볼 작정이네. 경수를 도와 이상촌 일을 하는 것도 좋겠고 아니면, 준형이와 함께 신문을 만드는 것도 좋겠다는 생각이 드네."

안광철의 말에 친구들이 다시 한 번 놀랐다. 이경수는 안광철의 뜻을 이미 알고 있었는지 빙긋이 미소를 자아낼 뿐이었다.

"만석이는 어떤가? 자네는 조선애 씨 때문에 우리와 같이 간도에 들어가는 것은 아무래도 어렵겠지?"

김준형이 심각한 표정으로 양만석의 얼굴을 빤히 들여다보며 물었다. 순간 양만석은 조선애를 떠올렸다. 김준형의 말마따나 조선애와 헤어진다는 것은 상상하기조차 어려운 일이 아닌가. 그는 사랑하는 여자 때문에 하고자 하는 일에 침해를 당하는 것만 같아 기분이 다소 언짢아졌다. 그렇지만 그는 어떤 일이 있어도 다시는 조선애와 헤어지고 싶지 않았다.

"만석이를 강요하지는 말게."

안광철의 그 같은 말에 양만석은 자신도 모르게 얼굴을 찌푸렸다. 안광철이 아무런 저의 없이 하는 말이라는 것쯤 알고 있으면서도 괜히 자격지심이 든 것이다. 내심 그는 두 친구들이 부러웠다. 그리고 그들과 함께 행동할 수 없는 자신이 부끄럽고 원망스러웠다.

그들은 점심을 먹고 나서도 거의 한 시간 이상 이야기를 나누고 헤어졌다. 안광철과 김준형은 이경수가 영남지방을 다녀 온 후인 다음 주 일요일에 다시 만나기로 약속을 했다. 그들은 양만석에게도 특별한 일이 없으면 그때 얼굴이라도 보자고 말했다. 양만석은 건성으로 대답했다. 그는 어쩐지 자신만이 외톨이가 된 듯한 소외감을 느꼈다. 양만석은 두 친구들이 그에게 간도에 같이 가자고 강요하지 않은 것이 서운하기까지 했다.

양만석은 혼자 집으로 돌아오는 동안 내내 기분이 우울했다. 그는 무거운 발걸음으로 남산 길을 천천히 올라갔다. 3월의 햇살은 다사롭고 바람도 숨을 죽여, 봄을 실감할 수 있는 화창한 날씨였다. 집 가까이 이르자 그는 한동안 발걸음을 멈추고 서서 한강을 내려다보았다. 그의 머릿속에 미지의 땅 간도의 모습이 희미하게 그려졌다. 할 수만 있다면 친구들과 같이 그곳에 가고 싶은 마음이 간절했다.

집에 돌아오니 조선애가 작두 샘가에서 빨래를 하고 있었다. 그녀는 빨래 방망이질 소리 때문에 양만석이 들어오는 소리를 듣지 못한 듯 고개를 돌리지 않았다. 양만석이 그녀 앞에 바짝 다가서서야 방망이를 든 채 일어섰다.

"친구 분들하고 점심은 잘 드셨어요?"

두 사람은 마주보고 서서 희끔 웃었다. 양만석이 생각하기에도 자신의 웃음이 공허함을 느꼈다. 이상촌 때문이었다. 조선애는 다시 쪼그리고 앉아 방망이질을 계속했다. 힘찬 방망이 소리가 집안을 쥐흔들었다. 양만석은 잠시 그녀 옆에 서 있다가 방 쪽으로 몸을 돌려세웠다. 그는 방으로 들어가기 위해 구두를 벗다가, 부뚜막 옆 납작한 돌위에 그릇들이 볼품사납게 포개져 있는 것을 보고 당장 살강부터 만들어야겠다고 생각했다.

그는 허드레옷으로 갈아입고 나와 주인 아주머니한테 톱을 빌렸다. 살강을 만들자면 산에 올라가 나무부터 베어 와야 했기 때문이다. 그가 살강을 만들어주겠다고 하자 조선애는 말리지 않고 희미하게 웃기만 했다. 어떻게 만드는지 잠자코 구경을 할 심산인 것 같았다. 양만석은 톱을 들고 집 뒤를 돌아, 상수리나무며 소나무 등이 빼꼭하게 들어찬 남산 기슭으로 올라갔다. 조금씩 위로 올라갈수록 한강 물줄기가 더욱 선명하고 기다랗게 눈에 들어왔다.

그는 손목 굵기의 소나무가지 두개를 베면서 온몸이 땀에 흠뻑 젖고 말았다. 톱을 팽개치다시피 하고 나무 밑에 퍼질러 앉아 한강을 내려다보며 숨고르기를 했다. 머릿속에 다시 간도 땅이 그려졌다. 한 번도 가보지 못한 낯선 땅이 왜 자꾸 머릿속에 그려지는 것인지 몰랐다. 그는 거칠게 머리를 흔들고 나서 눈을 감았다. 눈을 감아도 넓고 거친 황야가 머리에 가득 찼다. 그는 오랫동안 꼼짝하지 않고 앉아서 하염없이 한강을 내려다보았다. 얼마 후,

양만석은 잡념을 털어버리기 위해 다시 톱질을 시작했다. 작대기만한 길이로 소나무 가지 서너 개와 싸리나무 한 묶음을 베어 어깨에 메고 산을 내려오는 동안에도 간도 땅은 쉴 새 없이 그의 머릿속을 들락거렸다. 그가 집에 돌아왔을 때는 어느덧 해가 기울기 시작해서 살강을 만드는 일은 다음날로 미룰 수밖에 없었다.

"오늘 낮에 친구 분들 만나서 언짢은 일이라도 있었어요?"

저녁을 먹고 잠자리에 나란히 눕자 조선애가 조심스럽게 물었다.

"넷이 만나서 기분 좋게 차도 마시고 점심도 먹었는데?"

"넷이서요? 안 선생님과 김 선생님 외에 다른 분도 만났어요?"

"아, 간도에서 온 안광철의 친구. 안창호 선생 밑에서 이상촌건설 준비를 하고 있다고 했소. 만주지방에 이주한 조선인 농민들의 안정된 삶을 위해서 이상적인 농촌마을을 건설한다는 게요. 안광철과 김준형도 함께 그곳에 가서 안창호 선생을 돕기로 결정했답니다."

양만석은 그렇게 말하고 나서 곧 후회했다. 괜한 말을 해서 조선애의 마음을 흔들어놓게 될지 모른다 싶었기 때문이다.

"그래서 그렇게 울적해하시는 구만요."

눈치 빠른 조선애가 양만석의 마음을 훤히 꿰뚫어보자 양만석은 뜨끔해하였다. 양만석은 한동안 할 말을 잊은 채 눈을 지그시 감고 누워 있었다. 그는 어떤 경우에도 조선애의 마음을 다치게 하고 싶지가 않았다.

"선생님도 친구들 따라서 간도로 가고 싶은 게지요? 그렇게 하고 싶으면 선생님 뜻대로 하세요. 나는 상관없어요."

"천만에. 나는 조금도 그런 생각을 해보지 않았소."

양만석이 벌떡 일어나 앉으며 강하게 부인을 했다. 그런 그의 행동이 오히려 이상했는지 조선애는 입을 다물어버렸다. 두 사람 사이에 어둠처럼 끈끈한 침묵이 흘렀다.

"어차피 선생님은 이기적 삶보다는 이타적 삶을 살기로 하지 않았습니까. 만약 선생님이 다른 유학생들처럼 세속적인 출세를 위해 이

기적으로 사는 사람이었다면 저는 처음부터 선생님을 좋아하지 않았을 거예요. 저는 선생님이 스스로 선택한 신념을 위해서 소아를 버리고 대승적인 삶을 살아가고 있는 것을 보고 존경하게 되었답니다. 얼마든지 좋은 자리를 얻을 수 있을 텐데도 신념을 위해 청년학원에서 가난하고 불쌍한 젊은이들을 가르치는 선생님을 존경하고 사랑하게 되었답니다. 성공한 삶에는 두 가지가 있다고 하지 않아요. 하나는 개인적인 욕심을 채우는 삶이고 다른 하나는 그 욕심을 비우는 삶이 있는데, 후자가 더 아름답고 진정으로 성공한 삶이 아니겠어요. 더욱이 선생님한테는 신념을 실현시키고자 하는 꿈이 있지 않아요. 그 꿈을 실현하기 위해서는 신천지가 적당할지도 모르지요."

조선애가 일어나 앉으며 긴 이야기를 했다. 양만석은 그녀의 말에 진정성이 느껴졌기에 마음이 다소 흔들렸다.

"내 신념은 부끄러운 것이 되어버렸소. 나는 후배들로부터 비판을 받았소. 내 신념은 죽은 신념이 되어버렸다오. 오죽했으면 아들놈이 나를 가짜 사회주의자라고 비난했겠어요. 그런 아들 보기가 수치스러울 따름이오."

양만석은 한숨을 섞어 푸념처럼 말했다. 그때 조선애가 어둠을 더듬어 그의 손을 꼭 잡았다. 그녀의 손이 뜨거웠다.

"나는 선생님을 믿어요. 어떤 삶을 선택하더라도 선생님에 대한 믿음은 변치 않을 거예요. 언젠가는 아드님도 선생님을 이해하게 될 거라구요. 저는 자신이 선택한 신념을 위해 사는 것도 아름답다고 생각해요."

조선애는 양만석의 손을 잡은 오른팔에 힘을 주었다. 그녀는 마음속으로 그에게 많은 말을 했다. 그렇지만 어떤 경우에도 사랑하는 사람의 꿈을 실현시키는데 도움을 주지는 못할망정 그 꿈을 깨뜨리고 싶지는 않았다.

"참, 어제 밤에 어머니 꿈을 꾸었어요. 어머니가 내 손을 꼭 잡고 강둑을 뛰었어요. 한참 뛰다보니 포구가 나왔고 작은 배가 우리를 기다리고 있더라고요. 어머니가 억지로 나를 배에 태우려고 하자 나는 타지 않으려고 소리를 지르며 발버둥을 쳤어요. 아마 어머니가 나를 찾고 있는 것 같아요. 내일은 집에 전화 좀 해야겠어요."

조선애가 꿈 이야기를 하자 양만석은 깜짝 놀랐다. 그러고 보니 진주 그녀의 집에 전화를 한 지가 보름이 다 된 듯싶었다. 조선애가 병원에 있을 때까지만 해도 ㅂ세 번씩 꼬박꼬박 전화를 하다가, 퇴원을 한 후부터 갑자기 소식이 끊겼으니, 그동안 얼마나 애가 탔을까 생각하니 크게 잘못한 것 같았다.

"내일 당장 내가 어머님께 전화를 할 테니 선애 씨는 그냥 집에 있어요."

양만석은 혹시 조선애가 그를 자유롭게 놓아주기 위해 어머니한테 서울 주소를 알려주기라도 할까 걱정이 되었다.

"선생님, 아직도 내가 진주로 다시 돌아갈까 걱정을 하시는 건 아니지요?"

"천만에, 걱정은 무슨."

"죽을 때까지 선생님 곁을 떠나지 않을 겁니다. 이 세상 끝까지라도 따라가겠어요."

"내가 친구들과 같이 간도로 간다면?"

"물론 따라가지요."

"참말이오?"

양만석은 손을 풀어 두 손으로 조선애의 얼굴을 감싸 안으며 흥분한 목소리로 반문했다.

조선애는 부모님한테 붙들려가지 않으려고 이렇게 숨어 사느니보다는 차라리 간도 같은 낯선 땅에서 자유롭게 살고 싶었다. 그녀는 간밤에 꾸었던 꿈이 종일 머릿속에서 맴돌았다. 쉬지 않고 소제를 하고 빨래를 했는데도 머릿속에 들어온 어머니 모습은 사라지지 않았다. 짐작하건대 아마도 애타게 딸의 소식을 기다리고 있는 듯싶었다. 아니면 아버지와 오빠가 그녀를 찾아나선 것인지도 몰랐다. 그리고 언젠가는 다시 진주로 끌려가게 될 것만 같은 불안한 마음을 감출 수가 없었다.

"어쩌면 지금쯤은 오빠가 저를 찾으러 서울에 올라 왔을지도 모르겠네요. 언젠가는 우리를 찾아내고야 말겠지요. 우리가 헤어지지 않으려면 차라리 간도 같은 낯선 땅이 더 좋을지도 모르겠어요. 선생님에게, 다시 동경으로 들어가서 살자고 사정해 볼까 하는 생각도 해보았어요. 그런데 동경보다는 간도가 더 좋겠어요. 신천지가 선생님에게는 꿈을 이루기에는 더 좋지 않겠어요? 망설일 이유가 없지 않아요?"

조선애의 말에 양만석은 감격하여 마음속으로 탄성을 질렀다. 그는 조선애가 더 없이 고마울 따름이었다. 그는 두 팔로 힘껏 조선애를 끌어안았다. 사랑하는 사람이 품속에서 숨을 쉬고 있는 한 그는 더 이상 아무것도 바랄 것이 없었다. 마치 우주를 통째로 끌어안은 듯 마음이 평화롭고 넉넉해졌다. 그날 밤 양만석은 조선애를 꺼안은 채 깊은 잠이 들었다.

다음날 양만석은 김준형을 만났다. 그는 김준형에게 조선애와 같이 간도에 가기로 결심했음을 알렸다. 김준형은 조선애와 같이 가겠다는 말에 정색을 하며 놀라워했다. 그는 당장 안광철에게 이 사실을 알려야 한다면서 신간회 사무실로 가자고 했다. 양만석은 조만간 친구들을 집에 초대하겠다는 말로 안광철을 만나는 일은 뒤로 미루었다.

양만석은 간도로 떠나기 전에 광주에 한 번 내려갔다 와야 할 것 같았다. 간도에 들어가면 언제 다시 돌아오게 될지 알 수 없는지라, 새끼내에 가서 개동이 형님도 만나보고 싶고 나주 본가에도 들러봐야 할 것 같았다. 무엇보다 간도에 가자면 어느 정도 자금도 준비해야 했기 때문이다. 양만석은 이경수가 서울로 돌아오면 다시 만나기로 하고 그날은 둘이 차만 한 잔 마시고 헤어졌다.

14

김준형을 만나고 나서 사흘 후, 양만석은 조선애와 함께 광주행 야간기차를 탔다. 양만석 혼자 내려갔다 올 계획이었으나 조선애가 한사코 따라가겠다고 졸라 동행을 하게 되었다. 그녀는 양만석 혼자 광주에 내려가면 또 한동안 떨어져 있어야 할 터인데, 서울에 혼자 남아 있고 싶지가 않다면서 철없는 아이처럼 떼를 쓰다시피 했다. 같이 내려가는 대신, 광주에 머무는 동안에는 절대 바깥출입을 하지 않겠다는 약속을 했다.

새벽이 다 되어서 광주역에 도착한 양만석은 조선애와 함께 인력거를 타고 금성관으로 향했다. 새벽의 광주거리는 을씨년스럽도록 적막했다. 무등산도 보이지 않았다. 한바탕 학생운동의 회오리바람이 휩쓸고 지나간 후라서 그런지, 양만석이 느끼기에 도시 전체가 쓸쓸하고 황량하기까지 했다.

금성관 앞에 당도해서야 새벽안개가 걷히면서 무등산이 덩실하게 위용을 드러내보였다. 소세를 하려고 안마당에 나온 막음례가 두 사람을 보고 별로 놀라는 기색 없이 담담한 얼굴로 맞았다. 막음례는 한동안 조선애의 얼굴에서 눈길을 떼지 않고 찬찬히 들여다보았다. 두 사람은 소세를 하고 막음례를 따라 안방으로 들어갔고 그들이 올 것을 알고 미리 준비해두기라도 한 듯 이내 밥상이 나왔다. 밥상이 들어오자 건넌방에서 백석이가 모습을 나타냈다. 백석은 양만석을 보고도 극히 형식적으로 고개만 가볍게 한 번 꾸벅할 뿐이었다. 어쩐지 양만석을 대하는 태도가 데면데면해보였다. 백석은 말 한마디 하지 않고 허겁지겁 밥을 먹고 나더니, 학교에 다녀오겠다면서 서둘러 방에서 나갔다.

"저 눔이 요새 자꼬 엉뚱한 생각을 해서 애비가 걱정이라는구먼. 새끼내에서 댕기는 큰 놈은 얌전헌듸 둘째 놈 땜시 걱정이여. 저 눔이 글씨, 학교 때려치우고 독립군이 되겠다고 했당만 그려.”

양만석은 막음례한테서 백석의 이야기를 듣는 순간 순식의 얼굴이 떠올랐다. 자신의 아들 순식은 일본인 형사 보조원이 되어 세상 무서운 것 모르고 날뛰고 있는데, 개동이 형의 아들은 어린 나이에 독립군이 되고 싶다니, 두 아이의 생각이 이처럼 다를 수가 있는가 싶었다. 부모의 입장에서 보면 독립군이 되겠다는 자식이 걱정스럽기도 하겠지만 양만석으로서는 부러울 따름이었다.

아침을 먹고 난 양만석은 잠시 나주에 갔다 오겠다면서 조선애한테 그가 돌아올 때까지 꼼짝 말고 금성관에서 기다려달라고 당부했다. 조선애는 처음에 나주까지 따라가겠다고 하더니 무슨 생각이 들었는지 양만석의 당부대로 금성관에 있겠다고 했다. 그녀는 가능한 한 양만석의 과거 속으로 묶여 들어가고 싶은 생각이 없었다.

서둘러 금성관을 나온 양만석은 광주역으로 가서 목포행 기차를 기다렸다. 그는 한 시간 넘게 기다렸다가 기차를 탔다. 광주역을 출발한 기차는 해가 벌겋게 떠오를 무렵 나주에 도착했다. 나주역에 내리자 금성산이 한눈에 들어왔다. 무등산에 비해서는 낮지만 나주 고을을 충분히 감싸 안을 만큼 품이 넉넉해 보였다.

그는 금성산을 마주 바라보며 한참을 걸었다. 나주 보통학교는 동헌 가까이에 있었다. 그가 일부러 나주에 와서 나주 보통학교로 찾아가는 것은 장개동 형을 만나기 위해서였다. 간도로 떠나기 전에 다른 사람은 몰라도 개동이 형만은 만나야 할 것 같았기 때문이다. 물론 장개동 형을 만나서 특별히 부탁할 것은 없었다. 그냥 그에게 떠난다는 인사를 하고 싶었을 뿐이다.

양만석이 나주 보통학교 교정안으로 천천히 들어섰을 때는 수업 중이라서 교정이 적막할 정도로 조용했다. 생각보다 교정이 넓고 열 칸이 넘어 보이는 단층 판자건물도 아담하고 깔끔했다. 울타리 주위에는 사철나무며 선향나무. 벚나무 등 잘 다듬어진 나무들이 빼곡하게 들어차 있었다. 양만석은 수업 끝종이 치기를 기다리며 교실 모퉁이 오래된 다복소나무 밑에 서 있었다. 음악시간인지 가까운 교실에서 학생들의 합창소리가 들려왔다. 빠른 곡인데도 합창 소리가 어딘지 모르게 구슬펐다. 양만석은 무슨 노래인데 저렇듯 슬프게 들릴까 싶어 교실 가까이 귀를 기울여보았다. 그러나 목소리만 들릴 뿐 가사는 분명하게 알아들을 수가 없었다.

그는 자신도 모르게 합창소리가 들려오는 교실 쪽으로 가까이 걸어갔다. 교실 유리창 너머로 합창을 지휘하느라 오른손을 까닥거리는, 쥐색 양복차림의 훈도 모습이 희미하게 보였다. 유리창에서 반사된 햇살 때문에 훈도의 얼굴은 자세히 알아볼 수 없었지만 지휘하는 손에 지휘봉 대신 만년필이 들려 있는 것이 보였다. 그는 노래가사를 듣기 위해 화단 가까이 걸어가 교실 쪽으로 귀를 기울였다.

달 밝은 밤에도
궂은비 내리는 저녁에도
어머님이 마냥 그리워
만날 날만 기다립니다

어머님의 따뜻한 품으로

나를 안아 주세요

오늘도 어머님 뵙고파

만날 날만 기다립니다

양만석은 희미하게나마 노랫말을 알아들을 수가 있었다. 합창은 계속되었고 그는 화단에 서서 한참 동안 노래를 듣고 있었다. 그때 교단 위에서 지휘를 하던 훈도가 얼핏 창 쪽으로 고개를 돌렸고 순간 두 사람의 시선이 얼핏 스쳤다. 훈도는 지휘를 계속하면서 두세 차례 유리창 쪽으로 시선을 돌렸다. 그때서야 양만석은 지휘를 하는 훈도가 장개동임을 알아보았다. 장개동도 양만석을 알아보는 것 같았다. 양만석이 살짝 오른손을 들어 알은체를 해 보이자 장개동도 그를 향해 고개를 끄덕였다.

그때 끝 종이 울리자 양만석은 교실 복도 쪽으로 가까이 걸어갔다. 양만석은 햇빛이 들지 않은 복도 끝에서 장개동 형이 바쁘게 걸어 나오는 것을 발견하고 손을 흔들어보였다. 뜻밖에 학교로 찾아온 양만석을 본 장개동의 얼굴에 놀라움과 반가움의 빛이 역력했다.

"자네가 여기까지 어쩐 일인가."

장개동이 복도에서 땅으로 내려서며 큰 소리로 말하며 양만석의 손을 잡았다 두 사람은 손을 맞잡고 흔들고 서로의 얼굴을 보면서 활짝 웃었다.

"학동들 가르치는 형님 모습을 보고 싶어서요."

"자네도 실없는 소리를 할 줄 아는가."

"참말입니다. 형님이 학동들과 노래를 부르는 것을 보니, 무척 포근하고 행복해 보였습니다. 헌데 그 노래 처음 들었는데 어쩐지 구슬펐습니다."

"내가 옛날에 끄적여 본 시를 가지고 곡을 붙여보았다네."

"그랬군요. 어머니를 그리워하는 노래인 것 같았는데, 형님은 어머님을 두 분이나 모시고 계시면서 그렇게 그립습니까?"

"어머니는 늘 보고 있어도 그리운 존재가 아닌가."

"그렇군요."

그렇게 말하는 양만석의 목소리가 목구멍 속으로 잦아드는 듯했다. 갑자기 세상을 뜬 어머니가 생각났기 때문이다. 그는 오랫동안 어머니를 잊고 살아온 것 같아 자신의 불효를 탓했다.

그는 조금 전 기차를 타고 나주에 오면서도 어머니 생각을 하지 않았다. 그리고 보니 조선애를 알게 되면서부터 어머니 생각을 잊게 된 것 같았다. 왜 조선애를 만나면서부터 어머니를 잊게 된 것인지 몰랐다. 그는 일본에 머무는 동안 잠시도 어머니에 대한 죄책감을 잊어본 적이 없었다. 어머니가 세상을 뜬 것이 자신의 탓으로 생각하고 있었던 그는 무거운 죄책감으로부터 단 한 순간도 자유로울 수가 없었다. 그러던 그가, 조선애를 만나고부터 그의 가슴을 바윗덩이처럼 짓누르고 있던 어머니에 대한 죄책감에서 벗어날 수가 있었다. 그런데 오늘 개동이 형이 지었다는 그 노래를 듣게 되자 오랜만에 어머니의 모습이 떠오르면서 간절한 그리움으로 갑자기 가슴 밑바닥이 뜨거워진 것이다. 이제 어머니는 무거운 중압감으로 자신을 짓누르는 대신, 아련한 그리움으로 되살아났다.

"헌데 어쩐 일인가?"

"형님을 만나러 왔습니다."

"일부러 나를 만나러?"

장개동은 사철나무 밑에 놓여있는 돌에 앉으며 물었다.

"저, 간도로 떠납니다."

"간도? 왜?"

장개동이 용수철이 퉁겨 오르듯 벌떡 일어서며 즉각적으로 따지듯 반문했다. 양만석은 가볍게 웃고만 있었다. 그는 개동이 형님한테 간도로 떠나는 까닭을 어떻게 설명해야 좋을지 몰라 잠시 미적거렸다.

"갑자기 간도로 가겠다니 무슨 연유인가? 도망이라도 가겠다는 건가?"

"도망이오? 그럴지도 모르겠네요. 이것은 현실도피일 수도 있겠어요. 내 땅에서 역경을 이겨낼 생각을 포기하고 신천지에서 새 꿈을 펼쳐보겠다는 것은 현실도피가 분명해요. 지난번 광주학생운동 때 얼마나 많은 학생들이 희생을 겪었습니까. 그런데도 얻어진 것은 아무 것도 없지 않습니까. 아직도 많은 학생들이 철장 속에서 고통을 당하고 있어요. 그런데 그들을 위해서 내가 한 일은 아무 것도 없습니다. 그냥 구경만 하고 있었어요. 그래서 이상촌건설을 위해 간도로 떠나기로 했습니다. 그동안 광주에 머물면서 내가 한 일이란 어린 학생들을 불구덩이 속으로 밀어 넣기 위해 충동질 한 것 밖에는 없습니다.

사회과학을 내세워 불구경만 하고 만 셈이지요. 이 땅에서는 더 이상할 일이 없어요. 그래서 신천지로 떠나는 겁니다."

양만석은 흥분한 목소리로 말하고 나서 깊은 한숨을 몰아쉬었다.

장개동은 양만석이 간도로 떠나겠다는 말을 듣고 놀라지 않을 수 없었다. 양만석의 말마따나 그가 멀리 떠나는 것은 분명 현실도피라고 생각했다. 낯선 신천지에서 꿈을 펼쳐보겠다는 것은 구차한 변명으로 밖에 들리지 않았다. 무엇보다 장개동은 양만석과 헤어진다는 것이 마음 아팠다. 양만석이 일본 유학에서 돌아온 후, 두 사람 사이에 오랜 동안 쌓였던 회한이 풀려, 날이 갈수록 정이 돈독해져가고 있는 터에, 다시 떠나겠다니 섭섭한 마음을 감출 수가 없었다.

그동안 양만석은 장개동 자신에게 든든한 힘이 되어주었지 않았던가. 장개동은 양만석이 간도로 떠나겠다고 한 이유를 짐작할 수 있었다. 말은 이상향을 건설하겠다고 하지만 속내는 조선애 때문이라고 짐작했다. 조선애와 함께 새로운 인생을 시작하려면 아무래도 광주나 서울보다는 낯선 간도 땅이 좋을 것이기 때문이다.

"저 없는 동안에…… 가끔 순식이도 좀…… 만나 주셨으면 합니다."

양만석이 더듬거리며 어렵게 순식이를 부탁했다.

"그것은 어려운 일이 아니네. 헌데 떠나기 전에 순식이 모친을 만나고 가게. 훗날, 어차피 자네도 결국은 다시 돌아올 것이 아닌가. 부디 훗날을 생각하기 바라네. 지혜로운 사람은 당장 눈앞에 보이는 오늘보다, 훗날을 생각한다고 하지 않던가. 순식이 모친을 만나고 가면 훗날 자네가 순식이를 만나기가 한결 부담스럽지 않을 것일세. 가급적이면 순식이도 한 번 만나보게. 지금 누구보다 괴로운 것은 순식이 그 아이 일 거야. 그놈이 저렇게 엇나가고 있는 것도 따지고 보면 아버지에 대한 저항일 수도 있다는 생각은 해보지 않았는가? 옛날 자네가 자네 모친에 대해 느꼈던 배신감과 우리 아버님에 대한 원망, 그리고 자신에 대한 모멸감을 생각해 보게. 그래도 그때 자네는 자신을 이겨낼 만큼 성장해 있었지 않았는가. 그러나 순식이는 어려서 그 같은 충격을 받았거든. 누구보다 아버지에 대한 원망이 컸을 거네. 순식이가 저러는 것은 당연하지 않은가. 그런 순식이의 마음을 풀어줄 사람은 자네 말고 누가 또 있겠는가. 순식이 모친이 가능하다고 생각하는가? 아닐세. 자네 밖에 없네. 순식이를 저대로 두고 멀리 떠나버린다는 것은 아버지로서 취할 태도가 아니네."

장개동의 말에 양만석은 가타부타 말이 없었다. 두 사람 사이에 잠시 침묵이 흘렀다.

"형님, 몸 조심하세요. 이번 광주학생운동으로 일제는 더욱 그악스러워질 것이 뻔합니다. 백년이 백석이도 조심하도록 하세요. 이번 일로 그동안 교육을 통해서 성장해온 애국인재들이 싹을 잘리게 되었습니다. 모든 싹이 잘라졌으니 민족해방을 위해 필요한 민족의 힘이 약화되고 분산되어서, 그 힘을 결집하기가 매우 어렵게 되었습니다. 삼일만세사건 이후 얼마나 많은 젊은이들이 좌절감에 빠져 있었습니까. 광주운동이 일어나기까지 십 년이 걸렸지 않습니까, 앞으로는 십 년 아니, 이십 년이 더 걸릴지도 모릅니다."

장개동은 양만석의 말을 잠자코 듣고만 있었다. 그는 마음속으로는 양만석의 말에 공감하면서도 되도록이면 시국 이야기는 하고 싶지가 않았다.

"언제 떠날 텐가?"

"곧 떠날 생각입니다."

"이런 부탁을 해도 될지 모르겠네만 간도에 가면 혹시."

"무슨 부탁인데요?"

"우리 숙부님."

"우암이 아버님 말이군요."

"그렇다네. 장대불이라고 자네가 한 번 알아봐 주소. 년 전에 그 쪽에서 새끼내로 우암이를 찾아온 사람 말로는 숙부님이 간도에서 홍범도 장군 휘하에 계신다는 이야기를 했다는데…… 올해로 쉰둘이시네. 생사라도 알았으면."

"꼭 알아보지요. 걱정 마세요."

"혹 숙부를 만나시면 우암이 장가가서 아이 낳고 잘 살고 있다고 전해 주게."

"기필코 찾아뵙도록 하지요."

양만석이 말하며 일어섰다. 시작종이 울렸기 때문이다.

"언제 다시 올 텐가."

"숙부님 모시고 오겠습니다."

"아니, 이대로 헤어지면 평생 후회될 것 같으니, 잠시만 기다리게. 나 조퇴하고 나오겠네."

"그러실 필요 없습니다. 형님, 그럼."

양만석이 두 손으로 장개동의 손을 덥석 붙잡고 흔들었다.

"내가 조퇴를 할 테니 좀 기다리라니깐. 나랑 더 이야기를 하세. 오늘 밤 나하고 같이 지내면 안 되겠는가?"

장개동은 그대로 헤어지기가 아쉬운지 곧장 교실로 들어가지 못하고 멈칫거리면서 말했다.

"그냥 돌아가겠습니다."

"뭐가 그리도 급해서 그래?"

장개동이 보기에 이날따라 양만석이 무엇에 쫓기고 있는 듯 잔뜩 서두르는 것 같아 은근히 걱정이 되었다. 그는 마음속으로, 그래, 지금 이 사람이 낯선 이국땅으로 도망치는 심정일 거야 하고 생각했다. 그런 생각이 들자 양만석이 무척 안쓰러워 보이기까지 했다. 그때문에 더욱 이대로 헤어지기가 섭섭했다. 하룻밤 같이 밤을 새우면서 양만석의 마음을 다독여주고 싶었다.

"형님, 죄송합니다."

"죄송하기는."

"꼭 돌아오겠습니다."

"그렇게 되기를 빌겠네."

장개동은 말은 그렇게 하면서도 양만석이 지금 떠나면 쉽게 다시 돌아올 수 없다는 것을 알고 있었다. 조국이 식민지에서 벗어나 해방을 맞이하기 전에는 다시 만나 볼 수 없을지 모를 일이었다.

"잠깐만 기다리게. 조퇴를 하겠으니 나하고 같이 나가세."

장개동은 이대로 양만석을 보내고 싶지가 않아 다급하게 말했다.

"아닙니다. 그만 들어가세요."

양만석이 다시 장개동의 손을 붙잡아 흔들다가 놓고는 돌아섰다. 그는 빠른 걸음으로 교정을 가로질러 걸어 나가다가 얼핏 뒤를 돌아보았다. 장개동은 그때까지 그 자리에 말뚝처럼 서서 양만석을 바라보고 있었다. 양만석이 손사래를 치며 어서 들어가 보라는 시늉을 했다.

그때 교실로 들어가려던 장개동이 양만석을 향해 뛰어왔다. 양만석도 몸을 돌려세우고 장개동 쪽으로 걸음을 옮겼다. 두 사람이 와락 붙들어 안았다. 그들은 오랫동안 붙안은 채 아무 말이 없었다. 그들은 서로의 숨결과 체온을 느끼며 짧은 순간에 마음속으로 많은 대화를 나누었다.

"몸조심하게."

"형님도요."

한참 후에야 두 사람은 손을 맞잡고 서로의 얼굴을 마주보았다. 장개동과 헤어진 양만석은 나주 보통학교를 나와 금성산으로 향했다. 어머니 산소를 찾아가기 위해서였다. 이제 고향을 떠나면 언제 다시 돌아오게 될지 모를 일이라, 어머니 산소에 가서 꼭 인사를 드리고 싶었다. 양만석은 문득 지난날 일본으로 가기 위해 나주를 떠났던 때가 떠올랐다. 그때 그는 다시는 고향에 돌아오지 않겠다는 결심으로 나주를 떠났었다. 고향에 대한 미련도 아쉬움도 없었다. 원망과 분노와 서글픔만이 있었다.

그는 기차를 타고 나주를 떠난 순간까지, 마음속으로 다시는 돌아오지 않으리라 다짐을 했었다. 그는 기차 속에서 차창 밖으로 스치는 고향의 산천을 보지 않으려고 눈을 감아버렸다. 일본에 도착하여 고향에 대한 원망과 분노가 사라진 것은 사회과학에 눈을 뜨면서부터였다. 모든 인간은 평등하며 반상의 사회적 모순에 대해 새롭게 인식한 다음에, 노비의 핏줄이 결코 부끄럽지 않다는 것을 이해하게 되었다. 그는 비로소 자신의 잘못된 삶에 대해 반성과 함께 고향에 대한 그리움이 살아났으며 마음속으로, 자신을 이 세상에 태어나게 해준 생부와 어머니에게 용서를 빌고 싶었다.

그런데 지금, 다시 고향을 떠나는 양만석의 마음은 그때와는 달랐다. 그는 마음속으로 언젠가 꼭 다시 돌아오겠다는 다짐을 되풀이했다. 원망과 분노와 아쉬움 대신, 죄스러움. 미안함. 그리고 미련과 그리움이 켜켜이 쌓여 마음을 짓눌렀다. 그는 금성산에 오르면서 고향의 산천을 마음속에 차곡차곡 담았다. 나무 한 그루, 풀 한 포기라도 고향의 모습을 잊지 않기 위해서였다. 개동이 형의 말마따나 어쩐지 고향에 죄를 짓고 도망치는 것 같은 기분이 들었다.

광주로 돌아온 양만석은 막음례한테 간도로 떠난다는 이야기를 했다.

"아주머님, 부탁이 있는데, 나주에 있는 우리 논 스무 마지기만 더 사주서요."

막음례는 양만석의 그 말을 선뜻 이해할 수 없어 잠자코 있었다.

"실은 제가 선애 씨하고 이번에 간도로 떠나기로 했습니다. 간도에 가서 일을 하자면 돈이 필요할 것 같아서요."

"만주로 간다고? 워따, 그 먼 데를 뭣 허로 가?"

예상했던 대로 막음례는 화들짝 놀라며 두 사람을 번갈아보았다.

"만주에는 우리 동포들이 많이 가 있거든요. 그곳에 가서 새로운 일을 해보고 싶어서요."

"가지 마. 지발 가지 말랑께. 가서는 안 되야."

막음례가 울상이 된 얼굴로 고개를 설레설레 흔들며 단호하게 말했다.

"세상이 좋아지면 다시 올 겁니다."

"안 되야. 그동안 자네가 있어서 얼매나 든든허고 의접이 되었는디 우리 개동이도 안 된다고 허제?"

"물론 개동이 형님도 서운해 하시죠. 그렇지만 저를 이해해 주셨어요. 아주머님 정말 죄송해요. 그동안 저도 아주머님을 친 어머니처럼 옆에서 모시고 살고 싶었는데. 틀림없이 돌아올 겁니다. 암턴, 논 스무 마지기 값만 융통을 좀 해주서요."

양만석의 말에 막음례는 한동안 침통한 얼굴을 하고 연신 한숨을 내쉬었다. 그녀는 헛헛한 마음을 달랠 길이 없었다. 그동안 양만석이가 옆에 있어주어서 얼마나 마음이 든든했는데, 갑자기 떠난다니 가슴이 휑하니 뚫린 것처럼 섭섭하고 아쉬웠다. 그녀는 양만석이 멀리 떠날 수밖에 없는 것이 조선애 때문이라고 생각했다.

다음날 양만석은 조선애와 같이 서서평 여사와 최흥종 목사를 찾아볼까 하다가 그만두었다. 이 사람 저 사람 만나서 간도로 떠난다는 말을 흘리고 싶지가 않았기 때문인지도 몰랐다. 막음례가 돈을 융통해줄 때까지 금성관에 처박혀 있다가 조용히 떠나고 싶었다.

15

광주를 떠나기에 앞서 양만석은 공허한 마음에 하릴없이 거리를 쏘다녔다. 그날 어둠이 깔릴 무렵 우편국 앞 네거리 한복판에서 아들 순식이와 자빡 마주치고 말았다. 아버지와 아들은 희미한 가로등 불빛 속에서 걸음을 멈춘 채 말없이 서로를 바라보고만 있었다. 순식은 양만석이가 상상했던 대로 도리우찌에 양복 차림이었다.

"집에 가는 길이냐?"

"아니오."

오랜만에 만난 아버지와 아들의 첫 대화였다. 양만석의 목소리는 한껏 부드러웠으나 어쩐지 분위기가 딱딱하고 어색했다.

"그렇지 않아도 너를 만나러 갈 생각이었다. 같이 저녁이나 먹자."

"약속이 있는데…… 뭐, 좋습니다."

순식은 한참 동안 생각을 굴리는 것 같더니 마지못해 아버지의 제안을 받아들였다.

"바쁘면 내일 만나고."

"아닙니다."

순식의 대답을 들은 양만석이 먼저 우편국 옆길로 발걸음을 옮겼다. 서너 걸음 뒤로 순식이가 버릇처럼 어깨를 흔들며 따랐다. 그는 아들의 걸음걸이가 마음에 들지 않았다.

"이 집 안 가봤지?"

양만석이 광주에서 첫 번째로 손꼽히는 한국요리집 신광원(新光園)

앞에 걸음을 멈추었다. 양만석이 아들과 저녁을 먹기 위해 그 자신도 딱 한 번 밖에 와보지 않았던, 값비싼 일류요리집을 선택한 것은 그만한 이유가 있었다. 그는 아들이 오래도록 기억할 수 있는, 특별한 저녁을 사주고 싶었다. 그것으로라도 자식에 대한 아버지의 관심을 표현하고 싶었는지도 몰랐다.

그는 순식이가 엇나가는 것을 볼 때마다 그 원인이 모두 자신의 탓으로 돌리고 자책해왔다. 자신이 제대로 아비노릇을 해왔더라면 순식이가 이렇게 비뚤어진 삶을 살아가지는 않았을 것이라고 생각했던 것이다.

아들과 함께 신광원에 들어선 양만석은 조용한 방을 부탁했다. 순식은 처음 와 본 요리집이었으나 조금도 저어함이 없어보였다. 자그맣고 깨끗한 방에 안내 된 양만석은 기생은 필요 없다고 말하고 저녁과 청주 한 병을 시켰다.

방에서 아버지와 아들은 밥상이 나올 때까지 멀찍이 떨어진 채 말없이 앉아 있었다. 순식은 되도록 아버지의 시선을 피해 천정을 쳐다보고 있었고 양만석은 그런 아들을 멀뚱멀뚱 바라보기만 했다. 양만석도 아들에게 특별히 하고 싶은 말이 없었다. 이제 와서 순식을 탓하고 싶지도 않았다. 어떤 말을 해도 그의 말을 받아들이지 않을 것이라는 것을 알고 있었기 때문이다.

밥상이 들어와서야 아버지와 아들은 가까이 마주 앉았다. 술상과 밥상을 겸한 진수성찬이었다. 순식은 상차림을 보자 다소 놀랐다.

"한 잔 받아라. 이제 학생이 아니니 술을 마셔도 괜찮겠지."

양만석이 술 주전자를 들고 아들을 보며 말하자, 순식은 무릎을 꿇더니 망설이지 않고 술잔을 받았다. 양만석은 아들이 무릎을 꿇는 것을 보자 가르쳐주지도 않았는데 언제 저런 예의를 갖추었나 싶어 조금은 대견스럽기까지 했다. 양만석이 아들의 잔에 술을 가득 채웠다. 순식이가 주전자를 받았고 양만석은 잔을 들었다. 순식은 두 손으로 아버지의 잔을 채웠다.

"자, 마시자. 그러고 보니, 우리 부자가 이렇게 대작을 한 것이 처음이로구나."

양만석이 말한 다음 술잔을 입술에 대고 천천히 입술을 축였다. 순식은 옆으로 살짝 돌아앉아 단숨에 잔을 비웠다.

"술을 잘 마시는구나. 허나, 어른들하고 대작을 할 때는 먼저 잔을 비워서는 안 된다."

양만석은 아들의 빈 잔에 술을 따라주며 부드럽게 말했다. 순식이 듣기에도 탓하는 말로 들리지가 않았다. 순식은 바로 술잔을 들지 않고 아버지가 잔을 비울 때까지 기다렸다가 빈 잔을 채워주었다. 그리고 아버지가 술잔을 비운 다음에야 술잔을 들어 조금씩 여러 차례 나눠 마셨다. 아버지가 시킨대로 한 것이다.

"자, 밥 먹자."

양만석은 세 번째의 술잔을 비우고 나서 숟가락을 들었다. 순식은 아버지가 숟가락으로 먼저 밥을 뜬 다음에야 숟가락을 들었다. 순식은 소고기 장조림과 계란찜 등 맛있는 반찬만 골라서 먹었다. 양만석은 아들이 맛나게 먹는 모양을 잠자코 지켜보았다.

"장조림을 좋아하는 구나. 이건 영광굴비다. 좀 먹어봐라."

양만석은 젓가락으로 굴비살을 발라 아들의 밥 위에 얹어주었다. 순식은 아버지한테 눈길 한 번 주지 않고 갈비찜 등 맛있는 반찬만 계속 정신없이 골라 먹었다. 그런 아들을 보면서 양만석은 아들을 데리고 요릿집에 오기를 참 잘했구나 하는 생각이 들어 얼굴 가득 미소가 번졌다.

"그래, 어떠냐? 주임 고쓰가이 노릇 할만 하냐?"

"아, 예. 좋아요."

"학교는 그만 둘 생각이냐?"

"예."

"하기야, 잘 못 배우는 것보다는 차라리 배우지 않는 편이 좋을지도 모르겠구나."

잠시 두 사람의 대화가 끊겼다. 아버지와 아들은 침묵 속에서 음식 먹는 데만 열중했다. 순식은 배가 고팠는지 이것저것 먹느라 쉬지 않고 바쁘게 젓가락질을 계속했다. 양만석은 젓가락을 든 채 그런 아들을 한동안 멀거니 바라보기만 했다. 아들이 맛있게 먹는 것을 보며 흡족한 표정을 지었다.

"네 어머니는 어떠시냐?"

양만석이 조심스럽게 물었다.

"네 어머니 말이다."

"……?"

"네가 학교를 그만둔 것 알고 있을 텐데."

"아, 예. 물론 어머니는 못마땅해 하시지요. 허나 지금은 포기하신 것 같아요. 제가 학교를 그만두면 시골로 돌아가시겠다고 하셨어요. 저도 제 걱정은 마시고 그만 돌아가시라고 했어요."

순식은 조금도 거리낌 없이 말했다. 그런 아들을 보는 양만석의 마음이 쓰리고 아팠다. 양만석은 잠시 아내의 처지를 생각해보았다. 아들이 학업을 포기하고 고등계 일본형사의 보조원이 된 것을 알고 얼마나 낙담했을까 생각하니 마음이 무겁게 가라앉았다. 오죽했으면 아들한테 시골로 다시 돌아가겠다고 했을까. 아내를 보지 않아도 그 참담해하는 모습이 눈에 선했다.

"그래, 네 모친은 어디로 가겠다고 하더냐?"

양만석은 아내가 친정으로 돌아갈지 아니면 나주 그의 본가로 가게 될지 궁금했다. 그는 지난번 아내를 만났을 때 나주 본가로 가 있으라고 했었다.

"모르겠어요. 아마 외가로 가시겠지요."

순식은 음식을 삼키며 건성으로 말했다. 어머니가 어디로 가건 상관하지 않겠다는 표정이었다. 양만석은 내심 아내가 친정으로 다시 돌아가기를 바라고 있는 것인지도 몰랐다. 이제 와서 나주 본가로 돌아온다면 되레 부담스럽기만 할 것 같았다.

"너는 네 모친이 어디로 갔으면 좋겠느냐?"

양만석은 그렇게 묻고 나서 곧 후회했다. 자칫 아들한테 속을 보일 것 같았기 때문이다.

"저는 상관없어요."

"모친이 나주로 돌아간다면 너도 나주 집에 자주 가게 되겠지?"

"그렇겠지요. 아무래도 어머니를 만나러 자주 가게 되겠지요."

순식의 말에 양만석은 밥숟가락을 놓고 빈 잔에 술을 따라 단숨에 비웠다. 그는 비로소 아내가 어디로 돌아가느냐에 따라서 그의 처신에 변화가 올 수 있다는 것을 알아차리게 된 것이다. 양만석은 그를 대하는 아내의 태도가 전 같지 않다는 것을 이미 알고 있는 터였다. 아내는 지금 세 식구가 한 울타리 안에 하나로 엮어지기를 바라고 있는 것이 분명했다.

"그런데 아버지, 궁금한 것이 있어요. 왜 아버지는 지난번 학생소요 때 붙잡혀가지 않은 거죠? 청년회간부들 중에서 사회주의자들은 모두 구속이 되었는데 아버지는 이렇게 건재하시니, 이해가 안 가요. 역시 아버지는 가짜 사회주의잔가요?"

순식이가 상반신을 앞으로 꺾고 정색을 하고 물었다. 양만석은 뜻밖의 질문에 황당함을 느끼며 아연실색했다. 지난번 만났을 때도 아들은 그에게 같은 말을 물었었다. 그는 아들의 질문에 무어라 대답해야 좋을지 몰라 한동안 잠자코 있었다. 무엇보다 아들이 어떤 의도로 그 같은 질문을 하는 것인지 몰라 당황하지 않을 수 없었다.

"왜 그런 질문을 하느냐?"

양만석은 다시 자작으로 빈 잔을 채워 한입에 털어 넣고 나서, 되도록 태연한 척 아들의 눈을 똑바로 보며 물었다.

"그냥 의문이 생겨서요. 저는 당연히 아버지가 누구보다도 먼저 붙잡혀 갈 줄 알았거든요. 제가 보기에 아버지는 의심의 여지가 없는 사회주의자거든요."

"부끄럽게도 이번에 나는 아무 일도 하지 못했다."

"아무 일도 하지 않으셨다고요? 저는 아버지가 가장 강력한 배후 세력인 줄 알았어요. 이번 소요 때 주동자들 중에 아버지로부터 사상적 영향을 받은 치들이 많지 않았어요?"

순식은 따지듯 물었다. 양만석의 눈에 그런 아들의 태도가 몹시 마뜩치가 않았지만 참았다.

양만석은 뜬금없는 아들의 질문에 되도록 태연한 척하려고 애쓰는 모습이 역력했다. 그는 대답하고 싶지가 않았다.

"우리 그런 이야기 그만하자."

"한 가지 더 물어봐도 되겠어요?"

양만석은 순식의 무례하고 저돌적인 태도에 다시 한 번 긴장했다. 이번에는 또 어떤 질문을 하게 될지 몰라 조금은 마음이 움츠러들기까지 했다. 그는 아들에 대해 경계심을 느낀다는 것이 슬펐다. 할 수만 있다면 자리를 피하고 싶기까지 했다. 그는 빈 술잔을 채우며 아들의 입에서 나올 다음 말을 기다렸다.

"아버지는 언제까지 광주에 계실 겁니까?"

"왜 그러느냐?"

양만석은 아들의 질문에 생각을 굴려보지도 않고 즉각 반문했다.

"아버지한테 부탁이 있어서요."

"부탁이라니?"

"저, 지금 제가 갈 길을 제대로 찾은 것 같거든요. 제가 선택한 이 길을 계속 간다면 뜻한 바 목적이 달성되리라고 믿고 있습니다. 헌데 솔직히 아버지 때문에 걱정이 됩니다. 부탁입니다만, 제가 가는 길에 방해가 되지 않았으면 합니다."

"애비가 네 앞길에 방해가 된다고? 그게 무슨 소리냐?"

양만석의 언성이 다소 높아졌다. 갈수록 무례하게 구는 아들을 날카롭게 찍어보며 빈 술잔을 팽개치듯 힘껏 상 위에 놓았다.

"아버지께서 더 잘 아시지 않아요? 그래서 말씀드리는 건데요. 제 장래를 위해서 아버지께서 광주를 떠나주셨으면 합니다. 제가 부탁 드리고 싶은 것은 그것입니다."

양만석은 비탄에 젖어 실소를 삼켰다. 앞길에 방해가 되니 광주를 떠나라는 말을 하다니. 아들이 어떻게 그런 말을 할 수 있단 말인가. 그는 당장 아들의 뺨이라도 후려치고 일어나고 싶었지만 폭발하려는 마음을 억제하며 참았다. 그 순간 야릇하게도 죽은 생부의 얼굴이 생생하게 떠올랐다. 지난날 그가 생부한테 지악스럽게 행짜를 부렸을 때, 생부도 지금 그의 심정과 같았으리라 싶었다. 그런데도 그의 생부는 행티 사나운 그에게 눈 한 번 흘기지 않고 되레 머리를 조아리지 않았던가. 그는 이 모든 것이 자신이 쌓은 업보라 여겼다.

"어머니와 함께 나주에 가 계시면 안 됩니까? 아니면 아주 멀찍이 서울로 올라가시든가. 아니, 서울도 싫으시면 동경으로 다시 돌아가시든가."

양만석은 순식이가 마음대로 입을 열도록 내버려두었다.

"그까짓 청년학원에서 무지렁이 아이들이나 가르치려고 광주에 계실 필요가 있어요? 나주에 가기 싫으시다면 서울에 올라가서 반듯

한 자리 하나 찾으시면 어때요?"

양만석은 마지막 술잔을 채워 단숨에 비웠다. 그는 아들에게 아무 말도 하고 싶지가 않았다. 그런 아들의 무례를 탓할 생각도 없었다. 사리분별을 못하고 철없이 망동하는 아들에 대한 연민 때문에 괴로울 따름이었다. 그렇다고 그런 아들을 언제까지나 방관만 하고 있을 수도 없었다. 아들이 스스로 깨달을 때까지 기다리고만 있자니 더욱 답답했다. 그는 그렇지 않아도 간도로 떠날 계획이라는 말을 하고 싶었지만 참았다.

"애비 된 입장에서 마지막으로 너한테 이 말만은 하고 싶구나. 서둘러 갈 길을 찾기 전에 자신부터 올바르게 정립해야 한다. 자신을 바로 세우고 나면 갈 길이 저절로 열리게 된단다. 지금 네가 가고 있는 길이 과연 올바른 길인가를 한 번 더 생각해 봤으면 한다. 후회하지 않겠는지 생각하고 또 생각해 보거라."

양만석은 훗날이라도 자신이 한 말이 순식에게 작은 가르침이 되기를 간절히 바랐다. 그러나 순식은 아버지의 말을 귀담아 듣는 것 같지 않았다.

"절대로 후회하지 않을 겁니다. 그러니 제 걱정은 마시고 어머니한테나 잘 해주세요."

순식의 말에 양만석은 쓸쓸한 표정을 지으며 천천히 일어섰다.

"저녁 잘 먹었습니다. 제가 부탁드린 것 잘 생각해보세요."

순식이도 따라 일어서며 말했다. 신광원을 나온 아버지와 아들은 우편국 네거리까지 걸어 나오는 동안 아무 말도 하지 않았다. 그리고 그들은 곧 헤어졌다. 아들과 헤어진 양만석은 무겁게 가라앉은 마음으로 어둠 속을 무작정 걸었다.

광주를 떠나라는 아들의 목소리가 벌떼처럼 머릿속에서 윙윙거리는 것 같았다. 그런데도 아들에 대한 노여움보다는 오히려 측은지심 때문에 괴로웠다. 아들을 생각하면 그가 실현하고자 하는 이상도, 현실에 대한 도전심도 일시에 사그라져버리는 것만 같았다. 아들 하나 바로 세우지 못하고 무슨 일을 하겠냐 싶어, 모든 것이 부질없이 생각되기도 했다. 정말이지 그는 이 같은 답답한 현실로부터 도망치고 싶은 마음이 간절했다.

밤이 깊어지면서 칼바람이 드세어졌다. 을씨년스럽도록 싸늘한 어둠의 거리에는 행인들의 발걸음도 끊겼다. 양만석은 걷고 또 걸었다. 갑자기 가야할 목적지를 잃어버린 사람처럼 미혹의 시간 속을 헤매는 듯했다. 자꾸만 마음이 휘청거리면서 몸이 떨려왔다. 그는 광주천변을 따라 내려가다 다시 되돌아 올라와, 금성관 가까이 가다말고, 한갓진 길모퉁이 허름한 주점을 발견하고 들어갔다. 불도 없는 썰렁한 주점에서 탁주 한 주전자를 시켜놓고 청승맞게 홀짝거렸다.

금성관으로 돌아온 양만석은 순식에게 편지를 썼다. 사랑하는 아들아, 라고 썼다가, 순식이 보아라, 로 고쳤다.

"순식이 보아라. 애비는 광주를 떠난다. 이번에 떠나면 언제 돌아오게 될지 모르겠구나. 우리 민족의 간절한 염원이 이루어지기 전에는 돌아오지 못할지도 모른다. 광주를 떠나면서 네게 몇 가지 당부하고자 한다. 첫째, 애비가 없는 동안 네 모친을 잘 보살펴라. 네 모친한테는 오로지 아들인 너 하나밖에 없다. 애비 대신 너라도 모친 곁에서 잘 돌보기 바란다. 둘째, 너는 양 씨 가문의 사람으로 살면서 그 집의 대를 이어주기를 바란다. 애비는 어쩔 수 없이 성은 양 씨이지만 마음은 이미 오래전에 장 씨로 살아가기로 결심했다. 그러니 애비와는 상관 없이 너만은 양씨 가문의 대를 이어야 한다. 그것으로라도 돌아가신 네 할머니와 이 애비의 죄를 용서받을 수 있다고 생각한다. 네 모친이 나주 본가로 들어가기로 한 것도 네가 그렇게 살아가기를 원하기 때문인 것이다. 네가 그렇게 살아가자면 이 애비를 잊어야 한다. 네 말대로 네가 양 씨 일가로 살아가자면 애비를 잊을 수밖에 없다. 네가 애비를 잊는다고 해서 애비는 너를 조금도 서운하게 생각하지 않을 것이다. 애비는 앞으로 어떤 경우에도 너를 찾지 않으려고 노력할 것이다. 셋째, 마지막으로 너에게 뼈저린 충고를 하고 싶구나. 지금 이 애비의 이야기는 비록 고언으로 들릴지 모르지만 먼 훗날에는 네 자신을 추스르는데 약이 될지도 모르겠구나. 우리 인생에는 몇 번의 기회와 고비가 있다. 기회가 왔는데도 붙잡지 못하고 놓친다거나, 고비가 닥쳤는데도 이겨내지 못한다면 결국 그 인생은 실패를 하고 만다. 그러기에 기회가 왔을 때는 때를 놓치지 말고 용기 있게 도전을 해야 하고, 고비를 만났을 때는 최선을 다해 극복해내야 한다. 그러나 기회와 고비를 판단하기란 쉽지가 않단다. 지혜로운 사람은 기회인지 고비인지 판단을 할 수 있지만 그렇지 못한 사람은 기회인지 고비인지조차 구별을 못하게 마련이다. 지금은 누구에게나 기회가 아니고 고비이다. 고비일 때는 항상 몸과 마음을 낮추고 자신을 지켜내는 지혜가 필요하다. 마지막으로 부탁한다. 앞으로 살아가면서 어떤 경우에도 남을 괴롭혀서는 안 된다. 너보다 가난하고 힘없는 사람들을 도와주면서 덕을 쌓기 바란다. 덕을 베풀면 하늘의 도움을 받을 수 있을 것이다. 몸 건강하게 지내거라.”

이틀 후, 토요일 저녁 늦게 장개동이가 백년이와 함께 나주에서 올라와 있었다. 그는 이제 두 사람이 헤어지면 언제 다시 만날 수 있을지도 모르는데, 함께 저녁이라도 같이 먹기 위해 일부러 올라왔노라고 했다. 양만석은 장개동 형의 정 깊은 배려에 감사할 따름이었다. 그 또한 개동이 형과 악수 한 번 나누는 것으로 헤어지는 것을 못내 아쉬워하고 있었다.

양만석과 장개동은 한방에서 잠을 잤다. 그들은 밤이 늦도록 술잔을 기울이며 많은 이야기를 주고받았다. 처음에는 이 자리에 막음례와 조선애도 합석을 했지만 밤이 깊어지자 두 여자는 자리를 피해주었다.

이날 밤 양만석은 간도 땅에서 그가 앞으로 하고자 하는 계획을 설명했고 장개동은 조국과 민족의 장래에 대해서 이야기했다. 이날따라 장개동은 평소 그답지 않게 조국의 장래에 대해 목소리를 높였다. 장개동의 생각은 비관적이었다.

“나는 이번 광주학생운동을 보면서, 우리 힘으로 조국독립을 얻어내기는 힘들다는 것을 알았네. 아니 불가능할 것 같네. 십년 전 기미

만세운동 때는 지식인들이 앞장을 섰다가 실패하여 결국은 허점만 노출시키고 말았었고, 이번에는 젊은 학생들이 중심으로 전국적으로 항일투쟁을 벌였으나, 어른들은 방관만 하였네. 민족적 힘을 결집시켜 동참하기보다는 오히려 좌우분열의 결과를 가져왔네. 과거 기미 만세운동이 실패한 후, 얼마나 많은 지식인들이 좌절하고 방황했었던가. 아마 이후로도 많은 젊은 학생들이 학업에 안정을 찾지 못하고 실의에 빠져서 방황하게 될 걸세. 이것을 누가 책임지겠는가. 실의에 빠진 젊은이들에게 누가 새로운 희망과 용기를 불어넣어 줄 수 있겠는가."

장개동은 탄식의 한숨을 섞어가며 말했다. 어쩌면 그는 둘째 아들 백석을 걱정하고 있는 것인지도 몰랐다.

"그렇지만 형님, 기미년 만세운동이나 이번 거사가 꼭 성공을 거두기 위한 것은 아니었지요. 또 성공할 수도 없는 일이었고요. 다만, 우리 민족이 살아 꿈틀거리고 있다는 것을 보여준 것이지요. 우리는 아직 살아있다는 민족의 힘을 보여주자는 것 아니겠어요. 그것만으로도 충분히 그 의의가 크다고 생각합니다. 물론 형님 말씀대로 우리 힘으로 일제를 이 땅에서 몰아낼 수는 없을지도 모릅니다. 그렇다고 그대로 보고만 있을 수는 없겠지요. 다른 나라의 힘을 빌리자면 우리가 살아있고 일제와 투쟁할 각오가 되어 있다는 것을 만방에 알릴 필요가 있습니다. 당분간은 젊은 학도들이 절망감에 빠져 있겠지요. 그렇지만 그것 또한 역사발전의 한 과정이라고 생각합니다. 좌절과 방황을 겪으면서 성장하는 것이 당연하지요. 물론 당분간 일제의 탄압이 심해질 것입니다. 이럴 때는 당분간 숨을 죽이고 있는 편이 좋을 수도 있습니다. 그러나 간도 땅이라면 숨을 죽일 필요도 몸을 낮출 필요도 없지요. 이제는 외곽에서 힘을 양성하는 일도 중요하다고 봅니다."

양만석이 조선애와 함께 광주를 떠나는 날 아침, 막음례와 장개동, 백년이와 백석이 등이 역까지 마중을 나왔다. 기차가 출발하여 역 구내를 빠져나가는 동안 양만석은 차창 문을 열고 계속 손을 흔들었다. 그런데 분명 역까지 함께 왔던 백석이 보이지 않았다. 기차가 출발을 알리는 기적소리를 내며 서서히 미끄러지기 시작할 때까지도 백석은 보이지 않았다.

양만석은 다시 돌아올 수 없을 것 같은 예감에 마음이 음울하게 가라앉았다. 기차는 숨을 헐떡거리며 들판을 달렸다. 봄이 무르익어가는 들판에는 파랗게 보리이삭이 넘실거렸다. 화사한 봄날 햇살이 파란 들판에 묶음으로 쏟아져 내렸다. 이따금 못자리를 서두르는 농부들이 쟁기질 하는 모습도 보였다. 바람도 불지 않아 더없이 평화로운 농촌 풍경이었다. 달리는 기차에서 바라본 농촌의 모습은 나라를 잃은 백성들의 슬픔도, 보릿고개를 견뎌내는 농민들의 배고픔도 보이지 않았다. 더욱이 만세를 외치며 항일투쟁을 하다가 붙잡혀가서 철창 속에 갇혀있는 학생들의 고통은 상상도 되지 않을 만큼 평화로워 보였다.

기차는 날이 어두워서야 서울역에 도착했다. 그런데 양만석은 대합실을 빠져나오다 얼핏 뒤를 돌아보다가 서너 발짝 뒤에 따라오고 있는 백석을 발견하고 소스라치듯 놀라 걸음을 멈추었다. 백석이 흰

색 두루마기에 모표가 달린 모자를 쓰고 주위를 두리번거리며 걸어오고 있는 게 아닌가.

"백석이가? 네가 어찌된 일이냐? 서울에는 왜? 우리와 같은 기차를 탄 게냐?"

양만석은 백석을 붙들고 놀란 얼굴로 거듭 물었다. 백석은 다소 경직된 얼굴에 어색한 미소를 머금었다.

"저도 따라갈려고요."

"뭐야? 나를 따라가겠다고?"

양만석은 당혹감과 놀라움을 감추지 못했다.

"일단 우리 집으로 같이 가자."

양만석은 부드럽게 말했다. 백석도 속으로 무슨 생각을 하고 있는지는 몰라도 겉으로 태연한 모습을 보이며 고개를 거듭 끄덕였다. 양만석과 조선애는 백석을 데리고 남산 기슭에 있는 그들 셋방까지 데리고 갔다. 무슨 생각을 했는지 백석은 그들이 이끄는 대로 수걱수걱 따라와 주었다.

"광주 할머니한테나 아버지한테 연락을 하실 거지요?"

집 가까이 왔을 때 백석이 갑자기 걸음을 멈추어 서며 물었다.

"왜? 연락 해주랴? 네가 하라는 대로 해주마."

양만석이 백석을 돌아보며 웃는 얼굴로 대꾸했다.

"집에서 걱정하실 테니 전화라도 해야지요."

조선애가 양만석과 백석을 번갈아보며 조심스럽게 입을 열었다. 이렇게 하여 양만석은 백석이를 그들의 단칸 신혼 방으로 데리고 가서 하룻밤 재웠다. 그리고 다음 날, 양만석은 백석과 함께 우편국으로 갔다. 양만석은 금성관으로 전화신청을 해놓고 백석이와 나란히 딱딱한 나무의자에 앉아 기다렸다. 그는 40분쯤 지나서야 막음례와 통화할 수 있었다. 간단히 안부를 묻고 나서 백석이에게 송수화기를 바꿔 준 그는 우편국 밖으로 나와서 기다렸다. 백석이는 5분도 채 안 되어서 뒤따라 나왔다.

"할머니께서 뭐라고 하시더냐?"

"숙부님 시키는 대로 하라고 하셨어요."

"내가 시키는 대로?"

"예."

양만석은 난감했다.

"네 아버지가 너를 데리러 오신다면 어쩔 셈이냐?"

"제 의지는 확고하니까, 만나서 잘 말씀드리고 이해시켜야지요."

백석의 그 말에 양만석은 다소 안도했다. 말하는 것으로 보아서는 피할 생각이 별로 없는 듯싶었다. 양만석은 백석의 단호하면서 당당함에 다시 한 번 놀랐다. 아직 어린 나이인데도 의지가 굳고 생각이 분명한 듯싶었다.

양만석은 백석을 집에까지 데려다주고 동아일보사로 김준형을 만나러갔다. 김준형은 간도로 떠날 준비가 다 되었다면서 며칠만 더 기다리자고 했다. 해넘이 무렵에 집에 돌아와 보니 백석은 방에 배를 깔고 엎드려서 책을 읽고 있었다. 백석이 읽고 있는 책은 놀랍게도 양만석이 광주에서 가져온 고토쿠 슈스이가 쓴 '사회주의 신체'였다. 그 책은 양만석이 일본에 유학 가서 맨 처음 읽었던 사회과학 서적이었다. 그는 이 책을 읽고 나서부터 사회주의에 빠져들기 시작했다.

"너 지금 무슨 책을 읽고 있는 거냐?"

양만석은 백석이가 읽고 있던 책을 보며 물었다. 백석은 양만석의 경직된 표정에 움찔 놀라면서도 다소 의아해하며 마주보았다. 책을 읽는 게 뭐가 잘못이냐고 따져 묻는 듯한 눈빛이었다.

"아직은 네가 읽을 책이 아니다."

그러면서 양만석은 그가 동경에서부터 가지고 다녔던 서적들을 한데 모아 보자기에 쌌다. 그 책들은 양만석의 삶을 바꿔놓은 것들로, 그동안 소중하게 간직해왔었다. 그 책을 읽으면서 이상세계건설을 꿈꾸었고 세상을 변화시켜보려는 결심을 하게 된 것이다.

다음날도 그 다음날도 백석의 가족에게서는 아무 연락도 없었다. 백석이 어디에 있다는 것을 알게 되면 즉시 데리러 올 줄로 믿고 있었던 양만석은 의아스럽기 만했다. 그는 장개동이한테서 아무런 기별이 없다면 백석을 간도로 데려갈 수밖에 없다고 생각했다. 백석도 할머니가 아니면 아버지가 그를 데리러 서울에 올라올 것으로 짐작하고 있는 눈치였다. 백석은 꼼짝하지 않고 방안에 처박혀 책을 읽고 있었다. 그가 읽고 있는 책은 여전히 '사회주의 신체'였다.

양만석은 그날 김준형·안광철과 만나서 점심을 함께 하기로 약속이 되어 있어, 11시쯤에 집을 나섰다.

"참, 저 책들을 어쩌지?"

집을 나서다 말고 양만석이 다시 들어와서 조선애한테 물었다.

"가져가요. 광주청년회 회원들이나 청년학원 학생들에게 필독을 권했던 책들이라면서요. 백석이도 읽고 나도 시간이 나면 읽고 싶어요. 또 간도에 가져가면 읽을 사람들이 있겠지요."

조선애가 말했다.

"제가 몇 권 가져도 될까요?"

백석이 양만석의 눈치를 살피며 조심스럽게 물었다.

"아직은 네가 읽을 책들이 아니라고 하지 않았더냐."

양만석은 단호하게 말하고 버릇처럼 회중시계를 두 번씩이나 거듭 꺼내 들여다보며 집을 나섰다. 그는 남산길을 내려가면서, 책을 어찌해야 좋을지 생각해 보았다. 그는 그 책들을 읽으면서 세상을 보는 눈이 달라졌고 새로운 세상을 꿈꾸었었다. 이상세계를 꿈꾸는 동안 자신이 새롭게 변화하고 있다는 것도 알았다. 그리고 비로소 삶의 목표를 찾게 된 것이었다. 그랬던 그가 지금 자신을 변화시켰던 그 책들을 어떻게 처분할지를 걱정하고 있는 것이다. 그것은 그 책들을 읽고 나서 그가 꿈꾸었던 이상세계와, 안창호 선생이 간도에서 일구려고 한 이상향이 다를 수 있다는 것을 알고 있기 때문이었다. 그가 지금까지 꿈꾸었던 이상세계는 계급투쟁을 통해 기존의 세상을 뒤엎고 완전한 평등세상을 건설하는 것이었다. 그러나 안창호 선생이 추진하려는 이상향은 간도 땅에 살고 있는 동포들이 굶주리고 소외당하지 않고 인간답게 살아갈 수 있도록 삶의 터전을 만들어주자는 것이다.

그는 그동안 광주에 있으면서, 현실을 개혁하고 계급투쟁을 통해 평등세상을 만드는 것에 앞서, 기본적으로 사람이 사람답게 살아갈 수 있도록 하는 것이 선행되어야 한다는 생각을 하게 되었다. 사회구원에 앞서 인간구원이 우선되어야 한다는 생각이었다. 그것은 나환자들을 돕는 최흥종 목사나, 걸인들을 내 몸처럼 돌보는 서서평 여사, 그리고 요릿집을 경영하여 번 돈으로 불구자들을 위해, '숲실 사랑'이라는 수용시설을 꾸려나가는 막음례의 삶을 통해서 깨닫게 된 것이다.

세상을 변화시키는 것도 중요하지만 병들고 굶주림으로 고통을 겪고 있는 사람을 구제하는 것도 매우 뜻있는 삶이라는 것을 알게 되었다.

그로부터 사흘 후, 양만석과 조선애는 간도로 떠나기 위해, 아침을 먹은 다음 서둘러 백석과 함께 서울역으로 나갔다. 10시에 출발하는 중국 장춘(長春)행 기차를 타기 위해서였다. 부산에서 장춘까지 가는 기차가 하루에 한 번 있었다. 그들은 새로 장만한 살림살이며 광주에서 가져온 것들을 모두 버리고 각자 작은 가방 하나씩만 들었다. 가방 안에는 옷가지가 들어있을 뿐이었다. 책이 가득 든 배낭을 메고 역으로 가는 동안 내내 백석은 버릇처럼 모자를 쓰지 않은 자신의 머리를 매만졌다. 양만석이 전날 이발소에 데리고 가서 머리를 빡빡 깎아버렸기 때문이다. 이틀 전 양만석은 개동이한테 전화를 하여 백석을 데려가라고 했다. 개동은 데려가라는 말 대신, 백석이를 잘 부탁한다고 했다. 양만석은 하는 수 없이 백석을 간도까지 데려가기로 했다.

양만석과 조선애의 차림새도 여느 때와는 달랐다. 두 사람은 일본에서 귀국한 때의 모습 그대로였다. 조선애는 동경유학생으로 보이게 하려고 머리를 자르고 베이지색 투피스 양장에 단화를 신었다. 양만석은 양복 위에 망토를 둘렀다. 모자를 쓰지 않은 하이칼라 머리에는 기름도 발랐다. 그는 이럴 줄 알았으면 광주에서 모표가 달린 사각모를 가져올 걸 그랬구나 싶었다.

"학생증은 잘 챙겼지요?"

새로 지은 서울역사가 마주 보이는 큰길에 이르자 양만석이 잠시 걸음을 멈추고 조선애를 돌아보며 물었다. 동행하기로 한 이경수로부터, 기차 안에서 불심검문을 하거나, 국경을 통과할 때 학생증을 제시하면 쉽게 통과할 수 있다는 말을 들었기 때문이다. 검문을 당하게 될 경우 양만석은 논문을 쓰기 위해 중국역사답사가 목적이고 조선애는 음악회에 초청을 받은 것으로 답변하기로 했다.

역에 당도해보니 김준형과 안광철이 먼저 나와 있었다. 이경수는 보이지 않았다. 안광철은 사각모까지 쓴 대학생 차림 그대로였고 김준형은 감색 신사복으로 반지르르하게 몸치장을 한데다가 중절모까지 비뚜름하게 썼다. 두 사람 모두 가벼운 손가방 하나씩을 들었을 뿐이었다.

양만석은 백석을 불러 두 친구에게 인사를 시켰다. 이미 백석에 대한 이야기를 얼추 들어 알고 있는 두 사람은 머리를 쓰다듬고 손을 잡아주며 반갑게 대해주었다.

역에 도착하여 20분쯤 지나서 이경수가 나타났다. 그들은 변장을 하고 나타난 이경수를 첫눈에 알아보지 못했다. 두루마기 한복 차림에 수염을 기르고 안경을 낀 노인이 다가와서 안광철에게 알은체를 해서야 비로소 그를 알아볼 수가 있었다.

그들은 일행으로 보이지 않게 하기 위해 눈빛을 마주쳤을 뿐 멀찍이 따로 떨어져 기차시간을 기다렸다.

　잠시 후, 승차를 했을 때도 그들은 미리 약속했던 대로 각기 적당한 거리를 두고 따로 떨어져 좌석을 잡았다. 조선애와 백석만이 출입구에서 가까운 곳 같은 좌석이었고 양만석은 조선애와 등을 마주하고 앉았다. 안광철과 김준형은 객차 중간쯤에 등을 맞대고 앉았고 이경수는 두 사람으로부터 멀찌막이 떨어진 좌석이었다.

　마침내 장춘행 기차가 서서히 움직이기 시작했다. 기차가 절경거리며 역구내를 미끄러져나가기 시작하자, 양만석은 차창 밖으로 시선을 옮겼다. 그는 서울거리의 모습 하나하나를 가슴속 깊이 담기 위해 되도록 시선을 멀리 던졌다. 높고 낮은 건물이며 확 트인 거리와 오가는 사람들의 모습은 물론, 전봇대며 간판들, 남산 위의 하늘까지도 옴씰하게 눈에 담았다.

　그는 차창 문을 열고 심호흡을 하며 서울의 냄새를 폐부 깊숙이 들이마셨다. 숙성된 된장처럼 구리하면서도 조금은 알싸한 서울의 냄새가 쩌릿쩌릿 핏줄 속으로 스며드는 것 같았다. 그것은 슬픈 조선사람들의 냄새였다. 어렸을 적 무더운 여름날 땀에 전 어머니의 냄새와 비슷했다. 알싸한 냄새는 영산강 갈대밭에서 불어온 냄새처럼 약간 비릿했다. 문득, 유년시절 어느 화사한 봄날 어머니와 함께 노란 개나리꽃을 구경하기 위해 영산강 둑에 나갔던 때가 어슴푸레 떠올랐다.

　그 시절, 연둣빛 치마저고리에 가르마를 탄 정갈한 낭자머리에 하늘빛 옥비녀를 꽂은 어머니는 개나리꽃보다 더 아름다워 보였다. 강바람이 건들 불어올 때마다 어머니의 연둣빛 치마가 꽃잎처럼 살랑거렸다.

기차가 뚜우하고 짧게 기적을 울리자, 양만석은 소스라치듯 놀라며 과거의 기억 속에서 빠져나왔다. 얼핏 고개를 돌려 등 뒤를 돌아다보았다. 창 쪽에 조선애는 사념에 잠긴 눈으로 창밖을 바라보았고 백석은 그 옆자리에서 '사회주의 신체'를 읽고 있었다. 그는 백석에게 그 책을 읽지 말라고 말하고 싶지는 않았다.

서울을 떠나는 기차가 다시 뚜우—뚜우—, 기적을 길게 울렸다. 달리는 열차 속에서 양만석은 언제 다시 볼 수 있을지 모르는 서울 풍경들을 하나하나 눈에 담았다. 눈으로는 서울 거리와 집들이며 상점들 간판을 보고 있는데, 머릿속에는 영산강이 굼실굼실 몸을 뒤척이며 줄기차게 흘렀다. 그는 이건 도피가 아니라, 다시 돌아오는 길을 찾기 위한 또 다른 시작이라고 마음속으로 되뇌었다.

타오르는 강... 제9부 끝